收获

60周年纪念文存 珍藏版

短篇小说卷（2005—2010） 《收获》编辑部 主编

我们去找一盏灯
阿弟，你慢慢跑

叶兆言　路 内 等 著

人民文学出版社
PEOPLE'S LITERATURE PUBLISHING HOUSE

图书在版编目(CIP)数据

我们去找一盏灯 阿弟,你慢慢跑/叶兆言等著;
《收获》编辑部主编.—北京:人民文学出版社,2017
(《收获》60周年纪念文存:珍藏版.短篇小说卷.
2005—2010)
ISBN 978-7-02-013030-6

Ⅰ.①我… Ⅱ.①叶… ②收… Ⅲ.①短篇小说-小
说集-中国-当代 Ⅳ.①I247.7

中国版本图书馆 CIP 数据核字(2017)第 157843 号

总 策 划　黄育海　程永新
责任编辑　卜艳冰　张玉贞
装帧设计　汪佳诗

出版发行　人民文学出版社
社　　址　北京市朝内大街 166 号
邮政编码　100705
网　　址　http://www.rw-cn.com
印　　刷　上海利丰雅高印刷有限公司
经　　销　全国新华书店等
开　　本　720 毫米×1000 毫米　1/16
印　　张　19.75
字　　数　275 千字
版　　次　2017 年 8 月北京第 1 版
印　　次　2017 年 8 月第 1 次印刷
书　　号　978-7-02-013030-6
定　　价　89.00 元

如有印装质量问题,请与本社图书销售中心调换。电话:010-65233595

| 编者的话 |

巴金和靳以先生创办的《收获》杂志诞生于一九五七年七月,那是一个"事情正在起变化"的特殊时刻,一份大型文学期刊的出现,俨然于现世纷扰之中带来心灵诉求。创刊号首次发表鲁迅的《中国小说的历史的变迁》,好像不只是缅怀与纪念一位文化巨匠,亦将眼前局蹐的语境廓然引入历史行进的大视野。那一期刊发了老舍、冰心、艾芜、柯灵、严文井、康濯等人的作品,仅是老舍的剧本《茶馆》就足以显示办刊人超卓的眼光。随后几年间,《收获》向读者奉献了那个年代最重要的长篇小说和其他作品,如《大波》(李劼人)、《上海的早晨》(周而复)、《创业史》(柳青)、《山乡巨变》(周立波)、《蔡文姬》(郭沫若),等等。而今,这份刊物已走过六十个年头,回视开辟者之筚路蓝缕,不由让人感慨系之。

《收获》的六十年历程并非一帆风顺,最初十年间她曾两度停刊。先是称之为"三年自然灾害"的困难时期,于一九六〇年五月停刊。一九六四年一月复刊后,又于一九六六年五月被迫停刊,其时"文革"初兴,整个国家开始陷入内乱。直至粉碎"四人帮"以后,才于一九七九年一月再度复刊。艰难困顿,玉汝于成,一份文学期刊的命运,亦折射着国家与民族之逆境周折与奋起。

浴火重生的《收获》经历了拨乱反正和改革开放的洗礼,由此进入令人瞩目的黄金时期。以后的三十八年间可谓佳作迭出,硕果累累,呈现老中青几代作家交相辉映的繁盛局面。可惜早已谢世的靳以先生未能亲睹后来的辉煌。复刊后依然长期担任主编的巴金先生,以其光辉人格、非凡的睿智与气度,为这份刊物注入了兼容并包和自由闳放的探索精神。巴老对年轻作者尤寄予厚望,他用质朴的语言告诉大家,"《收获》是向青年作家开放的,已经发表过一些青年作家的作品,还要发表青年作家的处女作。"因而,一代又一代富于才华的年轻作者将《收获》视为自己的家园,或是从这里起步,或将自己最好的作品发表在这份刊物,如今其中许多作品业已成为新时期文学经典。

作为国内创办时间最久的大型文学期刊，《收获》杂志六十年间引领文坛风流，本身已成为中国当代文学的一个缩影，亦时时将大众阅读和文学研究的目光聚焦于此。现在出版这套纪念文存，既是回望《收获》杂志的六十年，更是为了回应各方人士的热忱关注。

这套纪念文存选收《收获》杂志历年发表的优秀作品，遴选范围自一九五七年创刊号至二〇一七年第二期。全书共列二十九卷（册），分别按不同体裁编纂，其中长篇小说十一卷、中篇小说九卷、短篇小说四卷、散文四卷、人生访谈一卷。除长篇各卷之外，其余均以刊出时间分卷或编排目次。由于剧本仅编入老舍《茶馆》一部，姑与同时期周而复的长篇小说《上海的早晨》合为一卷。

为尊重历史，尊重作品作为文学史和文学行为之存在，保存作品的原初文本，亦是本书编纂工作的一项意愿。所以，收入本书的作品均按《收获》发表时的原貌出版，除个别文字错讹之外，一概不作增删改易（包括某些词语用字的非标准书写形式亦一仍其旧，例如"拚命"的"拚"字和"惟有""惟恐"的"惟"字）。

特别需要说明的是，收入文存的篇目，仅占《收获》杂志历年刊载作品中很小的一部分。对于编纂工作来说，篇目遴选是一个不小的难题，由于作者众多（六十年来各个时期最具影响力的作家几乎都曾在这份刊物上亮相），而作品之高低优劣更是不易判定，取舍之间往往令人斟酌不定。编纂者只能定出一个粗略的原则：首先是考虑各个不同时期的代表性作品，其次尽可能顾及读者和研究者的阅读兴味，还有就是适当平衡不同年龄段的作家作品。

毫无疑问，《收获》六十年来刊出的作品绝大多数庶乎优秀之列，本丛书不可能以有限的篇幅涵纳所有的佳作，作为选本只能是尝鼎一脔，难免有遗珠之憾。另外，由于版权或其他一些原因，若干众所周知的名家名作未能编入这套文存，自是令人十分惋惜。

这套纪念文存收入一百八十余位作者不同体裁的作品，详情见于各卷目录。这里，出版方要衷心感谢这些作家、学者或是他们的版权持有人的慷慨授权。书中有少量短篇小说和散文作品暂未能联系到版权（毕竟六十年时间跨度实在不小，加之种种变故，给这方面的工作带来诸多不便），考虑到那些作品本身具有不可或缺的代表性，还是冒昧地收入书中。敬请作者或版权持有人见书后即与责任编辑联系，以便及时奉上样书与薄酬，并敬请见谅。

感谢关心和支持这套文存编纂与出版的各方人士。

最后要说一句：感谢读者。无论六十年的《收获》杂志，还是眼前这套文存，归根结底以读者为存在。

《收获》杂志编辑部
上海九久读书人文化实业有限公司
人民文学出版社
二〇一七年七月二十四日

| 目 录 |

苏 童	西瓜船	1
葛 亮	无岸之河	26
田 耳	衣钵	40
张抗抗	干涸	56
朱文颖	宝贝儿	71
郭文斌	大生产	88
徐则臣	伞兵与卖油郎	101
王安忆	弄堂里的白马	120
叶兆言	我们去找一盏灯	127
艾 伟	小偷	140
蒋 韵	红色娘子军	160

储福金	棋语·冲	171
曾楚桥	幸福咒	184
罗望子	墙	195
麦　家	八大时间	212
哲　贵	住酒店的人	228
徐则臣	这些年我一直在路上	247
笛　安	光辉岁月	266
路　内	阿弟，你慢慢跑	291

西瓜船

苏 童

西瓜船大多来自松坑一带，河边住惯的人都认得出松坑的船，它们比绍兴人的乌篷船来得大，也要修长一些，木头的船体，下面临近水线的船板上包着白铁皮，船棚尤其特别，不是用油毡篷布做的，是一种用麦秆密密实实编结的席子，随意地架在四根木棍上，看上去像闹地震时候街上的防震棚。

每逢七月大暑，炎热的天气做了西瓜的广告，城北一带的人们会选一个清闲的黄昏，推上自行车，带着麻袋或者尼龙网兜到铁心桥去买西瓜。松坑来的西瓜船总是停在铁心桥桥塊下。七月第一批西瓜船从酒厂码头那里密集的船只中冲出来的时候，就有眼尖嘴馋的孩子从临河的窗子里看见了，跺着脚对大人喊，西瓜船来了，快去买西瓜！更有傻子光春这样的多事者，他们在岸上领着船往铁心桥那里奔，一边奔一边喊，西瓜船来了，西瓜来了！

年年都有西瓜船从松坑一带过来，船多船少而已。连小孩子都能一眼认出西瓜船，顶着那么个麦秆席子，船头上垒了简易的行灶，晨昏时分炊烟照样升起，看上去不像船队，倒像一组违章建筑的棚屋，盖到水上去了。

卖瓜的是老老少少的松坑男人。乡下的男人谁不勤快呢，可是到了铁心桥下他们就显出一种令人疑惑的懒散来，没客人的时候他们不是聚在一起打扑克，就是窝在西瓜堆里打瞌睡，有人跳到船上来，马上就醒了，从船棚里慢慢地钻出来。他们穿着白色的长袖衬衫和灰色蓝色的长裤，不习惯用皮带，裤子用蓝色的布带牢牢地束住，年纪大点的不注重仪表，常常歪敞着裤门，露出里面的花裤头的颜色。他们都带了鞋子，大多是解放鞋、雨鞋、布鞋，也有小青年置了皮鞋，却一律扔在舱里，打着赤脚。总体上来说他们穿得比街上的人多，却显得衣衫不整。他们在铁心桥下卖了好多年西瓜了，有的年年出来，街上的人能热络地喊出他们的名字，上了船和松坑人拍肩膀打屁股的，多半是为省下几个钱笼络人心。有的人还从冷饮店里买了四分钱的赤豆棒冰带上船呢。对于香椿树街人有所图谋的热情，卖瓜人嘴里应着，脸上堆着笑，但眼睛里闪烁着一种精明的防患于未然的光，说，赶紧挑几只回去吧，今年雨水多，瓜地里收成不好，就这么几船瓜，过两天就空船回去啦。

船上没有磅秤，用的是老式的大吊秤，遇到大宗的生意，要两个人用扁担把西瓜筐抬起来过秤，人手不够，别的船上的人就跳过来帮忙了。在船体的摇晃中，讨价还价的声音有时像激烈的口角，有时则像两个国家之间的外交谈判一样各抒己见，最后你让一步，我退一步，达成统一。就这样，一只只松坑西瓜离开西瓜船各奔东西，其中一只投奔到了陈素珍的篮子里去了。

陈素珍买瓜是一只一只买的，差不多隔一天买一只，挑拣讲价都极其认真，松坑人拍了胸脯包熟包甜才肯掏钱。从七月买到八月，到了八月，眼看松坑来的西瓜船渐渐空了舱，陈素珍想想儿子寿来那么喜欢吃西瓜，就有点抢购的想法了，一天买一只，挑得也不仔细了。松坑西瓜外表都是浑圆硕大的,也看不出哪只西瓜隐藏了不安定因素,陈素珍万万没想到那天她歪着肩膀把一只大西瓜提回家,费了那么大的力气,提回去的是一篮子的祸害。

事情过去好多年,谁也不记得陈素珍买瓜的细节了,只记得她买到了一只很大却没有成熟的白瓤瓜。这样的瓜再常见不过,不好吃,但确实是西瓜。类似的事情也经常发生,容易解决,要不你就胸怀大一点,只当是吃萝卜把西瓜吃了,不怕麻烦的话就把西瓜带到铁心桥去,买了白瓤的,松坑来的西瓜船通常是允许换瓜的。

陈素珍选择的是换瓜。她准备去换瓜时还惦记着另外一些家务事,香椿树街有好多忙碌又能干的妇女,恨不得一只手做两件事的,陈素珍就是那样的人。她的篮子里已经装满了酱油瓶黄酒瓶,突然又去拿了一块布料,准备带到裁缝店里去做睡裤。她嫌篮子分量重,就把那半只白瓤瓜拿出来了,空口无凭是常识,陈素珍怎么会不知道?所以她小心地用勺子挖了一块瓜瓤,包在油纸里,作为换瓜的证据。

陈素珍挽着篮子来到铁心桥下,看见三条西瓜船走了两条,只剩下福三的船了。说起来也不巧,她过去都是在福三的船上买瓜的,这次看见另外一条船上人多,就凑热闹上了张老头那条船,没想到相隔一天,张老头和他的船竟然就不见了。陈素珍不相信那一堆西瓜能在一天内卖光,她猜测还是剩下的瓜不好,卖不掉了,船上的一老一少便把船摇去别的地方卖。陈素珍站在桥堍下,手里摸到油纸包里的那堆瓜瓤,忽然对松坑人产生了强烈的厌恶感,心里有恨嘴上就骂出来了,什么包熟包甜,乡下人,总是要骗人的!

她看见福三的船上只剩下福三一个人,另外一个小青年不知去哪儿了。陈素珍不知道福三的名字怎么写,叫是叫得出来的。她印象中福三是松坑人中最不爱说话的一个,不爱说话的人要么是最憨厚的人,要么就是最精明的人,陈素珍吃不准福三是哪一种人。她向福三的船走过去,准备对另外那条船上的人谴责一番,让福三听听,他转达不转达就随便了。还有松坑西瓜的品质，陈素珍觉得她也有义务代表香椿树街的人提出警告，如果明年还有那么多白瓤瓜，你们就别运到这儿来卖了，那样的西瓜，你们还不如留在松坑喂猪呢。陈素珍原来没想拿福三怎么样的，只是到了西瓜船边，看见福三那张黑瘦的脸从舱里升起来，福三的手里正抱着一只红瓤的西瓜，她脑子里忽然就闪出一个念头，并且先发制人地喊起来，福三福三，我买了你多少年西瓜了，你怎么给了我一个白瓤瓜呀？

福三当时在吃瓜，他大概是刚刚睡醒过来的，脸膛上压着清晰的草席的纹路。陈素珍跳到他面前说，你自己吃的瓜那么好，怎么给我一个白瓤的呀？

福三看看陈素珍的篮子，里面有酱油瓶黄酒瓶，一堆湿漉漉的腌菜，还有一个油纸包，他揪了一条腌菜塞在嘴里嚼着，向陈素珍笑了笑，不说话。

陈素珍说，福三你不够意思，给我一个白瓤瓜。

福三转过头，把嘴里的腌菜吐到河里去了，说，酸的，不好吃。他向陈素珍看了一眼，还是不说话。

陈素珍说，福三你是哑巴呀？好好，你不表态就不表态吧，我也不要你表态，动手就行，去舱里给我抱个好瓜来。

福三这时吃完了西瓜，他吃剩下的瓜皮一块块的呈三角形形状，像是切出来的。陈素珍看着他把瓜皮一块块晾到船棚上去了。

晾干了吃吧？陈素珍问道，你们腌了吃还是炒了吃的？

福三说，腌了吃，炒它还要用油。然后他回头问，那白瓤瓜呢？你不把瓜带来，我怎么换？

陈素珍就把那个油纸包打开来，说，我拿不动瓜，好大一只瓜，八斤三两的，我把瓜瓤拿来了，反正你一看瓜瓤就知道了，让人怎么吃？

福三盯着陈素珍手里的油纸包看，看看瓜瓤又看看她的脸，突然笑了起来，说，没见过你这样精明过头的人，拿一块瓜瓤来换瓜！

陈素珍让他笑得有点慌乱，说，一样的，有个证据就行了嘛。我在你船上买了这么多年西瓜了，这点后门不能开呀？

福三还是笑着，但笑容已经没有了善意，是冷笑了。你要是买了一只鸡不好，就拔根鸡毛来换鸡？他说，你这个女人，把乡下人都当傻子了，你们街上人多，人再多也记得住，你今年在哪条船上买的瓜？以为我不记得？换就换了，你还拿个纸包来换瓜，亏你想得出来，天下的便宜都让你占了！

陈素珍尴尬极了。她万万没想到福三会来欲擒故纵的这一手，让她意外的不仅是福三的清醒，还有自己对人的错误判断，人不可貌相，她看错福三了。我看错你啦，福三！陈素珍讪讪一笑，说，好你个福三，长了一副老实人模样，没想到这么精明的。陈素珍是个自尊心很强的女人，伤了自尊就赌气，她把油纸包朝水里一扔，说，不换就不换，算我倒霉好了，你们乡下人呀，总要骗人的。

陈素珍两手空空下了西瓜船，光是讨到个嘴上的便宜，结果篮子也忘了拿，是福三在船上用撑篙把篮子挑给她的。福三一边挑着篮子，一边批评了陈素珍带有歧视的观点，大姐你不该这么说话，乡下人怎么了，没有乡下人，你们天天吃空气去。陈素珍在岸上接过篮子，说，我没骂乡下人，谁把白瓤瓜拿出来骗人我骂谁。福三在船上说，不是我们要骗人，是今年雨水多，瓜都不怎么好，我们也没办法。陈素珍在气头上，抢白道，瓜不好还把船摇到这儿来卖？留在家里喂猪去。明年再来，看谁还上你们的当？

事情到这里应该画上句号的。以香椿树街人对寿来的母亲陈素珍的了解，西瓜换到了是好事，换不到也就算了，陈素珍是个要脸面的人，体质也不是很好，才不会为了一只西瓜不依不饶地往铁心桥那里奔。但是从另外一个角度来看，陈素珍买瓜主要是为儿子寿来买的，西瓜的主体是寿来用勺子挖着吃的，边缘部分归陈素珍，所以能不能自认倒霉，陈素珍一个人说了不算，还要看陈素珍的儿子寿来的态度。

寿来那年十七岁。大家都还记得十七岁的寿来在街上走路时皱着眉头斜着眼睛的样子。那样的表情是长期受到迫害的表情，但谁敢去迫害寿来呢？是寿来在迫害其他的男孩，还有一些无辜的动物。他当时已经杀过猫杀过狗，还没有杀过人，有人说他迟早要杀一个人的，此为马后炮，暂且不谈。寿来那天回家，照例看见桌上的半只切好的西瓜，浸在水盆里，他注意到瓜瓤是白的，挖了一块塞到嘴里，就吼起来，怎么是白瓤的啊？这是西瓜还是冬瓜？

　　我去换过的，张老头的船走了，你将就吃吧，就当吃冬瓜！陈素珍在厨房里忙着，她说，那福三不肯换给我，别看他样子老实，人精明得像鬼似的，我就是把一只瓜都带过去，他也不一定换的，松坑的乡下人，都不肯吃亏的。陈素珍在厨房里快快地说着话，声音带着一种明显的受挫后的怨气。陈素珍从不向儿子倾诉心中的冤屈，因为儿子从来不听她的。陈素珍习惯了在厨房里自言自语，一顿饭做好，唠叨结束，心中对一切的不满便也排遣得差不多了。她万万没有料到她教儿子怎么做人，儿子不听，她唠叨勤俭节约的好处，儿子不听，她对松坑来的西瓜船的批评，事关一只西瓜，外面的寿来却都听进去了。寿来抱着半只西瓜冲出去，陈素珍并不知道，她只听见儿子在外面骂了一句脏话。陈素珍后来告诉邻居，她在厨房里用腌菜炒毛豆，一点都不知道寿来抱着半只瓜出去了，就是这么炒一个菜的工夫，她把腌菜炒毛豆盛到碗里的时候，一颗毛豆莫名其妙蹦到地上，然后就有个邻居男孩奔进来说，不好了，寿来在西瓜船上捅了一个松坑人！

　　陈素珍再次去铁心桥的时候是一路奔去的，由于体质的关系，她奔跑一段要蹲下来歇口气，蹲下来浪费时间，她心有不甘，就用什么东西啪啪地敲打路面来撒气。我们好多人还记得她手里那把小小的铁器，不是什么别的稀罕东西，是一把炒菜铲子。

　　关于福三的死，最有发言权的是农机厂的王德基，他推着自行车从铁心桥走下来的时候，正好看见寿来像一只惊惶的兔子一样冲上桥，王德基和他的自行车无意中挡了他的道，寿来推了他一下，说，闪开！孩子们怕寿来，王德基他不怕，正要骂人，觉得肩膀那里怎么湿糊糊的，一看，是血。王德基知道不好，他大叫一声，寿来你给我站住！

寿来不理他，只顾向桥下狂奔而去，他穿着一双塑料拖鞋，倒像踩了风火轮一样，跑得飞快。

寿来你捅人啦？王德基在桥顶上喊道，捅了人才这么跑！

寿来不理王德基，一眨眼他就跑到桥下面了，站在那里向上拉了拉田径裤，对着桥顶上的王德基说，他先动手的！说完他在石阶上抹了抹手，抹完手又跑，一眨眼就在香椿树街上消失了。

王德基顺着那摊血迹往桥那面走，嘴里说道，看来是捅了人了，这么多血！他一下桥就看见那个福三手里提着一把西瓜刀，摇摇晃晃地从西瓜船那里走过来，旁边尾随着一群尖叫的妇女和骚动的小孩子。

那个西瓜船上的福三，他拖曳着一条血线走过来，走到公共厕所的墙边走不动了，弯下腰，脑袋顶在墙上，眼睛却愤怒地瞪着王德基。

是你呀？你不是卖瓜的福三吗？王德基胆子大，迎着那个血人走过去。福三浑身是血，倚在厕所的墙上，身体已经抖得很厉害了，一只手努力地举着那把西瓜刀。王德基说，你拿着刀干什么？福三说，给小良。王德基说，给小良干什么？去捅寿来呀？福三先摇头，然后又点头，他瞪大眼睛注视着王德基，手里仍然举着西瓜刀。王德基突然明白他是在向他求救，他要让他拿着那把西瓜刀。王德基就摇头，说，我不能拿刀，我怎么能帮你去捅寿来？现在顾不上那些了，我把你送到医院去。

王德基是热心人，他起初要用自行车驮着福三，但福三对着自行车后架坐上去，坐了几次都掉下来了。王德基扶着车把等了好久，看他坐不上来，干脆把自行车锁了，扔在墙边，说，你失血过多，没力气坐自行车的，不如我背你吧。

是王德基背着福三上了铁心桥。王德基力气大，背着个人，跑得还很快，跑到桥顶的时候他看见陈素珍抓了个锅铲，白着脸向桥上跑。王德基大声说，你现在跑来有什么用？你儿子闯下大祸了！

陈素珍半蹲在桥下喘气，一边努力地要看清王德基背上的人，是福三吧，他要紧不要紧？

王德基说，还要紧不要紧呢，血都流了一路了，你说要紧不要紧？王德基本来指望陈素珍帮他一把的，可是当他们下桥的时候陈素珍看清了福三身上的血，女人毕竟是见不得血的，又是肇事者的母亲，陈素珍呀地叫了一声，人就瘫在桥下了。与此同时，王德基听见后面也哨地一响，福三手里的西瓜刀也掉了，刀正好落在陈素珍的脚下。王德基就站住问福三，要不要捡回来？那是物证，别让人捡去了。

福三却听不懂他的提示，他问王德基，你是不是小良？

王德基说，我不是小良，我是农机厂老王，你不认识我了？前两天我们还在杂货店见面的，你不是打了半斤粮食白酒吗？

你不是小良？福三说，小良死哪儿去了？

王德基说，我怎么知道，他去哪儿你不记得了？你失血过多，脑子现在还清楚吗？

我脑子很清楚，就是人不能动。福三说，小良去买肥皂了。你不是小良，我以为是小良在背我。

脑子清楚就好，救命最要紧。王德基说，你就不要小良小良的了，谁背你都一样，背你上医院，救你的命！

街上有男孩子们追着王德基跑，边跑边问，谁呀谁呀？大人都惊讶地站在店铺和自己家门口，随口评价道，又是打群架的吧，打成这样！经过杂货店的时候，王德基喊了一声小良，小良来买肥皂了吗？杂货店里的女店员拥出来看王德基背上的血人，她们不认识什么小良，光是向王德基打听他背上的是谁，还给他提建议，说，王德基你怎么背着他跑，怎么不叫救命车呀？王德基说，我有三头六臂呀？他在我背上，我怎么去叫救命车？

街上那么多人，偏偏小良不在街上。桃花弄弄堂口有一堆人在下棋，王德基冷眼里看见谢胖子坐在小板凳上，谢胖子也是个热心人，可是到了棋盘前他就对什么都无动于衷了，他的脑袋从别人的身体缝里钻出来，向王德基这儿张望了一番，又缩回去了。王德基一赌气就不再去寻帮手了，好事做到底，干脆他一个人送他去医院好了。

福三像一件行李似的静下来了，安心地伏在王德基的背上。王德基说他感觉不到什么，只是觉得福三人越来越重，偶尔地像是打摆子一样颤抖几下，又不动了。背着那么大个人，开始双方都在调整姿势，渐渐地就没有什么不熨帖了，因为血的缘故，福三好像是被胶水粘在他背上了。王德基说他一路上不停地说，挺住挺住，快到了，快到了。鼓励福三，也是鼓励自己，结果王德基挺住了，福三却没挺住。王德基告诉大家，他们走过北大桥的时候看见了一辆运水泥的货厢车，货厢车的司机不肯停车救人，王德基骂他他还狡辩，说什么救人要紧抓革命促生产更要紧。

王德基不知道福三为什么没有坚持到最后，他跑得够快的了，他不敢夸口比救命车跑得快，但一定比自行车跑得还要快。他们快到第五人民医院的门口时，那个叫小良的松坑人追来了，是个没什么用的农村小伙，只会哭，对着王德基喊，谁干的谁干的？那架式倒是要让王德基交人出来，王德基一急就向他吼了一声，先救人再破案！铁打的汉子王德基，这时人也站不住了，他帮着把福三移到小良的背上，赶紧去扶墙，扶着墙呕吐，吐了几下，发现那小良背着人还在哭，他就火了，搡了他一把，哭有屁用，快进去呀！这一推搡他发现福三不好了，福三的眼睛还愤怒地瞪着天，目光却凝固了，王德基胆子大，用手指撑开他的眼眶看了看，福三的瞳孔已经放大了。而那个小良，是个没用的小伙，他背着福三撞进了医院传达室，对着一个老门卫哭喊着，医生，快救人呀！

关于福三的死，王德基怎么说这里就怎么写，当年香椿树街的青少年追着王德基，让他一遍遍地回忆送福三去医院的种种细节，坦率地说有人是对血腥感兴趣的，王德基况且能够掌握分寸，主要强调救人的艰辛和救人不得的遗憾，事情过去这么多年，我不得不考虑西瓜船故事对青少年读者可能产生的负面影响，恕我古板，福三之死，福三在第五人民医院的太平间引起的种种风波，我决定放弃更进一步的描述了。

回到西瓜船来，先说说西瓜船上的另一个人小良吧。

小良是个没用的人,而且有点笨,这一点不用王德基介绍,大家也看得出来。派出所的人在西瓜船上立了一块牌子,闲人禁止入内。包括小良,小良也被禁止上船。派出所的人一定向小良解释过保护现场之类的话,小良似懂非懂,他被有关人员从舱里推到船头,从船头推到岸上,脸上始终是一种梦游般迷惘而顺从的表情,直到派出所的人要走了,他突然又哭起来,对着他们的背影喊了一句,人到底抓到没有?

夜里派出所的人都走光了,来了一些街上的闲杂人员,无端地对事发地点进行种种细致的考察。他们看见小良坐在岸上,抱着膝盖睡,有点碍事,便怂恿他上船去睡,有人受过治安处罚,对所有穿白制服的人都怀恨在心,顺嘴便诋毁起刚刚离开的公安干警来,他们懂个屁,你别把他们的话当圣旨,管管野鸡小流氓他们在行,杀了人他们就乱套了,什么指纹证据的,那么多人看见寿来捅的人,还要什么证据,上你自己的船睡去,你又不是闲人,怎么禁止入内了?又有人替他出主意,说街上的工农浴室重新开张了,只要给看门老头一只西瓜,他一定同意你在铺上睡的。这主意马上被其他人轻蔑地否定了,说,你没脑子,没看出这兄弟放心不下船吗,还有西瓜,他在这儿看西瓜呢。

小良只是用狐疑的眼光看着三霸那些人,那些不三不四的人,一旦热心肠了,就显得居心叵测,小良也许有点怕他们,他警惕地注视着三霸他们,身体则不时地移动着,为他们腾出位置。他说,我就在这儿睡,我要看船的。小良缩着身子,把脑袋埋下去,继续睡,耳朵却在仔细地听着三霸他们对寿来的评价,他听出来寿来和这群人不是一伙的,就突然地骂了一句,杀千刀的东西,为了一只瓜呀,乡下人的命就抵一只瓜?

由于满城的人都听说了西瓜船上的事情,从早晨到夜晚都有人跑到铁心桥下来看那条船。杀人者和死者,不可能滞留原地让人参观,但船被封了,还停在那里,血也还一点一滴地留在船头和岸上。白天的时候小良要勇敢得多,闲人看船,小良就瞪着眼睛看他们,他说,我们松坑马上就要来人了,人已经在路上了。别人听出来那是要采取报复行动的意思，就告诉他说，寿来昨天就铐走了，他在火车站等火车，等得不耐烦，到旁边文化馆里看录像片，刚刚坐下就被铐走啦。小良说，铐走就行了？一条命呢，乡下人的命就抵一只瓜？又有人告诉小良，寿来家里放话出来了，寿来才十七岁，未满十八周岁算少年犯，是去劳教，不会枪毙的。小良就厉声叫起来，你们少来骗人了，十七岁就可以随便捅人？那好呀，让我们松坑不满十七岁的都来捅人，捅死人不偿命嘛！别人看小良的眼睛红红的，人很冲动，很聪明的面孔却一点也不懂法，都不知道怎么跟他讲里面的是非，干脆不惹他。你不惹他，小良自己就慢慢平静了，平静下来更消极，说话是打倒一大片的方式，你们都是穿连档裤的，你们的思想都一样，他说，乡下人的命嘛，就抵一只瓜。

夜里铁心桥两侧的人家有人起夜，隔着临河的窗便可以看见西瓜船，还有岸上一个货包一样的东西，他们都知道那不是货包，是守船的小良。

松坑人大闹香椿树街的事情发生在三天还是四天以后，我现在已经记不清楚了。人们后来知道从松坑来的两台拖拉机停在城北水泥厂门口，从拖拉机上下来了二十几个人，大多是青壮年，手里提着锄头铁锆之类的农具，水泥厂门口的人正在纳闷呢，看见那个小良从铁心桥方向飞奔而来，小良一边跑一边抹眼泪，人们清晰地听见了小良哭叫的声音，怎么到现在才来，到现在才来！

从松坑搭乘拖拉机来的二十几个人，其中一些人我们没见到，他们从水泥厂那里直接上了北大桥，去第五人民医院的太平间了。另外一些人在小良的引领下，浩浩荡荡地穿过香椿树街，到陈素珍家门上去了。

除了多年前城北地带造反派的武斗，香椿树街的居民们，从来没见过像松坑人讨伐陈素珍家这么紊乱而壮烈的景象。冲到陈素珍家门上的大约有二十个松坑人，是拥进去的，人多门窄，门很碍事，松坑人便把门卸下来了，说要把寿来放到门板上去，抬到医院去陪着福三。极少数松坑人衣冠整齐，有一个像是农村的干部，他手里没有农具，衬衣口袋里别着一支钢笔，大多数人一看就是临时从地里上来的，面孔很凶恶，身上则隐隐地散发出田野或泥土的清香，有的挽到膝盖上的裤腿管忘了放下来，小腿上还结着水田里的泥浆。

他们闯进寿来家的时候，寿来的父亲柳师傅刚刚从江西的什么兵工厂赶回来，他在厨房为陈素珍熬药，陈素珍已经在床上躺了好几天了。她是个常年患有头痛病的女人，没什么事也会犯病，何况家里出了这件天大的事。陈素珍在等药的时候听见门外响起惊雷般的脚步声，然后便是药罐子砰然落地的声音，柳师傅大叫起来，你们这么多人，进来要干什么？此后柳师傅的声音便被淹没了，是高高低低的陌生人的声音，是松坑人嘈杂而统一的愤怒的声音，把人交出来把人交出来！其间夹杂着女人尖利的哭声。陈素珍预感到要发生什么事了，她想从床上爬起来，但身体起不来，眼前天旋地转，她拚命向丈夫喊了一声，快跑，快去报案！她的声音却在一种巨大的声浪里沉下去了，然后她听见家里门窗被摇晃砸打的声音，橱柜里的碗碟轰隆隆地泻到地上的声音，她听见丈夫的吼声很快低沉下去，变成一阵阵痛苦的嘶叫，陈素珍就抓过床边的一只闹钟向门上砸去，别和他们打，去报案！

陈素珍不知道她丈夫是否听见了闹钟砸门的声音，她记得是几个松坑男人冲到了房间里，其中一个是小良，她认得的，另一个没见过面，凭着那人黑瘦的长相，几乎可以肯定是福三的兄弟。陈素珍并不畏惧，她躺在床上冷静地望着他们，一字一句地说，我儿子已经抓走了。她觉得他们拒绝听她说话，他们说，把人交出来把人交出来！陈素珍说，你们上我家来没用，杀人偿命，他也得死，有法律的。他们说，把人交出来，把人交出来！陈素珍知道她说什么也没用，就不说什么了，她躺在床上，异常冷静地注视着他们，还有他们手里的锄头。她说，你们要觉得一命抵一命还不够，把我的命也抵上好了，我不怕的。

陈素珍注视着他们手里的锄头，她相信他们不敢那么做，她看见福三的兄弟茫然地瞪着她，她的目光勇敢地迎了上去，结果他先把目光闪开了。福三的兄弟瞪着她的枕头，还有柳师傅早晨放在枕边的一包饼干，说，你还在吃饼干啊。那人一定是福三的兄弟，他撩起陈素珍身体下面的印花床单，看看床单下面的草席，他说，你把床单铺在席子上睡，这么睡才舒服？福三的兄弟用手里的锄头柄敲敲整个漆成咖啡色的床架，你睡这么高级的床，就养了那么个畜生出来？他讥讽的语调忽然激愤起来，眼睛里的怒火熊熊地燃烧起来，是你养的儿子不是？我娘在家里哭了三天三夜了，一滴水都没进嘴，你还在家里睡觉，你还躺在床上吃饼干！

  松坑来的人做了一件令陈素珍永远无法忘记的事。他们不能容忍她躺在床上，或者仅仅是不能容忍她枕边的一包饼干，她记得福三的兄弟先是抢过饼干扔在地上，用脚踩得粉碎，然后他对其他几个人吼道，砸了她的床，看她怎么在床上吃饼干！他们挥起锄头砸打床架榫头的时候，陈素珍的身体在上面被迫地颠动起来，她万万没想到她受到的是这么奇怪的屈辱，她没有一点力气去阻止他们，她的身体可笑地颠动着，而她坚强的神经也随着床架的崩溃在崩溃，陈素珍哭了，突然地一下，她感到自己的身体下沉了，床板的一头落在地上，另一头倾斜着搭在架子上，她的身体也像码头运输槽上的一包水泥一样滑落下去了。

  那天柳师傅始终没能走出门去，松坑人手里的农具虽然不是冲着人来，主要是摧毁家中的门窗家具，柳师傅知道那是报复，但如此野蛮的报复他接受不了，慌乱中他抓起了一把菜刀，结果这把菜刀恰好激发了松坑人对那把西瓜刀的联想，有人喊起来，儿子学的是老子样，都拿刀呀！松坑人哪里知道柳师傅其实是个有公论的厚道人，跟他儿子是两种人，松坑人不分青红皂白拥上去教训柳师傅，不知道是谁的农具伤到了柳师傅，柳师傅坐在盛米的缸上，怎么也站不起来，后来才知道他的三根肋骨被打断了。

  是邻居钱阿姨去报的案。钱阿姨在陈素珍家门口，几次三番地努力，就是进不去。松坑来的人还安排了站岗的，不准邻居进去。钱阿姨说，你们来解决问题是可以的，但是不能这么闹的，左邻右舍多少上夜班的，白天要睡觉，你们闹得天翻地覆的，让人怎么休息？她对松坑人的说服教育起不到一点作用，就气乎乎地走了，临走说，这不是你们乡下，人多就能解决问题，你们不听我劝可以，等会儿看谁来劝你们！

开始是派出所来的人，一老一少两个户籍警，凭借着身上的制服勉强冲进了陈素珍家。老的是香椿树街人人皆知的秦同志，秦同志有经验，一进去就知道局面不好控制，一边察看柳师傅的伤，一边试图说服松坑人离开，年轻的那个就不注意工作方法，拿出手铐就要往人手腕上戴，结果满屋子的农具都举起来对着他，好在秦同志把他拉到一边去了。秦同志知道这群人不容易对付，他对年轻的同事耳语了几句，年轻人马上就从满屋子人堆里挤出去了，出去干什么？请求支援去了。

后来就来了一辆东风化工厂的卡车，卡车上冲下来七八个人，人不多，都束着军用皮带，穿着蓝色工作服，却一律带着步枪。围在陈素珍家门口的人还是第一次这么近距离地看见枪，有个男孩多嘴，尖声说，是工人民兵，枪是假的！这话惹恼了带枪的一个民兵，对着那男孩说，假的？要不要打你一枪试试？

带枪的人一进去，陈素珍家里瞬间便安静下来，先是几个民兵把松坑人的农具一件件地拖出来，扔到卡车上，有人在旁边一二三四地数着，锄头七八把，铁锸五六把，甚至还有两把镰刀。农具后面是人，一个个被推出来，有人也在旁边数了，一二三四，一共十七八个人，其中妇女两名。那个正当哺乳期的妇女不知道是福三的什么人，嗓音异常地尖厉，她一手擦拭着胸襟上满溢的奶汁，一边哭一边嚷着什么，听不清她嚷嚷的内容，但看她的眼神是面向外面围观的人群，大抵是要大家评个理主持个公道什么的。

松坑来的男人都被工人民兵弄到卡车上去了，不管有没有动手伤人，去调查清楚了再说。两个妇女原来可以赦免，她们开始是站在下面的，一个不停地撩起衣襟抹眼泪。另一个哺乳期的妇女则向旁观者说个不停，松坑话说快了不容易懂，反正听得出来她是在争取别人的同情，好好的一个人来卖西瓜的，你们买西瓜那点钱怎么还买人命呢？人都死了，我们来出口气还不行？听者却不宜对她表达自己的立场，有人很关心他们与死者的关系，忍不住问她，你们两个女的，谁是福三的老婆？她摇头，说,我是他妹妹。另一个呢?另一个不肯说话,还是哺乳期妇女替她介绍了,也是妹妹,福三的妹妹。

福三的两个妹妹原本不用上车的,她们听见卡车鸣笛吓了一跳,看见卡车要开走她们一定想到了某些未知的后果,一齐尖叫起来,两个人扑上去,一左一右拉着后挡板,不让卡车走,看看两个人的力气拉不住卡车,喂奶的那个妹妹就跑到卡车前面去,躺在地上了。

福三的那个妹妹,也不知道叫什么名字,反正大家对她印象是最深的。她就那么躺在地上,视死如归的样子我们以前只在电影里见过,但无论从哪方面来说她又不像人们心目中的女英雄,她躺在卡车轮子前面,衣衫零乱,胸口湿了一大片,肚子极不雅观地袒露出来,圆鼓鼓的,悲壮地起伏着。好多人都跑到卡车前面来看福三的妹妹了,街上人越聚越多,狭窄的香椿树街的交通很快堵塞,交通堵塞以后就有孩子在这儿那儿乱吹哨子,哨子的声音更使香椿树街的空气沸腾起来。

城北派出所所长老金也来了,老金亲自出马,足以说明遇到的局面多么棘手了。照理说老金在香椿树街解决任何事情都容易,但这涉及工农关系的风波弄到这么不可收拾的地步,又没有相应的文件说明,他也没办法了,脸色便很难看。老金找到那个干部模样的松坑人,请他去说服福三的妹妹,但那个干部眼睛里闪着狡黠的光,说,她不要命,你们就让车开过去好了。我们松坑人命反正不值钱嘛。看得出松坑的干部也不懂法,他是不会协助执法了,老金也是被激怒了,卷起袖子说,敬酒不吃吃罚酒,来人,把那泼妇一起抬上车!

这样,就干脆地解决了问题。我们看见福三的妹妹被几个人合作着抬上了卡车,她当然是拚命挣扎的,挣扎也没用,人还是被轻盈地抬了起来,她的尖叫声听上去很恐怖,夹杂着松坑一带的脏话。有人刚刚从人堆后面钻到前面来,脑袋从别人的肩膀上努力地探出去,嘴里发出啧啧的声音,哎哟,怎么像杀猪一样?这乡下女人好凶!前面的人都知道事情的原委了,同情心忽然偏东,忽然偏西,现在都偏向松坑人了,三言两语解释不了自己的立场态度,就简短地说,你没有调查就没有发言权。

乱了好久，卡车慢慢地能开了，松坑来的那些人，男男女女的都在化工厂的卡车上，一张张脸带着疲惫之色从人们头上缓缓而过。看得出那是一些受到过惊吓或威慑的脸，有的人脸上还残存着恐惧，有的恐惧而茫然，眼神便显得楚楚可怜。有的人看上去有点羞怯，像小良，街上好多人在他船上买过瓜的，认得他。当然也有向街两边侧目怒视的，像福三的兄弟。最无所畏惧的还数那个干部，他站在上面摆弄了几下口袋里的钢笔，表情显示出一种故意的傲慢来，而且他还学领导人的样子，向什么人挥了挥手，大家左顾右盼地寻找他挥手示意的对象，也没找到谁，猜他的用意，也许就是显示他的无所畏惧吧，但好多人意识到，他这么随意地一挥手，那架式倒有点像毛主席在天安门城楼接见红卫兵呢。

九月初的一天，福三的母亲来了。

起初没人知道那个在铁心桥边来回走动的老女人是谁，她穿一件蓝色对襟褂子、黑裤子、草鞋，头上包着毛巾，是松坑一带老年妇女寻常的装束。她先是站在桥上向河两边眺望着什么，一边眺望一边擦眼睛，她的眼睛里有一层明显的白翳，也许是白翳遮挡了视觉，她没望到什么，又下到桥堍来，手搭在额上向河的这边那边望着，还是没有她寻找的东西，就拉住过路的幼儿园老师沈兰问了，妹妹呀，夏天在这儿的西瓜船怎么不见了？

沈兰是外地人，一直和儿童们说惯普通话的，听不懂她的松坑话，就让她去居委会。她没有反应，明显不知道什么是居委会，沈兰就用手指着河对岸的一个漆成红色的窗户说，居委会就是居委会嘛，你过桥，去那间房子，房子里面就是居委会。

可是福三的母亲眼睛不好，她既看不见对岸的红色窗子，也听不懂居委会的意义，她说，妹妹我找西瓜船，一条船呀。她感觉到别人不耐烦了，脸上绽出了一个巴结的笑容，说，一条西瓜船，就是出人命的那条西瓜船呀。沈兰这才猜到松坑来的老女人的身份，她看见福三的母亲喉咙里咯地响了一下,似乎要哭了,一只手赶紧抬起来,按着脖子,按了一下,又按了一下,居然把哭声压住了。然后沈兰惊讶地看见老女人的脸上重新堆起了笑容,她说,妹妹你帮帮我,我眼睛不好,看不见的。

西瓜船是不见了。沈兰下到石埠上,在河的两头搜寻了很久,她看见卖大蒜头和猫鱼的小船,捞河泥的铁船,运水泥的驳船,甚至还有一只粪船臭烘烘地停在桥堍厕所那里,偏偏看不见西瓜船的影子。沈兰说,怎么不见了呢,我天天从这儿路过,西瓜船原来一直在这儿的,昨天刮风,大概是漂走了,漂得不会太远的。福三的母亲说,漂到哪儿去了,东边还是西边,妹妹你告诉我,我眼睛哭坏了,你指着我看不见的。沈兰说,我也看不见,指也指不了,我还是带你去居委会,让他们替你找一找吧。

沈兰就领着福三的母亲过了铁心桥,上桥的时候她问,你那么大岁数了,眼睛又不好,怎么让你出来找船呢?福三的母亲说,不是我家的船呀,是福三向旺林家借的船,福三人不在了,船要摇回去还给旺林的。沈兰说,不是问你这个,我问你,你那么大岁数,怎么让你出来摇船呢,让你把船摇回松坑去呀?福三的母亲说,我摇回去,慢慢地摇,摇个两天就到家了。福三的母亲不知道为什么听不懂沈兰的意思,沈兰干脆就直接问了,家里没人手了?听说福三他弟弟妹妹都让他们扣起来了?还没放回去?福三的母亲这时候犹豫起来,人靠近了沈兰,凑到她耳边悄悄说,妹妹你是个好人,我说给你听不怕,福三的弟弟妹妹昨天刚刚放回去的。沈兰说,那让他们来摇船回去嘛。福三的母亲朝桥上看看,又向桥下望望,轻声道,我不敢让他们再来了,说什么也不敢了。警察说这次饶我们一次,也不用赔那家人东西,医药费也不赔,警察说一事归一事,再来就犯法了,也要吃官司。

福三的母亲被领到了居委会的女干部崔主任那里。崔主任当时忙着爱国卫生月的宣传事务,她让福三的母亲喝了一杯水,让她不要急,说那么大一条船,不管漂到哪里,总是在河里,不会长翅膀飞走的。船只要没漂出北大桥去,就算她的居委会的事。崔主任说如果船漂到北大桥外面去，她也会和桃花汀居委会协商解决的。

福三的母亲被沈兰领到了基层组织，是她后来找到西瓜船的关键第一步。居委会依靠群众，即使是个风吹草动，自然也有群众会向他们如实反映，何况那么大一条船呢。两天前恰好有人向崔主任反映，有一个叫歪嘴的青年趁西瓜船无人看管，拿了个箩筐把船上剩下的西瓜全部拖回家去了。那两天整个香椿树街的街道干部都在为陈素珍家解决问题，又要准备爱国卫生月的工作，无暇顾及西瓜船上剩下的几只西瓜，就把这事搁下了。

崔主任差人把歪嘴叫来了，她也不透露福三母亲的身份，只是让他坦白从西瓜船上拿了几只西瓜。歪嘴斜着眼睛观察崔主任的表情，判断她是证据确凿的，就反问道，你说还剩几只？你说几只就几只。崔主任板起面孔说，我问你还是你问我？歪嘴我告诉你，你偷鸡摸狗的事情别以为我们不知道，都记在本子上了，几天不找你你就翘尾巴！歪嘴果然老实了许多，说，没剩几只瓜了，我不搬了吃也要烂掉的，有几只都烂了嘛。崔主任逼问道，到底是几只？你说，对我说了没事，不说以后就对派出所说去。歪嘴说，十一二只吧，好几只是烂的。崔主任说，好，就减半算，算六只西瓜，一只算三毛钱，你现在赔人一块八毛钱！

歪嘴这才注意到凳子上的福三的母亲，看她头上那块毛巾便知道是松坑来的人，他马上就冲她嚷起来，几只烂西瓜，你敲竹杠呀！福三的母亲吓得站了起来，弟弟你说什么，我从来不敲人竹杠，敲竹杠要遭报应的。我找船呀，弟弟你拿我儿子的船了吗？歪嘴说，我只拿瓜，我又不是托塔李天王，怎么拿得动船？你儿子的船去哪儿了，别问我，问王德基的儿子去，我看见他带两个小孩摇船玩的，玩到铁心桥桥洞里去了。

崔主任命令歪嘴立功赎罪，去把王德基的儿子安平叫来。歪嘴靠在门框上思考了一会儿，和崔主任谈了条件，说，那我去把安平拎来，拎来就没我的事了吧？崔主任说，有事没事我说了不算，又不是我的西瓜，要问这位老大娘。歪嘴就把脑袋转向福三的母亲，你到底要不要我赔西瓜钱？要赔我给你五毛钱好了。福三的母亲摆手说，不要赔不要赔，我不是来要瓜钱的,我要把我儿子摇出来的船摇回去,弟弟你行行好,帮我找找船吧。

福三的母亲原来是要跟着歪嘴去的,歪嘴不愿意让她跟着,崔主任也劝她留下来等。福三的母亲就坐下来了,坐在窗边,看着窗外面的河道。崔主任又给她倒了杯水,她客气推托了半天,说喝不进去了。又问崔主任以前在铁心桥下卖葱的老太太还在不在,说她也是好人,也给她喝过开水的。崔主任问,哪个老太太?姓什么?她却说不上来,光说那老太太嘴角上有一颗痣。崔主任其实没有兴趣和福三的母亲交谈,嘴里哼哼着,手上忙自己的工作,听见福三的母亲说,我年轻时候摇船到铁心桥来卖过白菜,认识好多人的。崔主任随口问,都认识谁呀?福三的母亲想了想,说,老虎灶上的人,药铺里的人,烟纸店里的人,我认识几个人的。崔主任说,老虎灶去年刚拆的,药铺就是现在的新风药店嘛。福三的母亲叹了口气,说,我有了五妹以后就没空出来卖白菜了,二十年没来铁心桥了,他们也认不出我来的,我眼睛哭坏了,我也认不出他们的。

正说着话歪嘴在外面把安平推进了门,把安平推进来歪嘴就完成任务,甩手走了。安平镇定自若地站在门口,斜着眼睛看看崔主任,看看福三的母亲,一只手挖着鼻孔。崔主任说,王安平你把人家的船摇到哪儿去了?安平说,不知道,船到哪儿去了?崔主任说,不是你摇的船吗?你不知道谁知道?安平说,我就解了缆绳,谁说我摇了?是达生摇的,我们就把船摇到铁心桥桥洞,船自己横过来,卡在桥洞里了,我们就上去了。崔主任学他的腔调说,你们就上去了?你们把别人的船摇出去,卡在桥洞里你就不管了?安平说,船现在不在桥洞里,它自己漂走了。崔主任火起来,说,自己漂走了,不是你的责任?去把达生叫来,你们负责把船找回来,否则我告诉王德基,看他怎么收拾你!

福三的母亲弯着腰坐在凳子上,过了一会儿坐不住了,起来去拉崔主任的衣服,说,崔同志你跟小孩好好说。又走到安平面前,弯腰替他拍了拍裤子,她的表情看上去忧心忡忡的,但还是努力地向安平挤出了笑脸，她说，弟弟乖啊，我们乡下没有船过不了日子的。安平说，你拍我裤子干什么，又没有灰！他厌恶地瞪了她一眼，在她拍过的裤子上又拍了一下。福三的母亲便去摸安平的脑袋，说，弟弟乖。安平一甩手，身体灵巧地向后一跳，就把福三母亲的手晾在半空了，他继续挖着鼻孔，斜着眼睛看福三的母亲，突然说，是你儿子让寿来捅死的吧？

崔主任这时候冲过来，用报纸在安平头上拍了一下，说，我要不告诉王德基，我就不姓崔！崔主任回头看福三的母亲，福三的母亲弯着腰站在那里，身体抖了一下，并没什么异常。她对崔主任摆摆手，小孩子的话，我不计较的。她撩起衣角在眼睛四周抹了一圈，说，自己命苦，不好跟别人计较。前年我家老头子病殁了，去年春上猪圈里闹猪瘟，死了三头大母猪，今年是福三出事情，一年一灾，我眼泪哭干了，我一哭眼睛痛得厉害，眼睛一痛头疼病会犯，犯了头疼病我就没力气摇船了，我不能再哭的，我要把船摇回家的。

把船摇回去。崔主任听出来这件事情对于福三的母亲来说比天还大。福三的母亲的精神状态让崔主任松了口气，有的妇女以为居委会就是让她们哭闹让她们晕倒的地方，崔主任是很反感的，福三的母亲不哭也不闹，让她感到同情，还有一丝侥幸，唯一棘手的是那条船，不知道漂到哪儿去了，不知道是不是还在北大桥以东香椿树街居委会的管辖范围内。崔主任不能扔下工作帮着去找船，她就严肃地对安平说，王安平同学你听好了，你马上带着这位老大娘去找她的船，从铁心桥找到北大桥，这是我给你的任务，你完不成我有办法，什么办法？你不懂？真不懂还是假不懂，很简单的，让王德基替你来完成这个任务！

那天下午我们看见王德基的儿子带着福三的母亲沿着河边人家走，有人指着老妇人问安平，那是你外婆吗？你外婆是松坑的？安平没好气地说，你外婆！你外婆才是松坑人！福三的母亲也不计较他对松坑人的歧视，对着路遇的人笑脸相迎，说，同志你看见松坑那条西瓜船了吗？安平说，你还要不要我找了？要我找你就别问东问西，话又说不清楚，是船不说酒，别人以为你要找酒喝呢！福三的母亲又试图去摸他的头，手伸出去又缩回来了，说，弟弟乖，奶奶眼睛坏了，看不见，要你帮忙呀。安平就哼了一声，说，你懂不懂学雷锋，崔主任在逼我学雷锋呢，我不学雷锋她就让我爸爸收拾我，这个妖婆！

走到达生家门口，安平对福三的母亲说，你在这儿等，我到这家去看看。安平推开虚掩的门，闯到达生家里，嘴里喊着达生的名字，人径直穿堂入室，直扑临河的窗子而去。达生的母亲李金枝正在缝纫机上缝窗帘，让安平吓了一跳，说，死孩子你干什么，吓死人了！安平说，我找达生！李金枝说，达生不在！达生他爸爸不是警告过你不准找达生吗，你把我家达生都带坏了。安平冷笑一声，还警告呢，谁稀罕找他呀？告诉你吧，我在学雷锋，找一条船！安平嘴里说着话，人已经上了达生的床，跪着，打开临河的那扇窗子，探出身子向外面的河道看。李金枝拿了把量衣尺子来打他，安平叫起来，别打我，我骗你是狗，我在学雷锋，是一条船，你看见有船从这儿漂过去吗？

李金枝一边拼命把安平从床上拉下来，一边恨恨地听他陈述他的目的，什么西瓜船冬瓜船的？她说，没见过没见过，我又不是猫，天天蹲在窗台上看船过。安平突然叫道，就是寿来捅死人的那条船呀！李金枝又被吓了一跳，缓过神来就更气愤了，拿着量衣尺朝安平肩上啪啪地打，骂道，该死的小畜生，你到我家来找那死人船，怎么不上你家找去？触了霉头看我不找王德基去，打死你！安平躲避着她的尺子，从达生的床上逃下来，嘴里还申辩着，我家不沿河，怎么找船？你这个笨女人！

安平跑到外面，李金枝追了出去，差点撞到门外福三的母亲，看见松坑来的那个老女人，她突然明白安平这次不是撒谎了。福三的母亲叫了她一声阿姐，李金枝倒不见怪，她知道无论年轻年长，松坑人都管女人叫阿姐的。李金枝应了一声，放开了安平，打量起福三的母亲来，是你儿子——她这么问了半句，觉得不得体，又咽回去了。她与寿来的母亲陈素珍是一家纺织厂的工人，平时关系不怎么好，这时忍不住说了一句，那个寿来，不是我诳人，从小我就看得出要闯大祸，娘老子宠出来的，养子不教父母过呀！李金枝没有从福三的母亲那里得到任何回应，她醒悟过来，说这个是白说，人家恐怕还不知道是谁要了她儿子的命呢。福三的母亲显得心慌意乱的，跟着安平要走，李金枝拉着她说，进来喝口水再走！福三的母亲说，多谢阿姐了，我喝过水了，喝不下了。阿姐你在河边住，没见过我家那条船吧？李金枝嘴里顺口说没有没有，记忆中却出现了傻子光春扛着一条船橹从她的自行车旁走过的情景，她的眼睛一亮，叫起来，等等，我带你们去光春家看看！

这样一来，福三的母亲又被带到街那边去了，往回走，去傻子光春家了。

李金枝在光春家门口遇到了光春奶奶的阻拦，她说光春傻归傻，从来不偷人东西。还反问李金枝什么时候看见光春拿人东西的。李金枝说，他是不拿人东西，他拿人摇橹呀！李金枝指着外面的福三的母亲，说，你看看人家，看看人家！光春奶奶探出头去，看见一个松坑老妇人弯着腰站在电线杆旁边，她问李金枝，人家怎么啦？李金枝压低声音说，是西瓜船上那福三的娘亲呀，光春他奶奶呀，光春不懂事，你可是烧香念佛的人，怎么能把那船橹放在家里？

光春奶奶镇静的脸上变了色，抬起小脚匆匆往天井而去，边走边叫，光春光春，你还说你不傻，你不傻怎么把那东西扛回家了。李金枝跟进去，一眼看见傻子光春，正在天井里守护着那条船橹。船橹上的桐油都磨没了，露出发乌的木头的颜色。一向与水打交道的摇橹，离开了水，看上去倒像一种老式的笨重的兵器，正适合傻子光春对战争的一些奇思异想。光春的奶奶在橹头上晾了一把腌菜，湿漉漉的拖把则搁在橹梢上，还在滴水。李金枝也不管三七二十一，拖着摇橹到门口，对着福三的母亲喊，这橹是不是你家的？

福三的母亲迎上来，眨着眼睛没看清什么，摸一下就叫起来，说，正是，是我家那条橹！用了二十年的橹了，我认得出来，这橹把上原来绑着红布条的。

李金枝舒了口气，说，橹在船就在，就看那傻子记不记得船在哪儿了。她正要回去追问，傻子光春已经被他奶奶推到门外来了，向福三的母亲敬了一个军礼。光春奶奶跟出来，摇着福三母亲的手，说，我们家光春脑子不好，拆了橹回来做兵器耍的，你千万别跟他计较，他骗我说是酒厂码头的废船呀！

那天黄昏我们看见一群人抬着一条船橹向酒厂码头方向而去，傻子光春骄傲地走在最前面，尾随他身后的队伍组合得非常牵强，王德基的小儿子安平，李金枝，光春奶奶，还有头上包着一块毛巾的松坑老妇人，后来人们就都知道了，那个被光春奶奶挽着手的松坑老妇人，是福三的母亲。他们一路走着一路有人加入进来，安平就没资格扛橹了，他也不敢胡闹了，因为王德基正好下班回家，看见儿子又在外面野，骑车冲过来吼，滚回家去！安平跳了一下就跳到福三的母亲身后去了，指着福三的母亲说，我在学雷锋，不信你自己问她。

王德基后来告诉别人，他看见福三的母亲吓了一跳，说从来没见过长得如此相像的母子，面容酷肖倒在其次，他惊讶的是福三的母亲弯着腰站在人堆里，满脸疲惫，一手撑腹，一手向他慢慢地伸过来，要来握他的手，那母亲的姿势，让他一下就想起了福三在铁心桥下是怎么扶着厕所的墙，怎么向他出示那把西瓜刀的。

从松坑来的那条西瓜船，二十天以后谁也认不出来了。它被酒厂运送黄酒的船群挤在码头一角，散发着弃船特有的凄凉气息。棚顶上的麦秆席子没有了，四根棚柱不见其三，只剩下一根孤零零地耸立在船上，像小学校里的简陋的旗杆，船头的行灶不见踪影，一定有人看上了那几块垒灶的砖头，拆得很干净，半块砖头都没留下。除了傻子光春，不知是哪些人上过船，有人在西瓜船里倒了点煤渣，倒了点水，还扔了些菜叶子，船舱里看起来很脏，有点像夏天沿河收垃圾的船了。

李金枝站在码头上，手指着运酒船大声批评那些船户，怎么这么缺德？好好一条船，给你们弄成这样，你们自己船上倒是干干净净的，怎么把人家船当垃圾船呢。运酒船上有人厉声地回应道，你还张嘴骂人呢，要不是我们把船勾回来，这船早就漂到太平洋去了！

船在就好,阿姐你不要和他们吵。福三的母亲安慰着李金枝,眼睛看着王德基他们装橹,也怪王德基他们没有经验,笨手笨脚的,福三的母亲一着急,身体一点点地往下面挪,李金枝正要扶她,她已经挪到船上去了。

正是九月黄昏时分,酒厂码头的阳光也像陈年的黄酒一样,馥郁地流淌,河面闪闪发亮,西瓜船上的一摊干涸的血迹吸引了所有人的目光,起初人们都在看福三的母亲和王德基他们装船橹,是傻子光春最先透露血迹的位置的,他指着船头一角对安平说,看那摊血,像不像一头牛?大家顺着光春的手看过去,果然是一摊血,不一定像一头牛,但是一摊非常清晰的血迹。李金枝瞪着眼睛,用手指压着嘴唇,示意大家别嚷嚷。她说,她眼睛不好的,最好别让她看见。安平偏不听她的,对傻子光春卖弄他的知识说,血迹很难洗的,水洗不掉,要用酒精擦。又让光春去拿酒精来,说他可以当场试验给他看。傻子光春问,酒精在哪儿?安平给他问住了,翻着眼睛说,算了算了,试给你看也是白试,你就知道看血迹像牛还是像马,傻子!

后来就剩下福三的母亲一个人在船上了,运酒船已经为福三的母亲让出了水道。王德基他们不会弄船,帮不上忙,干脆下来,在岸上看着她把船慢慢地摇出去。李金枝问王德基他们,你们看见船头那摊血了吗?王德基说,那么一摊血,怎么会没看见?不敢吱声罢了。李金枝叹着气说,她眼睛不好,最好看不见,否则看着儿子那摊血,怎么摇得动船呀?王德基说,本来就摇不动的,去松坑好几十里水路呢。她出来摇船,家里人肯定不知道的,知道了怎么能让她出来!

福三的母亲把船摇出了运黄酒的船群,水上就有路了,她摇摆着的身体突然停了下来,慢慢转过来,抬起臂肘擦眼睛,努力地眺望着码头上的李金枝他们这群人。看得出来她是要告别了。福三的母亲要和码头上的人告别,可是离得远了她什么也看不清,看不清楚码头上站立的哪些是香椿树街的好心人,哪些是酒厂堆积如山的黄酒坛子,她就突然跪下去,向着酒厂码头磕了个头。码头上傻子光春先笑起来了,说,她怎么向黄酒坛子磕头？大人不傻，知道是福三的母亲眼睛不好，磕错了方向，都挥起手，叫喊起来，不敢当的，快起来快起来！

福三的母亲很快就起来了，人在远处站起来，小小的一团，被满河夕阳照着，身影还是很黑很模糊。就这样，松坑的最后一条西瓜船，也在九月的一个黄昏离开了酒厂码头。据去过松坑修理拖拉机的王德基估算，此去六十里水路，一定要在水上过夜了。福三的母亲毕竟年纪大了，她摇船的姿势看上去不像其他松坑人那么流畅，也许是累的，她摇得很慢，船也走得很慢，看上去不是她摇着船走，是船领着她向下游而去。船向河下游而去，那是松坑的方向，福三的母亲虽然眼睛不好，松坑的方向应该是永远记得的。

而王德基他们站在酒厂码头上，眺望着夏天来的西瓜船向河下游而去，一来一去，按节气来说居然隔着夏秋两季了。

（原刊于《收获》2005年第1期）

无岸之河

葛 亮

Time is a River with no Banks.

Marc Chagall (1887—1985)

一

李重庆是叫李重庆,他不是个四川人。对于这一点,他已经懒得解释了。他生下来那天,恰好是他爷爷的六十大寿。祖孙俩的生日可以一锅烩,大伯说完,就给他起了个这样的名字。

他觉得,从起名字开始,这个世界对待他就欠严肃。

李重庆三十岁上认识了叶添添。他说他不喜欢她这个名字,无论从音韵还是意境,都好像个交际花。

叶添添就好脾气地一笑。那时候她真是个好姑娘，人好，生得也是有前有后，有头有脸。

李重庆收拾了一下，拎起叶添添为他准备好的东西，去看他的博士导师。

去看导师要穿过整个大学教学区。导师住在医学院特护区的专家病房里，五年了。五年前导师中了一次风，后来大病小病接踵而至。开始他自己倒不在意，校方却慌了神，把他关在专家病房里不给出来了。

老先生何曾耐过这样的寂寞，对学校领导抱怨说这样的生活要淡出个鸟来，老头不怕文山会海，就怕整天关着门听不见人说话。校方有自己的道理，说："您老对自己不仔细。我们却不敢拿您的身体开玩笑。我们要对您负责，要对学校的声望负责。"这个帽子一戴，唬得老先生不言语了。

大学尽了人事，老先生自己却知了天命，在特级护理下一天天地垮了下来。就是近两年，竟然已经下了五次病危通知。李重庆推开门，看见师母倚着床在看《参考消息》，导师躺在床上打点滴，刚刚做过透析，还没缓过劲儿来。看见李重庆，眼睛转了一转，眉头舒展了一下，算是打了招呼。

师母接过他手里的东西，叹了口气，说人都快要去了，还买这些给谁吃。他们买，是他们形式主义，你还凑什么热闹，说着说着，就摘下老花镜来擦眼角。

导师是"国宝"兼"校宝"级的人物，李重庆就想这被人供起来的滋味也太难受。老先生前些年还可以在中国振臂一呼。这就是学术地位，大学看重的也就是这个，就好比季羡林在北大，吴宓在清华。岁数不饶人，成果是出不了什么了。可只要他们在一天，就还是学校的血肉。他们一倒下去，这些大学的名牌就好像硬汉子脱了水，没有底气了。

师母给李重庆削着谁送来的苹果，边和他聊些闲话，导师却是开不了口的。李重庆有些伤心，想前些年来看他，老头还发发少年狂，大声问他,绳子带来了没,绳子带来了没。李重庆就笑他老顽童,因为他说与其牺牲在高压氧舱里,不如一根绳子一了百了算了。师母就呵斥他,说"文革"都挺过来了,现在说这种丧气话。李重庆跟着说就是就是。他虽是导师的学生,岁数却隔了辈,彼此言语上就有些爷孙间的放肆和不拘。还有一层,李重庆是老先生的关门弟子,这确实是他时时引以为豪又令旁人刮目相看的事情。当年李重庆上研究生前在期刊上发了篇论文,老先生偶然看见大为赞赏,就对系里说,我也快教不动了,最后一个,就是这孩子了。可是,李重庆那时候是不太情愿的,因为老先生能在学术界站稳脚跟,靠的是他起家的苏俄文学和形式主义文论研究,都是些过时的东西。还是系领导做了他的思想工作,他才勉强答应下来,算是配合了老先生钦点关门弟子的一段佳话。

后来,李重庆确是庆幸跟了这么一位博士导师。倒不光是留校后评职称什么的系里一直给他开绿灯,而是他的确从老先生身上学到了东西。先生是真正经历了风雨的人,从西南联大求学一路走下来,该参透的参透,该扬弃的扬弃。到了李重庆跟他的时候,真的已经历练得炉火纯青,无论是为人还是为学。他对李重庆又是对孙儿般宠爱的,所以言传身教,不遗余力。几年下来,李重庆自己都感到有些世事练达皆文章的意思,自觉少走了不少弯路。

导师最看重的大师兄去了南方一所高校做系主任。学生里坚持逢年过节去看导师的就是李重庆一人。同门兼同事大林常常笑他是孝子贤孙,他听是听着,去还是要去。学校自然还是照顾得极周到,但师母说那始终是官方立场,不贴心的。

李重庆安慰了一会儿师母,又把儿子的照片拿出来给她看,说了几个他在幼儿园闹的笑话。师母的脸色就有些好起来。说小宝都长这么大了,下次抱他来给太爷爷高兴高兴。李重庆就也在心里笑,想儿子百日时摆酒,导师来了自封是太爷爷然后自说自话跑到上座去坐,叶添添还有些小不痛快,说他倚老卖老。正想着,突然师母话锋一转,说,谁知道下次来了人还在不在了,说完眼圈又红了。李重庆唬得赶紧岔开话题安抚她。终于要走了，师母把床头柜里大家送的进口奶粉一罐罐全收拾出来，硬是让李重庆带走给儿子喝去。

二

物质生活。

李重庆又坐在这里了，面前是一杯茶。茶叶在白陶的杯子里轻轻地旋转，时间也缓慢地流了过去。

李重庆忘记什么时候这里有了一间茶社。大林第一次带他来的时候，他在门口怔了好几秒钟，使劲回忆这里以前是间什么铺子，卖油条还是租影碟的。他问大林，大林就有些不耐烦，说发什么思古之幽情，里面的世界很精彩。

里面的世界笼罩在浅紫色的灯光里，迎着门的，是杜拉斯巨大的黑白照。年迈的杜拉斯，饱受摧残的容颜，被千人万人爱戴着。她的左下方，却有另一双眼睛，巴索里尼。同样是一张著名的照片，对着一众浮生邪邪地放任地笑。笑得太放任，有了喧宾夺主的意思。李重庆终于在杜拉斯的周围，找到了亨利·米勒，大岛渚，然后是三浦绫子。全都是黑白基调，刻意做旧了，全都像是纪录片上匆匆截取下来的一瞬。这一瞬间也都仿佛是庄严肃穆，充满历史感的。李重庆感到空气中有人对他狡黠地一笑，因为他意会了，他闻到了淡淡的学院派的色情味道。

他们坐定了，有女服务生过来，谦恭地问他们喝什么。她上着银灰色的蝶妆，却又是黑色的唇。这些始终是另类的，先前的谦恭露出了倨傲的实质。远处的背投电视阴阴地放着些声响。李重庆望过去，是《索多玛的一百二十天》。他在家里放过，没看完。因为脏，色情在其次，脏得叶添添吃不下饭去。可是，这些肮脏的影像，在这里忽而和谐了，透出了沉郁的，甚至精致的底色。

李重庆暗暗地吃惊着，这时感到大林用胳膊肘碰了碰他，说，看，老板娘。大林指着左边的台。他只看到些身形的片段，因为中间隔了镂花的博古架。但是传来些女人的笑声，絮絮的，有些微微狎昵的，带着些私情的口气。没待他看仔细，有个身影起来，朝他们这边来了。这回他看清了，是个穿着黑色的唐装的女人，其实还是个女孩子，神情和风度却是女人的了。大林说，她叫余果。

李重庆是第三次来这里。余果对他始终不算热烈，当然，是相较于对其他的男人。他从旁人那里知道她是怎么一回事。她的本职是本市音乐电台的主持人，用的是另外一个名字。这茶社是她的一个仰慕者投的资。还有，她算是李重庆的校友，也在他的大学里读过，没有读完。

李重庆性情是好，来了，坐下喝茶。不说一句话，他就看着外面的天色一点点地昏暗下去，心里也知着足。第一次以后，再来，不待他点，余果知道叫人送过来一壶冻顶乌龙，摆在他桌上。

偶尔地，余果也会朝他这边看过来，对他微微地笑一笑。在旁人看来，这笑到底是世故的，是为了应景和敷衍。可于李重庆，却有了贴心的意味。每每想到这里，李重庆有些自嘲，内里却是暖的。

这时的余果，靠着窗子站着，眼神散着。李重庆看她抽出一支烟来，按下打火机，却没有点着。再按下去，动作就带了一点狠，不复优雅了，却依旧没有点燃。她是有些烦躁了，李重庆也无端地跟着焦急起来。

他深深地呷下一口茶去，神也走了，却听见手机响了起来。

是叶添添的电话。

三

从茶社走出来，天有些擦黑了。李重庆就紧起脚步，叶添添在电话里说，今天晚上要去上课，让他去接儿子。

这是叶添添报的第四个培训班，都是为了专业认证的资格考试。前几个已经让李重庆感到眼花缭乱，什么 SOA，ACCA，LCCI。叶添添说这些都是下次竞争的筹码，多多益善。这话说得理智，但在旁人眼里，却好像考试考出了瘾。

李重庆也不记得自己的老婆什么时候变成了一个再接再厉的女人。这次公司升了三个部门经理，又没有她。她在这个主管的位上原地踏步了三年了。说再不升就跳槽，说偏不信，女人头上有什么 transparent ceiling。李重庆就息事宁人地笑，说好了好了，你去忙你的事业吧，我在家相妇教子。

李重庆到了幼儿园跟前，大门已经关上了。他从边门进去，心里有些不踏实。在他眼里，整个幼儿园是大而无当的。据说这里曾经是一个德国犹太人的产业，整个布局生硬而简练，恢宏却有些缺乏生气。

幼儿园有个同样缺乏生气的名字，叫做机关附幼。这却是它的过人之处，它的不平凡除了它号称拥有全市最好的师资以外，还在于它的入托原则，要求入园者为局级以上干部的子弟。李重庆当时觉得有些荒唐，想官本位的遗毒真是无孔不入。

对于孩子入托，李重庆本来就抱着随遇而安的原则。或者就近入托，或者现在市场开放了，有些私人办的国际或者是双语幼儿园，花些钱为孩子办个全托，也是个不错的选择。叶添添却没有这么乐观，那天她攥着机关附幼的入托申请表，脸上不知同谁较着劲。突然一句，我们的孩子要输在起跑线上了。李重庆你们家是工人阶级也就算了。我爸倒好只差了半级，为什么是个副局呢？

李重庆就说，太太，别那么忧心忡忡的。好歹我们的家庭结构是大学老师加白领，就算不去幼儿园，耳濡目染，料想孩子也差不到哪里去。叶添添早有话等着他，说那怎么行，还有什么双语幼儿园，那都是暴发户的小孩去的地方。不能对不起自个的儿子，我一定要想办法。

说到这里李重庆就有些烦了,他每到这种时候就不言语,让女人自己去折腾吧。

叶添添到底是有办法的,因为她找到了父亲的老战友,说叔叔你看着我长大的,你无论如何要帮这个忙。

李重庆走到中二班的门口,发现教室已经空了。有个年纪很轻的老师在弹钢琴。看到李重庆,就站起身来。说您是李子木的家长吧,李子木被外公接走了。她讲到这里,竟有些歉意似的,说李子木今天和别的小朋友闹矛盾……闹得很厉害。我们想通知家长,家里没有人。

为什么不打我手机?

您的手机关机了。

李重庆想起来,去医院的时候,怕吵了导师,关了机。

那,我儿子现在在哪里?在外公家,被外公接走了。李重庆这才发现自己说话已经很不着调,有些难为情地看了一眼老师。老师口气温婉地接着对他说,孩子小,况且我看他没有什么错,别太为难他。我不多说了,你们是知识分子家庭,懂得怎么教育孩子。

儿子看到李重庆的时候,到底神色有些紧张。岳父在接电话,看出是有些赔笑脸的。那边搁下电话,岳母有些不屑地说,为了小孩子的事情,电话追到家里来,有什么意思。到底农民出身,没什么气量。见李重庆愣着,就说重庆你不要怪小宝。接着就说了遍事情的经过。有个孩子欺负一个在医院化疗过的小女孩。小女孩头发全掉了,他就有些侮辱性的话,还动手动脚。儿子气不过,就揍了那孩子一顿,却又没分寸,把人家打出血来了。偏偏这孩子是市里一个厅长的孙子,他爷爷和岳父是一个系统,刚刚就是打电话讨说法来了,无非是些要对孩子严加管教之类的话。岳母临了加了一句,那孩子平日里就跋扈得很,也是仗势欺人。

李重庆正不知说什么,儿子却蹦了出来,说,他打黄小丽,骂她是秃子，还咬我。外婆说了，他这是仗势欺人。儿子迅速地引用了对他有用的舆论，让大人们都有些吃惊。

不听外公的话，还狡辩。李重庆忍不住，重重在儿子背后拍了一巴掌，儿子愣了一下，眼睛定定地看着他，一声不吭。有眼泪落下来，小家伙抬起胳膊，用袖口狠狠抹了一下，又扬起头，眼睛仍然定定地看着他。

外公倒是笑了，小伙子，有骨气，像你姥爷。

外婆叹了口气，把小家伙揽进怀里，又回转过头，对外公大起嗓子说，你还笑。

老两口就都开始有些反省。一个说，早知道，孙子要上机关幼儿园，索性把官做大些，我参加革命不比他晚。另一个就说谁叫你这么早退下来，说什么让贤让贤，让贤让得孙子重点幼儿园都差点上不了。当时也就是添添支持你，现在好了，还不是自己的孩子吃亏。

大家心里都有些事情，晚饭就吃得潦草。

临走时岳母跟着送出门来，想要说什么，终究也没说。

巴士车上空荡荡的，李重庆心里也发着空。儿子仍然不说话，眼睛望着窗外。过了一会，他突然问，爸爸，洪波和我还有黄小丽是不是不平等。

李重庆心里揪了一下。平等，儿子才五岁，怎么会想到这个词。

李重庆不知道该怎么回答，难道要自己背大段的《社会契约论》给儿子听么，也许他听不懂，也不想听。儿子早熟了。他记得自己小时候犯了错，父亲经常说的一句话是，让事实教育他。可是事实能教给自己儿子的，是什么呢？

李重庆没有说话，心疼地摸了一下儿子的脑袋，摸到儿子后脑勺上的一块突起。那是块反骨，和自己一样。

四

经过半个月的艰苦卓绝,这天叶添添总算又捱过了一门考试。李重庆觉得应该给老婆好好补一下,就亲自下了厨。炉子上正煲着一道佛跳墙,他一面看着火,一面偷着看几眼电视上正放着的卡通《史努比》。

儿子正全神贯注,李重庆觉得自己还有很多可以和儿子分享的东西。他也喜欢史努比气定神闲的自信模样,他的主人查理·布朗就只会一唱三叹"Good grief"。他很细心地查找了史努比的品种,米格鲁猎兔犬。他也打听了价钱,想也许可以在儿子明年生日时候给他一个惊喜,独生子女,毕竟太寂寞了。不过听说这种狗其实非常吵闹,不知是不是真的。

这时候听到旋钥匙的声音,叶添添进来了。李重庆迎上去,笑着说欢迎太太凯旋。叶添添把自己摊在沙发里,李重庆拿来拖鞋给她换上。她却皱了眉头,说怎么也是个大学教授,别搞得跟个老妈子似的。又远远对儿子喊,李子木我跟你说过多少遍别整天盯着卡通片。给你买的学前ABC你看了多少。整天就想着玩,你知道现在社会竞争多激烈么。

李重庆就想,看来老婆出师未捷。

叶添添晚饭吃得很少,佛跳墙都没有动。李重庆收拾了碗筷,看到叶添添已经坐在计算机跟前,快速地敲动着键盘,手边上是厚厚一摞报表。李重庆就有些心疼,知道老婆又把公司的活带到家里做了。

李重庆把自己的东西拿到客厅里来,先是翻了翻大林赠来的一本书,书名有趣,叫《文坛十年目睹之怪现状》。仔细一看,也无非是文人互相叫板的大杂烩。他终于有些不耐烦,搁到一边去。这些年,大林编这类书有了心得,这样下去,著作等身该是指日可待的事情。在沙发上养了一会神,李重庆突然记起有个杂志的专栏向他约稿的事情,虽是人情,却也拖欠了好久的。老婆在用计算机,他就摊开稿纸来写,写着写着感觉出来了，竟有些汪洋恣肆的意思。也不管人家专栏的篇幅限制，洋洋洒洒了许多文字。

再抬起头来的时候，李重庆发现书房的灯熄灭了。卧室的床头灯亮着，但调到了最暗，是明暗之间隐晦的间歇，像一个似是而非的暗示。

李重庆轻轻走过去。叶添添卧着，给他一个完整的背影。她的头发在枕上铺张开来，浓黑地缠绕着。另一些落到了肩上，随着呼吸起伏，又悄悄地和睡衣的墨绿色融成了一片。这件丝质的睡衣，是最言简意赅的款式。叶添添是个有自知之明的女人，过了三十岁就舍弃了所有带蕾丝边的可有可无的修饰。

在这个年纪，叶添添还是很美的。可她的美是一种无关风情的东西，少了柔软的质地和温度。

李重庆有个不好启齿的念头，希望叶添添的性情能够稍稍放浪一些，就像她的名字，能够稍稍不规范些。是的，她太中规中矩了。

这时候夜风隔了窗帘吹进来，吹得墨绿色的睡衣起了许多涟漪，叶添添的身体也波动起来。李重庆的心也被一点点地吹皱了，他有些兴奋，又欣喜地压制了，朝浴室走过去。

擦着身上的水，他对着镜子欣赏和挑剔自己，一边酝酿着，神往着。他上床，叶添添没有变换姿势，就这样背对着他。他俯下身去，抚摸了她的头发，然后沿着她身体的曲线，缓缓地温存地一路抚摸下去。他听到她的呼吸不那么均匀了，他开始拨弄着她肩上的搭带，要把手深入到她的睡衣里去。这时候他听到叶添添的声音，睡吧，明天董事局例会，老板要我列席记录。这声音是坚决的，几乎听不出睡意。

李重庆的手弹起来，在空中停住了，停了一会儿。他终于转过身，觉得自己的欲望好像突然从嘴里吐出的香口胶，在黏腻中冷却下来。

他有些不解地看了看叶添添，拧开台灯，从抽屉里摸出一根烟，点燃，随即又掐灭，把灯关上了。

五

今天余果穿了鼠灰色的短袄,"湘夫人"的设计。是真的有些短,腕子上的几只银镯子全都藏不住了,叮叮咣咣地往下落。袄子的颜色也太沉着,不过李重庆算是有些了解余果了。她的外表不张扬,是因为她的时尚有底气。

生意很清淡,余果自己送了茶来,在李重庆对面坐下。

今天没有课么?嗯。李重庆低低地回答了,看出她其实是有些心不在焉的。镯子被她的手指挑逗着,在腕上旋转着,好像有道光斑在缓缓地爬行。李重庆呷了口茶,觉出了彼此间的僵持,心存芥蒂似的。其实什么也没有。

他于是找些话来说,你的茶社不妨改个名字。余果笑了。

你看,可以叫戈登花园广场46号,你这里多的是文人雅士。李重庆本想开个形而上的玩笑,结果自己先发现了其中的乏味。余果倒是领情的,说也好啊,不过我做弗吉尼亚,谁来扮范奈莎。再者真叫了这么个饶舌的名字,像你这样闷声不吭的,早像韦利似的,被赶出去了。

现在这个小资的名字,的确是流俗了。不如叫春来茶馆好些,到底还是国粹好。摆开八仙桌,铜壶煮三江,来的都是客,全凭嘴一张。她轻轻地唱,却做了个极其夸张的手势,把他逗笑了。

你知道么,阿庆嫂是我的偶像。沙家浜里的男人,好人坏人,没有阿庆嫂搞不定的。这时候的余果,真正是孩子气了。她握紧了拳头,有些昂扬地说,不过,比起阿庆嫂的时候,对敌斗争更加激烈了。我开这间茶社,就为了认识男人,看看男人究竟有多坏,对我而言,所有的男人都是敌人。

敌人。李重庆回忆着她和男人们周旋的场景,顾盼生姿间,硝烟四起。那我呢?李重庆脱口而出,待发现不妥,也晚了。余果的眼睛发出些青蓝色的光,忽而大笑了,恶狠狠地说,我准备统战你。

李重庆心里一惊，暗暗叹道这么年轻的女孩把这个词用得那么精辟又俏皮。

你不会是个女权主义者吧？李重庆眼前浮现出挥舞着拳头的斯皮瓦克。想要是这样的千娇百媚的女孩也是女权主义者，天下男人惟有以头抢地耳。

你错了，女权主义者不过是伪男人，而我是个实实在在的女人。她抬起头，目光灼灼地看着他。

李重庆躲过这个年轻女孩的眼睛。他心底软软的，有些不安在波动。他走到大街上，在凛冽的风中清醒了，想起自己的茶账还没有付。

尾　声

接下来的冬天里发生了一些事情。系里评职称，从年轻的副教授里面评定一个做教授。候选人最后圈定两个，李重庆在最后一关落了马。听说另一个做了些手脚，是大林。叶添添怀孕了，怀了两个月才去做人流。没有告诉李重庆，自己偷偷除掉了。这件事情，李重庆有些生气，他忍了下去，因为他生起气来，只会引起叶添添生更大的气。儿子李子木很争气，在全省的幼儿英文演讲比赛里得了第一名，还得了一笔奖金。奖金被叶添添强行征收，说等儿子上学了买参考书用。因此引起母子不合。岳父岳母金婚，儿女们出钱给他们办了新马泰七日游。可岳父背着岳母在芭堤亚看了一场成人歌舞表演。这件事，引起老两口夫妻反目。不过这个冬天基本上算是小乱大治，李重庆是满意的。

春分那天的早晨六点半，叶添添接到重庆师母的电话。这时候李重庆正端着满手的豆浆油条，在家门口嚷着老婆开门。从老婆手里接过电话，李重庆没有听到师母的声音，那头很吵闹似的，然后是空洞的安静。很久了，李重庆听到远远的一声叹息，然后系总支书记对他说，重庆，到医院来一趟，你师父刚刚过世了。

导师还在特护病房里，没有推走。李重庆揭开床单，看见师父的头发有些乱了，他就用手指帮他撩上去。这时春天的阳光照过来了，师父的脸色好起来了。

李重庆静默着，突然哭了，开始只是流泪，突然就哭出声音来。哭得那样凶猛，那样没有节制。他感到心里堵得慌，同时又感到空得慌。他好久没有好好地哭一哭了。大家看着平常老成持重的李副教授把自己哭得像个孩子。他们由着他去哭了，由着他哭了很久。

夏天的时候，添添的一个侄子高考分数下来了。第一志愿报的是李重庆的大学，可是差了很多分。全家就琢磨着送他出国去念书。重庆有个同学在一家有名的出国中介公司，他就去找他了解些细节。

在中介公司门口，他遇到了余果。

余果告诉他，她要去澳洲留学了。李重庆还关心着茶社。她告诉他已经把店面盘出去了，也就他不知道了。他好久没来了。余果说她还留着钥匙，问他要不要一起过去看看。李重庆一言不发，脚步却跟上了她。

店里并没有颓败的气象，以前的都还在。只是有些原木墙纸被人为地剥落下来，在墙角里叠得整整齐齐，像一些优雅的蝉蜕。李重庆安静地站在那里，听到余果在四周猫一样地走动，听到啪嗒一声，灯亮起来。整个店子又氤氲在紫色的光线里了。李重庆听到余果走近了，这时有声音在他耳边轻轻响起：I am a virgin.

I'm a virgin. 这回李重庆听清楚了。是的，余果说，她还是个处女。她选择了英文来表达，抛却了母语所有令人羞答答的意义指涉，使她勇敢。I am a virgin. 重复得更加眉清目楚，尾音重浊了，是一个有些强硬的提醒，一切暗示变作了明示。

李重庆告诉自己他其实并不明白。人也就愣在那里，直到余果走到他面前，环住了他的腰。"别紧张，算是帮我完成一个仪式，成人仪式。

反正就一次，总比出去后跟鬼佬胡乱将就了好。"李重庆忘记了紧张。李重庆感到一双手在解他的衬衫扣子了，这双手却是紧张的，带着些神经质的执着颤动着。

　　他这样站着，巴索里尼巨大的黑白照片在他眼前浮上来，给他一个巨大的玩世不恭的微笑，笑得不明所以。痛却从他嘴角的经纬间渗透出来，在空气中绽放了。他突然紧紧握住这双手，她笑着在挣扎，泪流满面。她的妆在脸上散了，唇线依稀，是一个翕动的绝色的伤口，诱惑着他，鼓舞着他。他的手游进了她的头发，深入着，纠缠着。她卷起眼帘，眼睛里闪着些迷乱而坚定的光。他终于俯下身去。他的唇快要触碰到她的舌的一刹那，倏地弹开了。

　　他对她抱歉地笑。

　　他走出去，外面下起凄冷的雨，路边有些烧尽的纸钱，好像灰色的蝴蝶，飘起来，落下去，飘起来，落下去。

　　李重庆突然想起，今天是鬼节。

（原刊于《收获》2005年第2期）

衣　钵

田　耳

　　仪式前一天的晚上，李可坐在一座山与另一座山中间，在一处能吹进大量的风，通常叫作垭口的地方。他家的晒烟棚子建在那里，石头垒的。他记得很小的时候他和父亲在这里连续干了五天，一座小巧并算得上精致的房子就冒出来了。从那时起，他相信父亲是无所不能的。父亲是个道士，但他远远不止是个道士。现在，父亲显然在衰弱，在变老。夜晚已经来了，李可看见父亲操起巨大的艾香，驱赶起蚊虫。也许是父亲的职业使然，李可老觉得他每个动作都像在祭祀。香火舞动的迹线是很熟悉的，父亲走动的步幅是很熟悉的，很快地，这种弥漫着香火气息的环境也很熟悉了。这么多年来，每当李可和父亲在一起不言不语的时候，他便能感觉到祭祀般的神圣。

　　李可是一个道士的儿子。前些年这是个令李可尽量回避的事实，可是到了今天，他早就不这样想了。明天的仪式就是为李可而举行的，他知道很多年前父亲就是经过这一仪式而成为一个道士，一个在乡间最为需要的人物的。

烟棚有两层。底层晒着烟，上层是供人过夜的凉棚。茅草很厚，下面的烟雾升了上来，李可知道在以后的生活里，这种烟雾的味道会经常有的。他翕动鼻翼吸进去了很多，同时他看见自己的周围有无数微小的飞虫在跌落，就像是转瞬而至的一场细雪。他听到它们砸在泥土上时那种细密的声音，再一抬头，那边远远的山已经被夜色吞噬了。二十岁以后他逐渐理解了父亲的那种说法，夜来的时候，是一只狗慢慢吞掉了一切，所有的东西都会被这狗吞掉。天地间很多不可想象的灾难只不过是一些狗在捣乱，这样的狗那样的狗，有形的狗无形的狗，它们充斥在人眼看不见的地方，但道士有一定修为后是可以看见它们的，也是可以降服它们的。父亲认为他毕生的事业是在和一群看不见的狗作斗争。李可很喜欢父亲这种大无畏的见解。一般的道士总是把灾祸看成是妖魔在横行无忌，他们千辛万苦地降妖除魔，要把自己的行为渲染得玄之又玄，无比高尚，藉此向别人索要更多的钱财。但父亲不同，他居高临下把别人眼里的妖魔仅仅看成是一些狗。他认为保一方平安，与暗中潜伏的狗们作斗争只不过是一个道士应尽的义务。李可的父亲是个称职的道士，是整个村中最受敬重的人。去年人们把他选为村长了，拿到了一份足以让颜面生辉的村干补贴。李可知道父亲是好样的，虽然在读大专时没有同学可以理解一个道士的儿子赞美自己的父亲。这是一个很奇怪的现象，在他所读的那个班，别的所有的人都来自城市，他们的父亲都可以保证自己的儿子一出来就得到一份不错的工作，但他们从不赞美自己的父亲。他们时髦地认为父亲这个名称本身就富含着悲剧色彩。惟有李可，一个道士的儿子，以父亲，以父亲从事的职业而自豪。别的人都感到不可理喻。

父亲发话了。他说，睡了？

李可回答说，醒着。

父亲说，早点睡，明天还要到场上过一道仪式的。

李可说，知道。

父亲说，这次挂钩实习，不能帮你联系到别的，只能跟着我做道士了。

李可说，也不错，道士也是要人去做的。

父亲抽起了烟，他说，你那个女同学联系到哪里实习？

李可说，市电视台。她爸就是那里面的。

父亲说，别想她了，那是不可能成的。

李可说，知道。大学里谈恋爱一般都是走过场，也没有谁真的就成了。

在黑暗中，父亲淡淡地笑了。他说，现在你们年轻人真是看得开。

李可说，我睡了。

父亲嗯了一声，然后向坎下走去。夜色里父亲的背影恍惚不定，很快就闪进了看不见的地方。李可再度想起父亲的说法，那只狗来了，趁着夜色，又把一些东西悄悄地吞没了。

躺下去以后李可睡不着，他想起了过去的事情。他清楚地记得，还很小的时候他就有极强烈的走出去的想法。那时他五岁，也许是六岁。村庄所在是山地，山地使人的眼界相当局促，不管在哪个地方，看到的都是群山四合，目光再也不能到达更远一些的不一样的地方。正是这种无边无际的封闭，使李可有了出去看一看的想法。虽然那时他还那么小，这想法却与日俱增，像着了魔一样。李可过早地体会到一种折磨。他知道县城、所在的市、所在的省城还有首都的名字，在他的想象当中，走过几重山就是县城，再过去点是市，然后是省城，继续往下走，就是北京——就像一个村庄毗连着另一个村庄一样。那个下午他咬了咬牙，烀熟几个红薯当口粮，就开始了寻找北京的旅程。他走啊走，不停地走，累了，就在路边一个古驿站躺下——然后他感到一阵颠簸，醒来，发现自己被箩筐装着，挑在一个同村人的肩头。那人说你醒啦，我送你回家。李可就说，你放开我，我要去北京。村里人笑着说，我先送你回家，你再去北京好啦。

这次行为自是令父亲大为光火，他把所有的饭菜和吃的东西都收到厨房的大柜里面，再找来一张藤椅坐在厨房的门口。他放话说，李可必须跪下来跟他认错，才可以吃到里面的东西。李可犯起倔来，他勇敢地坐在堂屋里面，任母亲怎么劝也不去跟父亲认错。他想父亲会把东西端过来给自己吃的。两人僵持着。这样捱到了另一个晚上，李可感到饥饿原来是很可怕的，根本不是想象中那样温文尔雅。母亲在一旁无声地哭着，她早已说不出什么来。后来，李可不知不觉就站了起来，他走向厨房，看见父亲仍然坐在那里，不看他，头扭向一侧吸着烟。李可走到父亲的跟前，作势就要跪下了。他想吃饭。还没有完全跪下的时候，父亲就一手扶住了他，说，知道错了就行了，你吃饭吧，还热着。不知什么时候那饭已经热在锅里了。

在他扒饭的时候父亲说，以后别乱走了。你会被狗吃掉的。

李可说，我不怕狗，村里哪家的狗我都不怕。

父亲就叹了一口气，说，看得见的狗是不必怕的，但还有很多狗你是看不见的。

李可就不说什么了，趁着蒸腾的热气多往口中扒两筷子。他想，暂时还是不去北京啦，家里的饭真香。

醒来的时候李可看见一片很好的天。等一会，太阳出来，会照在每个能照进的角落。乡场上会人满为患。仪式肯定会显得很隆重。他不知道这样好不好，大多数时候，他是不喜欢人多的场合，那会令自己紧张。父亲从山路拐角的地方提着一甑饭过来，他烟袋里的火光在晨雾里很暗淡。他估计父亲从那边过来会走多少步路，三百步或者四百步。这是一段很短的路，父亲很快就会到达跟前的。

今年三月他刚回来时，同班的美女王俐维也跟着要来。他很难堪，虽说把一个蛮不错的女朋友带回家在常规的理解上是一件光彩的事情，但李可感到无所适从。他在王面前把自己家乡说得非常好，青山绿水，地富人丰。那只是他的想象，很多晚上他的确在梦里看见家乡变成了这个模样，可事实上不是。他有一种要败露的感觉。另外，李可知道，自已搞不好是要回乡种田的，到时候村里人发现自己失去了那样一个美丽的女孩子，总是免不了暗自幸灾乐祸的。

王俐维到底是来了，她跟父亲谈得很投机，特别是对那些有关道士的故事感兴趣。白天李可带着王俐维满村子转悠，满村子清一色由石头和泥坯构成的房子令王俐维看不够，照完了她带来的全部胶卷。她说，你们这里很有特色，很古朴，能生活在这种地方真好。

李可就笑了。村子在王俐维的眼里是一片用过去式写就的风景。她是个匆匆来去的看客，而自己则是这里的树木，扎着根的。这片穷蔽的土地说不定就是他生活的全部。她也许一时间看着很好，很新鲜，真要她在这里住上半个月，她就决不会这样想了。

李可说，是很好。

王俐维说，我留下来你会高兴吗？男耕女织，养儿育女。

李可说，这里也只能生一个，计生同样抓得紧。

王俐维住了三天就回去了。她父亲要她回去实习，他帮她挂钩到市电视台。王俐维有很好的身材长相，普通话也讲得标准。李可想，如果不出意外，她很快会成为市台的节目主持，成为地方上的名人，有很多优秀的男人向她求爱，为她死去活来。他送她送到县城。回来的时候父亲在必经的垭口上等他。

父亲说，走了？

李可说，是的，走了。

父亲说，别想她了，不现实。

李可说，我知道，我早就想通了，你放心。

父亲就嘉许地睃了他一眼，两人一前一后走了回去。

本来父亲也给他努了一把力，通过在县上工作的远亲韩光到县政府联系实习。但韩光哼哼哈哈的，没有回个准话。父亲不想去找第二次，去一次已经很让他为难了。父亲跟李可说，反正实习表现得再好，以后也不可能给安排进去的，我看你就跟我实习当道士得了。反正那些丧堂歌你大都会唱的，唱得还不错，忙的时候正好可以帮我——现在我嗓子是越来越不行了，你可以多唱点。

李可就笑了，他说，还没听说过有实习做道士的。

父亲没有笑，正儿八经地说，道士也是要人做的——有死生婚丧就要有道士去办道场，这有什么可笑的？再说我还是村长，你既可以实习当道士又可以实习当村长，多好。现在挂个钩实习，一般都是要交钱，你跟着我的话这笔钱也省下了。李可说，好，我就跟着你实习得了。村委有公章吗？有公章才行，实习报告上必须盖公章。

这一段时间里，李可就是个实习的道士了，他偶尔猜想，自己是不是中国唯一的读完大学去实习道士的人呢？这种猜想是很有趣的。很短的时间内他学会了所有的丧歌、祭祀歌，还粗通了在打绕棺时临时编词的一些法则。那种现编的词，用来概括地唱颂死者的一生。作为一方道士，显功夫的地方正在于如何现编现唱。要把死者千篇一律的一生唱颂得委婉动听催人泪下，不是每个道士都来得了的，这样，同是道士才见出个高下。父亲之所以在四面的乡村都薄有名声，就是编词能张口就来，唱得也总能让人想掉泪。大概有十余次，甚至死者的家属跨过省来邀父亲过去做道场。道士做到这个份上，就已经很了得了。现在父亲跟李可讲解起编词当中的一些定式。唱丧歌唱了几十年，如何遣词造句，如何抑扬顿挫能让人心酸落泪，父亲是一清二楚的。李可领悟得非常快，他感觉这跟以前高中时的老师讲作文技法差不到哪去。听着听着，他恍然地想，对了，读中文系的去当道士，也算是专业对口呵。

父亲转眼来到面前了，饭甑里的饭还是热的。父亲跟他说，快点吃，我帮你到镇上置了一套新法衣，很好看的，等一会千头庄的陈师傅帮你试衣。麻石湾的计师傅，道里村的吴三泉师傅都来了，等一会他们给你主持这个仪式。

李可用长长的筷子挑出饭甑里的饭，吃着，并问，那你呢？你不去镇上了吗？我看最好做仪式时是你给我引路，我有些心慌。

父亲笑了，他说，那有什么心慌的？道士只要按规矩把程式都完成了，没有出岔子，他就不应该有什么心慌的。

李可说，是不是有规矩说，当老子的不能在仪式上给儿子引路？

那倒也不是。父亲想了想说，我自己觉得不大合适。我看，还是站在一边看着好。

他们听到村头的鞭炮声。那些请来给新道士引路的师傅进村了。向东望去，在三棵榆树的后面腾起火药的烟子。父亲说，快点扒两筷子，我们好过去。

又是一前一后地走着。这山道永远都是这样，不容两个人并着排走。李可跟在父亲的后面，移目四望，天色还很早，山头氤氲的气雾还没有散开，在流动。李可看得见那些清烟的流动，很多年前父亲就说过在所有烟雾的深处隐藏有道家仙山的路迹，做道士臻化境的时候是可以拨开云雾看见的。当道士和各种狗们斗了一辈子以后，那条路的出现就是为这一生作了最好的肯定。李可知道，找到那条路是父亲没有说出来的终级愿望。在父亲的心目中，那条路的存在是一个无可置疑的事实，它在某个地方，没有找见它就永远要从自己品行上找原因。父亲口中的那个看不见的世界与李可在学校里知道的那一切总是完全相悖。他清楚书本上的白纸黑字是更值得信赖的，那是无数人世代努力得到的客观事实，而父亲对世界的认识只是乡里人的经验。父亲说什么，从来就不打算为自己所说的拿出证据。有一大段日子，李可总是尖锐地对父亲说，愚昧。可是父亲对待这种诘难，总也表现出宽容的态度。他很自信也很慈祥地说，总有一天你会知道的，结论不要下太早。

李可很奇怪，这么多年来，父亲就是被这些充满了神秘气息的东西规范着言行。那些从来就不具体在眼前展现过哪怕一次的东西，竟然使父亲这一生都从容而善良地活着。慢慢地，随着年纪还有阅历的累积，李可反而常常地叫自己相信，也许父亲说的那些是有的，父亲是对的。冷静下来，他发现头脑里对于事实和虚幻的认识依然是如此分明，但不知何时两者已经能够融洽地共处了。

相信父亲！这话李可在心里说了若干遍。

今天，他要通过仪式正式成为一名山村里的道士了。这个仪式要在热闹的乡场上做，要让四村八里赶来的人都看到。从这以后，别人知道了有这样一位年轻的合格的道士，如果有什么事情，可以找他。李可从父亲那里已经感触到了，以后即便是和最虚无的东西作斗争，也将得到村民们高度的肯定，赢得他们尊敬。做一个道士无非就是这样，但忽然他心间被一种崇高之感挤得满满的。这是很重要的，以后的日子里，他必须用这种感觉去影响别的人。他又看了一眼正要消去的烟雾，他明白了，自己一直就向往着某种神秘。

场面有点滑稽。计师傅的穿着与父亲做道场时一样，青衣道袍，两片瓦缀长布条的帽子，真是道貌岸然。而吴三泉显然是释家的打扮，包着香烟锡纸闪耀金属光泽的莲花僧帽，绸布上面用金粉画着砖块纹便是袈裟，那条一头有几个叉的木棒想来必是做禅杖用的。李可一点也不感到好笑，村里一直就是这样，人们不知道佛和道的历史渊源和现实中到底有多少区别。这一片地方，没有政府下批文的正规道观庙宇，做和尚的做道士的脱了衣便和别人毫无二致地种地养家娶妻生子，丧葬嫁娶时再把行头用上，尽着义务。做起道场时，和尚道士们总是非常默契地配合在一起。他们念的是一样的经，唱的是一样的绕棺歌谣。今天就是这样，确认一名小道士的仪式上和尚也来捧场。

还从村小请来不少儿童作道童打扮，事后每人可领到一份薄酬。

鼓乐班也来了，一行人分好前后秩序，站好位，在计师傅的带领下向镇上的集市出发。一路上，要经过三四个自然的小村落，有的村落小得仅有三四户人家。但预先人们都是知晓了这一天的仪式的，当队伍行经一片稀拉的房舍，总有人出门来放一挂千字头响炮。声音飘到山谷中空的地方，回响由近渐远。在父亲的说法里，声音有自己的灵性，它像雾霭一样喜好围着山绕。如果这山的层叠没有尽头，这一团团响亮的声音也会一直缭绕着传递开，原封不动地沿着山走，从这里到那里，没有损耗，没有消散的时候。前面村子的人听到鞭炮的声音会提前做好准备。李可觉得这一天的天气很好，这一块或那一块挡在太阳底下被阳光镶了金边的云朵或许可称之为祥云。一个道士是应该在一块祥云的荫庇下进行仪式的。

这一支铿锵作响的队伍很快来到了离乡场不远的地方，在山路陡转一个弯时，他们看见整个乡场在眼前一下子暴露无遗。很多的人，很多的货物，车子受堵缓慢行驶着，一些狗在人们的脚下面游走，啃吃弃物。没有谁可以例外，人们互相拥挤着，挥汗如雨。

走过这长达一里路的场区，穿越这片人群，李可知道，这便是整个仪式最核心的内容。他暗自担心起来，按理说人们会让出道来的，没有谁敢于阻碍这样隆重的仪式。但事实上人们还能让出道来么？道路只有那么宽而人又是那样多。李可觉得没有把握。队伍按原有的速度，一直就这么走着，向人多的地方走着。

前面的道童又放起鞭炮来。他们走进场区。唢呐手一齐吹奏《梅花滚浪》，敲锣使钹的一阵紧于一阵地弄响起来，压住了场上其他的声音。人们豁然地让开道了，这简直有点不可思议，道路上满满的人竟可以向两旁压缩不止，直至出现一条宽五尺有余的小道。所有的车都不能开了，所有的人也根本不能动了。这一幅场景，使李可蓦然就想到《西游记》里有关流沙河的章节，水断流了，在中间分开一条路。那里的描述和眼前所见，简直太像了，李可没法不生出如此的联想。

计师傅和吴三泉口中都是念念有词。他们经历过仪式的洗礼，此外还无数次面对过如此这般的场合。他们对两旁的人视若无睹，双目微阖。眼前是一些飘带在披拂，零乱的声响，香火的气味，夹道两旁的人投来横七竖八的目光。李可很快就适应起来，他努力地使自己镇定，心不二用，脸上要显出虔诚之态，并对自己说，只不过是从众人面前走过去，就这么简单。这一里路自是比通常走时要漫长得多，他听见人们议论纷纷，他听见人群中本村的熟人正在用无所不知的语气向别村人介绍他李可。别人都想知道他有多长时间的道行，他唱歌的喉咙怎么样，以及他的个人情况。在这片乡村，道士可以说是最公众的人物。

走过去了，李可的余光掠过路边众人五花八门的脸庞，这时便感到一种从未有过的眼花缭乱。另外他发现自己的心是热乎着的，回味起来，他还是在乎被别人关注，看来这并没有什么不好。

计师傅又带着队伍掉了个头，看样子还要从人群里穿回去，仪式才算结束。回头看看，刚才分开的人们又合流了。队伍前头的两个人锵锵锵耍起钹片，一阵疾风骤雨般的暴响。人们又像刚才一样分开了，还是有五六尺宽的道。再走到人们中间，忽然李可几乎听不到什么声音了。这次折返，人们变得安静了。他们闭上嘴巴，注视着这个小道士，仿佛是在向他致意。李可明白他们眼里的虔诚是由何而来。每个人都是要面临生死病痛的，有人出世就有人辞世，吃一样的饭食偏要生出百般不同的疾病，反正生活在乡间的话，都少不了有请道士的时候。在人们那些特殊的时刻，道士可以为他们传达许多常规情况下无法得到的信息，办一些常人办不到的事情。

在某个地方，李可分明觉察到一种熟悉的气息，他估计父亲正站在人群中间仔细地盯着他看。父亲的脸藏在无数个脸的深处，父亲的双眼也准在所有的眼睛里炯炯地发着光。李可惬意地让父亲的目光抚摸着，他的精神为之一振。李可由衷地想，这一刻，父亲心里是否欣慰呢。应该会的。

队伍离开了人群，原路向村子进发。场上的人还有很多，同样挤在那里。而年轻的道士已经完成了入门仪式，就像和尚受戒熏了顶，开始了另一种生活。

有人在后面放响许许多多鞭炮，在李可的耳际震颤不已，他还不知道今天这些步骤都是由谁安排的，费用又是怎样支付的。他不需要问的。

离开长长的队列，离开那杂乱的喧嚣之声，李可一进屋就赶忙把一身酱褐色的道袍脱了，换上平日所穿的衣服。母亲蹲在灶门前吹火，见儿子来了，就问，你爸呢，他怎么不和你一起回来？

他也去乡场了？李可也说不清楚为何自己明知故问。他说，我没看见他。这倒是事实。

母亲就说，哦，是了，昨天听他说，老金要请他还有老计老吴喝酒，他可能是直接往老金家里跑了。

李可嗯了一声。他估计父亲他们现在正喝得非常开心。老金那次得一场说不出名字的怪病，村里赤脚医生王拐和父亲一道去诊治的，王拐先治，没辙了，就让父亲再试一试。结果父亲三下两下便把老金弄活了回来。事后父亲悄悄地跟所有的人说，自己和王拐所用的药完全一样，分量都没有出入，只不过做了个道场。父亲几次想以此阐明自己的见解和立场，要儿子李可相信那些看不见的，只在自己心底里的东西。

也没什么奇怪，那时李可暗自地想，心理作用，药疗结合心理治疗而已。

然后李可就睡了，睡得很沉，转眼工夫进入了梦里。这个晚上的梦很好，他梦见父亲和自己的形象，虽然梦里所见都不太清晰，但他知道那两个差不多大小的人形影迹正是自己和父亲。这个梦是有关飞翔的梦，两人都成了还珠楼主小说里仗剑驰骋的剑仙，以各种自由姿态翱翔于瓦蓝瓦蓝的天空下，倏忽而逝，瞬息千里，简直没有比这更惬意的事情了。他在梦中陶醉于那片一望无垠的瓦蓝。在他的记忆里，梦总是灰色的基调，梦里一切永远都给人阴冷的感觉。但这夜的梦中出现如此瓦蓝的天空，真是从未见过。李可于是笑了，他醒来后不会知道一个人在梦中也会流露出会心的微笑，但他确实笑了。

之后他就听到了哭泣的声音，从天空之上的地方传来，隐隐约约，却又像把天空下一切的事物都笼罩住了。天已不是刚才那片天，云也不是刚才那洁白的云，他梦里的天空看来又要下雨了。

然后就是惊醒，被这怪异的说变就变的梦惊醒。这时他才发现哭泣是真实的，他掐了自己一把，这哭泣的声音仍在。是母亲的声音，他从未听见过母亲会这样伤心地哭，以致他要花几秒钟才敢断定这哭声来自于母亲。

李可走到堂屋，堂屋里有很多人，地上躺着一个人。不用想了，躺着的人应是自己的父亲。果不然，他看清了，父亲已经闭上双眼，嘴角似乎还留有微笑。他从混乱的说话声中听了个大概，父亲死了，死于醉酒。父亲在老金家喝了很多很多酒，酒后嚷嚷着不肯在别人家里歇，坚持要回家。走到半路上，遇到一个大坎，纵身一跳，没有跳过去，跌倒在坎下，头不巧撞上一块坚硬有棱角的石头。他就这样死了。以前，也曾千次万次地行经这道坎，父亲不是往下面包些路走过去就是从上面跳过去，没有困难。

堂屋太嘈杂，母亲的哭声一点点地加大。李可分开众人走向外屋。天还没有完全亮起来，只是出现天空的轮廓。有鱼肚白翻出来的迹象，可以预知，今天的天空和昨晚那个梦将吻合起来，又是非常晴朗的一天。李可坐在猪圈的石顶上，他记起就是在这里，曾和父亲谈到过死。在父亲看来，死就是那么回事，就像地面上凸起的石块，早一天晚一天，该绊在上面总是要绊在上面跌一跤的。父亲告诉李可，这个世界上每一秒钟都在死人。所有的人都已经被谁排好队了，逐一地死，一个接一个，不能停下来。这是一列漫长无比的队伍，前看不见头后看不见尾，所有的人都排在里面。也许排在你前面的会是个无所不知的聪明人而排在你后面的又是个白痴，谁也不知道，谁也无能为力。为这个队列安排秩序的说不定是个神仙，也说不定是一只脸上一惯挂着嘲笑神情的狗。父亲还说过，排好了队的人们，谁也不可以赖皮，轮到谁就是谁，没有价钱可讲。有的人很倔强，在这个队伍中不安神，道士就必须给他指引，把他送好。而道士呢，更不能赖皮的，道士赖皮那就是明知故犯了。

按父亲的说法，今天正好轮到他本人了。父亲是绝不会赖皮的。

李可控制住感情。他心里面想，该给父亲做些身后的事情了。他一直想在学成以后找到工作，对父亲多年的养育有所报答。没想到，父亲没有给他机会。他清理一下思路，决定这晚的道场，他自己做。他走进屋去换上了昨天那身道袍，出门，看见计师傅和吴三泉都赶来了。计师傅的道袍很旧，吴三泉依然把自个弄成一个和尚样子。他俩看见李可穿好了新道袍，就说小李啊你这是干什么？

李可说，我要给我爸起水，我要给他做一堂。

计师傅就说，那怎么好，有我们啊。今天你要做孝子的，怎么好做道场呢？我们给你老子做一堂得了。

李可说，不要紧，我脱了这身衣就做孝子，穿上这衣就做道士，累点累点，两不误。

吴三泉就说，那怎么行，没听说过可以这样搞。

李可不明白了，他问，吴师傅，有规矩说孝子不能给老子做道场吗？

吴三泉怔了一会儿，说，倒也没听说过不行，不过以前谁也没有这样干过。

李可听后，很严肃地跟两位师傅说，我很想送送我爸。

两位师傅看看他的样子，也各自点点头。

又把昨天那队伍找了出来，整理一下，首先就往河沟进发，给死去的李道士起水。李可走在最前面，他看见了天空的样子，蓝得这样纯，他想父亲一定是飞升到了哪个地方。天空一时还没有太阳，但已显得有几分耀眼。到溪边起水之后，李可执一块罗盘去勘舆，去选择葬地，并拖了一只羊，让羊把选定的那块地皮上的乱草吃掉。太阳这时很烫了，道袍厚了些，不是这时节的穿着，他的皮层泛起一层湿气。他在想今晚那堂打绕棺歌曲应该如何唱来。

晚上来的人很多，因为李道士是个道士又是个村长，在这小小的地域里也算是有名望之人。他们来给死者守夜。夏夜是很难熬的，热气依然源源不断往上升起。人们按惯例支起很多张牌桌和麻将桌。不多时所有的桌上都满员了，还有围观接手的，他们议起每一圈要赌多少钱。几个女眷在哭，除此之外，整个灵堂也跟娱乐场差不多。走了的人只是要去他应去的地方，没有什么可悲的，人们都习惯了。人们陪着先去的人度过了数不清的夜晚，送走了一茬又一茬的人，早就习惯了，不可能次次都那么悲伤。

到夜半，就开起唱堂来。李可深呼吸几口气，以一曲《探亡者》开始这一晚的唱堂。歌词是这样的：

一探亡者往西行，阎魔一到不容情。堂前丢下妻和儿，哭断愁肠悲断魂。忧闷长眠黄泉下，从此下到地狱门。山崩哪怕千年树，船开哪顾岸上人。死了死了真死了,生的莫挂死的人。丢了丢了全丢了,千年万年回不成。从此今夜离别去,要想再见万不能。棺木恰是量人斗,黄土从来埋人坟。在生人吃三寸土,死后土掩百岁人。琉璃瓦屋坐不成,黄土岭上过千春。人人在走黄泉路,任你儿多空牵魂。

二探亡者……

李可接下去又唱了《失亡绕》、《迎灯绕》、《弥陀绕》和《香山绕》。这几首曲子一般都是必唱的。每一曲唱毕鼓钹停下来后,桌上人们的吆喝声就显得极为响亮。唱完这几曲,计师傅说,小李啊你休息一下,给你爸上炷香烧一刀纸吧。李可褪去道袍,便又是孝子的身份,跪在遗像前尽着孝子的义务。过不多时,又把道袍披上,唱起现编的词来。死者是他父亲,他相信对于父亲,他是最了解的,他能把父亲的这一生唱好。他说不上这二十年来自己到底有多少个日子与父亲朝夕相处了。父亲的一颦一笑一举一动,他是那样熟悉,他知道只需把记忆里的千分之一或者万分之一唱出来,就是一首不错的丧歌了。刚才唱那些绕歌时李可有一种放不开声音之感,也许是受父亲生前的影响,父亲教他唱的时候嗓门已经嘶哑了。现在,自由发挥阶段,李可感到自己挣脱了束缚,自己的声线也挣脱出来了。他清清喉咙,再张开嘴时,一句句平常而又恰切的歌词很顺当地冒出来了。

随着歌声的飘展,外面码牌的人们已渐渐放慢了速度。他们听见了别样不同的东西。多少年了,人们听到的丧歌都很喑哑,钝钝的,于是都以为丧歌就是这样,只能是这样唱来,听上去就得有钝刀割肉之感。可是他们听到了另一种唱法,一种明亮清丽的声音,婉转悠扬。李可的声线是很优秀的,早在读高中的时候班主任就建议他不妨试试音乐专业,如果专业分上线的话,文化分是降得很低的。

在灵堂周围坐着的人们,一边打着牌,一边开始听小道士唱了,听这个小道士唱老道士的一生。

小道士李可随鼓点而唱,不疾不徐,娓娓道来。人们这才发现,李道士，他们的村长原来是这么好的一个人，他一生都在为别人着想，受过的委屈从来都放在心里，他从来不干令别人不愉快的事，他一直试图把这一村弄得像个大家庭一样和谐。原先怎么就没注意到村长李道士呢？静下来大家仔细一想，他确实是这样一个人，他儿子唱的句句是实。可是这么好的一个人如今驾鹤西去了。

听着听着，眼前有些迷糊。用手去擦，是湿的。

于是人们一夜之间就知道了李道士的儿子李可也是个极好的道士，他的歌声很轻易就能把人唱哭，在这一点上绝对是青出于蓝而胜于蓝。

李可也不知唱了多久，一堂终于唱了下来，他母亲给他倒了一碗清水。喝下去他才觉出嗓门干涩。

到凌晨四五点样子，人们都已很累，精力再好的也打起盹来。计师傅就跟李可说，闹闹场子吧，让大家再坚持一会。计师傅又去把王拐的小儿子王村叫来。王村来的时候，手中拿了一柄浸满松膏油的火把。李可知道计师傅是要自己和王村玩烧道士的游戏。烧道士是道场上的好戏，当人们昏昏欲睡的时候道士就以此提神。大家都爱看。李可记得父亲就是玩这游戏的高手。道士与持火把者一同按逆时针方向绕着死者的遗体跑动，后面的人用火把怎么烧也烧不着自己衣上一根纱。李可无数遍地看过父亲踩出的那种蹀蹀步法，看过跑在父亲身后的年轻人追得有多么狼狈。大约读初一时他问父亲，那腿上的功夫是不是叫凌波微步。父亲听了很诧异，他回答说，我也不晓得这叫什么功，说不定就是你说的那个名字。但这个，李可一直没有学会。他觉得那是天生的，自己再吃苦也学不上来。

王村说，你不要跑快，我不会烧你的，做做样子就行了。

李可不作声。他围绕着双目紧闭的父亲，跑得非常慢，慢得连王村终于都等不及了，开始催促他说你也快点啊，要不然我可真烧你了。李可似乎没听到，他不知怎么就想起了父亲说的道家仙山的事情，他想，父亲是不是正走在通往仙山的路上呢。他梦中的那片瓦蓝是不是父亲要去的地方。他越跑越慢，王村就拿着火把作势戳了几戳，他几乎央求地说，李可你再不快点，我真的烧你衣服啦。接着，一个不小心，火头真的接上李可的衣服，或许一些松膏油滴落到了那道袍上面，道袍燃烧起来。

计师傅和王拐在一旁训起王村来，他们说，王村你真的烧呵，小李穿的是新衣服。

王村慌了，想去扑灭李可衣服上的火，可是，李可这当头忽地加快速度，变得极为灵活，王村根本追不上他。不知道他是被火烧蒙了，还是绕棺绕进了忘我的状态。

旁边观看游戏的人围了上去，捉住李可，把火扑灭。计师傅说，可惜，衣服烧坏了。李可似乎还浑然不觉。

下一堂歌由计师傅唱。

李可走出去，走到屋后的山上，找一块平滑的山石坐在上面。同样，他记得也曾和父亲一起在这里坐过。他看看月亮，这晚的月亮几乎完美。他看了一会，眼睛看热了，酸了。他明白，那是很多的泪水流淌出来。刚才，他忙于各种事情，他是那样地投入去做，以致没有哭出来。现在，该做的都做完了，他想到那个再也回不来的父亲，潸然泪下。过了很久，他惘然地想到以后，想不出个所以然。按他原有的想法，实习完拿足学分毕了业，得到外面找个工作，反正不回这里就行。可是现在他不禁自问，去哪里呢，干点什么呢？月亮照在正当头，李可进一步地看清了月亮，它的光在地上像是结了一层白茧，给了他一种从未有过的宁静，就像在他体内某个最为柔和的地方抚摸他。

他听见母亲呼唤他的声音，还和很小的时候一样急促。

以后的事不去想太多了。李可准备回答他的母亲，不过还要等一等，一出声就会扰乱这柔和的月光的。不去想以后的事情了，他又一次跟自己说。眼下，他明白，只要在这里留一天，自己就是个很不错的道士，像父亲那样。

他看一看眼底晦暗之中的村子，他看见或者听见母亲是在一个很熟悉的地方一声声喊他，他正要走向那里。

（原刊于《收获》2005年第3期）

干　涸

张抗抗

那天清晨四点，半个苍白的月亮，坠在旷野西南的天空。

锄草的队伍刚要出发，祝排长朝我走过来，在我肩膀上狠狠拍一下，说：你，会捞桶吧？

什么桶啊？

桶就是桶呗，你管是个啥桶！

上哪捞？

井里啊，当然是水井。他指了指连队西边的菜地。

我……我支吾起来。

你小子甭给我装蒜！我知道你会捞桶。他狡黠地笑了。

你怎么知道我会捞桶啊？

嘿嘿，你也就这点儿本事，还不给咱露一手！

我惶惶然，有一种被人出卖的感觉。在这个百十人的连队，看来没有人能够拥有并保存自己的秘密。我的脑子里飞快地搜索着初中同学们的名字——曾经，在那个一千多公里之外的南方城市的一所中学，有谁谁谁可能曾经见过我从井里捞桶，然后潜入了这个连队……但这样的努力是徒劳的，就像站在井沿望下去，妄想一眼能看见井底有没有桶一样。

我对祝排说：这儿的井，不是我们那儿的井。

祝排点点头：这儿的桶，也不是你们那儿的桶。

我又说：捞桶需要工具，懂吗？比如长长的竹竿，你有吗？

祝排回答：你咋知道我没有？

我再问：还有钩子，绳子，还有手艺和工夫……

你有完没完啊你！祝排终于不耐烦了。让你捞个桶咋那么多废话啊？你没看天旱成这样，菜地从早到晚浇水，正是用桶的时候，那些水桶一个接一个都跳到井里去罢工了，再不把它们揪上来，咱菜园排真就一只桶都没了……

祝排是菜排的排长，佳木斯知青，偏胖，性格执拗而暴躁，被我们这些南方知青简称竹排。连队有个哈尔滨女知青罗娜，长得有点像二毛子，发音不准，一口一个"猪排"地叫他，硬是把大伙儿都拐带成了猪排。罗娜后来病退回城后，我们才勉强恢复了祝排的正常发音。

我知道自己不能再说不会捞桶了。不会捞桶日后就别想再找祝排请假了。问题在于我确实会捞桶。况且，此刻我的手心已经开始发热，像有一条条小虫子在蠕动，一阵阵发痒。

祝排说：那好，跟我走！

一路上我闷着头不说话，苦思苦想究竟是谁向祝排告的密。我步履沉沉心事重重，对于北大荒这儿的水井，我其实一无所知。是否能把水桶捞上来，确实一点儿把握都没有。况且，此井非彼井，此桶非彼桶，时间地点都改变了，就连我的手，原先写字，现在握锄，好像也不是原来的那一双手了。

没来北大荒之前，少年时代的我，生活在一个多井的城市。那个城市的每一条小巷里，差不多走上几百步就会遇见一眼水井。井里的水，又清又满，可以当镜子用的；要是连下几场大雨，水位升上来，伸手就可以够到水面。拿一只搪瓷缸，扑在井沿上，伸长胳膊，把头探到井里去，就可以把水舀上来。当然，假如水舀不上来，人就不见了。这样的事情是有过的。所以，那里的人们一般还是用吊桶打水，小小的一只铁皮吊桶，口子也就篮球那么大，一根很短的绳子，也就是做做样子罢了，把绳子放下去，一会儿就把满满一桶水吊上来了。不过，也许是因为绳子太短的缘故，稍稍不当心，绳子就会从手心里滑脱，那只桶就无声无息地沉到水里去了，连个水花儿都不起。由于绳子一天到晚都是湿的，你看不见它的哪一截其实已经烂掉了，等到桶里的水满了，一桶水的重量都集合在绳子上，绳子就吃不消了，它一生气，就把一桶水都送回到井里去了。这样，小巷里三天两头就有人趴在井台上，用一根长竹竿，绑上一只铁钩子，伸到井里去，一圈一圈来来回回上上下下地搅动，就像掏粪工人一样。假如有人来打水了，捞桶的人就歇一歇，打水的人埋怨着井水被搅浑了，只好拎着一桶浑水走，捞桶的人等打水的人走了，歇一歇再接着捞。只要有耐心，吊桶总是有捞起来的时候。桶捞上来了，捞桶的人就拎着一桶水回家了。好像一个西瓜，用绳套浸在井水里冰了一冰，就要拿回家去杀了吃，没有什么稀奇的。

  只要遇上有人捞桶，每次我都会站在旁边看。我觉得捞桶是一件让人着迷的事情。尤其是吊桶出水的那一刻，很像数学方程式的解题答案，最终要有一个对错。因为谁也不知道捞上来的桶，是不是刚才掉下去的那一只。仅仅这样的一个问题，井水就变得深不可测。再说，吊桶磕磕绊绊地从井壁上被拖上来，桶沿上多半挂着几丝青苔，还有坠落在井底下多年的抹布绳头和一些莫名其妙的东西，吊桶披头散发地出水，很像一个绿毛水怪，激起我的无限想象，这才是捞桶最吸引我的原因。

  上了中学以后，我开始把童年观看捞桶的丰富经验，直接运用于实践。我常常指挥大家从井里打水，给校园后院的生物试验田打水浇园，或是清洗教室地板。为此我还用班上卖废品的钱，专门买了两只铁皮吊桶。但是没过三天，那些女生就把吊桶弄到井里去了。其实这正是我期待发生的事情，这样我就有了充分的理由和机会，把吊桶从井里准确无误地捞上来。伴随着女生们的尖叫和欢呼，一次次捞上来再掉下去，掉下去再捞上来；我甚至怀疑自己把吊桶捞上来的目的，好像就是为了让她们再次把它沉到水里去。初中三年，我都是班上的劳动委员，关于捞桶这个活计，我已经是个老把式了。我擅长捞桶的名声远播，常常有邻班的同学及高年级的同学甚至老师，来求我帮他们捞桶。那三年中，我从不参加其他的体育活动，我的个头矮小但胸肌强健，尤其是胳膊粗壮、臂力腕力过人，写字的时候，稍一用力就会把作业簿的纸戳破。

毕业离校的那天我惆怅失落，我将从此告别校园的水井，告别我中学时代的玩具——那两只在井里沉浮三年的铁皮吊桶，早已千疮百孔，一只桶底如同漏斗一样水流四射，另一只生锈的桶壁凹凸不平，像一个恐怖的鬼脸面具。那一天我亲手将它们慢慢放入井中，绳子轻轻一甩，它们侧过头来看了我一眼，张开大嘴一口把井水吸满。我松开了手上的绳子，它们犹如两个垂死的男女，在水面上荡出一圈涟漪，然后，一前一后迅速沉没。

我毅然决定去一个没有水井的地方，我知道自己若是选择了江南农村，将继续沉迷于水井和水桶，挣下的工分恐怕还不够买水桶的。在我孤陋寡闻的想象中，冰天雪地的北大荒，冬季化冰融雪、煮饭洗衣，夏天开化的河水流过田野，定然是不需要水井的。

但是我错了，十九岁那年我竟然不知道世界上只要有人的地方，都会有井，甚至在沙漠里还有地下坎儿井。我到达北大荒的时候正是夏季，从拖拉机上满面尘土地跳下来的时候，我一眼就看见了一棵大柳树，立在连队宿舍区的中心位置，柳树下有一口用砖头围砌的圆台，高出地面一截。我倒抽一口凉气，凭直觉就明白了：那是一口井。

果然有人站在井台上，手里吃力地摇着一个弯曲的铁把。我的眼睛死死盯着那个打水的人，我看见了那个把儿转动起来的时候，一只盛满水的铁皮水桶就升上来了，水桶高度齐膝，桶口有脸盆大小，与江南小吊桶一比，可谓硕大。那人把井水分别倒在旁边空地上一只只肮脏的脸盆里，祝排就在这时候第一次出现，大声招呼我们洗脸。

后来我知道了那叫辘轳把，绳子一圈一圈、吱吱呀呀地绕在一个木头的转轴上，摇上好一会儿，水桶才露头。水桶的铁环上系着绳子，我很快学会了当地人叫做"猪蹄扣"的那种系法，能用别人无法企及的速度，飞快地把桶换上。其实，我心里却时常在暗中期待着某一只幸运的水桶，在某人手里突然溺水而亡。

再后来我还知道了更多关于井的事情：北大荒农场的连队食堂，一般都会在厨房里安装压水井，压水井不畏严寒，可保证冬季的饮用水。这种所谓的井，只有一根粗铁管通往几十米深的地下，打水时用尽全身力气，一下一下地按压，水就一下一下地喷出来，把水桶放在地上接着就行了，水桶是绝对不会掉进井里去的。也就是说，压水井和水桶之间，并没有任何吞没与被吞没的可能，只有施与和承受的关系，所以那种压水井根本不在我的视线之内。我还见过附近老乡用的一种藤条水桶，是用山里的藤条一圈一圈编成的，藤条在水里泡得发胀，把缝隙都胀满了，又轻又结实，滴水不漏，固定在辘轳把上，专门用来从井里提水，水桶就不会掉到井里去了。我对于这种藤条水桶，是没有什么好感的。

再再后来我明白了，我们这样的知青农场，关于井的麻烦是很多的：那些从哈尔滨来的知青，没有几个人懂得水井的奥妙，而浙江上海知青对于摆弄北方的水桶，更是笨拙无知。反正水桶都是公家的，多一只少一只没人在乎。因而，无论冬夏，水桶总是三天两头争先恐后地往井里跳，水桶永远是不够用的。经过反复侦查，我发现，除了连队宿舍的那一小块高地，周围大多数地号都是低洼地改造的农田，几乎所有浇地用的土水井，水位都相对偏高。这就意味着，总有一天会有人想起来那些不算深的井里窝藏的水桶，并企图把它们打捞上来。这对于我来说是危险的诱惑。因此，我自从到达这块辽阔的黑土地，对于自己捞桶的一手绝活，始终小心翼翼地深藏不露。

然而我还是这么快就被"暴露"了。我说不清楚自己究竟是紧张还是兴奋。

祝排带我走到菜地的尽头。那一大片被匆匆开垦的洼地里，种着一垄一垄的大葱、一畦一畦的菠菜、一片一片的水萝卜，黄绿色的叶子发蔫，无精打采地耷拉着。在菜叶和黑色的土地中央，露出一个土洞，仅用砖头草草地围了一圈算作井沿，略略高出地面。井台四边放着几块垫脚用的草垫子，垫子是用高粱秆编的，一脚踩上去，咕咕地冒出些湿印子。我往土洞里探头看了一眼，四壁黑黢黢的，只在底部闪过一星半点的亮。

我暗暗松了口气。说：这也叫个井么？

祝排说：不是井是个啥？整个菜排的水桶，都在里头了。

我当然知道这是一口浇地用的水井——井壁用一层层秫秸围起来，代替了砖头或石头，底大口小，打上来的水浑浊可疑。在我看来，根本不能算作一口真正的井。

此刻我尽管对面前这口土井充满了不屑，我的眼睛却已经像两只空空的水桶，急慌慌往井里扎下去。我粗粗估算了井的深度，从地面到井底，至少应该在 5—6 米以上。

我说：拿什么捞哇？你想让我跳井呀？

身后无人应答，回头看，只见一道长长的黑影，在阳光下如一把长剑朝我劈来。祝排气喘吁吁地托着一根雪白细长的木杆跑来，像撑竿运动员一般划破蓝天，落在我脚下。那当然不是竹竿，而是一根异常直挺、修长的白桦树杆子，它仅有锄头把粗细、长度却至少有 5 米以上，握在手里恰到好处。我没有想到，在北大荒原来是可以用桦木杆子来代替竹竿的。看来祝排真是费了不少力气，才能从十几里地外水库边的树林里，找到如此细长笔直的桦木杆。那根桦木杆上的小枝桠都已被砍磨掉了，杆子一头粗一头细，茬口露出崭新而潮湿的碎木；木杆的细头，拴着一只打磨得十分精巧的铁钩，并用铁丝绑得严丝合缝，无比结实。

一切准备工作都无可挑剔。我别无退路。面对如此精心准备的打捞工具，我觉得自己就像一个被绑架或是把武器硬塞到你怀里、被迫上战场的人。那个瞬间我脑子里跳过一个问号，我不知道这个祝排长对捞桶这个事，为何如此上心？

在一个凉风习习的上午，我就这样重操旧业，在一口土井边开始捞桶了。

细长的木杆被高高举起，然后笨重地一点点地朝井下探去。以前握惯了轻滑的竹竿，便觉得这木杆有些发沉，不那么顺手。渐渐地，似有水气从温暖的木杆上传导过来，我仅仅凭着手掌的感觉，就知道钩子是否已经接触到了水面，然后没入水下，探到水底。我必须灵活地操纵木杆，让它在我的手掌里自由旋转；稍顷，从木杆的纹路里，传来铁器互相碰击的细微声响，我欣喜若狂——水底果然有桶，钩子已经遇到了它的同类；我的脚跟离地、身子凌空，像一只停在悬崖上的老鹰，饥饿地俯瞰着大地；钩子在幽暗的井底触寻水桶的铁环，稳稳地钩住它，再把钩子移动到铁环的中部，使它的力量能够平衡；那个时刻就像鹰爪猛然捕获了它的猎物，必须死死抓紧不放，然后换手，一把接一把地"捣腾"；水桶死沉，全靠胳膊上的力气，才能将木杆一点点垂直地提升上来，就像一台人力升降机。我憋住了呼吸，一口气都不能换错。木杆露出地面的部分越来越长，斜着搭靠在我的肩膀上。有一双胖乎乎的手伸过来帮忙，他使的力气之大之猛，几乎要把我推到井里去。祝排，我喊道，你松手！我憋红了脸。他退了几步，天下的重任都让给我一人扛着了。我的脸憋到紫胀，井口终于出现了一只沾满泥浆的水桶，直筒筒圆乎乎的一个浑物，它被轻轻放在干裂的地面上，像一个丑陋的海底魔怪，水花四溅，白沫飞舞，似乎马上会醒过来咬人一口。

喏，桶！我说，呼出一口长气。

祝排嗯一声，围着那只桶转了一圈，又用脚尖踢了那桶一脚，脸上并没有露出我所期待的喜悦或惊讶，甚至掠过了一丝失望的神色。

接着捞！再捞！肯定还有！他说，语气不容抗拒。

那会儿我忽然觉得这口土井有点像一个秘密水下仓库，藏着祝排需要的东西。

我的情绪很快被激发起来，继续操纵木杆，用钩子进行探测。你想，井里什么都看不见的，全靠你握着杆子的手，在黑暗中摸索，眼睛就等于长在手心里了。况且水是有浮力的，你手上的力气要把浮力按下去，再从浮力中升起来。当然，我的技艺娴熟、手指灵活，经过一年多的劳动锻炼，我的胳膊更加有劲。钩子从水下传来沉闷的撞击声，应该承认祝排说得不错，井下确实有桶，而且不止一只。但能否用钩子准确地钩住桶上的铁环，就看捞桶人的手艺了。我决定把自己的绝招使出来，不是为了讨好祝排，也不是为了拯救那些沉沦的水桶，而是技痒难熬。我知道，如果实在套不住桶上的铁环（已经损坏脱落），可以用钩子寻找桶沿两侧那个方形铁片上的圆洞，这可是高难度的技术。只要准确地钩住了圆洞，就等于钩住了那只桶的鼻孔，穿透鼻孔，等于控制了整个脑袋。然后用臂力和耐力，将这颗被绞下的脑袋一寸寸提起。当桦木杆倾斜到无法支撑的时候，那些盛满了浑水的水桶，就会像一件件出土文物，从黑暗的井下无可奈何地显形，然后湿淋淋地坠于杆头。

那天上午，我久已荒疏的技艺竟然超常发挥，手中的木杆像一根魔杖，蛇一般柔软地扭动，不停地上下游窜。

干涸的地面上，已经摆满了一长溜铁皮水桶。阳光刺眼，铁皮水桶上黑色的泥浆很快被晒出一层硬壳，裂开一缕缕闪电般的花纹。像七只从泥坑里爬上来的小猪。

我说：祝排长，不说海枯石烂，也差不多快把井底掏干了。

祝排蹲在地上，目光在那些水桶上移过来又移过去。他已经数了一遍又一遍，任他怎么数，七只水桶还是七只水桶。奇怪的是，对于如此辉煌的战绩，他非但丝毫没有感到兴奋，反而显得更为失望。

就这些了？真的全捞上来了？他问。

还嫌少啊？排长，这七只桶，可够咱排抵挡一阵儿的了！

不对，应该还有一只。

还有一只？在哪呢？你要不信，咱再掏一遍？我胳膊的肌肉开始抽搐了。

他站起来，抓起杆子往井沿走去，然后把杆子戳到井里，小心翼翼地捅下去，模仿着我的手势，一下一下地够。他的模样不像是在捞桶，倒像是捣蒜，井底如果有蛙或是蚌，全都得让他给捻碎了。他就这样忙碌了很久，衣裳的后背都湿了，而他的脸色越来越阴沉，眼神越来越焦躁，下手越来越盲目，像在对着空气作战。此刻的祝排，整个就是一只捞月的猴子，我脸上露出了不屑的神色。这一刻我才恍然大悟，刚才捞上来的那些桶，全都不是他真正想要捞的那一只。

他终于筋疲力尽地停止了动作，扔掉了木杆，抱着自己的脑袋，在七只水桶前重新蹲下来。过了一会儿，他伸出手去抠其中一只水桶上的泥巴，然后捡起一根树枝，磨蹭着水桶的铁皮。桶身露出了黄褐色的锈斑，在阳光下像长满了癣的牛皮。

"畏得罗"是不会生锈的。他自言自语。

"畏得罗"？哪个"畏得罗"？

就是那只白铁皮的小桶嘛，你不记得了么？

不记得了。

我说不记得是在装糊涂。就在祝排说出"畏得罗"那三个字的瞬间，我面前的他，脑袋已经变成了一只银白色的水桶——那是一种白铁皮制的小桶，底小口大，形状呈倒三角。桶口镶着精致的圆边，桶身的中部和接近底部之处，还凸起两圈装饰性的滚条。看上去不像一只水桶，倒像是一件炊具。"畏得罗"的桶环也是白铁的，中间嵌着一截光滑的木条，提着不磨手，拎起来轻巧极了。若是把它同我们连队那种黑乎乎、沉甸甸的直筒式水桶一比，犹如一个娜塔沙和一个李逵站在一起，时光就错乱了。我们的铁桶就不能叫个桶，而是一只水坑或是一口铁锅……

需要说明一下：白铁皮桶是一种苏式水桶，汉语译音"畏得罗"。

渐渐地，那只"畏得罗"从我的眼前清晰地浮现出来。它被高个儿的罗娜提在手里,随着她的头发甩啊甩的,罗娜拎着浅浅的一桶水,走下井台,穿过杨树林,走在连队宿舍前的砂石路上,快乐得像在城里逛街。去年夏季,那只桶不知怎么曾经出现在祝排的手里,桶里装满了成熟的西红柿,一粒粒玛瑙似的血红,放在罗娜的宿舍窗台上;后来我又亲眼看见罗娜拎着那只桶,桶里装着洗干净的湿衣服,放在祝排的宿舍窗台上。深秋的一个星期天,"畏得罗"盛满了刚收获的新鲜土豆,祝排招呼我们一起到场院的土坑去烤土豆吃,罗娜带了一包碾成细末的盐,教我们小心地用土豆蘸着盐吃。冬天来了,一个下大雪的日子,我曾在风雪中迎面看见一只小桶在移动,走近了,只见两只没有戴手套的手,冻得通红,一只大手在下,一只小手在上,几乎叠在一起,紧紧握着那只"畏得罗"的木头桶把。假如手掌有汗,那两只手就会一起被冻在桶把上了。我抬头,看见了祝排和罗娜,他们抬着一桶新雪在走,雪堆高出了桶沿,桶里尖尖的白雪顶,多么像我垂涎欲滴而遥远的童年梦中,那一支奶油冰激凌……

融雪时节,罗娜回了哈尔滨。罗娜走后,我从此再没有见过那只"畏得罗"。

我终于缓过神,大声问祝排:噢,那只"畏得罗",原来一直藏在这口土井里?你怎么不早说?

祝排飞起一脚,踢得那只笨重的铁桶咣一声响。你说啥呢?二百五!他瞪着我:那只"畏得罗"一直都在我的箱子里。它是大前天晚上掉进去的,刚掉进去没几天!明白不?

我实在是不明白,接着二百五:好好的干啥把它从箱子里弄井里去呵你?

祝排的神情恍惚起来:五天前,晚上我做了个梦,罗娜对我说,"畏得罗"是要用的,不用就废了。醒来后,一整天我就想着她这句话,到了晚上,我把"畏得罗"拿出来,到这没人来的土井边打水。两年前我第一次见到罗娜,就是在"畏得罗"里,那会儿她正对着桶里的井水照镜子,我从旁边走过,看见她长长的眼睫毛一闪一闪,像一根根小鱼在桶里游着,我永远都忘不了哩。大前天晚上,月亮正圆,我用"畏得罗"从井里打了满满一桶水,月光照在水面上,可桶里只有一个月亮,怎么看都看不到她的影子了。后来我把水倒了,重又去打,一甩绳,桶就不见了……

我听得后背发凉,疑惑地说:这么说,"畏得罗"应该就在这口井里啊。

说的是呢!他咬着牙。第二天,我请了假,去找捞桶的木杆,刚把钩子什么都准备好,偏偏连长通知我到场部去开会,这就耽误了两天。我琢磨着,这三天之内……是不是有别处的人……把"畏得罗"捞走了呢?他显得迟疑不决。

我连连摇头。我觉得他简直是痴人说梦。这几天我根本就没听说有谁捞到过桶。再说,整个连队甚至方圆几十里外的连队,除了我之外,还有谁会捞桶呢?

从目前的情况看来,"畏得罗"已经不在这口井里,那么……祝排朝我比画着手势,像在分析布置破获某个重大案情。那么,只有一个可能,就是被邻近连队的人趁机捞走了……他开始沉浸在自己的想象中。你想想,各个连队都在抗旱,都急需水桶,而农场的物资和资金都这么缺,上哪去买水桶呢?唯一的办法就是——把井里的桶,捞上来,不捞白不捞!

我打断他:那为什么我一口气从井里捞上来七只桶呢?照你的说法,这口井里的水桶,早该让人捞没了。

祝排略一沉思,答道:因为"畏得罗"是前几天掉下去的,肯定掉在最上面,所以,那些企图偷桶的人,一捞就先捞到了"畏得罗"。

我一时语塞,似乎难以驳斥他这个推断。愣了一会儿,问道:既然这样,下一步我们该怎么办?话刚出口我就后悔了,我预感到一个浩大的寻桶工程即将展开。

祝排连想都没想,挥挥手说:找呗。到附近的连队去找。是个桶,人家就得用吧，我认识我的"畏得罗"，谁也别想把它眯了。哼！

以后的几周内，我和祝排找出种种借口，或请病假或利用公休或假公济私，到周边地区的场院、大车队、老乡屯子等有人迹的地方，去寻访那只曾经映照过罗娜眼睫毛的"畏得罗"。祝排苦苦寻找"畏得罗"的原因已经不言而喻，我和他心照不宣。我之所以愿意跟随他去干这种徒劳的勾当，是因为我暗藏了自己的一份私心。我狠批私心一闪念，念头却越来越猛烈——我竟然比少年时代更加热爱捞桶，并且，这种热爱既没有目标也没有理由。

几天后，我们像野狗一样四处游荡、像大海捞针一样遥遥无期的这种寻找，始终毫无进展。祝排变得垂头丧气，我于是决定将自己的私心不失时机地发扬光大。

我说：祝排你知道为什么找不到你的"畏得罗"吗？

祝排的眼神像一只长嘴蚊子，狠盯在我脸上。

我估计，"畏得罗"已经被那些偷桶的人，又一次掉到井里去了。它肯定待在某一个井里，我保证，它躲在井底呢，所以我们找不到它。

祝排的嘴歪了，张大着，像一只砸扁的桶。半晌，他跳起来，拽着我就往回跑。他气喘吁吁地说：走，回去拿木杆子，捞桶！你她妈的咋不早想起来呢，我把那些井都给它掏干了！

那个夏季，附近的连队、场院、大车班、村屯，出现了两个抬着一根长木杆的年轻人。我们对外声称是知青义务淘井小组，尽管这根本不是淘井的季节，却受到了不同程度的欢迎。因为我们从每一个井里都捞出了生锈的或是没来得及生锈的水桶。然后只是不经意地打量一眼，就慷慨地完璧归赵。每只桶在捞上来的时候，都装满了水，我们顶多只是掬一口凉水喝。其余的水都免费奉送了。在留下水桶的同时，我们得到了那么多由衷的感谢，偶尔还有煮熟的青苞米和煮鸡蛋。但那都不是祝排想要的。我们废寝忘食地走村串屯，记工簿上出现了越来越多的旷工记号。有人当面警告我们，说祝排的排长已经当到了头。而祝排轻蔑地回答说，排长算个屁呀！我觉得祝排基本上已经陷入了疯狂的状态，无论那块地号在多么远的地平线方向，只要那儿有水井，祝排就会勇往直前。我们的钩子已经换了好几个，桦木杆子变得无比光滑。我们从各种水井里捞出来的水桶，已经能以二位数统计。隔三差五，总有失踪多年的水桶，在一片惊呼声中冉冉升空。那些日子我第一次知道，原来有那么多公家的水桶，悠然躲藏在幽暗的水井中，如果没有我（当然也包括祝排），它们根本没有希望重见天日。最可气的是在二连捞桶，捞上来一只崭新的铁桶，桶壁上写着"三连"的字样。祝排说肯定是分场大会战的时候掉下去的。那几个看着我们捞桶的知青，当场就把"三连"的"三"字刮去了一道，变成了"二连"，然后欢天喜地地抱着桶走了。

在持续多日的欢庆气氛中，祝排的圆脸已经瘦成了一粒瓜子儿。但是，随着原野上的风一日日寒冷，那只"畏得罗"仍然没有出现，就连一丝踪影都没有。

寒风吹灭了我一夏天膨胀的激情，过足了捞桶之瘾，我开始产生了厌烦情绪，变得有些憎恨捞桶了。我原本就不是因为喜欢水桶而捞桶，我喜欢的只是捞桶这件事情。说到底，那只"畏得罗"能不能捞上来，与我有何相干？

那一天"收工"的时候，祝排哑着嗓子对我说：我想来想去，觉得还是这根木杆不够长，够不着更深的井。你明天跟我去水库那边，我要选几根桦木杆子，把它们连成一根十几米长的杆子……

他的眼窝深深地陷下去，眼皮神经质地一跳一跳，我觉得他差不多是已经疯了。

我说：压根儿不是这么回事！

祝排紧蹙着眉头问：那你说，那个"畏得罗"，它到底会在哪儿呢？

他紧接着自问自答：依我看，它还是应该在我们菜地的那口井里。

我有些生气地说：那口井，就差没有掘地三尺了。你要是不信我，那你自己爬到井里去看看好了，你自己下去找一找，才会死心吧。

祝排怪异地看了我一眼，然后默不作声地把木杆子扛在了肩上。

如果我当时能知道自己这句随意脱口的戏言，竟然会产生如此严重的灾难性后果，打死我也不会那样说的。

但是我已经覆水难收。十九岁那年我懵懂无知。我不知道一只白铁皮的水桶，对于我和祝排，具有完全不同的意义。我捞桶仅仅只是为了捞桶，而对于祝排，那只轻盈精巧的"畏得罗"，却是他二十一岁人生中最珍贵的一点念想和回忆。

那个冬天，祝排失踪了。大多数人都以为祝排被撤职后，一气之下回了佳木斯探亲猫冬。我与祝排并非至交，只是一个捞桶的临时伙伴，所以也无处打听祝排的去向。

第二年春天化了冻，菜地开始松土浇水栽秧，有人报告说井里好像是塌方了，堵得水桶下不去。连长请了淘井队的人来，鼓捣来鼓捣去，从井底拽上个裹满稀浆的泥坨。泥坨分明是个人形，像一具出土的兵马俑，激发起人们的激情和想象，菜排所有的人都闻讯拥到菜地去看热闹。那个时刻我在场，我的眼睛被泥浆糊满，眼前一片漆黑；泥水渗入了我的眼角，刺痛了我的眼球；一种不祥的预感，使得我浑身肌肉都开始绷紧。人形上的一层泥壳在阳光下炸裂了，露出我熟悉的衣角。他蜷着双腿，像是要尽量缩小自己微胖的身体。有人用沾湿的破布，小心揩去了他脸上的泥灰。经过一冬的冷冻，他的面孔像冰块一样光滑，泡胀的眉眼，如同弯月般笑意盈盈，让人毛骨悚然。他的一双手僵硬地向前伸着，手指犹如鸡爪一般弯曲，指甲缝里塞满了泥浆……

没有人知道祝排为什么会在这儿；更不会有人相信，祝排竟然是为了搜寻那只"畏得罗"而亲自钻入了井底。

那天日落时分，我去了井边，湿印已经干透，草垫四周只剩下一些散碎的土坷垃。

我轻轻抓起一粒干土，在手心长久地碾磨。灰褐色的粉末从我的指缝里一点点撒落，被微风吹散，消失在刚刚返青的旷野里。我低头说：祝排，我知道你为什么惦记那只桶，但我仍然不明白你为什么要亲自下井去摸桶？看来你还是不相信我捞桶的手艺，你以为是我疏忽或是错过了那只"畏得罗"，你真是走火入魔了呀你……

后来的很多年中，我始终在反复琢磨这件事情：如果"畏得罗"真的掉进了那口井里，凭我的手艺，不可能捞不上来的。那么这只"畏得罗"究竟到哪里去了呢？这个问题让人百思不得其解。我一遍又一遍地回忆每一个捞桶的细节，答案却是越来越模糊不清。有那么一刻，我突然问自己：有谁真正见过祝排珍藏在箱子里的"畏得罗"呢？罗娜是否确实把"畏得罗"留给了祝排？那究竟是祝排的心愿还是幻觉？祝排难道真的曾经拥有"畏得罗"，并且准确地把它掉进了这口井里吗？如果"畏得罗"压根儿从来就没有在那口井里，祝排以命相托的打捞又是为了什么？我被自己的这个问题吓了一大跳，浑身的汗毛一根一根地竖了起来。

祝排——猪排——竹排，究竟哪一个称呼，才是真正属于他自己的呢？

我发誓从此再不捞桶。当然，我的誓言有一点自作多情——七十年代末我回城后，那个故乡城市的水井，在二十年中一口一口地被填埋了。铁皮吊桶没有掉到井里去，却自己莫名其妙地消失了，就像那只"畏得罗"，失踪得十分诡秘而蹊跷。如今这个城市没有水井，没有铁桶，也不会再有幻觉。我的不良嗜好就这样从此彻底戒掉了。

但我想念祝排。如果能够遇见罗娜，我会告诉她后来发生的事情。然而三十多年过去，我从未得到罗娜的消息。有一次我途经罗娜生活的那个城市，在街上闲逛。车流如注，人浪似海，令我眩晕。在这片喧嚣的汪洋中，我何以觅捞"畏得罗"呢？

（原刊于《收获》2005年第6期）

宝贝儿

朱文颖

一

　　这是城里非常普通的一个三口之家。男女主人都是公司职工，或者一个是职工，另一个是文员。他们的经济状况，并不比其他的工薪家庭更好，但也绝对不会更坏，总之没有什么太大的差别。多年的婚姻生活，更使得他们的相貌面容有了一种微妙的相似。这个家庭唯一的特别之处，其实根本就不能算特别，这夫妇当中有一个是潜在的理想主义者——更可能是那个女的，即便从名字上看来也应该是——她叫上官雨燕，长着一双风情而不安分的吊梢眼。今年的五月，她过三十九岁生日，在家庭晚餐上喝醉了酒，疯闹了一会儿。对此她的丈夫显得略微有点不高兴。他很爱他的妻子，但她身体里的某一个部分是他永远无法了解的。一想到这件事他就感到烦恼。

这位时常烦恼着的男人姓贝。单位同事叫他老贝，也有人叫他贝先生。大部分人还是叫他老贝。而上官雨燕老琢磨不清该怎么称呼他。在家里通常他们以语气词相称。

贝先生相貌忠厚，微黄的皮肤里透着点红，但基本也是健康的肤色。贝先生在家里也穿着白天上班的衣服——深灰色的裤子熨烫得相当得体，白衬衫的面料是混纺的——遮盖着底下微微发福的肚子。

他们的男孩子小贝已经十五岁了。除了长在男孩脸上略嫌妩媚的吊梢眼，他的身体器官找不到更多与父母的相似之处。他那尚未完全成形的精神世界更是奇怪。前几年的一个下雪天，小贝把家里养的绿毛红嘴鹦鹉扔进了放满冷水的浴缸。可怜的小鸟，给打捞起来以后，先是浑身哆嗦，后来又学着人的样子打了十几个喷嚏。这事情一开始只是被当作小小的笑料，但过了一段时间，夫妇两个发现鹦鹉又开始打喷嚏。这还不算，只要小贝那双臭烘烘的白球鞋一踏进屋子，鹦鹉就开始浑身抖个不停，连说话的事也全忘了。

贝先生非常生气。

每天晚饭过后，夫妇两个都要在巷子里散一会儿步。这个城市正在经历着一种巨大的变化。巷子另一头的房子已经拆了一大片。这一两年里，他们散步的路线也随着更改了好几次。有些时候，兴之所至，他们也会聊聊这座城市，这条巷子，聊聊上个礼拜单位体检的各项指标，晚饭的菜太咸了，而贝先生的小肚腩最近又很有继续膨胀的趋势……当然，就像所有将要或者已经步入中年的夫妻，他们聊得最多的还是自己的孩子。

"这孩子，你说他成天都在想些什么？"这是上官雨燕的声音。

"昨天的考试他又考砸了……唉，这样下去——"贝先生仍然非常生气。

"我不是指这个。我老觉得他在想些什么事。一些我们都不知道的事。"

贝先生顿了一下。他回味着上官雨燕这几句话的意思，突然觉得有些似曾相识的感受。

"这个孩子呵，也不知道为什么，老是心不在焉的。"上官雨燕并没有注意到贝先生不快的表情。就像在很多其他的时间，上官雨燕通常总是沉浸在自己的世界里面。

"反正，这孩子……反正他一点都不像我。"贝先生总是显得有些气鼓鼓的。他是一个简单的人。一个简单的人遇上了复杂难辨的事情时，通常就会有这样的表情。其实贝先生不喜欢这样。所以在他生气的神情里面，还夹杂了一丝丝的怨恨。归根到底，咱们的贝先生，他可是个老实人。

上官雨燕微微侧过头。

天越来越暗了，远处工地上的照明灯，这时已经变得有些晃眼起来。这条巷子大约有一两百米长，巷子的这一边只有几盏光线昏暗的老街灯，而在那一头，工地的照明灯彻夜通明……也不知道为什么，每次散步走到中间地段，上官雨燕都会有一种不太真实的感觉。

她抬起头，看了看旁边的贝先生……然后，把一句刚想说的话重新咽了回去。

贝家夫妇散步归来，一直到全家入睡以前，这是贝家秩序最为井然的一段时间。

一般来说，晚饭过后直到十点半，小贝就在自己房间里做功课。而贝先生呢，则坐在客厅一个半旧的咖啡色布艺沙发上，翻阅当天的报纸。要是时间尚早，电视里的晚间新闻还没播完，贝先生偶尔也会抬头瞅上几眼。这是一台比较老式的电视机，最近一些日子还时常会发出细小的嗡嗡声。贝先生皱着眉头辨别了一会儿，走近了，弯下腰，再用手拍打几下电视机的外壳……电视里正在播送一条邻省家庭暴力的新闻……然而近了来看，这位长发大眼的女播音员，她鼻翼边的毛孔仿佛很是粗大，粉也打得有些太厚了。贝先生摇了摇头。

电话在客厅的另一头。大部分是上官雨燕的。在接电话的时候，她经常会发出与实际年龄很不相称的惊叫声。这惊叫声,盖过了那时有时无的细小的嗡嗡声,盖过了贝先生拍打电视外壳的扑扑声,甚至还盖过了电视里面那位女播音员说话的声音。贝先生的眉头皱成了一个不确定的形状,波澜起伏着。

不过,贝先生也会有快乐的时候。有那么一些时候,贝先生的心情怡和平静,他就开始做一桩旁人看来有些不可思议的风雅事。比如说,坐在沙发上,安安静静地看一本小说。

现在,贝先生正翻到书的这一页。

>一个政府官员开始过一种不平常的生活……在他的别墅上有一个非常高的烟囱,绿色的长裤,一件蓝色的背心,一条染过毛发的狗,午夜的晚餐。不出一星期他就会放弃……

贝先生停下来,想了一想,笑了,突然想到他们单位的一位胖科长……很快他便翻到了下一页。

平时贝先生的社交活动不多。只有很少的时间,晚上他从外面回来,带着星星点点的酒气。小贝已经睡了,而上官雨燕正在穿衣镜前试穿一件新买的连衣裙。

"回来了?"她没有回头,因此声音显得非常遥远。

或许是酒的缘故,或许是在玻璃镜子里看到她的影子……贝先生突然觉得面前这个女人有点陌生。贝先生一向不喜欢复杂的情感。和上官雨燕结婚以前,他也只经历过一次男女之情。要知道,贝先生之所以爱他的妻子,绝对不是因为她性格里那时有时无的复杂。不是这样。其实事情完全是反过来的——因为他爱她,所以才能做到对她的复杂装作视而不见。

还有一次,贝先生应酬回来时上官雨燕还没睡。她嘀嘀咕咕地对他讲一个女朋友的事,情感上意外的烦恼。也不知怎么的,贝先生的酒突然就醒了。也可能是借着酒意,贝先生很认真地对她说:

"我告诉你吧,上官雨燕,这世界上可没啥完美的事,所以咱们最好都不要自寻烦恼。"

贝先生忘了他的妻子当时是怎样回答的。她怎样回答已经不重要了。重要的是,他,贝先生,竟然说出了这样的话。要知道,贝家夫妇可一直是理智而美满婚姻的典范……天呐,他怎么能说这样的话?他又为什么会说这样的话呢?贝先生把自己都狠狠地吓了一大跳。

那天晚上,贝先生睡得半梦半醒,直到临近天亮才迷迷糊糊地睡了过去。天色大亮时,他被一个声色俱全的噩梦吓醒了。是个礼拜天,小贝一早就去补习班上外语课了。上官雨燕正在临着巷子的小院里晾衣服。透过客厅的窗户,贝先生发现院子中间的那棵石榴树已经开花了,红通通、厚嘟嘟的……空气里充满了一种不很真实的发疯的气味。

客厅的餐桌上放着一杯豆浆、一只鸡蛋和几片面包。豆浆还有点余温,而咬到第二口时,贝先生发现面包里面已经涂了一薄层果酱,好像还是草莓酱。贝先生使劲地咬了几口。他喜欢甜食。

二

夏天很快就到了,紧接着就是小贝的暑假。顶着烈日,贝先生从市中心最大的一家新华书店抱回一大堆复习资料,又在小贝的小房间里安上了一台低噪音的空调……一天早上,贝先生正在餐厅里吃着豆浆和面包,突然,他站起身来,把那只再也不会说话的鹦鹉从后窗扔了出去。

一个散步过后的晚上,小贝向父母提出了一个要求——他要出门旅行,而且是独自一人。

这回贝先生可是真的生气。然而上官雨燕却有些暗自窃喜,她看着小贝一声不吭走回房间时的背影,觉得终于找到了这个孩子与自己的共同之处:喜欢神秘与未知的事物。并且,从来都不解释理由。

十来天后,十五岁的小贝去了云南——那个传说中彩云之南的地方。

又过了十来天，小贝回来了。人晒得很黑，还背了只在旅游品商店买的帆布大挎包。他带回了一些稀奇古怪的昆虫标本，和一些被贝先生称为"花里胡哨"的扎染桌布和墙布。开始一两天，小贝的话倒是多了些。他告诉上官雨燕和贝先生，在高原上，他头一次看到血淋淋的宰牛的场景。另外，这次旅行也是他头一次乘坐飞机……两种强烈的印象混杂在一起，让小贝显得有点亢奋与奇怪。但几天过后，他变得更沉默了。

贝先生在饭后打着饱嗝，他坐在沙发上，一边用牙签剔着牙，一边和上官雨燕说着话，"你说这孩子出了趟门，怎么倒像变了个人似的。"

上官雨燕瞥了眼贝先生，诧异地说："变了个人？我没觉得他变了个人。"

贝先生又打了个饱嗝，问道："你不觉得他这几天特别沉默吗？"

上官雨燕释然一笑，说："他原来话就不多。"

面对着原来话就不多的小贝，以及总有什么地方弄不明白的上官雨燕，接下来几天，贝先生莫名其妙地就觉得胃疼起来。晚饭过后，他一个人闷闷不乐地窝在沙发里，把多年不间断的散步也停掉了。

而小贝的房门总是关着的。除了空调发出极其细小的嗞嗞声，家里显得异常安静。自从鹦鹉不再说话以来，家里就一直是安静的。但毕竟……毕竟总有着那么一点点的不同。

为了弄清楚那一点点的不同究竟是什么，上官雨燕决定找小贝谈一谈。自从小贝出生以来，上官雨燕就发誓要做一个好母亲。一个有想象力的母亲，一个与众不同的母亲。而仿佛为了告慰她的良苦用心，贝先生家原先的那只鹦鹉，学舌时的头一句话竟然就是——"妈妈"！

在贝先生家的小院里，有一处相当不错的地方，那棵开过厚嘟嘟的红花的石榴树下，放着两只凉津津的石凳。现在，上官雨燕和小贝就坐在这两只石凳上。

"有什么事吗？"反倒是小贝开口先说话。

"别急，妈有话对你说。"上官雨燕手里拿了一把小小的折扇。这是一个以前的朋友送给她的。扇面上是一块假山石，旁边坐着一位宫装美人。

"这里有蚊子。"小贝说。

月亮已经升起来了。烟一样的月光很薄,很轻,透过石榴树密密麻麻的枝叶,显得有点懒散,有点怠慢,还有点心不在焉的困倦。

但上官雨燕的眼睛却在这样的月光里闪闪发亮着。她轻柔地问道:"这些日子……都还好吗?"

小贝耸了耸肩,仿佛听不大懂上官雨燕的话,也仿佛上官雨燕刚才说了句丝毫没有意义的话,一句废话。"好,"他面无表情地回答道,"挺好的。没什么好不好的。"

"你都十五岁了,可真是快呵。"

"下个月就十六了。"

小贝的声音显得浑厚结实,但仍然有种变声期的飘忽不定。在他刚刚开始变声的时候,上官雨燕经常会产生一种幻觉,觉得自己是在和一个孤僻的陌生人说话。很长的一段时间,她都在两种截然不同的感受间摇摆着。这一会儿,她觉得小贝即便再怎么变化,也是她十月怀胎生下的一只毛茸茸的小动物。而到了下一会儿,她又切切实实地感到,这孩子的神情老是在提醒她一件事。他的心不在焉,他的沉默,他那懵懵懂懂的精神世界……仿佛他一直在说,骄傲地说,坚持着说——我长大了。你们知道吗,我有一个自己的世界了。你们不懂,不懂,不懂。永远都不会懂。

她不知道应该怎样接近他。他的世界,对于她,是整个关闭的,就像那扇总是关着的房门。或者说,其实他根本就没打算让她接近他。

有些时候,那些满不在乎地从他嘴里蹦出来的话,甚至都能让她大吃一惊。

"我早就看出来了,你不爱爸爸。"

轻描淡写地讲完这句,小贝就从石凳上站了起来。他的脚上还是穿着那双臭烘烘的白色球鞋。月光黯淡,蜻蜓飞得很低。这种潮湿多雨的天气,脚气是很容易犯的。但此刻,小贝的背影似乎又在说,非常肯定地说——好的,都挺好的,根本就没什么好不好的。

里屋隐约地传来了电视的声音。是贝先生。就是这样,贝先生在看电视。小贝回了自己的房间。而上官雨燕则坐在院里的石凳上,发了很长一会儿呆。

三

这是上官雨燕独自一人散步的第七天。天空飘着一种嫩嫩的阴翳。没有风,也不是很热。她在巷子里来回走了一遍,不知怎么就走远了,拐上了一条平时很少走的巷道。

白天的时候,上官雨燕去看了看新房。巷子里那拆了一大半的人家都搬到了那里。近来还有种讲法,说剩下的一小半也要搬。而且就是不远的事情了。她原先是想叫上贝先生一起去的,贝先生,或者是小贝。但最后的结果,却是上官雨燕独自一人跳上了开往目的地的公共汽车。独自一人。

很多的房子都空着。有些甚至连门都没锁。上官雨燕随便推开了其中的一套,走了进去。

被隔成方格形的空荡荡的屋子,从这里到那里,依次分别是厨房、客厅、走廊、卧室、卫生间、走廊……或者再走回来,走廊、卫生间、卧室、走廊、客厅、厨房……通向阳台的是一间朝南的卧室。

上官雨燕推开了卧室的移门。

天空显得很高,非常非常的高。高到最高的地方,它便失去了边际,同时也失去了色彩,就如同雾气升起时远方的海平面。上官雨燕记得,从自家小院里望到的天空就不是这样的。当然,不一样的东西还有一些。比如说,从阳台朝下看,这小区好像看不大见树,或者只是些很小很小的树。而今天早上,上官雨燕已经从院子里摘了两颗新结的石榴。那是两颗还没熟透的石榴,青汪汪的,还透着一股黄气。

上官雨燕一连走了三套空房。就在离开最后一套的时候，她拉开随身背着的小包拉链，从里面取出一支口红，旋开盖子……然后，就在客厅那面苍白的墙上随手画了一个形状。

那是一个奇形怪状的图案。可能是老树的一截枝干，给虫蛀过的半片叶子，被风吹晕过去的一只小粉蝶……不管它究竟是什么，那血淋淋的几笔鲜红，在白到刺眼的墙壁上，却显得更加醒目，更加刺眼。

上官雨燕后退几步，歪着头看了看。她满意地笑了。

而现在，上官雨燕就走在那条平时很少走的巷子里。月亮藏在很厚的云层后面，而云层正在慢慢地扩散，稀释，流动。云层成了扩散、稀释与流动的雾气，成了天空中望不到边际的海平面——成了一整块空无一物的白色墙壁。

就在这时，前面出现了店铺的灯光。渐渐的近了，明晰了，亮了。

是一家临街的宠物店。

上官雨燕在一只玻璃缸前停了下来。

"这是什么？"她好奇地问。

"蜥蜴。"宠物店老板欢快的声音。

"蜥蜴？"

很明显，上官雨燕对这个名词并不很熟悉。她重新弯下腰，久久地、仔细地、差不多是目不转睛地盯着玻璃缸里的那个小东西。

它几乎称得上是丑陋的。其实它就是丑陋的。长长的身体，三角形的小脑袋，绿莹莹、脏兮兮的鳞甲盖满了全身。它的尾巴简直比身体还要长，在宠物店刺眼的灯光下面，就像一根小小的、刚硬的鞭子。

此时，这个丑陋的小东西正趴在缸底的一块石头上打瞌睡。

"它……咬人吗？"

"咬人？不，它不咬人，"宠物店老板从一块挂着"美容室"牌子的小屋里探出头来，"它听话着呢，连胆小的小朋友都敢买。"

"平时它吃什么呢？"即便说话的时候，上官雨燕的眼睛也没有从它身上移开。

"吃虫子,一种叫面包虫的虫子。一次它能吃六条。"

"光吃虫子吗?"小东西可能被他们说话的声音吵醒了,微微地动了几下眼皮。上官雨燕也跟着眨了一下眼睛。

"有条件的话,可以捉几只蟋蟀。有时候它高兴了,也吃点生菜或者苹果。"

宠物店老板已经察觉出这女人的兴趣,他放下了手里的事情,也走到了女人正站着的玻璃缸前。

"怎么样?还喜欢吗?"他微笑着看着女人,用一种羽毛般轻柔的声音说,"真的,我保证,它是一条非常非常棒的蜥蜴。"

玻璃缸的两个角上分别装着一只白炽灯和一只紫外线灯管。上官雨燕的视线在上面停留了一会儿。

"哦,它怕冷,冷血动物嘛……一年四季都要用灯管照着。它还需要照射紫外线,然后在皮肤里合成一种叫维生素 D3 的东西。呵,不好意思呵,听别人说的,我也讲不清那到底是什么东西。所以呢,天气好的时候可以让它晒晒太阳,下雨天就用紫外线灯,"宠物店老板朝玻璃缸里的一只水盆加了点水,看了看,又加进去一点,"等它醒了呵,它就会在里面洗上一个澡。它可喜欢游泳呢,让它在里面泡泡,泡泡……"

"它在你这儿有多长时间了?"

"很长了。我都记不清具体的时间了,"宠物店老板一脸得意地说,"你真是很难见到这样的小乖乖,让它吃它就吃,叫它睡它就睡。它是这儿最漂亮的小家伙。你瞧——瞧它那条尾巴,它的鳞,你见过这样光亮的蜥蜴的鳞吗?还有它的后背,啧啧,挺得多高,多挺拔……"

难看的、脏兮兮的鳞甲,在刺眼的灯光下闪着光……突然,它睁开了眼睛。

那是一双怎样幽暗恐怖的眼睛呵。眼皮周围还有着刀刻一样的纹路,就像一个活了一百多岁的老怪物。但不知道为什么,上官雨燕觉得它在看她。它挺起了脖子,抬起了眼睛。它的鞭子一样的长尾巴轻轻地晃动着。她甚至还觉得它向她张开了两只尖尖的前爪……它在看她。温柔的，若有所思的。

它认识她，并且有话要对她说。

上官雨燕的嘴角露出了一丝浅浅的笑意。

"把它涂成红色。"

"什么？"宠物店老板像被蛇咬一样地怪叫起来，"你说什么？"

"我说在它身上涂上红色的颜料。"

"为什么？"

"不为什么。我喜欢它是红色的。"

"从来……没有过……从来。"

"把它涂成红色，"上官雨燕微微一笑，"每天给它吃面包虫、生菜和苹果，每天给它洗澡，晒太阳……一有时间我就会来看它的。"

宠物店老板不知所措地站在那儿。

"你要多少钱？"上官雨燕冷冷地、坚定地、完全不容置疑地看着他。

四

一般来说，上官雨燕每三天去一次宠物店。大致是在晚上散步的时候。她还不知从哪里弄来了一张蜥蜴的食单——

豆腐、紫甘蓝（包菜）、芜菁甘蓝、芥菜、芹菜、蒲公英、青豆角、青椒、韭菜、雪豆、葡萄、萝卜、梨。

上菜市的时候，她就轮番地照着买一些。这次是豆腐和包菜，下一回就是萝卜和梨。她甚至想到过自家小院里的石榴。有一次，她还真的采了一个带去，剥了皮，露出里面亮晶晶的果肉。那只蜥蜴探出头，小心翼翼地吃了点。

但上官雨燕一直弄不明白，为什么蜥蜴会喜欢吃蒲公英。

"不吃也没事的。我就从来没让它吃过。"

对于这位女客的奇怪行为，宠物店老板倒是好奇了几天，但很快也就见怪不怪了。她已经付了钱，买下了那条蜥蜴。只是和其他顾客不同的是，接下来她又付了一次钱。而补偿的结果就是：她可以不带走那条已经买下的蜥蜴。事情就是这样简单，一回生意做了两次，再没什么其他的了。

"昨天它没睡好呢。"

"来了？它等你很久了。"

有时，他还会和她开开玩笑。这是个还算好看的女人。她在晚上来看望寄存在店里的宠物。这女人稍稍有点怪癖……至于其他，他便再也想象不出什么了。他解嘲似地撇撇嘴，从柜子里拿出一只软牙刷，用清水轻轻刷着蜥蜴那根长长的尾巴——排便的时候，它经常会不小心把自己的尾巴弄脏，然后就显得很不高兴的样子——他一边想着，一边不时抬眼看看门外。

这女人该来了。她已经有好几天没来了。

上一次她来的时候，还出了一件小事。那只蜥蜴突然从玻璃缸里爬出来了。三下两下的，它就爬到了房子横梁那个地方，一动不动地趴在那儿。他和女人连忙搬来一张椅子，在椅子上再叠上一张椅子。女人爬了上去，但很快就重重地摔了下来。他们改变方式，重新搬来一张桌子，把椅子放在桌子上……

宠物店里充满了桌子、椅子搬动的吱嘎声，以及那女人肆无忌惮的尖叫声。

"我来了。"

不知道为什么，听到那女人的声音，宠物店老板突然吓了一跳。他手里的软牙刷用力大了点，蜥蜴发出一声怪叫。

女人穿着一身黑色的衣服，手里拿了一把黑伞。

"下雨了？"

"刚才打了几声雷。我不放心，过来看看它。"

女人放下伞，径直走向那只装着蜥蜴的玻璃缸。她蹲了下来。

"宝贝儿，这几天过得好吗？"

女人的声音很轻，很快，像尖细的竹梢划过清亮的水面。每次她用这样的声音和玻璃缸里的蜥蜴说话时，宠物店老板总要忍不住偷偷地听上几句。那是一种说不清、道不明的奇怪心情：他总是被她突然冒出的声音吓上一跳；但又总是忍不住偷偷地听上几句。

通常总是这样的。她定时或者不定时地来宠物店，走到玻璃缸那儿和蜥蜴说话。有时她也会回头和宠物店老板聊上几句。但更多的时候她只和蜥蜴说话。

"能给我一杯水吗？还有一张小凳子……最好再有一把扇子。"

这是她通常会向宠物店老板提的要求。非常简单：一杯水、一张板凳和一把扇子。然后，她就坐在那只小板凳上，手里摇着扇子，高高兴兴地和玻璃缸里的蜥蜴聊着天。等到说累的时候，她就自己喝几口水，当然，也不会忘了给蜥蜴来上几口。

"今天它吃得多吗？"女人突然回头问他。

"呵，还可以，还可以，"他耸了耸肩膀，"早上它吃了点，下午睡了一小会儿，这天气实在是太热了……"

"下了雨就会好一点。"

"是呵，当然。那当然。"

外面一直传来闷闷的雷声。但不见风，更没有雨。

"这几天它好像瘦了。"女人并没有朝向他说话，所以听起来，她的声音显得越发细小、脆弱，好像马上就要折断似的。

"瘦了？不会吧。我每天都喂它虫子和苹果……"

"不是这个意思。"女人笑了笑。女人笑的时候，一双眼睛非常好看地舒展开来。宠物店老板愣住了，觉得她就像换了个人似的。

"我真的不是这个意思。"女人摇动着手里的扇子。那是刚才宠物店老板递给她的。一把白色的扇子，扇面上空无一物。"它这几天好像心情不太好，话也说得少了。"

"哦，是这样呵。哈，当然，哈哈，那当然……"

这时店里又进来了两个客人。宠物店老板迎了上去。说话寒暄的时候，他恰好背对着女人和那只装着蜥蜴的玻璃缸。也不知道为什么，他突然觉得脊背那儿有点凉，一丝一丝、一片一片的凉直透上身来。

其实，那女人到底在和蜥蜴说些什么，宠物店老板从来就没听清楚过。除了开头那一两句，比如说："宝贝儿，昨晚睡得好吗？"或者"来，宝贝儿，我告诉你一件特别好玩的事。"这样的话是听明白的，但后来女人就越说越轻，声音越来越小，简直就像窸窸窣窣的耳语。但很显然，和蜥蜴说话的时候，女人是快乐的。因为在那些耳语里面，总是会夹杂了一点笑声。而等他再次屏息细听，那笑声和窸窸窣窣的微语又全都消失了。店堂里显得空荡荡的，只有一些吃吃睡睡的小动物，和一个付了两次钱的奇怪的女客。

有一次，他无意中发现，女人一脸笑意地和蜥蜴说话时，玻璃缸里的蜥蜴却正闭着眼睛呼呼大睡。总是这样的，天气很热的时候，它要睡上很长的时间。而天气很冷的时候则同样如此。不知怎的，那天他有点生气，想把那只贪睡的小家伙弄醒——但就在这时，女人突然大声笑了起来。

她让他给她加点水。"话说多了，口干得厉害。"她朝他一笑。她笑起来的时候真是很好看的。非常好看。

究竟是从什么时候开始的？她来了以后，就和它说会儿话，然后再心满意足地离开，他记不清楚了。只是宠物店老板渐渐养成了一个习惯：放好一杯凉水，搬好一张小凳子，然后，再在凳子上搁一把扇子。

还有一次，那天她该来的，但结果却没来。快要收工关门的时候，他下意识地走到玻璃缸前，探下头去。

"嗨——"他叫它。

它好像听见了，也好像根本就没听见。它抬起头。懒洋洋地看了他一眼，还摇了摇尾巴。

那天他盯着它看了很久。

有那么几个瞬间，它好像真的开口说话了。他吓了一大跳。

五

秋天到了。贝家的石榴真的熟了。

石榴熟的时候，树上的叶子就一片一片、一片接着一片地掉下来，掉在院子里，掉在石凳上，也掉在贝先生微微秃顶的脑袋上。

经过一个夏天的酷热，贝先生显得黑黝黝的，在他混纺的白衬衫外面，也套上了一件黑黝黝的外衣。不知为什么，他显得更烦恼了。

早餐的时候，贝先生讲起了拆迁搬家的事情。新房的钥匙已经拿到了，但贝先生心里烦着呢，烦着要装修，烦着要搬家，烦着小贝的新学校，而最让贝先生烦心的是，上官雨燕竟然说了一句匪夷所思的话。"你们先搬过去吧。"

"什么？"贝先生几乎不相信自己的耳朵。

"我晚点搬。"上官雨燕回答得很平静。

贝先生张大了嘴巴，差点把刚吃下去的果酱面包吐出来。

上官雨燕赶着先去上班了。接下来就是小贝。小家伙近来个子长得很厉害，就连相貌也有微妙的变化。而很多个微妙加在一起，乍一看几乎就快不认识了。此时，他换上了崭新但仍然臭烘烘的白球鞋，嘴里吹了声口哨，扬长而去。

贝先生闷闷不乐地继续吃早饭。

上官雨燕近来也变了。她变得安静，踏实，并且常常若有所思。有好几次，贝先生坐在沙发上翻报纸，猛一抬头，突然发现上官雨燕正一个人微微笑着，甜丝丝的。

"嗳。"贝先生叫她。

"怎么啦？"她像突然惊醒似的，并且不知道为什么要被惊醒。

"你怎么啦？"贝先生很生气，并且怀疑。只有一个陷于恋爱的女人才是这样的。

"我？我没怎么呵。"她显得很惊讶，并且不知道别人为什么要惊讶。

什么也没有发生，但好像已经发生了什么。总有什么地方不那么对。但又确实没有什么不对的。生活一如既往，虽然并不熠熠闪光。

有好几次，那句话已经涌到贝先生的喉咙口了——我告诉你吧，上官雨燕，这世界上可没啥完美的事，所以咱们最好都不要自寻烦恼——但突然他又不想说了。是的，贝先生很生气，但他实在是不知道应该对谁生气，又是为了什么才生气。

就像现在，贝先生拿起了桌上的一只玻璃杯。他想狠狠地把它摔在地上。摔碎它！摔出声响来！

但没有。他赌气地吃着早饭，而且又一连吞下去了两块面包。

就在这天晚上，或许还要再过一两天，甚至好几个礼拜，等到贝家小院里的叶子掉得七零八落的时候……有一天晚上，肥白的月亮老早老早就升起来了，它笑眯眯地挂在天上，带着一丝懒洋洋的喜气。

宠物店的门悄无声息地打开了。

"你？"宠物店老板低声叫了起来。那女人昨天刚来过。她从来没有连着两天来过这里。但确实是她，穿了一件橘红色的秋衣，脸上显得很平静。

"昨晚做了一个梦……"

她一边说着，一边向玻璃缸走去。也不知道是和梦境相似，还是相反，玻璃缸还在原来的地方，但里面是空的。

她愣住了，呆在那里。

"对不起，原来想过几天告诉你的，"宠物店老板搓着手，吞吞吐吐地说着，"它……不见了，跑掉了。今天早上发现的。"

她一动不动地看着玻璃缸，一动不动。突然，她转过头来。

"宝贝儿……"

"它真的不见了。真的,我不骗你……"宠物店老板有点害怕。又是害怕,又是后悔。他讨好地、不知所措地看着她,"这样吧,我赔你一条,赔你一条更好的,我这儿有很多非常非常棒的蜥蜴,非常非常棒……"

她还是没说话,看着他。她的眼睛看着他,如同看着虚空。

"是叫你。"她打断了他的话。然后,她冷冷地、坚定地、几乎完全不容置疑地把刚才的话重复了一遍。"就是你。过来,到我这儿来,我的宝贝儿。"

(原刊于《收获》2006 年第 6 期)

大生产

郭文斌

腊月和正月被一阵敲门声惊醒。睁眼,地上站着哥。哥上气不接下气地说,妈,快,我媳妇要生了。娘一边穿衣服,一边说,你这碎仔仔子,还真行啊,数着天数当爹,恭喜啊。哥不好意思地笑笑,说,夜凉,妈你穿暖和。娘说,没事,惯了。爹也穿了衣服,坐起来抽烟,一脸的开心。爹把烟盒放在哥面前,意思是允许哥抽烟。自从哥娶媳妇后,腊月和正月就发现,爹不再阻止哥抽烟。另家后更进一步。每次哥来家里,爹就先自己装上一锅烟,然后把旱烟盒往哥面前一放,只不过不像对外人那样出口让。哥说他不想抽。正月说,抽吧,平时逼着让我们从爹这里给你偷烟抽呢,这时倒做起人来了。哥瞪了正月一眼,但很快又换了大度在脸上,真像一个要做爸爸的人了。娘一边系扣子,一边说,真快,才几天,这碎尿也要当爹了。

哥弯腰把娘的鞋摆顺,好让娘快点出发。娘说,这么心疼媳妇啊？哥说，她反应重。娘说，别急，先让她疼一会儿。哥就笑。接着问，娘你的家当呢？娘看了一眼地柜。哥会意，就过去拉开柜门取出一个保健箱。背了，立等要走。娘却在盆里倒了水，慢条斯理地洗脸。哥就急得在地上直捯脚步。腊月和正月趴在被筒里看着这一幕，觉得好玩。他们无法想象，哥做了爹该是一个什么样子。平时，他还混在他们一起玩呢。突然，正月说，哥你还没有磕头呢。哥被正月的话惊了一下，忙放下保健箱，跪在地上，说，娘我给你磕头。娘像是没有听到哥的话，倒带着一个特别的表情看了被筒里的正月一眼。这让腊月很羡慕。她也知道每个请娘的新爹都要给娘磕头的，却怎么没有想起来，让正月给赢人了呢？看正月，正月一脸的得意。刚刚抓到一个特大俘虏似的。正月把脖子伸到炕沿前笑呵呵地看哥磕头。觉得既好玩又解气。

  嫂子没过门的时候，哥和正月一起睡。有时腊月不想到娘和爹身边去，也就在他们这边睡。哥上炕，腊月靠窗，正月中间，既热闹又自在。可是嫂子来的那天晚上，哥就不和他们睡了。正月和腊月只好回到爹和娘身边睡。闹完洞房，村里的人都散尽了，新房里剩下哥、嫂子、正月和腊月。娘叫正月和腊月到上房里睡觉。正月不愿意去，正月想和哥、嫂子一起睡。但哥一点留他们的意思都没有。嫂子同样，生铁一样，一点人味都没有。娘来叫他们，正月说，炕这么大，我和姐在这里睡吧，能睡下。娘就笑。娘说，这有讲究，新房里只能睡新郎和新娘。正月问为啥？娘说，等你长大就知道了。正月说，啥时能等到长大？娘就一把把正月抱起来，一手拖了腊月，走出新房。正月指望着哥能够留他一下，但哥一个响屁都不放。

  到了上房，正月给腊月说，你觉得哥像个啥？腊月说新郎官啊。正月说，再想。腊月想了半天说，哥就像哥嘛。正月说，叛徒，傻蛋。正月这一说，腊月就觉得哥真像一个叛徒。正月说，你说，哥怎么说叛变就叛变了呢？腊月说，都是因为嫂子。正月说，对，嫂子肯定是个女特务。不然好端端的一个哥，怎么说叛变就叛变了呢？我们得去侦察一下。二人就悄悄溜下炕，光着脚片到新房窗下。

哥起来做揖时，正月扑哧一声笑了。腊月就觉得身上的被子也笑了。腊月问正月笑啥。正月说，再让你当爹，放着好好的新女婿不当，偏要当爹，看要磕头吧。惹得爹和娘好一阵笑。哥脸都红到脖子处了。腊月说，看把你乐的，人家只是磕了三个头，又没掉一根毫毛。正月说，可过年时他把我们压在地上硬让我们给他磕头时多凶，现在臭蛋你就别磕了吧。爹就喝了正月一声，说，没有规矩。正月的头就缩进被子里。腊月也把头缩进被子里，说，假如人家不磕呢？正月说，敢，如果不磕，娘就不去，娘不去，他媳妇就得一直疼。腊月说，你咋知道一直疼。正月说，一泡屎拉不下来还憋得肚子疼呢，何况一个人。腊月就佩服得不行。她也应该想到生一个娃娃是要比拉一泡屎困难，可怎么又让正月说出来了呢？

突然，正月说，不过姐你别怕，你想啥时候生就啥时候生，反正娘在身边。腊月说，我想现在就生。这次轮到正月着急。是啊，假如姐现在就生呢？娘走了怎么办？但他立即放下心来。可是你的肚子还没有疼呢。腊月想想也对，好像听娘每次回来都说生娃娃是先要肚子疼的。有些人都疼死了。过了会儿，正月说，你说嫂子肚子里的小人儿是咋成的呢？正月说，大概就像瓜一样。正月的脑海里就伸出一个长长的瓜蔓。可那瓜，是谁种的呢？

哥和嫂子从门里进来，腊月和正月的眼睛就直了。他们从嫂子娘家来。嫂子的娘家在一个叫天水的地方。嫂子被娘家喂成一个大肥猪。正月小声说，还知道回来。腊月附和，就是，还知道回来。哥带嫂子去浪娘家，不想一去就是两个月。娘成天气得骂呢，想不到看见嫂子却高兴得像啥似的，说，这么显啊，一定是个公子。嫂子就笑。娘客气地把嫂子让进屋。正月给腊月说，自家人，还像待亲戚一样。娘回头看了他一眼，示意不要这么说话。正月和腊月就把声音压小，坐在门槛上叽叽咕咕。刚才娘看着嫂子的肚子说，这么显啊，一定是个公子。什么意思？正月问腊月。腊月说你去问娘啊。正月就上前问娘。娘笑着说，你嫂子要给娘生孙子了，你碎屄要当叔叔了。正月被叔叔二字激灵了一下。这叔叔二字，平时常听别人叫，没想到今天落在自己身上。就觉得自己一下子高了一截，人物了一截。嫂子你把娘的孙子掏出来我们看看。正月一本正经地说。嫂子笑得直不起腰。娘也笑得栽跟打斗的。正月没有笑，正月在想，嫂子是从哪里装进去的呢？

娘出门时，正月说，我也去。娘说，人家媳妇生娃娃你去做啥。正月说，我就想去。腊月把头伸出被筒说，那你也让你媳妇快生啊。正月的手就在姐姐屁股上掐了一下。腊月疼得叫起来。正月说，你以为你能躲脱那一关，到时就让你胡说八道。娘说，别胡闹，好好睡觉，天还早呢。正月说，要不你带上我姐吧，让她也学一下我嫂子咋肚子疼。又把一家人惹得差点笑死。娘说，肚子疼还不好学吗？多吃两个生萝卜就行了。正月说，可是现在没有生萝卜啊。娘笑着说，我看你就是个生萝卜。说着出门。爹也跟着出去了。

娘把哥和嫂子送出门，又把哥叫了回来。说，从现在起，可不许人家做重活，不许气人家，不许参加红白喜事，不许到古院子里去，不许到杀生的地方去，不许吃荤腥，更不许做亏人的事……娘说了许多不许，他没有记住。正月给腊月说，就像给谁把皇榜揭来似的。这不许那不许的。腊月说，就是。更让正月气愤的，娘把大姐送来的一袋小米给哥了，把三姑送来一瓶蜂蜜也给哥了。如果仅仅是这样，倒还好说。更加让人怒火中烧的是，娘揭开衣襟，掏出钥匙，打开炕柜，柜里居然有一包红糖，一封饼干。娘啥时候放进去的，他怎么一点都不知道。忍无可忍的事情发生了，娘把它们全拿出来，装到哥的包里了。这次哥倒是推辞了一下，说这是人家送给爹的，留着让爹喝茶吧，饼干给腊月和正月两个馋嘴吧。总算说了一句人话。娘说，他们吃的时间还长着呢，再说，都是自己兄妹。哥就不再推辞，从包里拿出饼干封子，打开包纸，给腊月和正月每人取了两片。从哥手里接过饼干，正月心里的气总算消去大半。娘和哥出门后。正月给腊月说，你说，娘怎么对嫂子这么好？腊月说，娘不是说，嫂子要给她生孙子了吗？正月说，难道孙子比儿子更值钱？腊月说，大概是吧。正月说，为啥？腊月皱着眉头想了半天，也没有想出答案，舌头却伸到饼干上去了。正月看着那么好看的饼干在姐的舌头下湿了一块，心里一疼。但自己手里的饼干也不听话地到舌头边了。就在这时，正月有了答案，因为孙子是别家的人生的，儿子是自家的人生的。腊月想想，对啊，娘是自家人，嫂子是别家人，娘总是对别家的人好。正月说，那我们也让嫂子生一遍啊。腊月说，这个主意倒不错，但不知道嫂子愿意不愿意。

  姐你吃我吧。正月突然说。腊月惊得两个眼睛鼓成铜锣，说，你怎么能吃？正月说，娘刚才说我就是生萝卜。娘说只有吃了生萝卜才能肚子疼，只有肚子疼才能给娘生孙子。腊月想刚才娘的确是这样说的。就盯了正月看，却是无法下口。就无可奈何地摇摇头，说，娘肯定骗我们呢，人怎么能吃？正月说，肯定能吃，爹和娘不教我们，是留着他们自己偷着吃呢。腊月惊讶地说，是吗？正月说，骗你干吗，一次，我就听见爹在吃娘呢，娘还问爹啥味道呢。腊月的嘴也张成铜锣，说，真的？正月说，骗你干吗。腊月说，啥时候？正月说，一天夜里，我被尿憋醒。腊月说，以后你听到时叫声姐，让姐也听听。正月说好。

  爹进来了。腊月再看爹时，就觉得爹一脸的阴谋。腊月想，爹也太不够意思了。怎么能够偷着吃，看来娘平时说爹有一嘴中吃的都舍不得吃留给她和正月是假的。这一发现真是让她心凉了一大截。但她又立即忆起，有好多次，家里做些好吃的，爹就是舍不得吃，硬让她和正月吃。他们强让他吃，他就说他不爱吃那东西。他们就真以为爹不爱吃。直到后来他们惹爹生气，娘教训他们时才骂出来的。

  正月说，这么说，嫂子一定是吃了生萝卜了？腊月说，大概是吧。

正月说，不对啊，你说爹吃娘，可爹怎么不生呢？腊月说，真是个傻瓜，爹是男人，男人怎么生。正月说，你是说，男人吃了生萝卜也没用？腊月说，那当然，口气中充满着自豪。正月说，我明天就去给你拔生萝卜。腊月说，可是我怕疼。正月说，一点疼算啥，再说，有娘在，还怕疼？腊月想想也是，就觉得肚子里也有一个孙子了。

爹让腊月和正月睡，他出去一趟。正月问爹出去干啥。爹说，你问那么多干啥。爹走后，正月说我知道爹干啥去了。腊月问干啥去了。正月说，去土地庙。腊月说，你咋知道。正月说，我看见他拿了香裱。腊月说，怎么半夜三更去土地庙。正月说，没听娘说神仙都在晚上巡逻吗，那些在晚上偷着干坏事的人都被黑白无常记在功过簿上，到时算总账。腊月说，爹早不去晚不去，为啥偏偏今晚到土地庙去呢？正月说，因为今晚嫂子肚子疼啊。腊月想，原来爹是给嫂子走土地爷的后门去了。可是，村上人都说爹会法术呢，连鬼都给他抬轿子呢，他还要给土地爷走后门吗？正月说，就是啊，哪一家死了人都叫爹去埋，你说爹就不怕？腊月说，再别说了，我害怕。正月说，别怕，有我呢。嘴上这么说，身子却拱到腊月的怀里。正月说，爹说，当你害怕的时候一直念"太上老君大放光明太上老君大放光明"就不害怕了。二人就念，果然不那么害怕了。

你说村里人死了有爹埋，爹死了谁埋呢？腊月没有想到正月会想到这么一个严峻的问题，心里再次生出对他的佩服。是啊，爹死了谁埋呢？你得赶快跟爹学啊。正月说，我才不学呢，要学你去学。腊月说，那我去学，爹说，其实死人没啥可怕的，看上去他死了，其实他是到新家了。正月说，新家？死了还有新家？腊月说，就是，爹说做好事的人死了要么到天堂，要么还做人；做坏事的人死得要么做畜生要么下地狱。爹还说，那些做好事的人死得容易，就像睡着了；做坏事的人死了艰难，就像活剥皮。做好事的人死了身体是香的，做坏事的人死了身体是臭的。正月说，那埋人是好事还是坏事？腊月说，当然是好事。正月想，如果埋人是好事，那爹就是雷锋了。他的脑海里就出现了一片人的麦浪，爹的收割机轰隆隆地从村里开过，一直开到美国去了。

鸡叫了。正月应声从炕上翻起来。接着一把把姐姐身上的被子揭过。姐姐说神经病，我正做梦呢。正月说，做梦又不是吃席。腊月说，我梦见兔生娘坐着火车上北京了。正月说，那是你想上北京呢，快起。腊月问起这么早干啥？正月说到地里拔萝卜啊。腊月说拔萝卜干啥？正月说让你个馋猫吃啊。腊月说我吃萝卜干啥？正月说肚子疼啊。腊月就记起娘说的话。就起来穿了衣服和正月出门。天还没有大亮，二人猫着腰在自留地里东找找西找找，总算从土豆行里找到一个萝卜。不想挖开土还没有一根筷子粗。就下不了手了。娘说，凡是能够长的，都是一个命，如果没有熟，害了它们是有罪的。这萝卜能够长，肯定也是命，一想到它是命，就下不了手了，就又重新埋上。

往回走的路上，正月来了灵感。我们可以向庄里人要啊，说不定谁家还有老萝卜呢。腊月想想也是。二人就挨家挨户地去要。先到地生家。地生妈说你们要萝卜干啥？腊月要说话，却被正月抢先，正月说，不为啥，我妈说她想吃一点。腊月佩服还是正月聪明，她差点把秘密暴露了。地生娘说，都这个季节了，恐怕谁家都没有了，再等等，新萝卜就下来了。正月心里说，饱汉不知饿汉饥，谁能等得住。二人又到兔生家。不想还是同样的结果。正月想，看来这萝卜是一个季节，不到你吃的时候，想吃也吃不上。兔生娘问娘在干啥。正月说，我哥叫去了。兔生娘说，你哥叫你娘干啥？正月说，我嫂子生娃娃。兔生娘说，啥时候？正月说，昨晚。兔生娘说，好啊，这老家伙要抱孙子了。正月问，你抱孙子了吗？兔生娘说，也快了。正月说，也要我娘接生吗？兔生娘说，用她做啥，俺用你爹。腊月就跳起来。说，姨骗人，哪有男人接生的。兔生娘说，你个小鬼精，回去告诉你娘，就说兔生家的也快要生了，让她有个准备。正月的心里就升起无比的自豪，就觉得娘像拔萝卜似的，挨个儿从村子拔过去，留下一村的萝卜坑。兔生娘说，你娘行了一辈子脚，起鸡叫睡半夜的,都是给别人做差,这回终于到自家了,她心里该多美啊。正月说,不就生个娃娃嘛,有啥美的?兔生娘说,你碎尿当然不懂,这世上,没有比生娃娃更美的事情了。正月说,还有呢。兔生娘惊讶地说,是吗?还有啥能比生娃娃美?

下着雪,天很冷。正月和腊月在窗子外面,脚都要冻掉了,但是没有谁愿意离开。娘说,这前两天,就得有人听床。他们问为啥。娘说,吉利啊。正月问为啥吉利。娘说,老先人留下来的规矩,从古到今都是这样的。正月的眼前就出现了一个长长的听床的队伍,八路军一样,埋伏在大江南北,只等日军到来。正月把腊月拉远,问,你说我们听床哥知道吗?腊月说,大概不知道。他又没有听过床。正月说,你咋知道没有?腊月说,他又没有哥,听谁的?正月说,听爹和娘的啊。腊月就扑的一声笑出声来,正月忙伸手把姐的嘴捂住。腊月说,你个瓜蛋,爹娶娘时,哪里有哥啊。正月说,你知道没有?腊月说,当然没有。正月说,我们去问娘?腊月说,问就问。二人就去问,不想娘已经睡着了。娘的瞌睡真是容易。二人钻到被筒里暖了一会儿,再次回到新房窗下。就听到哥问嫂子美吗?嫂子说,美。哥问像啥一样美。嫂子说,就像××一样美。哥说,你是说没有比这更美的了?嫂子说,没有了。正月和腊月就捂着嘴笑。把牙都笑掉了。

兔生娘快笑死了。这两个碎尿,真把人笑死了。正月腊月看见,兔生娘真要笑死了。突然一阵紧张。不想就在他们不知所措时,兔生娘正常了。说,好啊,这下我可有酒喝了。正月问为啥。兔生娘说,让你哥给老姨买啊。正月说,为啥叫我哥给你买?兔生娘说,不买我就把他们洞房里的话当戏词给大家唱啊。正月和腊月面面相觑,二人心想这下损失可大了。正月问,姨你想喝啥酒?兔生娘想了想说,当然是隆南春。正月问腊月,一瓶隆南春多少钱?腊月说,好像是七块。正月的心里就痛了一下。突然,正月拍着手在兔生娘面前跳起来。嘞嘞,把老姨给哄信了，嘞嘞，把老姨给哄信了。兔生娘说，你哄我？正月说，当然。兔生娘就做着鬼脸走到正月面前，一把把正月抱起来。腊月以为她要像吃生萝卜一样吃了正月，吓得哇的一声哭起来。不想兔生娘没有理她，"吱"地在正月脸上亲了一口，然后怪声怪气地说，哄我？你别看我们隔着两道院三道墙，但老姨听见他们就是这么说的。正月不屈不挠地说，哄谁呢？难道你是千里眼顺风耳不成？兔生娘又"吱"地在正月脸上亲了一口，说，我侄子才说对了，老姨不用千里眼顺风耳就知道他们是这么说的。正月说，你咋知道的？兔生娘说，告诉你个小鸡鸡吧，一边伸手在正月的小鸡鸡上摸着，因为老姨当年也是这么说的。正月乘兔生娘不注意，腾地跳下来，躲远，问，那你说，生娃娃和××哪个更美？兔生娘说，要说嘛，它们是一回事。正月说，怎么是一回事，明明是两回事。兔生娘说，都是一个地方。只不过一个是出来，一个是进去。正月问，哪个出来，哪个进去？兔生娘又笑死了。笑完，又撵着抱正月，正月撒腿跑了。兔生娘一边追一边说，没有出来，就没有进去，没有进去，就没有出来。

二人一口气跑到家里，关上大门。爹问他们咋回事。二人只是出气，不说话。爹说，你们去你哥家了？二人还是只喘气不说话。爹过来，看见正月的脸蛋上有两个牙印。问腊月这是咋了？腊月上气不接下气地说，是兔生娘咬的。爹就笑了，一脸的开心。腊月说，她都把正月脸蛋咬烂了，你还这样开心？爹说，那是因为她喜欢，她喜欢娃娃，见着就咬。腊月想不通，为什么喜欢反而要咬呢。

爹说，你们也不去你哥家看看。正月说，看啥？爹说，看你嫂子给你把侄子生下来了没有。侄子这个词就拖拉机一样响在正月心里，说不定已经生下了，那该是怎样的一个小人人呢？就二话不说，拉了腊月的手跑起来。一边说，咋给忘球了。腊月问把啥忘球了？正月说，嫂子今天生娃娃啊。腊月心里也就生起一阵懊悔。就是啊，我们咋就忘了呢。正月说，我们都太自私了。娘说，人一自私就把别人给忘了。腊月心里再次升起对正月的佩服。娘是说过这样的话，但她怎么就记不起拿到这里用呢。娘还说过，一事当前，先为别人着想，就是君子，相反，就是小人。看来，她和正月都是小人了。他们只顾忙着找生萝卜，却把这么大的事给忘球了。但腊月立即释然。他们本来就是小人，哥才是大人呢，爹和娘才是大人呢，就又原谅自己了。

跑了一会儿，腊月就跑不动了。但正月拉着她的手。她就像一个拖挂一样由正月拉着在路上飘。过了一会儿，嗓子里冒烟了。她说正月歇歇好吗，姐跑不动了，不想正月突然中弹似地倒在地上了。腊月看见，正月像中弹的坦克一样冒黑烟。

腊月想，这下总可以躺下好好地歇歇了。

但一口气没有出顺，正月却翻起来拉了她继续跑。

一进门，就听到一个女人在大声地嚎，二人想，大概就是嫂子了。

嫂子突然变成一头挨刀的猪。正月和腊月去给娘汇报。说哥打嫂子呢。不想娘慢条斯理地说，你们怎么知道他打你嫂子呢？二人抢着说，他打得嫂子像挨刀的猪一样号呢。娘就又笑得栽跟打斗的。正月说，虽然我嫂子是别人家的人，但现在已经是我们家的人，娘你怎么能够这么看笑话呢？娘说，娘高兴还来不及呢。正月说，娘你太过分了，他打我嫂子，你怎么还能够高兴呢。娘说，等你长大就知道了。又是长大就知道了，正月和腊月着急，就又回到新房的窗子下。不想嫂子不但不号了，还咯咯咯地笑呢。正月看看腊月，腊月看看正月。心想这嫂子真是狐狸精变的，一会哭一会笑的，哥算是栽在她手里了。谁想嫂子又号开了，正月就忍不住了。正月说，郭立生你听着，君子动口不动手，你打一次人家就够了，怎么没个够？嫂子果然就一声不吭了。

看到老院子，正月又来气。另家时，爹本来是让哥和嫂子到新院住的，但娘却让他们住老院，说是她想到新院避心闲。其实是老院子里东西多。不说别的，一看这老院四周的杏树，就让人心疼。正月把自己的

大生产

这个想法告诉腊月。不想腊月说，不过没关系。这是哥，又不是别人。正月就觉得腊月比自己觉悟高。心里一阵惭愧。

哥在房门外抽烟。正月问哥怎么不进去。哥说你们怎么来了。正月说，我们大后方来支援前线啊。哥的脸上挤出一丝苦笑。腊月想，这生娃娃看来不是那么好玩的事情。嫂子从昨天半夜开始疼，到现在还像猪一样号，该是多么受罪。这样一想，肚子也隐隐地疼起来。这时，娘把门开了一道缝叫过去哥，给他说了一句什么。哥就像飞机一样飞到后院去了。让正月懊恼的是，娘明明看见他们两个在这里，却像没有看见似的。但立即就对生娃娃生起一种神秘感，觉得不是吃一个生萝卜那么简单的事情。

二人悄悄地到了窗下。挨刀的声音一下子放大。腊月吓得腿都抖了，使劲握着正月的手。正月说，害怕吧？腊月点了点头，说，我今后不当女人。正月没有想到姐姐会说出这么一句话来。说，你就是女人，还说啥今后。腊月说，那我可以不吃生萝卜啊。正月想这倒是个办法，但很快就发现这个办法行不通。嫂子当初肯定也是不吃生萝卜的，但哥就打她，强让她吃，不然过门那晚嫂子怎么会那样嚎。由不得你，你不吃你女婿打你，正月说。腊月说，那我就不要女婿。正月一怔，心里却莫名的甜，心想还是腊月有立场。

哥回来了。手里拿着一包东西。推门，门却在里面扣着。娘伸出一只胳膊把哥手里的东西接进去，然后门又严严实实地关上了。正月发现，娘压根就不给哥说话的机会。就又觉得不公平，儿子是人家的，现在却不让人家进门，没有道理。

嫂子号叫的声音一会比一会大。哥急得像热锅上的蚂蚁。正月既疼哥，又气哥，谁让你强迫人家吃生萝卜。这样想时，不想哥一把把他揽在怀里了。正月感觉得到哥在颤抖。就为自己能够为哥分担自豪。平时，每当别人欺负他和腊月时，总是哥挺身而出。现在，哥有了困难，他能够为哥承担，当然让他开心。像是听到正月心里的话似的，嫂子号叫的声音果然小了下来。正月还想给哥打个预防针，兔生娘诈酒时，千万不要承认。不想爹从大门里进来了。哥一下子松开他。叫了声爹，眼泪汪汪的。这时，正月发现哥还是个娃娃。接着，就看见姐也在用袖筒抹眼泪。

爹什么话都没有说，给哥递了一根烟。哥接过，却老是打不着火。爹先点着，然后把烟给哥。哥就把爹点着的那根接过，把手里的那根给爹。爹说，没事，我们祖上没有亏过人，肯定没事，说不定是个人物呢。爹的话给了哥巨大的安慰，他一边使劲抽着烟，一边使劲点头。爹说，到灶神前烧纸了吗？哥说烧了。爹说，那年生你时，你娘折腾了一天一夜，也没事。再说，你娘也是老江湖了，都接了无数的了，难产的是有，但基本上都顺生。哥又点头，鸡一样。

第二天晚上，他叫哥和他睡。哥口头上说行，但临完还是去和他媳妇睡了。他和腊月去听床，嫂子还是像挨刀的猪那样号。他要喊郭立生，腊月却把他的嘴捂上了。不想嫂子突然打起摆子来。哥也打。打完，哥说，你哭啥。嫂子说，我想我娘。哥说，才两天。嫂子说，两天也想。哥说，明天就回门。嫂子说，你说怪不怪，我娘养我这么大，临完咋就睡到你怀里。哥说，哪个女人不是这样。正月就看了腊月一眼。正月一想腊月将来也要像嫂子这样睡到别人怀里，不由伤心起来。腊月看着正月，似乎在向他保证她将来绝不会像嫂子那样无情无义。但正月分明从哥的口气中听出了必然。正月接着想，这不是叛变吗？她娘养了她那么多年，临完却躺在哥怀里。正月发现，这个世界是日怪的。先是哥嫂双双叛变，眼看着姐也要叛变。

随着嫂子的一阵尖叫，一声小孩的叫声子弹一样射出来。嫂子的号叫就像鬼子的炮火一样停止了。正月看见，哥手里的烟掉在地上。爹掏出一个小本子，在上面快速地写着什么。正月过去问爹你写啥呢。爹说，时辰。正月问干啥的时辰。爹说，你侄子出生的时辰。正月才意识到自己真有个侄子了。正月说，记我侄子出生的时辰干吗？正月觉得，当侄子两个字出口时，有种说不出的过瘾。爹说，我看你是要当干部叔叔还是牛倌叔叔。正月说，当然是干部叔叔。爹笑着说，借我正月吉言吧。正月说，你说我侄子当了干部，我该干啥？爹说，你嘛，就当干部的干部。正月说，干部的干部，是个什么样儿呢？腊月看见，正月的小脸仰起来，仰起来，直仰到天上去了。

娘把头从门里探出来，一副大丰收的样子，给爹说，是个孙子。爹轻轻地啊了一声，像是咳嗽，又像是被什么噎住了。腊月看看正月，正月看看腊月。目光的瓜蔓上吊着一个比天还大的瓜儿子。正月突然有种渴望，想进去看看侄子。就问爹，现在总可以进屋了吧？爹说，男孩子不能进屋的。这时，娘叫哥过去。哥一个箭步上前，随着娘的手势进屋去了。正月说，我哥也是男的，怎么能够进屋。爹笑着说，人家是爹，当然能进屋。正月说，我为啥不是爹呢？爹就笑死了。爹缓过气后说，你是爹，当然是爹，可是是预备爹。正月问啥叫预备爹。爹说，还没娶上媳妇的爹叫预备爹。正月说，你啥时候给我娶媳妇呢？爹说，等你长得像你哥这么高的时候。正月就恨不能一下子长得像哥那么高。

屋里传出孩子嘹亮的哭声，冲锋号一样。正月问爹，我侄子为啥要哭呢？

没有等爹回答，有人在大门外喊爹。爹到大门外，原来是村长德全。德全说，兔生娘心脏病犯了，没来得及往医院送。爹拔腿就走。腊月和正月的心里就生出一个遗憾，爹还没有见到他的孙子呢，却要去埋人了。

（原刊于《收获》2007年第3期）

伞兵与卖油郎

徐则臣

1

天很好，万里无云。范小兵背对着我们，酝酿了很久，终于从胳肢窝里拿出了那个东西，对着太阳举在我们头顶。那个东西在刺伤人眼的阳光里，只是一个不规则的黑影子。我们踮起脚尖想换个角度看，范小兵把那个东西又举高了一点，侧一侧手，一道耀眼的红光掠过我们眼前。这下看清了，一个五角星。我们立刻委顿下来，感到了夏日午后的酷热。

"我还以为什么宝贝！"刘田田说。为了表示气愤，她把我口袋里的知了抢过去，掐了一把，带着一路蝉声跑到了树荫底下。

我也很失望。一大早范小兵就放出话，要让我们见识见识，见识什么他不肯说。我们只好等，看着他把那个"见识"夹在胳肢窝里走来走去，我们更着急。他喜欢把他认为的好东西夹在胳肢窝里。我们一直相信他的胳肢窝，那个地方通常都不会让我们失望。可是现在，他拿出了一个带着汗水的红五星。我一扭头也跑到了树荫底下。

范小兵不着急，矜持地走到槐树下。他又把那个红五星放到我的鼻眼之间，我闻到了一股汗臭味。"猜猜，"他说，"哪儿来的？"

我懒得猜。"我有十八个，还不止。"

"天上掉下来的，"他把红五星在短裤上仔细地擦了擦，吹口气，"伞兵的，昨天从天上掉下来的。伞兵。"

"伞兵？"

"伞兵。"

我拿过红五星，翻来覆去地看。它跟刚才好像有点不一样了。不一样在哪里我说不上来。这样的红五星我有十八个还不止，可是没有一个是从天上掉下来的。伞兵，这是那个夏天我听到的唯一一个新词。"伞兵是什么兵？"

范小兵没理我，只是仰脸看天。"我要当伞兵。"

范小兵说他看到伞兵的第一眼时，就决定要当伞兵了。昨天下午，他从夏河的姑妈家回来，穿过野地时看到一架飞机经过头顶，慢得几乎要掉下来。他正担心，忽然看到飞机里掉下来一个东西，又掉下来一个东西，一连掉下来五个。往下掉的过程中他看到其实是五个人，他们飞速地往下坠，像五颗巨大的冰雹。然后他们身后弹出一个更巨大的尾巴，像松鼠一样翘到了头顶，紧接着他看到那些尾巴是一顶顶大伞，他们慢下来，如同滑翔的鸟向远方飞去。范小兵想起父亲跟他讲过的故事，他的头脑里一下子就冒出了两个字：伞兵。他跟我们就这么说的，一下子就冒出了两个字，像气泡一样。他当时就两腿发抖，不跟着他们跑不足以平息自己的激动。他边跑边叫，伞兵，伞兵！姑妈让他带回家的一篮子黄瓜都扔了。

他跟着降落伞跑，跌跌撞撞地经过田地和沟坎，摔了三跤。他说他还看见一个伞兵对他挥过手。但是他不得不在乌龙河前停下来,眼看着五把大伞越飘越远。他把嗓子都喊哑了他们也不会回来。直到再也看不见他们,范小兵才悲伤地往回走,两腿软软的。返回的路上发现了那枚红五星,范小兵再一次激动得两腿哆嗦。那枚五角星一半埋在土里,但他坚定地认为,毫无疑问它是某个伞兵的,它从天上掉下来。

范小兵还说,昨天夜里他梦见自己变成了一只大鸟,头顶上戴一颗闪闪发光的红五星。"我不当别的兵了,"他举着那颗红五星对我们说,"我要当伞兵。"

2

在知道有伞兵之前,我和范小兵只知道以后要当兵。我们所有男孩子都想当兵,当什么兵没想过,也没法去想,我们不知道兵还要分很多种。我们的理想是成为英勇的解放军战士,戴军帽,穿军装,头上一颗红五星闪闪发光。我们喜欢所有和解放军有关的东西,为此整天缠着父母,希望能给我们做一身军装,买一根宽大的八一皮带,一双崭新的解放鞋。但结果相当不好,父母说,哪来的钱做新衣服?酱油都吃不上了。他们都这么说。

我们的愿望从来没有完全实现过,我们一伙人,除了穿了好几年的解放鞋,要么是只有一件上衣,要么是只有一顶军帽,或者是一条八一皮带,没有一个人能够把自己全副武装起来。像我,除了一双解放鞋,只有叔叔淘汰给我的一条八一皮带,此外还有十八颗红五星。九颗是我从亲戚家的抽屉里搜出来的,九颗是从别人那里挣来的。我把皮带借给他们勒上两天,代价就是一颗红五星。当然我也送给别人几颗,那是因为我也想借别人的衣服穿两天。所以我说我有十八颗还不止。

范小兵不一样,他家不用打酱油,他家就是做酱油的。海陵人都知道,老范家的酱油那才叫真好。好在哪儿我不知道,他家有钱我是知的，大家都知道。老范有钱呢，只进不出，镇上每年还给他钱，逢年过节都要敲锣打鼓地送一大堆好东西给他。老范是退伍的战斗英雄，从前线回家的时候，胸前挂了好几个奖章，一个大巴掌都捂不过来。但是范小兵比我们还惨，老范不仅不给他做军装买军帽，连解放鞋都不给他买。老范说：

"当兵，当兵，当什么兵！好好看书。上不好学就回来卖酱油！"

范小兵说："我不卖酱油，我要当兵。"

老范抓起酱油端子就要打。"狗日的，还嘴硬！"

范小兵拉着我撒腿就跑。他要把从老范口袋里偷到的两毛钱藏到我家。我们都不懂老范为什么会这样，他是战斗英雄，在我们海陵，从炮弹里活着回来的就他一个。

"我长大了一定要当兵。"范小兵藏在我家的后屋里数钱，加上刚偷到的两毛，他已经是十二块九毛钱的主人了。十二块九毛，多么大的一笔钱啊，看得我口水直流。照他说的，只要攒到二十块就可以把别人的军装、皮带、解放鞋都买过来了。也就是说，现在除了没穿裤子，范小兵基本上已经像个军人了。我看着他把十二块九毛钱锁进他的小箱子里，无限神往一个没有穿裤子的范小兵。那箱子是我借给他用的，之前一直盛放我的宝贝，很普通，现在不一样了，在我看来它已经变成了聚宝箱。他把箱子锁好，亲自放到我家的柜子上头。"我要当兵，当伞兵。"

3

伞兵到底是个什么东西，我和刘田田一直都没想明白。范小兵说，记不记得，前年有场电影里放过的，一群解放军绑在伞底下飞。我和刘田田都不记得了，可能碰巧那场电影我们俩都没看。可是没看我们当时干什么去了？露天电影，全村的人都集中在中心路上，我们去哪了？范小兵支支吾吾地说，五月，那晚刮大风，银幕差点吹跑了。刘田田脱口而出,想起来了,那晚你妈又跑了!说完她立马意识到犯错误了,捂上嘴躲到我身后。

我也想起来了。那是范小兵他妈第三次离开家,也是最后一次,此后再也没有回来过,老范也没再去找过。

那晚上我和母亲搬着板凳去中心路,经过范小兵家,闻到一股浓烈的酱油味。他们家的门大敞着,门口围着一堆人。我挤过去,发现老范坐在屋子里的泥地上,屁股底下全是酱油。一只酱油桶倒了,流了一地。几个人上去劝他,想把他扶起来,老范就是不起,他像瘫痪了一样低头摸着地上的酱油。范小兵的堂叔从门后抓起一根扁担,问老范:

"追还是不追?你一句话。看我不把她腿给砸断了!"

所有人都看老范。老范摇摇头,突然拍着地大声喊:"出去!都给我出去!"听他的声音一定是哭了。他拍起的酱油溅了别人一身。范小兵的堂叔和一伙人失落地出来了,顺手带上了门。他们在门外议论了一番,范小兵的堂叔说:"我做主了,追!"几个人就跟着他往北走。后面跟了一大趟看热闹的。我和母亲也在里面。那时候电影已经开始,但因为已经起了风,把声音都刮到别处去了。听不见,我就把电影的事给忘了。

我已经猜到是追范小兵他妈,问母亲,她不愿说,让我不要多嘴。正好碰到刘田田,她也搬着小板凳跟着,我就问她。刘田田说:"除了她还能有谁?看见范小兵了吗?"

"没有,"我说,"可能看电影了。"

范小兵不知道他妈今晚要跑。从第二次逃跑被抓回来,她被锁在家里已经一个半月了。年前她跟辛庄卖豆油的大胡子好上,就把酱油桶扔掉跟人家私奔了。大胡子五十多岁,老婆五年前死了,家里榨豆油卖,赶集的时候都跟范小兵他妈的酱油摊子摆在一起,收市回家时,也顺便帮她把独轮车放到他的小驴车上带回到他们村口。范小兵家没有驴,只有一头黄牛,没有女人赶着牛车去卖酱油的,所以只能推独轮车去。他们常年在一起卖油,一来二去就搞上了,然后范小兵他妈就挺不住了,撂了油桶就想往大胡子家跑。我见过大胡子,他的胡子真好，油汪汪的又黑又长，像电影里的包公，笑起来声音也响亮，像热油下锅。

开头那次私奔，被老范抓回来了，打一顿，关两天就算了，没想到几个月后又跑了，不是从家里跑，而是赶集卖酱油就没回来。三天后，老范的堂弟带着一帮人冲到辛庄，果然从大胡子的床上把范小兵他妈给拎回来了。老范一气就把她锁在屋里，关了一个半月。这一个半月范小兵他妈表现很好，老范就不忍心再锁，趁着村里放电影，就把她放出来看个热闹，也算是补偿。谁知道老范从外面转一圈回来，发现老婆又没了，柜子里的衣服也不见了，还弄倒了一桶酱油。老范围着一地的酱油转了转，腿一软，一屁股坐在了里面。

范小兵他妈那天晚上当然没有追回来，出了村庄就是一大片野地，到哪里去找。以后老范也没再找过，他不想再找了。现在除了儿子和酱油，老范什么都不关心。那晚我们从野地里回来，继续看电影，但是很显然，我和刘田田已经错过了那个降落伞从天而降的场面。

4

范小兵的脸色先是不好看，接着又好看了。他把手从胳肢窝里抽出来，说："我要让你们见识见识什么是伞兵！"

他拿树枝在地上画了一幅画，一个大伞下吊着一个人。很难看，我们还是看懂了。不过我们还是不明白他们是怎么从天上掉下来的。

"不是掉下来，是飘下来。"范小兵都有点急了，他做着飞翔的姿势从一堵断墙上跳下来，摔了个狗啃屎。爬起来又要上墙，我和刘田田制止了。不能让他再摔了。范小兵只好用手当翅膀，一路滑翔。"这样，就这样。"

我们说："嗯，懂了，懂了。"

范小兵知道我们其实并不明白，也就不放过一切机会向我们解释。

尤其是天上经过飞机的时候。整个夏天我们都在五斗渠外放牛，我，范小兵和刘田田。野地里没有遮拦，天大地大，总是范小兵最先看见飞机。"快，快！飞机来了！"他把牛扔在一边，跟着飞机就跑。我也跟着跑，希望能交上个好运，和范小兵一样看见伞兵落下来。刘田田跑得太慢，只好留下来看牛吃草。

一次好运都没交到。夏天过了一半，我绝望了。范小兵把没有伞兵落下来当成他的错，更加卖力地向我表演他的伞兵降落过程，看得我越来越糊涂。在范小兵也即将绝望的时候，一架飞机总算撒下了传单。

开始是几张，飘飘扬扬，我们跟着跑，踩坏了不少庄稼。范小兵一边跑一边叫，总算捞回了一点面子。"看，就这样，伞兵，就这样。"但飞机越飞越远，传单突然多起来，一点伞兵的样子都没有了，我只看到大雪花在落。我停下来，范小兵继续跟着跑，大半个钟头才回来，手里一沓纸。他把传单折腾来折腾去，不知怎么就成了一把纸伞的模样，然后拍了一下大腿，说：

"我知道了！我知道了！"

刘田田问我："他知道什么了？"

我说："不知道。"

第二天放牛，范小兵带了一把雨伞过来，还从别人那里借来了一顶军帽。我们更看不懂了，大热太阳的你带什么帽子和雨伞。

范小兵说："让你们见识见识。"

为此他建议我们去集中坟里放牛。集中坟是村庄北边坟地的名字，在乌龙河南岸，一大片坟堆，隔三差五长几棵老松和柳。集中坟里草深，而且嫩，但我们很少去。坟地周围的河沟里经常会有死婴被扔在那儿，刘田田害怕。那天我们还是去了，因为范小兵坚持要让我们"见识见识"。

我们把缰绳缠在牛角上，让它们在坟地里随意吃草。范小兵戴上军帽，找了一个高大的坟堆，爬上去撑开伞，腰杆挺直得像一棵树。他要跳了。这姿势让我和刘田田多少有些激动,范小兵要当伞兵了。范小兵啊地叫了一声,声音还没落人就到地上了。刘田田忍不住笑了,我也笑了,我们根本没发现他的伞作用在哪里。范小兵脸都红了,抱怨坟堆太矮,要找个高的。找了半天都是矮的。然后看到了一棵老柳树,高高地伸着一只老胳膊。范小兵说,就它了。他爬到树上,找到合适的位置站好,撑开伞,他的腿激动得直抖,但我们从树底下仰着头看他,还是觉得头顶上站的就像是狼牙山五壮士。范小兵发出了猫头鹰似的叫声,呼啸而下,我们看见他抓着伞像伞兵一样平滑地飞翔了一段距离,落地的时候没站稳,坐到了一个坟头窝里。

范小兵成伞兵了。我羡慕不已,跑上去问他降落的过程中有什么感觉。范小兵喘着粗气说:"有点晕。"

晕过了他又爬起来,继续跳。我想他是找到伞兵的感觉了,尽管我还不知道做伞兵是什么感觉。刘田田却说,他是上瘾了,不就飞么,还能飞过鸟啊?我当然不同意她的说法,鸟是鸟飞,人是人飞。但是,说实话,她的话让我心里稍稍平衡了一点,我也想当伞兵了,可是我不敢跳,有点高。我们都把牛给忘了,范小兵一遍一遍地跳,我和刘田田躺在坟堆上看。

跳到第九次时出事了。范小兵觉得跳得越来越熟练了,想玩点花的,在降落的过程中转上几圈。他说他看到伞兵从天上下来的时候就转了好多圈。为了能多转几圈,范小兵改成背对我们跳,在跳下来的一瞬间就开始转第一圈。他做到了,应该说第一圈转得相当不错,错在第二圈,还没转完就落下来了,一头撞到石碑上。我们听到他叫了一声,又叫了一声,就倒在了地上。我和刘田田跑过去,看到范小兵一手抓着伞,一手捂着嘴哼唧。

刘田田叫着:"哎呀,你嘴出血了!"

范小兵疼得眉眼皱到了一块,对地上吐了一口,全是血。我觉得那血不对头,揪了一根草叶拨了拨,找到半颗牙。我对范小兵说:"把嘴张开。"范小兵艰难地张开嘴,露出破裂的嘴唇和带血的牙齿,两颗大门牙只剩下一颗半。他啃到了石碑。

5

豁嘴唇和断牙没能阻止范小兵当伞兵的热情，倒是老范阻止了几天。他带儿子去医院的路上就决定，不能让这小子再闹下去了。他决定把范小兵看在身边。在学校里他管不着，回了家就他说了算。他逼着范小兵跟他学做酱油，老范一直都说，范家的酱油是祖传的，后继不能无人；出门卖酱油也把范小兵带上，算算账收收钱，总比让他一天到晚乱跑强。两个星期以后，范小兵又自由了，老范发现整天把儿子拴在裤腰带上，牛没人放了。现在牛正是吃青草的时候，两天闻不到青草味头就耷下来。老范只好狠狠地教训了范小兵一顿，又让他去放牛。

卖酱油范小兵也没闲着，他从钱袋里前前后后摸了四块三毛钱。他把钱藏到我家的时候，脸上俨然是伞兵的表情了。快了，快了，已经穿上大半条裤子了。他跟我说："我很快就有真正的降落伞了。"

真正的降落伞？

"等两天，会让你见识的。"

我等了两天，看到范小兵从家里偷出了一条床单。

"就这个？"

他郑重地点头。又从口袋里摸出几条绳子，让我和刘田田帮帮忙。

按照他的要求，我们在放牛的时候帮他做成了降落伞。把床单的四个角分别用一条绳子扎起来，然后四根绳子的另一头再扣在一起。弄完了，范小兵抓着绳头向前跑，有那么一下子床单膨胀起来，但是跑几步就缠在一起在地上拖了。显然是失败了。范小兵不服气，又试了几次，还是没起色。怎么回事？他问我们。我们哪里知道。刘田田头脑一亮，说，不是想让床单膨胀起来么，用树枝撑着。我们就找了两根既细又直的紫穗槐枝条，交叉着和床单四角绑在一起，这样即使没风，床单也是膨胀起来的。又试了一次，降落伞已经能够离开地面了，只是范小兵奔跑的速度和时间都有限，降落伞在空中飘扬了一会儿就坠地了。

我们同时想到了牛。

拴在牛尾巴上，牛比我们都能跑。要范小兵家的黄牛，我们的水牛太笨重。我们把降落伞绑在了黄牛尾巴上，范小兵抽了一鞭子，黄牛闷着头向前跑，降落伞飘起来。就在那个花床单越升越高的时候，噗的掉了下来，黄牛不跑了。它忘了疼。我们兴奋的叫声的另一半，也跟着发不出来了。我想我是见识了降落伞，可惜只壮观了半节地那么远。范小兵还想再抽它一鞭子，我说没用，你总不能跟着它一直抽下去。

第二天范小兵带了一挂小鞭炮。"绑在牛尾巴上，"他说，"我就不信它还能停。"我和刘田田明白了。村东头的小坏孩玩过这个。过年的时候，小坏孩把鞭炮绑在邻居家的牛尾巴上，点着了，那头牛吓得一口气跑了十里路才停下来，差点累得断气。

降落伞和鞭炮绑好了，我和刘田田闪到路边。范小兵点着了火。爆炸声多如芝麻，震得我耳朵里像是飞进了一群小蜜蜂。黄牛发疯似地狂奔起来，降落伞迅速飘起来，鼓鼓胀胀，倾斜着跟在牛身后。降落伞。降落伞。范小兵跟黄牛一样疯狂，粗着脖子狂叫降落伞。我攥紧了拳头，攥得感到了疼。范小兵已经无限接近他的伞兵了。我陡然生出了一阵难受，成为伞兵是多么美好的事情啊。可那是范小兵的事。刘田田也跟着跳，一边跳一边叫。然后我们看见黄牛突然转身往回跑，那时候鞭炮已经炸完了，但它跑得依然疯狂，闷着头，两只尖角斜向上。降落伞重新飘起来。

"快躲开！"范小兵对着我们喊。

黄牛已经冲着我们奔过来了，四蹄踢踏起的尘土从身后扬起来，又飘又抖的花床单使它看起来像是个巨大的怪物。整条道路都在它蹄子下剧烈地晃动。它勾着头，我看到了它两只血红的大眼盯着我和刘田田。刘田田惊叫起来，整个人僵掉了，我想把她再往路边拉，怎么也拉不动，就在黄牛即将冲到我们的位置时，她突然转身往后跑，只跑了两步，黄牛就冲到了她身后。刘田田的尖叫如同泡沫擦过玻璃，她被牛头高高抬起，她的红衬衫在空中闪耀一下，接着被甩到了地上。黄牛从她身上经过，速度慢下来，降落伞着了地，兜着她拖了很远。我和范小兵追上去的时候，刘田田已经躺在路中间，降落伞的一根绳子断了，把她漏了下来。黄牛继续跑，拖着一条委地的床单。

刘田田一动不动地斜躺着，脸成了一张划破了的白纸。我喊了两声她都没有回应。我和范小兵的脸也白了。刘田田左边的大腿在往外流血，裤子都浸透了，右腿的小腿血肉模糊。我抱起她，不知怎么的眼泪唰的就出来了，接着是哭声。我从来都没有那么失去章法地哭过。如果不是范小兵在一边托着，我就是把这辈子所有的力气都使出来，恐怕都抱不动刘田田。

到了医院，我们在手术室外面等了很长时间，医生才出来。医生说，小的皮肉伤不算，一只牛角穿过了刘田田的左腿，一只牛蹄踩过她的右腿，还好只是骨肉伤，没有生命危险。刘田田在镇上的医院里住了一个月，出院的时候成了一个两腿都瘸的女孩。此外，偶尔还会精神恍惚，正吃着饭就咬着筷子发呆。从医院回来，她就再没去过学校。

黄牛是在三天以后找到的，竟然跑到了十五里以外的腰滩。那里有一片浩大的芦苇荡，它在里面吃得肚大腰圆，老范拽着缰绳它还不乐意跟着回来。

6

我们都担心老范会把范小兵打死，他用鞋底一下一下地抽。前几十下范小兵还叫唤，后来干脆不出声了，趴在板凳上撅着屁股，跟睡着了一样。我敢担保，老范一定是用上了当年在战场上杀敌的力气来收拾自己的儿子的，他打得满身大汗，一边打一边吼：

"叫你当兵！叫你当兵！"

打到后来老范也哭了,眼泪跟着汗水一直往下流。打到胳膊再也抬不起来了,打到范小兵的裤子都破了,打碎的布片布条和布丁嵌进了范小兵稀烂的屁股肉里。打到刘田田的爸妈都看不下去了,刘田田她妈哭着说:"不能再打了,再打也跟田田一样了。"

老范停下来,坐到地上,先是看着血红的鞋底,然后抱着被打昏了的范小兵失声痛哭。老范说:"小兵,小兵,你当个什么兵!"好像范小兵已经是个当兵的了。

很长时间里我都不明白,为什么老范坚决不同意范小兵当兵,说说都不行。我经常跟范小兵在他家玩,我提起来当兵的事,甚至说"当兵""军装""八一皮带"这些时,老范都很不高兴。他撅着个脸给我看,我立刻就闭嘴。他当然不会骂我,但范小兵一提他就骂。他说,再兵来兵去的,现在就给我滚出去!他对当兵之类的词和事情,简直敏感到了莫名其妙的地步。自从老婆跟大胡子跑了以后,每年镇上和村里敲锣打鼓地来慰问军烈属,他都尽量避开。连和军人有关的荣誉都要躲,好像人家不是来慰问他,而是来抓他坐牢的。

范小兵被暴打之后大约半个月,镇上的慰问团又来了。当年老范就是在这样的时节从前线退下来的,这一天成了战斗英雄的纪念日。他们开了一辆大卡车,吹吹打打从中心路拐到老范家的巷子里。卡车后跟了一大群人看热闹,像过节一样。我正在跟范小兵玩,他的屁股还不能靠板凳,必须站着或者趴着,那天他就是趴着,在席子上画自己在跳伞。

我对范小兵说:"又来看你爸了。"

范小兵头都不抬地说:"不在家看什么看。"

时间不长,村长带着两个更像领导的人进来了。背后是喧天的锣鼓,从卡车上一直响到院门口。

"你爸呢?"村长问。

"卖酱油去了。"

"你看看,你看看,太不像话了,"村长很生气,"这个老范,一到关键时候就不在家。"

"没事，"更大的领导说，"这说明我们的战斗英雄觉悟高，自力更生嘛。"

锣鼓继续，更热闹了。几个人抬了一块英雄匾和一纸箱子礼物进了门。老范不在家，仪式只好从简。范小兵从席子上爬起来，代表老范接受英雄匾和礼物箱。领导握着范小兵的手，弄得范小兵浑身痒得难受，但领导一直握着不撒手，对着照相机不停地说话。

最后，领导说："老范是个好同志，我来两次了，他都不在家，让我很感动。作为一个身有残疾的战斗英雄，他不居功自傲，视荣誉为平常，这一点值得我们所有人学习！我代表镇政府、镇领导，向老范、向我们战斗英雄的儿子，表示崇高的敬意！"

慰问团走了，一些人还留在老范家看热闹。他们想看看箱子里到底装了什么好东西。范小兵打开箱子给他们看。有酒，有高级点心，还有一些苹果和西瓜。我听到一片口水声，谁家能吃上这些好东西啊。看得出来，他们像我一样眼馋。但是范小兵把箱子合上了。范小兵说："这是给我爸的。"

巷子头的三秃子说："都走都走，人家是送给残废军人的。你残废了吗也往上靠？"

男人们笑起来，都说："没残废没残废。"

他们这么一说，我倒愣了，老范胳膊腿一样不少，残哪儿的废？

他们又笑了，三秃子说："小兵，你妈是不是因为你爸残废才跟大胡子跑了？"

范小兵说："你爸才残废！你妈才跟大胡子跑了！"

三秃子说："是啊，我爸残废了，那个东西被打掉了，我妈跟大胡子跑了，又怎么样？反正他们也死了。"

屋子里的人都笑了，范小兵没笑，我也没笑。可是我在想，他爸竟然没有那个东西。我知道那个东西是什么。三秃子笑得尤其开心，前仰后合。范小兵一声不吭，从我身边走过去，抓起英雄匾照着三秃子的光头就砸下去。哗啦一声，玻璃碎了一地，三秃子满头满脸都是血，一道道流下来，跟电影里披红头发的鬼有点像。他怪叫着要打范小兵，被拉住了，他们觉得这玩笑开大了，一个个收起了笑脸，匆匆忙忙把三秃子拖出了门。

我一直待到天黑，到老范回来。老范把独轮车上的酱油桶拎下来，看了看地上的碎玻璃，一句话也没说，找了笤帚扫进了畚箕里。然后打开箱子，抱出最大的一个西瓜让我带回家，我推着手说不带，老范沉着脸看我，一个字一个字地说：

"带。一定要带。"

7

范小兵的钱攒够了。他的屁股好了，对降落伞的热情又背着老范高涨起来。那天晚上他把偷来的钱再次放进小箱子里，数完了，说："二十块零六分。我要成为伞兵了。"然后把钱分成五份摊在我床上。这是帽子，这是褂子，这是裤子，这是鞋子，这是皮带，他说。他已经把所有有军装的人的价格都打听好了，也说定了，一手交钱一手交货。他急不可待地要去找那些有军装的人，现在就买下来。我说已经不早了，谁还不睡觉，明天吧。正好老范来我家找他，范小兵就急急忙忙锁了箱子回家了。

月亮那么好，光照到我脸上，睁开眼就看见掺着蓝幽幽的乳白色。村庄静寂，只有月光移动的声音，是那种琐细的小声音。它让我难受，让我心跳如鼓。我看着从窗户里透过来的一块月光慢慢移动，一直移动到柜子上，我从里到外咯噔响了一下。小箱子。

我在床上翻来覆去地转身，转来转去还是看见了那个小箱子。明天范小兵就要成为一个伞兵了，我能想象出来他意气风发的样子，他全副武装站在高得让人眩晕的地方，背后是他从家里偷出来的另一条床单，当然，现在已经是降落伞了，他向全世界人民喊，同志们，冲啊，纵身跳了下来，降落伞飘飘举举，缓缓而下，他在飞翔的过程中尽情地转圈，转一圈，再转一圈，经过漫长的有一天那么长的时间，范小兵终于落到地上，稳稳地站住，两条腿就像从来没有离开过大地一样，就像本来就长在大地上一样。我不知道我能不能成为伞兵，但是当个一般的解放军总可以吧。他看上的军装也是我看上的，也许在今天夜里我比他还要喜欢。可是我没有钱。我觉得慰问老范的锣鼓队伍正从我前胸上走过，咚咚咚，咣咣咣，我要喘不过气了。

我爬起来，把手艰难地伸向那个小箱子。

第二天清晨，我起得比爸妈都早。母亲问我起那么早干什么？

我说："去姥姥家。"

"你不是说过两天再去的么？"

"不过了，今天就去。"

母亲很高兴，赶紧给我做早饭。我不喜欢走亲戚，姥姥家都不想去，而姥姥想我去，她说都两年没见过我了，想我都想出病了。我说我去给姥姥看两眼，治治她的病。吃完饭收拾好东西，我走出家门。出了村子我又跑回来，走到范小兵家门口，看到老范正在院子中往一只桶里倒酱油。我跟老范说：

"叔叔，小兵呢？"

"还没起呢。我去叫醒他。"

"别叫了，没事。你跟小兵说一声，我去外婆家了，要什么东西直接去我家拿就行了。"

然后我比刚才更快的速度跑出了村子。一望无边的大野地，我踢着路边的草和露水往前走。右手插在口袋里，紧紧地捏着那一沓纸，捏出了一手心的汗。十三块钱。一件褂子，一条裤子。我知道我穿上那身军衣一定也很好看，解放军就是那个样子。我的左手里攥着一把钥匙，另一把在范小兵那里。左手突然从口袋里跳出来，将钥匙扔到了路边的水沟里，我看着小钥匙飘飘悠悠下沉的时候才清醒过来，已经晚了。沉下去了。我走了几步再回头，所有水面都长着同一张脸，分不清钥匙落在哪个地方。我站在水边看了看，继续往前走。我是不是跟范小兵说过，就一把钥匙？记不得了。只是十三块钱太多了，我怎么拿了这么多。除了偷瓜，我从来没拿过别人的东西。我一路都在念叨着十三块，直到进了外婆的家门。

我在外婆家住了三天才回来。回到家就听母亲说，小兵这小孩，就是不省心，这才几天啊，又把自己的腿给弄断了。

8

范小兵跳伞的时候把左腿给摔断了。

那天早上吃过早饭，他想等老范出门卖酱油后就到我家拿钱，可是老范吃完了饭一点没有要走的意思。老范说，他要等扎下的小商贩来买完酱油再走。范小兵不知道要等多久，就扯个幌子去了我家，直接抱着钱箱去找那几个要卖衣服给他的人了。整个上午他都在外面转悠，我不知道他打开钱箱是什么表情。或者是一件一件地买，直到最后才发现钱不够了？不知道。反正他只买到了帽子、鞋子和皮带。

我问母亲："他拿走箱子以后又来过我家没有？"

母亲说："来我家干什么？"

我松了一口气。可是范小兵他为什么不找我问一问？这个问题我一直都没想通。那个钱箱子他以后再也没有还给我，为什么不还，我不知道，也不敢去知道。此后我们谁都没提钱箱子的事。当然，那十三块钱我也没有拿去买军装，我把它们夹在一本书里藏在隐秘的地方，一直藏着，中途曾变换过几个地方，直到后来我都记不起来到底藏到了哪里。然后彻底找不到了。

钱丢了也没影响范小兵全副武装地跳伞，他偷了老范退伍时的军装。老范的军装压在衣柜最底下，范小兵拿出来给我看过。那时候他还不敢把它拿出来穿，否则会被老范打死。他挨过打，在他妈第一次跟大胡子私奔那会儿，他只是把军装拿出来在身前比划了一下，被老范看到了，拖过来就打，一连十二个耳光。老范的脸色像黑夜里的判官，声音更可怕，老范说："狗日的，你再敢把它翻出来，我剥了你的皮喂狗！"

但是这次他抖起胆子把衣服偷出来了。他把帽子、鞋子、皮带和降落伞都藏在屋后的草垛里，开了门回家偷衣服。当时已经是半下午，老范早就出去卖酱油了，是个安全时段。他在打开衣柜之前还是犹豫了好长时间，他得给自己鼓劲，范小兵看到自己伸向柜子的手在哆嗦。柜子打开了，为了不被老范发现，范小兵每一件衣服拿得都很谨慎，按顺序拿出来再放进去，整个过程都很紧张。当他把衣柜合上，一抬头看到老范背对着他站在窗户外，在收绳上晒干的衣服。范小兵慌乱地把军装塞到了床底下，然后站起来说：

"爸。"

老范转过脸找了半天才看见他。"你在家啊？"老范说，继续收衣服，"我还以为你出去了。过来搭把手，把衣服拿进屋。"

范小兵来到院子里，说："今天回来这么早。"

"卖完了就回来了。"

范小兵趁老范去饮牛的工夫把军装藏到了草垛里。

第二天上午穿上了父亲肥大的军装，袖子和裤腿卷了好几道，八一皮带束住了晃晃荡荡的上衣。他穿军衣戴军帽，英姿飒爽地站在乌龙河的放水闸顶上。那天正好风大，大风吹动的范小兵看上去就是一个英雄。闸底下围了一群像我一样做梦都想当兵的少年。放水闸顶离下面水边的平地至少高十五米，是我们那里能找到的落差最大的地方，没有比那里更适合跳伞了。

后来我听村长的儿子毛小末讲，范小兵并没有像我想象的那样，在跳下去的一刻喊什么口号，他甚至连一点声音都没出。他说，范小兵站到闸顶的时候低头对他们说，只有没见过世面的人才会在跳伞的时候大喊大叫，真正的伞兵都是一声不吭地跳的，有什么好喊的呢？伞兵跳伞就像木匠做板凳一样正常，拿起刨子就喊岂不是要累死。范小兵还说，站在高处往下看，感觉真是好极了，他觉得浑身都热了起来，就像煮沸的水一样，他都能听见身体里咕嘟咕嘟冒泡泡的声音，他太想飞了，像老鹰和麻雀那样自在地飞。说完，在大家还没反应过来的时候，跳了下去。

毛小末说，没想到降落伞飘下来的时候那么好看，慢悠悠的，想下来又不想下来，简直都没法相信它是由一条花床单做成的。像一朵花，也像一棵五彩的大蘑菇。范小兵降落的时候也好看，他从容地转着圈，大衣服里灌满了风，如同巨大的花气球下坠着的一个军绿色的小气球。毛小末说，真的，如果不是半路上摔下来，他比伞兵还伞兵。

问题是，半路上范小兵摔下来了。风力那么大，拼命地顶起伞盖，伞盖上范小兵不知道还需要有个排风的洞，交叉绑在四角的两根紫穗槐枝条中的一根突然折断，降落伞的两个角裹到了一起，先是两个角裹在一起，接着另一根枝条也断了，四个角裹到了一起，整个降落伞裹成了一条乱七八糟的装着风的大麻花。离平地五米左右的时候，范小兵像萝卜一样栽下来，毛小末他们都没来得及叫出来，范小兵就摔到了水泥台阶上。那些台阶从河堤上修下来，为了方便人取水的，坚硬而且棱角分明。范小兵结结实实地掉在上面，左边的小腿骨垫到了台阶角上。毛小末他们叫起来，范小兵也叫了起来。

接下来是听我父亲说的，他和老范一起把范小兵送到了镇上的医院。父亲说，在车上老范哭得可伤心了，一手稳住儿子的伤腿，一手捶打自己的脑袋，老范说，都怪他，都怪他，他当时要是不让小兵拿他的军装就不会这样了。他看见了。父亲说，这个老范。

到了医院，还是上次的那个医生，见了老范就说："你们的骨头怎么老出事，上次是个丫头，这回换了个小子。"

9

这些都是很多年前的事了。

接着说现在。现在,我是一个自由漂游的人。大学毕业后教过几年书,又上了几年学,现在什么也不做,东飘西荡跟着风乱跑。我没当成兵,一天都没当过。高考前军检被刷下来了,平足。范小兵也没当成兵,更不要说伞兵。现在他是一个瘸子,一个孩子的父亲,整天推着独轮车到处卖酱油。范家的酱油做得越来越好了。因为左腿有问题,走路一深一浅,独轮车上左边的油桶从来不能装满,满了就会被颠得溢出来。他的老婆是刘田田,他们很早就结婚了。儿子五岁,名字叫大兵。这名字是范小兵给取的,刚开始遭到所有亲友的反对,当爹的才叫小兵,儿子怎么能叫大兵。范小兵坚持住了,所以现在大兵还叫大兵。这些我都是听我妈说的,我长年不回家,都是在和家里通电话和通信中知道这些事情的。

前段时间我难得回了一趟家,正站在院子里看着墙边的桑树发呆,母亲在门口喊我过去。她说小兵过去了。我伸着脖子朝巷子里看,范小兵已经走到了巷子的尽头,推着独轮车,身体忽高忽低地走,上身挺得直直的。和他一样挺直上身的是跟在车旁的儿子,五岁的大兵,不仅腰杆直,两只手也甩得有力,每一步都把脚尖踢起来,就像一个军人正步走过阅兵台。

(原刊于《收获》2007年第4期)

弄堂里的白马

王安忆

很久以前,弄堂里时常光顾一匹白马。城市里的居民一般对牲畜没什么经验,看不出这马的品种,年龄,只知道这是一匹母马,因为它来到弄堂是为兜售它的奶汁。从外形上看,这匹白马的骨架算得上高大,也许是对于小孩子的眼睛,而且还算得上健硕,这也是小孩子的来自连环画和战斗电影的印象。这么说来,它就是一匹标准的白马。说是白马,却不是雪白的白,而是有些黄和枯,像某一种干草,事实上,城市居民对草也没多少见识的。总之,它不像听起来那么耀眼,反是暗淡的。但是,这才像是一匹真马。要知道,这是在弄堂,内外都是街道和房屋,还有熙来攘往的人和车,一匹白马,终究是有些神奇。

它不是定时地来到这里。一月内,一周内,一日内,不定什么时候,先是传来叮叮的铃声——那是它的主人,一个脸色严峻的北路人,拴在它脖子上的铃铛响,然后,就听见得得的马蹄铁敲在水门汀地面上,很清脆地过来了。小孩子,尤其是男孩子应声奔出门去,一下子纠结起一伙,向白马迎去。白马在小孩子的拥簇中,徐徐走来,每到一扇门前,就停下来。它的主人并不吆喝,只站着。白马呢,也站着,小孩子们则乘机与它亲近一下,摸摸它的鬃发。它的鬃发在前额上剪齐成刘海,加上脖子上的铃铛,这使它显得很稚气,像一个小姑娘。这一主一仆静静站立着,等待门里的人家决定要不要买一碗马奶尝尝。人和马都是矜持的。他们等一时,并没有什么动静,就再向前走。倘若有人从门里出来,买一碗马奶——这样的情形,概率大约是二十分之一,于是,北路人就从肩上卸下一个马扎,坐到马肚底下,开始挤奶。淡黄色的奶汁,并不汹涌,而是极细弱地,滋滋洒在买主的白瓷碗里,渐渐积起一层,又渐渐平了碗沿。然后,起身收了马扎,继续走去。小孩子也恢复了活跃,方才他们都静着。马的奶头,在北路人瘦长手指的揉搓下,长出来许多,很叫他们骇怕,而且可怜。这时他们又高兴起来,拍着白马的身子,感觉到它的骨骼,随了走步的律动。手心里有一点暖意,从很深的深处传上来,是白马的体温。此时,白马似乎与小孩子有些稔熟,它冷不防扫一下尾巴,不轻不重在一个小孩子脸上抽一下,是和他嬉戏。

这条弄堂规模比较大,从临马路的大弄口进来,分向两侧,有平行十数条横弄。最底部的横弄则向一侧延伸,两边的房屋渐渐退出,换上两堵墙,形成一条狭道。白马走遍整条弄堂,最后走到弄底,从弄底的横弄走去,消失在狭道里。小孩子一般是在这里止了步,那条狭道被墙挟持着,难得有光线投入,有一种阴森的气氛。弄堂里的小孩子,一般不走入那条巷道,也不晓得是会引向什么地方。

关于这匹白马的身世,有各种各样的传说。依时间的顺序排列,最久远可推至嘉靖年。那时候,倭寇在海上活动猖獗,常有从吴淞口入黄浦江,上浦东过浦西,烧杀掠抢。其时,上海是县治,叫上海县,属松江府管辖,以此可见,还荒僻得很。但是朝廷专设了海防道,出兵抗击海上的侵犯,无奈总是胜少败多,无数官兵丧身对方的枪炮下。那小日本特别骁勇善战，江上过来，弃船登岸，一下子上了城墙，哗地铺满在民宅的楼顶，从连绵的屋瓦横扫过去，势不可挡。这一年，倭舟七艘，人不知鬼不觉突然入了吴淞口，海防佥事董邦政亲自部署，安排神枪手潜在城墙残破处，上一个，射一个。敌寇死伤无数，然而却坚执不退，直至十八个日夜，终不能近前，只得在周边城郊扫荡一圈，呼啸而回。董邦政退敌成功却不敢大意，晓得事情没那么简单，那倭寇吃了一堑，必会变本加厉，所以更加防范。果不其然，不出一年，有一日，城下忽冒出几千倭寇，是从金山登陆，沿江岸而来，从陆路进逼。只见一骑白马，遥遥领先，犹如刀锋切入守城之阵，所到之处，立时血溅路开。上房越墙，无所阻碍。眼看敌寇如灌水一般直向城门灌去，千钧一发，海防兵陈瑞挥刀迎向马首，刀起头落，落的是一颗人头，白马早已偏过，绕陈瑞而去。陈瑞接住寇首，衔在口中，破入敌阵，敌寇大骇，乱了阵脚，掉头遁走。如同潮涨之来势，又如退潮之去势，转眼间风清日明，只是那一匹白马，神龙见首不见尾，再无踪影可寻。人们说，那白马当年从东门进城，从此就在沿江一带活动和繁衍，日月变迁，那卖乳的白马许就是它的后裔，因这弄堂正巧在旧城东门附近。那牵马人又是谁？是当年收留它的恩主的后人。按此说法，应是本地人才对，却为何是异乡客？对这样的疑问，也是有解释的。要知道，从宋元开始，吴淞江下游就有支流从城边经过，江上往来商船无数，江岸则成繁闹集市。到明永乐年，黄浦江疏通，更加畅行无阻，人和物在此交流集散，有过往的，亦有滞留的，于是，东西南北中，五方杂居。要这么说，这白马就是日本的白马了，说不定还是名骏之后，如今偷安一隅，沦为引车卖浆之流。

　　再近些，约百年上下吧，仲夏之日，有清兵数十骑来到上海县城下。其时，李闯王都已退出北京，外族人坐住大半天下，明王朝流亡过江，偏居南地，史称南明，实际已是苟延残喘。这一年里，就更替了两轮权力，年号从"弘光"改"隆武"，下一年再改"邵武"，显见得在做最后的蹦跶。清朝廷并不放他们在眼里，只数十骑人马，串门一般来了。这边呢，南明水师挨门挨户喊了倒有千把人，却都是居家百姓，趿了鞋，披了衣,或空着手,或肩一杆晾竿,说说笑笑,真就像迎亲戚来了。方出城门,只见对面举刀策马疾驶而来,还没搞清楚怎么回事,立刻哄散,有跳水的,有绕城奔走叫号的。可那清兵不过逗他们玩玩,呼啸一周,忽一返身,打道回府。有传说,乘骑并非悉数离去,就有自行突进城门,从此在城内游荡,先是野了性子,后又为人家养,卖乳的白马就是它们的子嗣,牵马人呢,亦就是旗人了。这样,人和马都归了汉。

又有一百八十年过去,到了清道光年间。这一回,来的是英国人了。英国人分水陆两路夹攻上海。陆上一路又分两支,一支是皇家炮兵分队,二支是英军炮兵马队,率工程队和地雷队,浩浩荡荡逼北门而来。到达门前,见无甚动静,英国人也没听说有"空城计"一说,推门,门不动,叫人,人不应,命一名小兵爬上城墙,好比翻邻家院墙偷瓜枣的。那小兵下了城墙,兀自打开城门,人骑着马,马载着炮,轰轰隆隆地进来。城里果然是空城,官兵们老早闻风而逃,踪影全无了。这地方开埠通商就像老早就做好了准备,时间早晚的事情。英国军队阶级很高,军马自然也是马里的上层。那马载着炮或载着人,从卵石路上碾过,马首几乎与黑色的瓦檐平齐,真是傲慢啊!此时上海还是个蛮荒地方,贼盗遍野,不晓得有多少盗马贼的眼睛盯着呢!就不相信它们一个不少全回去老家。那么,这匹小母马,和它们会不会有什么亲缘?

还有人说,咸丰三年,小刀会起义将领刘丽川,骑的就是一匹白马。这白马骁勇忠诚,有几回,刘丽川遣人向镇江南京,与太平军接头,都是委任白马载去,星月兼程,无往而不回。有一回,人坠马毙命,那白马独自回来,看城门的人也都认识,由它径直去找刘丽川。次年,清军和法军联手出兵,前应后合,将上海县城围得个铁桶一般。小刀会困在城内,先是粮尽,后宰牲畜,再是罗雀掘鼠,最终树皮草根,竟然坚守整一年。咸丰五年,将领们决议背水一战,置死地后生,兵分几路,从西门,北门,东门突围。刘丽川是西一路的,在虹桥遭遇清兵,激战而死。那白马腾空一跃,跃过遍地尸首,不知去向何方。牲畜都是念旧的,何况马这样有性灵的造物,不免是返回城内,循主人旧迹,随后渐渐潜入市井，做了马里面的隐士。

据称，南通大实业家张謇，在苏北地区开创通海垦牧公司，其中就当有马场。马是从北地引进的蒙古马，外型不怎么样，体质却结实，肌腱发达，经得起磨砺。后来垦牧公司亏损不补，终于倒闭，打发了人员，牛马则四散。想必会有随马迁徙来的蒙古人，留下几匹性子熟悉的种马，仗着几代养马的秘籍，开个小小的种马场。但是，这一番小小的雄心不过是将张謇的失败重演一遍。即便是生性粗糙的蒙古马，也难以适应南方温湿的气候，马草又不对胃口，不得已病的病，阉的阉，跑了的跑了。最后剩下这匹白马，随主人沿途卖乳，终来到上海。经过数次交配，早已血缘错综，白马和它祖先的形貌相距甚远，按适者生存的原则，也变了脾性，服了水土，它其实是一匹杂种马了。

或者，也不排除，它来自赛马总会。这就来到了十九世纪中期。赛马总会的马都是有谱系的，有名有姓，而且受过教育——在赛马学校受训，好比西点军校。这实在太绮糜了，声色犬马里的"马"字就是指的它。几乎一夜之间，海上升明月，这城市成了远东的巴黎。犹如一个梦，梦里的人都是忘了时间的，一百年就像一瞬间，忽然梦醒，却换了人间。新生的工农政权彻底取缔赛马，收回跑马场的土地，这些马呢？这些马里面的纨绔，在接踵而至的柴米生涯里，它们以什么为生计呢？要这么想，这匹弄堂里的白马就是落魄的，相比从前，如今几乎和乞讨差不多。大约身处历史的局部，并不自知，所以仿佛没什么怨艾，安详地挨家挨户走过，出卖它的乳。那牵马的北路人，黑瘦的刀条脸，也是看不出年纪和哀乐的，主仆共守着什么秘密，是他们的身世之谜？

在这些身世渊源的上等马之下，这城市曾经还有着许多苦作的马，拉人，拉货，蹄子在码头的石阶上打滑，吃主子的鞭子，为让它们出力，阉了它们的生殖器，春天不再发情，这么些微的牲畜的乐趣就也没有了……哪一个是白马的先人呢？

你要是看着白马的眼睛，很难不动容，那眼睛里藏着多少驯顺，驯顺它的命运。这眼睛的轮廓呈出平行四边形，因角与梢都是斜长的。双睑极深，覆着粗长的眼睫。瞳仁是褐色的，看进去，如同一眼深井，井底有个小小的人儿，就是你，可你却不认得了。你看着你，就像今生看着前世。你也许还看见过白马的眼泪，一大颗一大颗地落地，噼啪作响。有时是北路人的粗手挤裂了奶头；有时候是脱落了马蹄铁，肉掌里扎进碎砖烂瓦和铁钉子；还有时候是生了搭背。它挺遭罪的，可都忍下了，从没见它起过反抗，也没见北路人对它有过温柔的表示。有善心的女人，摸着白马的脖子说：下一世投胎个人吧！可做人又怎么样，也没见北路人笑过，谁知道他在想什么。这人和马之间，看起来是冷淡的，也许却是至深也不定，因为都是同样的孤寂，是命运的同道。

偶尔的，千年难得，北路人发出"喔唏"一声，白马忽然迈开步子小跑起来，铃铛和马蹄声快了节奏，清泠地响起在弄堂里。马尾巴蓬松着，一扬起一伏下。腰和臀凸凹着，有一点妩媚，又有一点风骚。随了又一声"喔唏"，白马停下来，回到原先的步态，四周复又沉寂了。这时候，弄堂里无人，那北路人和白马也是因为无人，以为是他们的世界，才放纵了一下，其实呢，一扇后门里，有一双眼睛在看着呢！

这小孩子一直羞惭他不能得大人允许，买一碗马奶。尤其在这午后，北路人领着白马走遍了弄堂，也没召唤出来一个买主，小孩子们又都不知跑到哪里去了，这条庞大的弄堂此时出奇地清寂着。通常，这小孩子总是伙着别的小孩子一起和白马亲近，可现在只有他一个人，他又没有买乳的钱。他知道，事关白马的生计。他一个人躲在门后，西斜的太阳照在弄堂里，黄澄澄的光里面，没想到，窥见了这一幕，北路人和白马竟是活泼泼的。这一幕，稍纵即逝，简直惊艳。他们安静下来，走出横弄，铃铛和马蹄又恢复原先的节奏。小孩子悄悄掩门而出，尾随其后。他跟着马和人走出横弄，走上直弄，又转进后一条横弄。夕阳将门扉染得通明，门后有隐约的笑语，可是，没有人出来，大约是因为过了喝奶的时间。偶有小孩子在弄堂，却埋头玩自己的新鲜的游戏。人和马兀自走在明晃晃的弄堂里，终于走完了所有的横弄，来到了弄底。

小孩子还是跟在后面，来到弄底的横弄。这条横弄更像是一条夹弄，比前边的横弄狭窄许多，所以也阴暗许多。两边楼房的格式也和前边不同，外墙上嵌着无数黑暗的窗户，一律沉寂着。水管盘桓，漏水洇透砖面，就有无数裂纹纠缠。水管里忽有激荡而下的水声，表明里面有着人的居住和活动。两边的楼房越离越近，那夹弄越过越窄，头上是一线天，眼看就要合缝，楼房陡然地断住，换成两面高墙，墙上有无名的茅草生长，在风中摇曳。北路人和白马走进高墙之下，就改并排为前后。人在前，马在后，小孩子在最后。脚下的水门汀先是变碎石路，接着又变泥地，马蹄声便也轻悄下来，铃铛自个儿叮叮着。小孩子等待白马回一回头，可是没有，白马和北路人一直向前，走到狭巷尽头。那里有一扇破烂的木门，门框胡乱嵌在破砖里，有光进到狭巷里，像是谁家天井里的光，这里的弄堂巷道都是四通八达。白马随北路人走过木门，有那么一瞬，镶在了那一块光里边，然后，头也不回地走了出去。时间大约在上世纪五十年代中。

二〇〇七年五月二十六日于上海

（原刊于《收获》2007年第5期）

我们去找一盏灯

叶兆言

　　那年头没班花这一说，三十年前，还没这个词。二八姑娘一朵花，男孩子情窦初开，开始对女孩有兴趣，眼中的姑娘都跟鲜花一样。那时候，男生女生不说话，那时候，男生多看几眼女生，立刻有人起哄。这是初中那个特殊阶段，后来就不一样，开始有点贼心，男生偷偷对女生看，女生呢，一个个很清高，做出很清高的样子，越漂亮越清高。当然，她们也会偷眼看人，眼睛偷偷地扫过来，我们呢，心口咚咚乱跳。

　　那时候要像现在这样评选班花，肯定是如烟。我敢说，大家一定会选如烟。如烟姓步，叫步如烟，我们当时都叫她"不如烟"。她真的很漂亮，两只眼睛发黑，很亮，梳一根大辫子，个头不高，往男生这边一回头，所有的人立刻挺起胸膛，不是捋头发，就是掩饰地干咳一声。我们政治老师当时最喜欢她，这家伙四十多岁，那时候这年纪的人看上去很老了，差不多就能算是个好色的老流氓，说如烟这两个字好，一看就充满诗意。他说为如烟取名字的人一定很有学问，一定很有修养。说如烟的烟，不是烟草的烟，也不是香烟的烟。烟草和香烟太俗气，如烟的烟绝不是这个意思。他在黑板上写了个繁体字的"菸"，说你们看见没有，都给我看清楚了，这个草字头的"菸"才是烟草的烟，才是香烟的烟，我们抽的烟是什么做的，是一种烟草，对了，既然是烟草，就应该是草字头，唉，要命的简化字呀，把很多简单的事都弄糊涂了，硬是把好东西给活生生糟蹋。政治老师一提到如烟就来精神，他说如烟的这个"烟"，是"烟波浩渺使人愁"的烟，是"烟笼寒水月笼纱，夜泊秦淮近酒家"的烟，它应该是种美丽的雾状气体，弥漫在空气中间，看不见摸不着，只能凭诗意的感觉去触摸，如烟这两个字让人一看就会想到唐诗宋词。他说你们懂不懂，我说半天，你们难道还没明白。我们一个个傻着看他，不说话。政治老师叹气了，说我知道你们没懂，你们当然不会懂。

政治老师非常喜欢如烟，他是个印尼华侨，据说英语很不错，学校不让他教英语，说他满脑子资产阶级思想，还是教政治保险，反正有课本，按照教材要求胡乱讲讲就行了。

那时候"文革"到了尾声，很快中学毕业，如烟和我一起分配到一家街道小厂。我是钳工，她是车工，刚进厂那阵，班上同学经常来找我玩，成群结队地过来，说是找我玩，其实想多看几眼如烟。中学毕业了，一切和过去没什么两样。为了多看几眼如烟，他们寻找各种借口，跟我借书，借了再还，约我看电影，去游泳，去逛百货公司。我们班男生都羡慕我，说你小子运气好，天天能见到她。

这话已经十分露骨，那时候，男生女生不好意思直接交往，最多同性之间随便说几句。我和如烟在同一个车间，一开始跟学校一样，仍然不说话，就好像是两个陌生人。我师傅和如烟师傅关系非同一般，他知道我们是同班，笑着说还真会有这样的巧事，在学校是同学，最后又分配到一个车间。如烟师傅说天下的巧合太多，说不定日后还会有更凑巧的事呢。我们厂在偏僻的郊区，做二班要到晚上十二点多才下班，有一天，如烟师傅一本正经地说：

"喂，小伙子，给你一机会，记住了送如烟一截，把她送到家，你再回去。"

如烟师傅让我下班与如烟一起走，我家离她徒弟家不远，有我这个大小伙子陪着，安全可以不成问题。接下来，差不多一年时间，下了二班，我都和如烟同行，仍然是不说话，谁都不好意思先开口。我总是默默地将她送到她家门口，看着她进门了，再骑车回自己的家。这么送她，稍稍绕一点路，可是我心甘情愿。她显然知道我愿意，从来也不说一个谢字，有时候进门前，一边摸大门钥匙，一边回头看我一眼，简简单单回眸一笑，能让人回味半天。

我那些同学不相信有人天天送如烟回家，却不曾与她说过一句话。他们说你傻不傻，真缺了心眼还是怎么的。他们说你小子别装样了，我们早就看出来了，早看出了情况，你丫是早看上她了，妈的，好一朵鲜花，怎么就插在了你这坨屎上。我从没为自己辩解过，说老实话，很乐意当这个护花使者。一年以后，如烟终于开口跟我说话，那天晚上，在她家门口，我们分别之际，她没像以往那样从兜里掏大门钥匙，而是默默地看着我，有些不好意思，欲言又止，过了一会，气喘吁吁说：

"谢谢你一直送我，从明天开始，用不着你送了。"

如烟和厂政工干事小陈谈起了恋爱，根据规定，学徒期间不可以这么做，这规定当时就是小陈亲口对我们宣布的。我师傅有些意外，想不明白他们怎么就好上了。如烟师傅说现在的年轻人开窍早，恋爱嘛，讲的就是个自由，什么允许不允许，人家好不好，关你屁事。她说你是不是觉得亏了，觉得我徒弟应该看上你徒弟才合适，真是的，你也不撒泡尿照照，我徒弟凭什么看上你徒弟。他们喜欢这样在一起打情骂俏，我师傅一点也不恼，笑着说有什么办法呢，人和人就是不一样，就是有差距，我配不上你，我徒弟自然也配不上你徒弟。如烟师傅说算了，不要嚼舌头，你徒弟还真是配不上我徒弟，我呢，也配不上你这个大主任。

129

那时候，我师傅刚被提拔为车间主任。他上任不久，不顾别人的闲话，提拔如烟师傅为车工班班长。我和如烟之间一层薄纸因此被捅破了，相互交往反倒开始变得自然起来。过去，我们好像两个哑巴，突然间，对话再也没有障碍，应答也自如起来。如烟有时候会主动跟我开开玩笑，说我还以为你一辈子不跟我说话呢。她说你知道我妈是怎么想的，我妈她说怎么也不肯相信，不相信有个大小伙子天天送我回家，送了一年，却不敢开口跟她女儿说话。

如烟和小陈的关系定了下来，有段时间，他们形影不离。正好小陈下车间劳动，他抓住这个机会，成天守在如烟的车床旁边，一刻也不肯离开。我的那些同学很失望，知道如烟已有男朋友，也不再来找我玩了。这样的日子过了没多久，有一天，晚饭后休息，如烟心情沉重地对我说：

"你知道，我跟小陈吹了。"

我有些吃惊。

她接着说："反正是真的吹了。"

我记不清自己当时说了些什么。我知道她并不想听安慰的话，可是又能说什么呢？

她说："你难道不想知道为什么，我的事就一点不关心。"

我说我不知道自己该说什么。

她沉默了一会，说你什么也不用说。

没有了政工干事小陈，我又开始继续送如烟回家。一切又和过去一样，我们一同下班，随着大队人马走出厂门，然后一路骑着自行车，共同走过了一个漫长的夏天。那时候，刚粉碎"四人帮"，大家心情都很不错。我们有说有笑，从来也没有再提到过她与小陈的事。很快恢复了高考，我们一起参加补习班，一起参加考试，一起落榜，一起情绪低落。然后，然后她又有了一位小王。

这位小王是位干部子弟，人长得比小陈还要英俊潇洒。如烟师傅似乎早知道会有这一天，说我徒弟人长得漂亮，找男朋友，自然要找最出色的。她有些恨我不争气，胆子太小，考不上大学，成天鞍前马后跟着瞎忙，结果全白忙了。这以后，如烟又有过小杨和两位不同的小李，她似乎是挑花了眼，马不停蹄地变换男朋友，让大家都觉得有些不可思议。

晓芙是如烟介绍我们认识的，她是如烟的表妹，是如烟养母妹妹的女儿，比如烟小三岁。我和晓芙相处了一段时间，双方感觉还不错，挑个好日子就结婚了。在蜜月里，晓芙有意无意地追问，我是不是曾追求过她表姐。我避而不答，晓芙说我也是随便问问，要不愿意回答，你可以不说。我便问如烟是怎么说的，晓芙说她可没什么好话，她说你有贼心没贼胆。这话正好给人下台阶，我叹了一口气，说她既然这么认为，那也就是这么回事。

我连续考了三年，费九牛二虎之劲，才拿到大学录取通知书。车间同事为我送行，在一家不错的馆子订了两桌酒席，大家频频举杯祝贺，如烟师傅对我师傅说，好呀，这回你徒弟总算争一口气。我师傅说，你也看见了，我徒弟这次是出息大了。如烟就坐在我对面，那时候，她已经怀孕了，挺着大肚子，含情脉脉看着我，红光满面，从头到尾没跟我说一句话。

到大学三年级，如烟突然找来了，说是要把晓芙介绍给我。她说我这个表妹在读电大，一门心思想找个名牌大学的小伙子，我觉得你挺合适。我没想到她会来找我，更没想到她会把自己表妹介绍给我。上大学后，我们已有一段日子没见过面，关于她的故事，断断续续知道一些，都不是很确切。听说已和丈夫分居了，一直在闹离婚。还有一种传说，是她在外面有了人，丈夫小陈拖着不肯跟她离。这位小陈就是最初的那位政工干事小陈，他们各自绕了个大圈子，又重新回到起点，但是结婚不久，就闹起了别扭。

第一次和晓芙见面是在电大，如烟带我去见她，首先看见的是一群小学生在操场上发疯，跑过来跑过去。我觉得这十分滑稽，想不明白自己怎么会跑这来了。晓芙正在上课，她学的是会计专业，电大借用这家小学的教室，班上大多数人都是女生，每人课桌上放着一把算盘。与小学生的吵闹形成尖锐对比，会计班的电大生一个个很拘谨。终于等到下课，如烟介绍我们认识，接下来，就一直是如烟和晓芙在说话。她们两个没完没了，不停地变换话题，如烟一边说一边乐。那时候，晓芙似乎非常乐意听表姐的话，如烟说什么，都是一个劲地点头。

晓芙没有如烟漂亮，戴着一副眼镜，皮肤很白，看上去很幼稚和天真。当然，这只是留给别人的第一印象，事实上绝不是这么回事。她目不斜视地看着我，眼珠子在镜片后面滴溜溜直转。如烟后来对我说，我这表妹看上去没心没肺，其实人可厉害着呢。我当时并不相信如烟的话，说既然是厉害，干吗还要介绍给我。如烟说你这人太没用了，别以为上了大学就有什么了不起，不是我看扁了你，你呀，就应该找个厉害的女人。如烟又说，我告诉你，不要得了便宜再卖乖，我这表妹多好啊，人家跟你相配是绰绰有余，真要是有什么配不上，那也是你不配，是你配不上她。

如烟并没有出现在我和晓芙的婚礼上，她离婚去了日本，先和一个留学生同居，然后嫁了一个日本老头，又和这老头分手，去一家酒吧做女招待。再以后，很长时间没有消息，偶尔听到三言两语，也是来自晓芙的那位姨妈。晓芙姨妈是个脾气古怪的女人，和养女如烟关系弄得很僵，有段时间，差点闹到法庭上去。晓芙也不是很喜欢自己的这位姨妈，不管怎么说，都不应该那样对待如烟，靠那点微薄的退休金，她不可能过上现在这种养尊处优的好日子。自从如烟去日本，晓芙姨妈一直坐享其成，家里是成套的日本家用电器。

我们儿子三岁时，有次聊天，晓芙不经意间说出了如烟母女形同水火的根本原因。晓芙姨妈有个相好，这家伙是衣冠禽兽，曾猥亵过如烟。事情自然是那男的严重不对，可是晓芙姨妈却怪罪如烟，认为是她有意无意地勾引了自己情人。晓芙说姨妈年轻时就守寡，很在乎这个男人，这男人晓芙也见过，是个上海人，个子很高嘴很甜，很会讨女人喜欢。男人不是东西，有时候是看不出来的，反正晓芙姨妈为这事，恨透了如烟，常常跟如烟过不去。我感到很吃惊，说你姨妈也太过分，怎么可以这样呢。晓芙说，现在想想，姨妈是太过分，不过，最过分的还不是这个，关键是姨妈把这事说了出去，一次又一次，你是知道如烟的，你想想，那时候如烟为什么不停地要换男朋友，为什么。晓芙告诉我，如烟与第一任丈夫小陈离婚，显然也与这挑唆有关。我做梦也不会想到有这一幕，真是不可思议，我说那男的对如烟，究竟是怎么猥亵的呢。

晓芙说："这个我怎么知道，得去问如烟，以后她回国了，你可以问她。"

转眼间，我和晓芙的儿子都上了中学，我们搬进新房，晓芙上班天天有小车接送。在别人眼里，我们夫妻和睦，住房宽敞经济富裕，一切都很不错。事实证明，如烟对晓芙的看法很有道理，她里里外外都是一把好手，作为妻子温柔体贴，作为职业女性是个地道的女强人。别看她一开始只是个小会计，结婚后事业蒸蒸日上，不久就擢升为财务总管，后来又被一家很著名的公司挖去委以重用。

事情总是相比较而言，晓芙的成功正好衬托出了我的失意。时至今日，她让人羡慕的丰厚年薪，比我这好不容易才评上副高职称的收入高出许多倍。过去这段岁月，这个家一直是阴盛阳衰，说句没面子的话，当年我评副教授已很吃力，这几年想申请正教授，一点眉目都没有。我始终摆脱不了那种挫折感，我知道这些年来，自己没干出什么成就，在一家很糟糕的大学当老师，教一门很不喜欢的课。我的运气太差，年轻时遇到机会，要先让给老同志，等自己也一把年纪，又说政策应该向年轻人倾斜。我并不太愿意与别人去争什么，只是觉得心里不太痛快。

严重的失眠困扰着我，整夜睡不着，吃了安眠药也只能是打一个盹。我不知道自己为什么会这样，漫漫长夜，常常一点困意都没有。我不相信自己有病，不相信是得了医生所说的那种抑郁症，然而晓芙却当了真，医生和她私下谈过一次话，显然是把话说得严重了一些。她吓得连班都不敢去上，不管怎么说，晓芙还是个女人，无论事业多么成功，她毕竟是个女人。她说你这是怎么了，不要这么想不开好不好，她说我们现在这样不是挺好，干吗非要去得到那些我们并不是真的需要的东西。说老实话，我并不太明白晓芙在说什么。她说自己的工作实在是太忙了，顾不上家，这个家全靠我这个男人在支撑。她说你千万不要去钻牛角尖，什么教授呀职称呀，根本别往心上去。

　　所有人都觉得我的心病是因为评不上教授，人们跟我谈话的时候，总是有意无意地在劝慰。人心不足蛇吞象，大家都说我现在的处境，如果换了别人，不知道应该如何满意。人必须知足，没必要硬去追求那些不属于你的东西。有什么不痛快你就说出来，千万不要硬憋在心里。晓芙的公司正在酝酿上市，这事一旦操作成功，经济效益将有质的飞跃。作为财务总监，作为公司的高管人员，晓芙有太多的事要去做。我的健康状况已让她没办法安心工作，结果由她公司出面，出资雇了一个全职保姆，还专门为我找了个心理医生进行辅导治疗。她公司的领导更是亲自出面，宴请了我们学校的有关领导，希望在评定职称的关键时刻，能够有所照顾。

　　在医生看来，我的病很严重。晓芙惊恐万分，看着我一天天消瘦，整夜地不能睡觉，她甚至一度想到了辞职。我不愿意她为我的事操心，我说情况没那么严重，我说你们的破领导跑到我学校，跟我的领导一起喝酒，说好话开后门，这叫什么事。说着说着，我的情绪开始变坏，我说你们考虑过我的感受没有，你们想没想过我其实根本不在乎那什么教授头衔，你们的脑子是不是有问题。我突然暴跳如雷，把手中的茶杯扔向了电视屏幕。这是我结婚以后的第一次失态，我也不知道自己怎么就把茶杯扔了出去。我说我立刻就去跟我们学校的领导谈话，我要告诉他们，我不要当什么教授，我根本就不稀罕。说完这话，我竟然孩子一样地大哭起来，我的反常把晓芙和儿子吓得够呛，他们打电话到急救中心，用救护车把我送到医院，医生给我又是打针又是吃药，最后又强迫住院接受治疗。

　　出院不久，正好赶上如烟回国探亲。这一次，她计划要待得时间长一些，因为在日本这些年挣了不少钱，打算回来买一套像模像样的房子。晓芙觉得我病情既然已有起色，闲在家里难受，便让我陪如烟一起去看房子，这样既可以散心，为她的表姐当参谋，同时也让如烟好好地劝劝，开导开导我。那些天，去看了很多楼盘，如烟心猿意马没有任何主意，我对她应该购置什么样的房产也毫无看法，我们好像不是为了去买房，只是没完没了地参观。我们东走西奔，无论哪种套形的房子，如烟都是不置可否。她更感兴趣的是我的抑郁症，每天见面的第一句话，都是问今天吃没吃药，当时我正在吃一种进口药，这是晓芙托人搞来的，她非要我吃，坚持认为服了那药病情就不会加重。

如烟说你知道不知道，在日本有很多人，也吃这药，日本人容易得抑郁症。

我说我根本就没有什么抑郁症。

如烟说你当然不是抑郁症，我不过是随口说说。

我并不相信那药有什么特殊疗效，纯粹是为了让晓芙放心，天天早晨当着她的面，我郑重其事地将药放进嘴里，然后趁她不注意，再偷偷吐出来。我不明白大家为什么都会觉得我有抑郁症，晓芙这么认为，如烟也是这么认为。更可笑的是她们都觉得我有自杀倾向，想到这个，我有些失态地笑了起来，说听说日本人得了抑郁症，都喜欢跳富士山，如果我真得了抑郁症，就跑到日本去，爬到高高的富士山上，从上面往下跳。和晓芙一样，如烟被我这话吓得够呛，她睁大了眼睛看着我，说你不要胡说八道好不好。她说你活得好好的，从哪冒出来这些怪念头。

与如烟一起去看房子，我的心情开始有所好转，仿佛又重新回到了做工人的岁月。我问如烟还记不记得当年情景，人生如梦白驹过隙，一转眼二十多年过去了。如烟说她当然记得，事过境迁，她脑子再不好使，也不会那么轻易地就忘了过去。如烟说她忘不了我当时傻乎乎的样子，天天晚上屁颠颠地送她，却连话也不敢与她说一句。她十分灿烂地笑起来，说你差不多那时候就已经得抑郁症了，那时候你不知道有多内向。说完这话，她干脆格格格笑了。我让她说得有些不好意思，说那时候主要是你太傲气，你不跟我说话，我怎么敢随便开口。

我的话让如烟一时无话可说，她的脸红了起来，红得很厉害，一直红到耳朵根。当时，我们坐在一辆出租车上，正驶往一家新楼盘，我情不自禁地回头看着如烟。突然间，我发现她苍老了许多，这是一种从未有过的感觉。岁月不饶人，我注意到了她眼角的鱼尾纹，虽然抹了很厚的粉，可是她显然已不再年轻。我的目光让她感到不自在，她说你怎么啦，干吗要这么看着我。从出租车上下来，我们向那家待售的楼盘走去。我十分感慨，说如烟你知道不知道，当年你可是班上很多男生的梦中情人。如烟听了这话一怔，笑着说想不到你现在也脸皮厚了，也会说这种又时髦又混账的话。我说梦中情人这词听上去有些别扭，不过事实就是这样。转眼间已快到楼盘门口，售楼小姐热情洋溢地迎了过来，我的话还没有说完，我告诉如烟当年有谁谁谁，还有谁谁谁，都对她特别痴情。我告诉如烟，那时候我因为跟她分配到一个厂，很多同学都很嫉妒。我口无遮拦地说着，把迎面过来的售楼小姐都弄傻了。接下来，我有些控制不住，根本不考虑时间地点，不停地对如烟说，售楼小姐开始介绍楼盘，我仍然在喋喋不休。

那天晚上，为了让如烟相信我说的是真话，我打电话召集了好几位同学，都是如烟当年的粉丝。老同学聚会是如今最流行的事，听说可以见到多年没有消息的如烟，他们二话不说纷纷赶了过来。一共是八个人，并没有太多想象中的激动，也没有一再提到过去的日子，来了就是喝酒，没多久已喝了两瓶多白酒。最初有些拘谨的是如烟，不停地抽着烟，她抽烟的姿势很好看，一支接着一支。烟雾在她面前缭绕，大家东扯西拉，也没有多少话可说。不管能喝不能喝，一个个都玩命灌酒，渐渐地，如烟开始不再矜持，也充满豪气地喝起酒来，并且立刻说起了酒话。她说没想到我们会这样在一起喝酒，中国人就喜欢这么喝酒，聚在一起，除了喝还是喝。她说你们和日本男人不一样，日本男人酒喝多了，喜欢没完没了说话，还乱唱，你们呢，就知道喝酒，连话都不肯说。

有一阵，如烟不停地提到日本男人，动不动就是日本男人怎么样。我说如烟你干吗老拿日本男人跟我们比呢。我的话引起了一阵哄笑，大家都说是呀，如烟你可真有点糊涂，我们怎么能和日本男人相比。如烟说日本男人怎么了，日本男人难道不是男人。显然是酒喝多了，她说着说着，眼泪突然流了出来。这实在是出乎大家意外，我们的话让她非常不高兴。如烟变得很恼火，说你们和日本男人相比，是还差那么一点，直说了吧，你们就是不如日本男人。她近乎挑衅地说，你们几个还有什么难听的话，都说出来好了，我不会在乎的。她说我知道你们心里怎么想的，不错，我是挣了一点钱，你们也知道我是怎么挣的这钱，钱不是坏东西，是人都得去挣这玩意。我们谁也没想到会是这结局，都说如烟你今天喝高了，大家都喝高了，喝醉了。如烟冷笑了一会，说用不着拿这种话安慰人，我可没醉，今天谁都没醉，都清醒着呢，别揣着清醒跟我装糊涂。我和你们不一样，你们一个个有老婆有孩子，有个完整的家，有话都不敢说，要藏着掖着，我和你们不一样，不一样，想说什么就说什么。说完这番话，如烟扭头就要走，我站起来想送她，她把我推倒在了座位上，说对不起，今天我失态了，吓着你们了，我谁也不要你们送，继续喝你们的酒吧，该干什么就干什么。

　　结果如烟真的走了，我们呢，傻了好一会，又要了一瓶白酒，继续喝。

　　就在那天晚上，酒气熏天地回到家里，我正式跟晓芙提出了离婚。晓芙仿佛早有预感，她不动声色地说，离婚以后，你又有什么打算。我说我已经做好了准备，打算和如烟一起生活。听了这话，在第一时间里，晓芙显得出奇的冷静，她把正在做功课的儿子叫到面前，问他如烟阿姨这个人怎么样。儿子不明白妈妈为什么会突然这么问自己，不耐烦地看看他妈，又看看我。晓芙笑着说你爸看上如烟阿姨了，他要和她在一起，儿子，你觉得这事怎么样？儿子不知道该如何回答，也不知道这是不是在开玩笑。我说你干吗急着跟儿子说呢，他正在准备中考，不要影响他的功课。

　　晓芙冷笑说："你还在乎会影响儿子的功课？"

　　这一夜，自然是没办法再睡觉。这一夜，自然是要有些事情。晓芙终于爆发了，她再也压制不住心头的怒火。平时生活中，她一向是很要强的，已经习惯了我的唯唯诺诺。一个要强的女人，怎么能容忍老公做出这样出格的事。现在，她根本不想再听我解释，只是一个劲地要我老老实实承认，承认与如烟早就有过那种事。她说我真是太傻了，我怎么会那么傻，为什么一点没往这上面想呢。她说自己的工作压力那么大，总觉得对我关心不够，这些日子又一直在为我的身体着急，真以为我是得了什么重病，怕我想不开寻短见，怕我这样怕我那样，现在想想，其实她早应该明白我们之间是怎么回事。她说她完全可以想明白我为什么会喜欢如烟，像如烟那样的女人，不知道和多少男人交往过，床上的功夫一定不错，男人当然是喜欢那样的女人，要不然我绝对不会迷恋上她。晓芙说，如烟有什么好，不就是会讨你们男人喜欢吗。

虽然已是半夜，晓芙非常愤怒地拨通了如烟的电话，这两人很快就在电话里大吵起来。因为是打电话，我听不见如烟说什么，只看见晓芙很激动，对着电话一阵阵咆哮。晓芙泪流满面，如烟一定也哭了，我听见晓芙一遍遍地在说，你伤心什么，你有什么可伤心的，真正感到悲伤的应该是我，是我。晓芙说你把我老公的心都给勾去了，我就说你勾引我老公了，怎么样，我就这么说了，我就说你不要脸，下流，你又能把我怎么样。很显然，如烟想对晓芙解释，可是晓芙过于激动，根本就不想听她说什么。

她们就这样在电话里大吵，大喊大叫，深更半夜折腾了一个多小时，电闪雷鸣暴风骤雨，终于大家都有些累了。到了后来，有一段时间，一直是晓芙在听，如烟在说，显然如烟在向她解释什么。再后来，晓芙深深地叹了一口气，说好吧，今天我们就到这为止，既然你矢口抵赖，明天你过来，我们三碰头六对面，当面把话说说清楚。然后晓芙把电话挂了，木桩似的站在那一动不动。

我说："你干吗要把如烟叫过来？"

晓芙说："我当然要叫她过来对质。"

晓芙说："你们两个真是要想好，我也不拦着你，我绝不会拦你。"

第二天，如烟没有过来。晓芙打电话过去催，如烟听见是晓芙的声音，立刻把电话挂了。晓芙似乎早有预感，说就知道她不敢过来，她没这个胆子。又过了两天，如烟突然去了日本，在机场，她给晓芙打了一个电话，说自己这一次去了，再也不准备回来。她说人在日本，有时还会想到回国，可是每次回家乡，都会让人彻底绝望，让人毫无留恋。晓芙说你心里没鬼，干吗要逃跑呢。

我和晓芙经过协商，解除了法定的婚姻关系。我们决定再买一套房子，新房子到手之前，大家仍然同居，仍然睡在同一张床上。晓芙的公司上市已到最后冲刺阶段，从表面上看，她的精力好像都用在了公务上，但是我知道并不是这样，毕竟我们夫妻一场，我知道她心里充满怨恨，我知道她非常失望。我开始相信自己真得过抑郁症，一个人有没有得病，也许非要等症状完全消失了才会知道。经历了这场风波，我严重的失眠问题竟然奇迹般彻底解决了，过去，整夜地睡不着，吃了安眠药也没用，现在，只要脑袋一挨上枕头，立刻鼾声惊天动地。

有一天天快亮，我做了个梦，梦到自己出走了，到了一个十分遥远的地方。在梦中，我和一个养蜂人在一起。那养蜂人就是我，我就是养蜂人，我们与世隔绝，与外面的世界没有任何联系。无缘无故地，养蜂人忽然有了手机，不但有了这个最新款的手机，还有如烟和晓芙的号码，他拨通了她们的电话，很神秘兮兮地说了些什么。接下来，养蜂人又用同样的神秘跟我说话，说很快就会有一个女人来看你，你猜猜看，她会是谁，她应该是谁。那时候，我正埋头搬块大石头，我们的房门一次次被狂风吹上，我要做的事就是赶紧找块石头将门抵住。养蜂人说，等一会再搬弄那石头好不好，你快看谁来了，你看那女人是谁。我抬起头，不远处竟然是如烟和晓芙，她们风尘仆仆来自不同方向，很显然，得到了我的消息，她们立刻马不停蹄赶来了。

（原刊于《收获》2007年第5期）

小 偷

艾 伟

1

邝石每天六点钟起床，喝一杯水，就去西门公园跳舞。西门公园北门，有一个广场，过去倒并不热闹，但因为邝石的加入，早已名声在外。不但附近的老头老太太都来跳舞，就是赋闲在家的年轻的太太、"二奶"也都愿意过来。

邝石退休之前是舞蹈老师，再之前就是舞蹈演员。样板戏流行那些年，邝石还跳过芭蕾《红色娘子军》，跳过《白毛女》，演过洪常青、王大春。都是高大的英雄人物。他身材修长，体格匀称，即使如今快七十了，走路依旧有型。年轻的时候，邝石就喜欢轧在女人堆里。舞蹈演员一般女人居多，你想不轧在女人堆里也难。多年来，邝石可以说一直在同女人打交道，用他夫人杨小娟的话来说，他是"如鱼得水"。所以，自他演了《红色娘子军》后，他们都叫他洪常青,真名倒是没人叫了。很多人觉得他天生是一个洪常青。

人们叫他洪常青时,态度是暧昧的。这暧昧当然涉及男女关系。邝石在这个领域闹出太多的事儿,有时候,邝石给人感觉好像舞蹈不是他的专业,女人才是他的专业。在女人方面,他的水准应该是不错的吧,同他相处的女人没有一个恨他的,即使最后分手了,也还做着朋友。见面了相互开着出格的玩笑,玩笑中带着刺,都知根知底的,想要刺,一刺一个准。但等到邝石在什么地方碰到麻烦,这些女人倒是会挺身而出,要么给他出主意,要么出力。总之,邝石这辈子真是有女人缘,可以说是桃花满天红。

邝石的麻烦当然也只能出在"暧昧"这个领域。专业上,跳舞不说话,肢体语言再反动,也达不到"反党、反社会主义"的高度。邝石曾差点因为"暧昧"丢了性命。他睡了部队一个军长的女人,结果被军长撞见,军长拿着手枪要毙了邝石。那阵子,邝石被关在军队的一个禁闭室里,生不如死。但就在这个时候,某个中央首长来这个城市考察,首长要看《红色娘子军》,剧团的人到处找邝石,找到邝石夫人、图书管理员杨小娟那里。杨小娟那会儿心情复杂,一方面对邝石屡教不改,满怀绝望着,另一方面也担心邝石的生死。于是就把邝石闹出的丑事说了。后来,有关部门做了工作,先让邝石为首长演出,然后再做处理。邝石演出结束后,就逃离了这个城市。时间一长,军长那边气也消了,再没什么动静,才偷偷溜回家。

一辈子就这么过来了,在别人看来惊险或者精彩,对邝石来说也是稀松平常,只不过是日常生活而已。他退休后很快找到自己的乐子。这里的女人都愿意和他跳舞。她们甚至肉麻地吹捧:同邝老师跳舞感觉像在飞。于是邝石就让她们飞。他带她们转啊转,转啊转,直到她们香汗淋淋。邝石喜欢她们被带得晕头转向然后倒在他的怀里。他都能感受到她们"怦怦"的心跳。

快到广场时,邝石把无名指上的戒指取了下来。这戒指是他们结婚四十五周年时,杨小娟买来的,说他们能在一起过这么久,实在是一个奇迹，一定要他从此后戴着这个戒指。邝石不喜欢戴着戒指和女人们跳舞，觉得碍手碍脚的，好像他戴着戒指相当于戴上了手铐脚镣。他把戒指塞进西服胸口的袋子里。

这天，广场上照例人气很旺。作为一个资深的舞者，走近舞场时，他不自觉流露出一种矜持的神情——一种专业感吧。这种感觉年轻时倒是没有的，但老了就流露了。他比年轻时更喜欢摆架子，还喜欢听美言，恨不得在场的人对他五体投地的佩服。

他刚在广场边站定，音响里传出舞曲《春之声》。广场顿时变成了一张旋转的唱片，人们转动起来。本来，这一曲邝石是同王艳女士跳的，但现在王艳女士正同一个小伙子跳着。王艳女士十年前是西门街著名的美人，现在还依旧风姿绰约，她近来经常光顾这里。同王艳跳舞的小伙子是个陌生人，理了一个板寸头，眼睛大大的，流露出温和多情的气质，并且长得高挑而帅气。小伙子一边跳一边逗王艳，逗得王艳花枝乱颤。更醒目的是，小伙子舞跳得非常专业，加上年轻，看上去就像白马王子了。邝石心里不是味儿，他嫉妒了。

嫉妒总是能激发出能量。邝石挑了一个女伴开始跳起来。这一次，邝石施出了浑身的解数，好像他在参加一次舞蹈比赛。他带着女伴，花样百出，转得像一团燃烧的火。他感觉到很多人停下来了，驻足观看。那小伙子也停下来了，眼珠亮晶晶地看他们。邝石不免有些得意，有一种征服者的幻觉和快感。

音乐结束，掌声响起。那一刻，邝石觉得自己好像重返舞台。他停下来，但他的头脑却还在旋转，好像那唱片装进了他的脑子里。那女伴也是娇喘吁吁，满足地崇拜地靠在他的怀里。邝石无比受用。更受用的是他看到那小伙子在鼓掌，鼓得比谁都热烈。从那小伙子看他的热切的眼光里，他猜到小伙子想跟他学几招。要是以往，他会摆些架子，但这一次，他很乐意教他。他喜欢这个小伙子，在这人身上，他看到了往日的自己。

小伙子很有领悟力，学得很快。除了几个难度较大的动作，小伙子一会儿就学会了。毕竟年轻啊。

"你第一次来？以前没见过你。"邝石问。

"是的。"

"你干什么工作？你很有型，是演员吗？"

"不是，我是大学生。学英语的。"

"噢，你跳得很好，以为你在哪里训练过形体。"

小伙子笑了笑。他的笑有点神秘。

"以后多来玩。"他说。

小伙子点点头。

一个女人缠着邝石，要和邝石跳一曲。邝石很有风度地伸出了手，做一个邀请动作。女人昂首挺胸，变成一只天鹅。和邝石跳，女人们都觉得自己变成了天鹅。邝石跳了一会儿，在人群中寻找那小伙。他发现小伙子不见了。不知道他是什么时候走的。他教过这人，这人不打声招呼就走了，一点礼貌都没有。邝石有点不悦了。这时候，人群中发出尖叫声：

"呀，我的项链，我的项链不见了。"

是王艳在叫。人群都围住了她，议论纷纷。邝石中止了舞步。他下意识地把手摸进西服的胸袋，他愣住了，他的戒指也不见了。邝石没有吭声。他站在那儿，好一会儿没回过神来。

2

这天早上七点钟，小珊准时跳上 515 路公交车。这趟车直通他们学校。同别的公交车比，515 路公车不是很拥挤，甚至有点空荡荡的。公共汽车缓缓地在植满了法国梧桐的老街上行驶。车内的人因为早起，倦容还没完全消失，显得有些麻木。小珊喜欢坐这路公车，这里有一种她喜欢的落寞的气息。

那人站在那儿，门边上，靠着公车上的竖杆。她一上来就看见了他。她的脸红了一下。她低着头，拿出MP3，把耳机插到耳朵里。实际上，她只是装装样子，她根本没有把声音打开。她站在那里，不用看他，她就能感受到他的存在。她能感受到那人温和而热烈的眼神一直追踪着她看。

她"认识"他快两个月了。说是"认识"，她同他却没讲过一句话。

他们的"认识"非常奇特。两个月之前，在这趟公车上，他就站在她边上。他高大而挺拔，特别是他那头干净的短发使他的脸看上去充满阳光般的勃勃生机。她不觉对他有了好感。有一股暖烘烘的气息从他身上传来，让她有些无所适从。是的，他的英气让她感到压迫。

但他似乎并没有注意她。他慢慢移到前车厢。他站在了一位高挑的女士后面。那女人穿着牛仔裤，上身套了一件紧小的T恤，显得十分洋气。女士背着一只大大的牛仔包，这包让她看上去轻松随意，有一种类似吉普赛人的洒脱气质。那个英俊的男子朝四周望了一下，然后把手伸向了女士的包。

小珊睁大了眼睛。她看到那人的手从包里迅速退回来时，多出了一只钱包。她的心头痛了一下，感到非常失望。刚才涌出的对那人的好感一下子烟消云散。某种悲哀开始在她的心头聚集。近来，这种悲哀几乎让她有点喘不过气来。

小偷是在回头时，看到她的眼睛的。她没有回避，而是直愣愣盯着他看。他显然非常慌张，以为她会叫喊，他甚至在看窗子，随时准备逃跑。但她没有叫喊，她只是看着他，眼神非常平静，又让人感到深不可测。

她不喊不是怕那个人。她只是不想说话。她发现自己的话越来越少了，她都怀疑自己是不是得了所谓的"青春期综合征"。她觉得什么都没劲，一切都是那么令人讨厌。她讨厌她的爷爷，都快七十了，衣着却比年轻人还时髦；她讨厌奶奶，整天关在家里，像一个幽闭的修女；她讨厌母亲，她在电视上笑得那么热情，可回到家里，冷若冰霜，好像全家人欠着她什么；她的父亲倒是非常温和，但父亲的心好像从来不在她的身上，不在这个家，像是在远方梦游。她除了沉默，别无选择。

一个站头到了，但小偷没有下站。有几个乘客上了车，然后公车又开动了。这时，小珊看到那个小偷从西服里拿出钱包，把钱包塞进了那女士的包里。他这么做的时候，还回头看了小珊一眼。那眼神里有一丝羞愧——也许不是羞愧。小珊非常吃惊。

后来，他来到小珊的身后。现在轮到她慌张了，那种刚开始时的压迫又回来了。她感受到他的呼吸，感受到他的注视。她的脸又红了。她看到那女士终于下车了。女士不知道她的钱包失而复得。她松了一口气。

这时，她感到他的手碰到了她的手。她吓了一跳，想移开，但她是个沉着的人。她想看看他会做出什么？难道他也想偷她的东西吗？他没偷，他塞给了她一张纸条。然后，他离开了，到了门边。下车前，回头看了她一眼，走了。

她手上的纸条写着什么。公车在缓缓行驶，那人一会儿不见了，车窗外的街道和植物幻化成虚影。她又感受到车厢里那种熟悉的落寞的气息。她慢慢展开了纸条，上面写着：

"谢谢你。"

看了这句话，她突然对那人有了一丝好感。

几天之后，那个小偷又出现了。小珊非常紧张，她怕他再偷。但他没有动手，只是静静地坐在那里。然后，那人在中途的一个车站下了车。

这之后，小珊总是在这个时刻、在这公车上碰到那人。那人安静地站在那根金属竖杆边上。有时候看她一眼，有时候低着头，像是在想什么。这时，她在他面前倒是优越的，她又找到了一种居高临下看他的感觉。他毕竟是一个小偷，一个让人瞧不起的小偷。她不知道他为什么总是在这辆公车上出现？不知道他究竟想干什么呢？他除了偷窃之外又在干些什么？她对他产生了好奇心。

他再也没有偷窃。至少没在这辆车上行窃。这竟然让小珊感动。她觉得是自己感化了他。小珊在这件事上找到了自己的意义，感受到了自己的力量。她突然心情好了起来，感到世界还是很美好的。

有一天，那人又来到她身后，那人几乎贴着她。那人在哼一首英文歌曲，《绿袖子》，非常好听的英格兰民歌，莎士比亚填的词。一个小偷在哼唱英文歌曲让她感到奇怪。可是，英文有一种奇怪的力量，一种非常不现实的力量，几乎把这个小偷神化了。她竟然感到温暖。

就在这时，那人把一张纸条塞到她手里。好像纸条有自己的温度，她感到手心发烫，她的手都出汗了。

"你让我感到温暖。"

这是他写的。也正是她此刻感受到的心情。看这句话时，那人已经下车了。可她觉得这句话里有一种神秘的力量，把这公车照亮了。她觉得自己像在做梦。一个白日梦。

公车上的这一切是小珊的秘密。可是，她的母亲不允许她有秘密。她觉得母亲越来越像个更年期女人，总是试图翻她的日记，好像她的日记中藏着见不得人的勾当。昨天，当她回家时，她看到母亲躲在她的房间里，在翻看她的抽屉。她想她忘记给抽屉上锁了。她当时非常紧张。她不能让母亲看她的日记，否则母亲会不认识她，会气得跳楼。她几乎是歇斯底里地冲过去，一把关住抽屉。结果把母亲的手夹伤了。母亲的手是如此优雅（她身上的一切都完美无缺，欠缺的是她的热情），但这会儿流着血。她感到即使那血也是冷的。

"你怎么啦？干吗这么慌张？"

她没吭声。

"是不是功课太紧了？妈妈很担心你的状态。"

她不合时宜地笑了，笑得很神秘。

"你笑什么？"

她指了指母亲手上的血，血已滴在她漂亮的白制服上面了。母亲见状，突然失去了控制，哭泣起来。

"我受够了，受够了……"

515路公车依旧在曲折的老街上行驶。公车上的人比刚才多了一些，竟有些拥挤了。那人又来到她的身后。这让她感到压迫，就好像他的眼睛里有一种看不见的力量。她感到脖子隐隐有点儿灼痛。现在，他已经是她秘密的一部分。是她讨厌的这个世界里的一点点温暖。她不想说话，她渴望他再次递纸条给她。她盼着他的纸条已有好多天了。她都迫不及待了。也许他是个危险的人，但她觉得纸条是安全的，安静的。她喜欢这种方式。

他终于伸出了手。他的手是如此坚定。可她的手在颤抖。她觉得自己的手像一条贪婪的蛇试图把什么吞噬进肚子里。她紧紧攥住那纸片。

小珊看到那人跳下了公车，站在车窗外看着她。他的目光温柔而坚定。她感到耳根发烧。她低下头，把手中的纸展开。她的手在颤抖。手中是一句英文：

"I want to kiss you, not long, just all my life."

她看这句英语的时候，脑子里闪现的是中文："我要吻你，不太久，就一辈子。"这时，公车缓缓地开动了，她抬头看他，他还站在那儿。她突然感动了，眼睛一红，眼泪就涌了出来。她有一种跳下公车、跟那人走的冲动。她甚至脑子里闪过同他私奔的念头。

3

因为昨晚睡得太晚，这天的整个上午，邝奕都在睡觉。

他是下午开始工作的。他的工作室在离家不远的一个小区里。工作室在四楼，不大，是小小的一室一厅，但对他来说足够了。工作室是两年前买的。他一直盼望每天有一个地方可去，可以像上班一样，生活有一定的规律。他工作的时候再不用挤在家里，同母亲待在一起了。有一个自己的空间对他来说是重要的。在工作室里，他感到安宁。

每天他是步行去的。他喜欢这样，尽量让自己的生活变得缓慢而从容。他觉得步行让他有一种远离尘世的美好感觉。他热爱自己的工作，他觉得自己的工作就是让他远离尘世的一种方式。

目前，邝奕受人之约正在写一部新戏。戏的题目是《小偷和少女》，叙述小偷和少女在公车里发生的故事。有两个方向可写：一个是小偷被少女感化的故事；一个是小偷把少女拉下水的故事。但他碰到了困难，感到这个故事还没有足够的动力，特别是小偷和少女的关系中缺乏一个戏剧性的结合点。必须找到这么一个点，他们的关系才能有进展，才能有戏。他目前不知如何叙述下去。

邝奕对此一点也不急。这方面他很有经验，时间自然会解决所有的问题，他只需要等待。再说，目前，邝奕有了一种新的消遣：他暂时把兴趣转移到工作室对面的那个窗口上了。

这个小区建造得比较早，房舍之间的间距非常小，大约只有三十米左右。如果对面房子的窗子没挂上窗帘，就可以清楚地看到对面屋子里的情形。

对面住着的人真是这样一个不愿把窗帘合上的年轻女人。那个年轻女人一般在午后回来，然后，脱掉衣服，进入卫生间。大约十分钟后，她会披着浴袍，挂着湿漉漉的头发，出现在窗口。有时候，甚至赤身裸体地在屋子里走来走去。显然，这个女人对自己的身体极度满意，也极度自恋。有一天，女人似乎也看到了邝奕正在看她，女人并不为意，只是淡漠地看了他一眼，依旧故我。但邝奕感到羞愧，拉上了窗帘。可他还是遏制不住躲在窗帘后偷看。

邝奕不知道这个年轻的女人是谁？干什么工作？他只知道一会儿，会有一个男人进来。男人非常年轻，理了个短发，眼珠发亮，穿着也比较时尚。但男人总是板着脸，好像女人欠着他什么。女人确也有点低三下四的，有时候，她去抚摸男人的脸，男人不耐烦地把她的手挡了回去。这时候，男人往往会来到窗边，好像他意识到有人正在窥视他们，他一动不动地看着邝奕的窗子（这让躲在自己窗帘后面的邝奕有一种做贼似的感觉），然后他会拉上窗帘。

接下来发生什么邝奕就只能靠想象了。

为什么这个女人总是在午后来到这个房间呢？她和那个年轻的男孩究竟是什么关系？那个男孩又是什么样的人呢？邝奕满怀好奇。有一次，风把窗帘吹开了，邝奕看到男孩躺在床上，手拿一只遥控器，在换电视频道。男孩的态度冷漠。而那女人正趴在他身上亲他。这只是一闪而过的场景，但邝奕联想丰富。

有一次，女人洗完澡，看起来有些焦虑。她在不停地用手机打电话，但显然对方没有接听。那天，那个男孩没有出现。后来，邝奕发现她哭了。她躺在床上，蜷缩着，身子起伏不停。好像她的身体因为被扭曲而痛苦着。

邝奕在小区里碰到过这个女人。她应该比同她约会的男孩年龄大。她看上去一副玩世不恭的样子，脸上有一种像是纵欲后的厌倦感，总之显得有些冷漠和困倦，但邝奕觉得她困倦的表情下有一种令人怦然心动的东西，一种掩藏着的热情，一种爆发力。说不清楚是为什么，邝奕竟然在心里涌出一股暖流。他有些怜惜这个女人。他甚至断定这个女人心里不快活。

这天，那个女人还是在午后出现。邝奕一直看着她的一举一动。她站在窗口，穿着一件睡裙。她在流泪。邝奕甚至看到她满脸的泪光。然后，她躺倒在床上。

那个男孩一直没有出现。某一刻，邝奕突然对自己的行为产生一种罪恶感。他想，他的注视无论如何对她是一种冒犯。他打开电脑，并把《小偷和少女》的文本打开，准备写作。但那个房间吸引着他。他真是奇怪。他为什么会被她吸引呢？后来他总结：他喜欢垂死的事物，他是被她身上垂死的气息所吸引。

后来，当他再度观察她的时候，他吓了一跳。他发现她白色床单上流满了血。血液呈现某种暗红色，显得神秘而冷漠，透着一丝凉意。有一股血液流到了床下，血正一滴一滴落在地板上。那流淌的血好像有自己的生命，在寻求着什么。她的手无力地摊开着，手腕上冒着气泡。

他意识到她自杀了。他的眼前一暗，差点晕过去。一个正在枯萎的生命让他感到惊心。他控制住自己的心跳。他想他应该去救她,也许她还活着。他穿上外套,冲向楼梯。

但当他来到她房间前面时,他却犹豫了。不是因为门锁着,门锁着总是有办法打开的。他犹豫是因为自己的形象。他突然面临一个难以选择的局面。即使他此刻的行为完全是正当的,但人们马上会有疑问:你是如何知道这个女人自杀的?你在偷看这个女人吗?他的形象顿时变得鬼鬼祟祟起来。然而,他也无法撒手不管,那等于是见死不救。

进去还是离开?他问自己。

但后来,邝奕不管那么多了,他把门踢开,冲了进去。女人闭着眼,躺在床上。她的手腕处果然被割了一刀,血正是从那里流出来的。割脉的刀片沾着血迹,落在地板上。由于失血过多,女人看上去脸色苍白。

他拍了拍女人的脸,试图叫醒她。

女人的眉毛跳动了一下,眼睛微微张开,看了他一眼。女人还活着。邝奕松了一口气。

"你是谁?……你为什么要救我?求求你让我死吧!"

女人说着,她闭上眼睛。一会儿,闭着的眼眶里涌出一泡眼泪。

"让我死吧,我只不过是个贱人。"

她突然睁开眼,看了看他。出乎他意料的是,她泪光沾湿的眼神非常平静,像是看穿了尘世间的一切。脸上甚至有一种神秘的嘲弄似的表情。这表情令邝奕难以忘怀。

他用一根带子扎住了女人的手臂。她非常无力,脸色苍白。看样子,她得输血了。他说:

"我送你去医院吧。"

邝奕看了看表,已是下午三点钟。他抱起了她。她是那么软弱。他想起了莎士比亚的一个比喻:

"全世界是一个巨大的舞台,所有红尘男女均只是演员罢了。"

邝奕突然有了一种剧中人的感觉。

4

这天下午三点钟，宜静录制完节目，感到心神不宁。那个自以为是的导演，每次她从舞台上下来，都要拥抱她。她试图拒绝，有几次甚至在他张开手臂时，侧身溜掉。今天，这家伙在她心神不宁的时候抱住了她，还在她的屁股上摸了一把。她突然感到恶心，感到受辱，她板下脸来，当场发作了：

"请你尊重一点。"

她的声音急促、锐利、破碎，听起来非常怪异。她发现导演尴尬地立在那里，那张蓄着胡子的脸显得十分无辜。在场的所有人都停下了手中的活，朝她这边看。他们看她的眼光是怪异的，好像她做了一件有违常情的事。她感到胸闷，想尖叫。她怕控制不住，跑了出去。

宜静听到屋子里面传来一阵爆笑。"请你尊重一点。"有人怪腔怪调地在模仿她的口气。

她回到自己的办公室。她感到虚弱和沮丧。她不知道自己怎么啦，总是失去控制。她真的有那么反感导演的拥抱吗？其实她心里渴望着他们的"随便"。她希望男人们像对待其他女人那样"轻浮"地对待她。他们对台里其他女人确实是这样的，无论动作或言语都很出格。在这个圈子里，大家都是这样，男人们见到女人都喜欢搂抱一下，好像他们不搂抱一下女人便会显得老土。可是他们对待她却小心翼翼。她知道他们私底下叫她冷美人。问题正是在这里。他们不"随便"，才让她变得孤傲，少了一些女人的妩媚。她觉得自己是多么矛盾啊。久而久之，她在不知不觉维护自己这样的形象，她开始反感男人们的搂抱，反感男人们自以为是的装模作样，反感女人们的轻浮。她知道这让她显得另类，也明白电视台的男人们在私下怎么挖苦她：

"在她眼里，全世界只有一个男人，就是她老公。"

他们错了，事情没像他们说的那么简单。邝奕对她的身体无动于衷，他曾经开玩笑地叹息道：

"你的美貌是那么灿烂辉煌，但只适合在舞台上的，而不是在床上。"

她开始以为邝奕在赞美她，所以，她说：

"别背台词了，我的莎士比亚。"

现在，她当然懂了。他们结婚十五年了，她慢慢知道自己真的并不吸引他。邝奕似乎喜欢肥胖的女人。有一次，她在他的电脑里看到一些黄色图片，那些女人一点也不好看，有的只是下流和腐朽。近几年，他们在床上亲热的次数越来越少了。

一个四十岁的女人，对别人的拥抱还显得这么"正经"总归是有点矫情。她想起导演当时的表情，她感到有点内疚。自己为什么会失控呢？为什么有受辱感呢？她发现原因同她对自己没有信心有关。她断定男人拥抱她不是因为她的女性魅力，而仅仅是一个玩笑，也许是出于怜悯。她的自尊不允许别人怜悯。

她发火的另一个原因是导演拥抱任何女人，她才觉得他的拥抱污辱了她。如果他只拥抱她，如果他们不拥抱别人，只拥抱她，她会感到自豪。她虽然对自己没太多的信心，但她的心气是高的，她不允许他们把她和其他女人放在同一水平上。

这一天，她一直心神不定，软弱无力。她明白她的焦虑症又发作了。她决定去一趟心理诊所。这是一个朋友向她介绍的。"没你想的那么神秘，也没你想的那么可怕，也就找个人聊聊天，聊过后，就什么事都没有了。"她的朋友这么说。她的朋友说得没错，有时候发泄一下挺好的，意识里的垃圾总得适时地清理掉。

但宜静对心理医生说的往往是另外一些事情。这天，她谈起了女儿：

"我女儿话越来越少了，我担心死了。我不知道她在想什么。昨天傍晚我们差点吵起来，我在翻她的抽屉，她竟然冲进来，死死地按住，把我的手都夹出血来，好像她抽屉里有什么见不得人的东西。"她叹了口气,又说:"我都不知道如何同她相处。现在的孩子怎么是这样的?"

她滔滔不绝地说着女儿的事。以往说女儿时,她的注意力就会跟着转移到女儿上面来,同时内心会涌现一个好母亲的形象。这个形象令她感到安慰,甚至会因此而自我感动起来。但今天没有,她发现她说这些事时,头脑里想的却是对那个导演发火的事。

她停顿了一会儿,竟然脱口道:"今天有个男人拥抱我,我发火了,我感到不安。"

"嗯。"心理医生的眼睛亮了一下。

"他其实挺无辜的。我们圈子里,男女拥抱是经常的事,司空见惯了,他不是只拥抱我,他还拥抱别的女人……但我发火了……"

她说这些时,发现真正的问题所在。多年来她已形成了一个固定的形象,当导演的拥抱冒犯了这个形象时,她必须作出反应,以维护这个孤傲形象。虽然她讨厌这个形象,但这个形象对她来说是安全的。她认识到,连她自己都反对自己。其实她比她的外表要来得热情得多,她希望他们爱她,疼她。她有时候甚至想要沉溺在某个邪恶的深渊之中。她觉得她比自己想象的还要复杂和轻浮。

"我们是同事,这样让他下不来台,总是不好的。"

"你可以单独约他,好好同他谈谈。"心理医生建议道。他好像看穿了她的心思,他把"单独"两个字说得很重,算是强调。

"不,不能。我这样会把他吓死的……不能……"

心理医生低下了头。她喜欢他这样,不盯着你看。这样,她就感觉不到压力。这样,她在表达时就可以虚构。她来这里,某种意义上不是为了倾诉,而是为了虚构。她发现自己撒谎的天赋。她真是个撒谎精啊。

她同医生谈过自己的丈夫。自从邝奕搞了一个工作室,她开始有一些莫名其妙的想象,她总是遏制不住地想象邝奕在工作室里的情形,想象邝奕电脑里的女人来到那屋子里,想象有一个性感的大胸脯大屁股女人占据了她的位置,躺到了邝奕的床上。她试图说服自己,这一切只不过是她的想象,但是,这种自虐的焦虑一旦出现,她很难消除。然后,当她对心理医生叙述时，她的丈夫变成了哈姆莱特，优柔寡断却又惹人疼爱，似乎正处在烦恼之中的不是她而是她的丈夫。想象和事实在这些谈话里交织，到头来，她自己也弄不清哪些是真实哪些是编织。她只感到她这样的叙述让她踏实，让她安心。

这时候，她的手机"嘀"地响了一下。她的心突然欢畅地跳了起来，她迅速打开包，拿手机的手几乎有点颤抖。是一条短信：

"我总是要想起你。我只想告诉你，有一个人在想你。希望这则短信没有让你感到困扰。"

她的脸红了，身体迅速地放松下来，并且似乎有一种力量把她从刚才的忧郁中打捞上来。她一下子振奋起来。

相同内容的短信已经跟着她快有半年了。短信是匿名的，对方的手机号并没有显示。她知道移动公司有这项服务。她开始不以为意，以为是一个玩笑，或者仅仅是一个陌生人的心血来潮。像她这样的电视台主持，也算是名流，她经常能收到各种各样表达自己情感的奇怪的来信。但这个人一直坚持着，并且短信的用语非常节制而温和。慢慢地，她就有些为这个短信感动了。但她不知道发的人是谁。

现在，她的情绪舒缓多了。她明白，她这几天的焦虑与没有收到这个短信不无关系。她已经有好多天没收到这人的短信了。她还有点奇怪呢，甚至在心里做了种种假设，比如那人是不是生病或出什么事了。实际上她有些依赖它了。短信让她感到一种广大、温和的注视。

她决定中断和心理医生的谈话。她其实也不在乎那个所谓的心理医生说什么。她只是想找个人说说话。

宜静从医院里出来，发现医院门口的公共汽车站一阵骚动，一帮人围着一个小伙子扭打起来。小伙子已躺在地上，捂着自己的头，身子蜷缩。围着他的那帮人一脸怒容，有的按着小伙子的身子，有的用脚踢小伙子的头，有的向小伙子吐着口水。边上有一个妇女在高声说话，说那是个小偷。虽然他是个小偷，他们如此凶残地对待他，宜静感到可怕。她觉得他们这样打下去他会死的。公车还没有来，宜静一边围观，一边等车。一会儿,小伙子就不动弹了。那帮人似乎过足瘾了,补了几脚后,都走了。小伙子的身子动了动,然后移开了捂着脑袋的手,略微抬起头,警惕地察看周围的情况。宜静发现小伙子非常漂亮。他理了一个很阳光的短发,眼睛大而亮,肤色健康。宜静不敢相信这样漂亮的男孩会是一个小偷。

小偷真的受伤了,他躺在那里不能动弹。这会儿,那个未知人发来的短信让宜静的心里有很多温柔,因此她有了恻隐之心,她问:

"要去医院吗?"

小偷摇摇头。

这时,公车到了,宜静匆忙把一瓶矿泉水递给小偷,然后跳上了公车。

小偷看到公车远去。他伸出手,手中多了一只钱包和一串钥匙。

5

杨小娟,名字听上去挺年轻,实际上她已六十二岁了。她是个安静的女人,喜欢待在家里,不喜欢出门。她看上去清瘦,优雅,有一种动人的书卷气。这一家子的杂事儿都是她一个人在忙。等他们出门,她就不慌不忙地做。他们回来了,一切都搞掂了。家里人因此也不觉得她有多忙。相反,觉得她空闲得要命,老是劝她去公园里走走,像邝石一样去跳跳舞或练练剑。她不听他们的,忙完家务,她就看电视或看书。近年来,她开始关注台湾问题。这岛上的事真是挺有戏剧性的,比电视连续剧还惊心动魄,既有剧情还有主角。她喜欢马英九,觉得他真是一个乖小孩,看到他被对手抹黑,她真是替他心痛。

她和邝石本质上是两种人。她觉得邝石是个孩子,一辈子都长不大的孩子。都这么大岁数了,可看见女人就迈不开步子。在女人面前还好表演,好强,把腰板挺得笔直,自以为是一个男子汉。只有杨小娟知道,他其实什么都不是，天塌下来，他比谁都躲得快。年轻的时候，杨小娟倒是为此伤透了心。邝石总是闹绯闻，有时候甚至同时惹出两桩来。杨小娟觉得邝石真的有一副好皮囊，邝石在舞台上这么一站，无论是跳《红色娘子军》还是《白毛女》，都像一个白马王子，不像一个苦大仇深的革命者。女人们大都喜欢鲜亮的皮囊，她杨小娟何尝不是呢？她自己也是被邝石的皮囊俘获的。那时候，得到邝石以为得着了宝，真的想向所有人炫耀。但不久，杨小娟才知道，自己跳入了苦海。

开始，杨小娟是痛苦的。她想管束他。她曾叫儿子盯梢，跟踪邝石的行踪，如果邝石溜进哪个女人的房间，就来报告她。但杨小娟最终失望了，这一招对邝石根本就不起作用。他依旧故我。女人，是邝石一辈子的毒，他戒不掉的。问题还在于邝石即使这样，杨小娟也恨不起来。有些男人就是这样的，他花心，但心思并不坏。

这天是星期五。周末了。杨小娟像往常一样，准备了一桌菜。杨小娟退休后，厨艺大有长进。这同她看电视里的《美食》栏目有关。她之所以喜欢看《美食》，是因为那个叫刘仪伟的主持人，看上去也是乖乖的，有点调皮。她发现自己喜欢的男人都是同一类型的。邝石外表看起来也是个招女人疼的乖孩子啊。所以，她认了。

傍晚的时候，家里人陆续回来了。邝奕先回，他的脸上有一丝掩饰不住的兴奋。不是喜色，是兴奋，兴奋中还有些担忧和憧憬。这孩子从小就这样，喜欢把自己的情感严严实实包裹起来。同邝石不加掩饰的性格完全相反，走向了另一个极端。也许，邝奕形成这样的性格同他们夫妇俩年轻时的吵闹和动荡不无关系。然后是邝石回来了。他几乎在外面泡了一天，也不知他在干什么。他好像越老越不喜欢回家。杨小娟甚至觉得邝石现在有点怕她，总是避着她。有时候，邝石同儿子鬼鬼祟祟说些什么的时候，总忘不了告诉邝奕：别让你妈知道。那神情就像一个在外调皮捣蛋的孩子。邝石回来，就"啪"地打开电视机，专注地看一场拳击比赛。偶尔抬起头来，偷偷地看杨小娟的脸色。

响起了敲门声。杨小娟以为是小珊回来了。不是，是宜静。宜静看上去越来越忧郁了。这个在电视台总是喜气洋洋的主持人，在生活中沉闷而严肃。宜静说：

"我今天把钥匙丢了。"

"什么地方丢的？"

她好像没听见。没看任何人，径直向房间走去。进房间前，她摇了摇头，算是回答。

一会儿，四个人在餐桌边坐了下来。桌子上的菜冒着热气。宜静才发现小珊还没回来。

"小珊怎么这么晚还没回家？"

"马上要中考了，功课紧，学校可能在给他们补课。"邝奕说。

"现在的孩子真是不容易。"杨小娟说。

令邝石扫兴的是拳击比赛一会儿就结束了。邝石感到肚子饿了，他不停地看表。杨小娟拿了一罐牛奶给他：

"你先吃点。"

宜静看了一眼邝奕，邝奕的脸上有一种梦幻似的表情，他显然还在自己的世界里，他的灵魂飞到什么地方去了。她不知道他脑子里在想什么。她一直弄不懂他。但她敢肯定，他不关心眼前的事，不关心女儿这会儿在干吗。他除了自己谁也不关心。

"写作顺吗？"

"有进展。"

宜静知道他在写一个小偷和少女的故事。她去过他的工作间。他不在。她不知道他去哪里了。她看他的手稿，只是个开头。他好像很难把这个故事叙述下去。

"那女孩和小偷后来怎么样了？"

邝奕有点吃惊。邝奕不太在家里讲自己写作的事。他不清楚宜静是怎么知道他的故事的。他想，可能他把稿子带回家的时候，她看见了。他说：

"有一天，小偷被人抓住了，被一帮民工打了一顿，打得站不起来。

少女放学回家，刚好看到了这一幕，待那帮人走远，少女护着小偷去了医院。就这样，他们开始了交往……"

这一切邝奕还没有写。这一切的灵感来源于今天下午的遭遇。是的，他把那女人送进了医院，他们认识了。他觉得他和她的故事即将开始。

这是很好的戏剧。作为一个作家，他的想象比现实走得更远。他的脑子里出来了这样一幕：她从医院里出来后，来找他，向他表示感谢。她是悲哀的，这悲哀激发了他，让他涌出一种温暖的怜惜。她告诉他，她恨那个男孩，那个男孩同一个烂货一只"鸡"跑了。她恨他，她为他做了三次整容，她身上现在什么都是假的……她让他抚摸她的乳房，她说，你感觉到了吗？这是假的。但他感到温暖，他把头深埋在她的怀抱……

"你在想什么？"宜静看到邝奕脸上古怪的表情。古怪中还有一丝邪笑。

"我在构思。我在想，少女后来为何要跟小偷走呢？"

"噢，"宜静停了一下，说，"这是个问题。"

邝奕的心里涌出一丝内疚感来。他看了宜静一眼。她的脸上似乎布满了某种焦虑。他的心动了一下。这个在外人看来高高在上的美人，怎么会有这么多忧虑呢？他们已经有很久没做爱了。邝奕总是觉得同宜静做爱就像是在同一个蜡像做。她是一个蜡像美人。但他想，她肯定也是要安慰的。不知为什么，他今天有很强的做爱的欲望。

"你今天做了些什么？"

"老样子。"

"单位里没新闻吗？"

"就那样子。"宜静想了想，又说："我今天收到一则短信，匿名的。"

"说什么？"

"说仰慕我，很久了。"

宜静不清楚自己为什么要说这个。她看到婆婆瞥了她一眼，眼光非常亮。她低下头。她突然觉得自己有了力量。

"噢。"邝奕看了宜静一眼。他的欲望突然消失了。

邝石喝完牛奶,又开始看电视。每个台几乎在播相同的新闻,好像偌大的中国只有这点子事情。他把声音调响了一些,似乎邝奕和宜静的断断续续的谈话影响了他的收看。

"小珊怎么还没回来?要不要给学校打个电话?"宜静看了看墙上的挂钟。

"这么大孩子了,没事的。"邝奕耸了耸肩。

邝石还在调台。他已搜索了三遍了。电视画面在不停地变换。画面的光线一会儿红,一会儿绿,反射到邝石的脸上,使邝石看起来有一种疯狂的劲儿。

这时,杨小娟站了起来,仔细看了看邝石拿遥控器的手,说:

"老邝,你的金戒指呢?"

(原刊于《收获》2007年第5期)

红色娘子军

蒋 韵

那天,他们三人陪我丈夫游新加坡河。

三个人,三位先生,我都不认识,新加坡河也是我不认识的。那个以整洁、富足、纪律和迷人风光闻名世界的岛国,我的同胞中很多人都去观光过了,我却还从没有去过比三亚更南的地方。

那是十一月中旬,夜晚,新加坡河灯光旖旎。在我们这里,我的城市,第一场雪已经下过了,虽说是暖冬,却也差不多人人都穿上了厚厚的冬装,我丈夫就是穿着一件羽绒衣登上新航的班机的。他带了比较正式的衬衫和上装,因为此行,他是作为评委去参加一个文学颁奖活动,还因为,他对那里的炎热估计不足,所以,那天,在游船的甲板上,他一直汗流浃背,这让他觉得新加坡河是一条太热闹太局促的河流,虽然它流向浩瀚的大洋。

此前,他已经去过了那些该去的地方,也就是通常一个观光客必去的那些所在，比如，圣淘沙岛。但是由于炎热他对那些地方几乎没有感觉。在圣淘沙岛，他和一群来自台湾的观光客邂逅相逢，那是一大群学生模样的青年，非常时尚，他们在他眼前拍照，摆"POSE"，一个接一个，无一例外做出时尚画报中那些经典的小资的动作、手势和表情，日复一日，年复一年，圣淘沙岛就是被这样的动作、手势和笑容覆盖着，也许，整个新加坡就是被这样的动作、手势和笑容覆盖着，像一张巨大的喜气洋洋的假面。这城市这土地真实的表情和内心，又是怎样的呢？我丈夫禁不住这样想。

游河是主人安排的最后一个节目，也是新加坡之旅的最后一个夜晚。一只只游船，几乎将河水塞成实心，满河飘荡着中国式的红灯笼。马达声轰鸣着，每一只船上都有这样一只勤奋而欢快的马达。游船是从前载货用的小木船，如今悬挂起红灯笼做着观光的生意。不用说，在船上我丈夫他们又一次和旅游者遭遇了，仍旧是一群年轻人，不过是一群说日语的东洋客，咭咭呱呱的，做着"V"字之类那些眼熟的手势拍照。在他们的喧闹和马达的轰鸣声中我丈夫觉得黏稠的河水似乎就要漾进船舱里来了。

河岸上，灯光灿烂，有酒有歌，还有舞狮的队伍在表演着古老的滚绣球的节目。这仍然是一个观光者的欢乐之夜，最后一个夜晚，仍旧是属于观光者的。我丈夫几乎不再抱什么希望，在这样短短几天的时间里，一个外来人不做观光客又能做什么呢？

陪同他的三位先生，有两位都姓黄，为了区别我们暂时可称他们为大黄先生和小黄先生，其实，他们的年龄都比我丈夫要年长，一位做教师一位在公司做职员。当然，他们还有一个共同的身份，那就是，用中文、用华语写作的作家。另一位先生，则是诗人，他有一个非常北方化的姓氏——骆，还有着北方人高大的体魄和虬髯。几天来，无论是开会，还是观光，他们一直陪着我丈夫，同时还充当司机和导游。本来，一切都将这样友好和客气地结束，雁过无痕地结束，但是忘了是谁，很可能是那位有虬髯的诗人，忽然在上岸后提出来去喝啤酒。我说过了，游河游出了我丈夫一身的油汗，黏兮兮的，很不舒服，喝啤酒这建议立刻就被他愉快地接纳了。

于是他们就来到了较远处一个海鲜大排档。

仍然是热闹的一个地方，不过在这里喝酒吃东西的人，不再仅仅是兴高采烈的游客们，有了本土的味道，生活的味道。离他们不远处的桌子上，一家人正在为一个小少年过生日，生日蛋糕上的蜡烛将那孩子的脸映得金灿灿的。啤酒也非常好，是我丈夫最喜欢的"青岛啤酒"，河风或者是海风迎面吹来，带着善意的自然的气息。忽然人人都觉得很放松。从这里远远望去，新加坡河上一盏盏红灯，竟有了某种温暖而多情的诗意。

猝不及防地，他们谈起了文学。

让我丈夫始料不及的是，关于中国的当代文学，中国的小说、诗歌，中国的作家，他们了解得是那么的深入。深入和严肃：不是见解而是见解之后的某种更重要更珍贵的东西。几乎每一部重要的新作品他们都知道并且读过，这其中自然包括我丈夫的作品。他想起"信徒"这样的字眼，他们眼中那种渴望、热烈的神情让他在那一瞬间相信世界是浪漫的。这让他非常感动。他们也说到了自己寂寞的写作，是更严酷的寂寞，不知道写给几个人看，也许根本没有人看。可是仍然在写，在表达，用伤痕累累的汉语。那不仅仅是爱，那几乎是他们生存的理由。

酒和这样的谈话，让我丈夫脸红心热。

不经意间，他听他们说到了一个词，一个地名，大黄先生，小黄先生，还有虬髯诗人骆先生，不知是谁先提起的，这个地名一出口让他们沉默了几分钟。这是一个我丈夫从没听说过的名字，十分陌生，以至于他根本没有记住它。但是，后来他很快就知道了，这个地名不同寻常，相当于——美丽岛，绿岛。

八十年代初，当邓丽君风行大陆时，《绿岛小夜曲》是我最先学会的几首台湾流行歌曲中的一首。那时我极无知，以为绿岛是一个十分浪漫多情的爱情之岛。我将这首小夜曲唱得缠缠绵绵柔情似水。有一天，一个朋友问我说：

"你知道绿岛是什么地方吗？集中营！"

一语惊破梦中人。我惊惧莫名，从此，有许多年，我不再唱这首让我害怕的歌。

这一晚，我丈夫知道了，眼前这三个人，大黄先生，小黄先生，虬髯诗人骆先生，都是从新加坡的"那个地方"回来的人。

青岛啤酒泛着雪一样的泡沫，我丈夫心里也像落了雪，有一种凛冽的感觉。原来在这富足安详、风光如画的岛屿之上，竟也有过血火的酷烈青春。不错，这三人，大黄、小黄，还有骆先生，都曾经是热血青年，有着左翼的革命的理想。那当然是上世纪五六十年代的事，在那个风起云涌的年代，革命，似乎是所有热爱自由、仇视不公的热血青年的宿命。而在他们那里，"革命"还有着另一层意义，那时，汉语是被禁止的语言，可他们却坚持用汉语书写、表达，他们和汉语一起罹难。

"我关了八年。"小黄先生对我丈夫说。

大黄先生六年。骆先生最短，五年。

游船和红灯，将新加坡河装点成一条不夜的河，而稍远处，大洋则是黑色的。海岸线璀璨的灯火，人间的灯火，远远没有力量能够穿透大洋深不可测的伟大的黑暗。在这微如芥豆的光明的岛礁之上，萍水相逢的人原来也能够这样肝胆相照。酒酣耳热之际，"红色娘子军"的故事水到渠成地来了，讲述者是坐过八年牢狱的公司职员小黄先生。

这是学长的故事，小黄先生这样说道。小黄先生的学长是何许人？这就说到了《红色娘子军》，《红色娘子军》里有一个情节，叫"常青指路"，对于小黄先生来说，学长就是那个洪常青式的指路人。小黄先生从乡下考进城里的大学，报到第一天，在校园里，他向一个人问路，那人接过他手中的藤条箱顶着骄阳将他送到了他要去的地方。一路上他们闲谈，他说，这地方可真大呀，那人回答道："是啊，长安大，居不易。"

这个人就是学长。

学长是生来做领袖的那种人，他念经济，却熟读诗书，在学生组织中担任着重要的职务，还主编着一份叫做"启明"的校刊。听这名字就知道那应该是一份激进的刊物。他约小黄先生写稿——从此将这个青年这个渔家的儿子带进了热情似火又崎岖险恶的命运之中。

学长是个美男子，一张典型的马来人种的脸，轮廓十分鲜明，两只深凹的大眼睛果真如启明星一样聪慧、明亮。一笑，洁白的牙齿晃得人眼痛。这样的男生注定是要被女人爱的，校园里，喜欢学长的女生何止三个五个！有不少女生参加集会游行等激进的活动据说初衷就是为了追随学长。"爱情"使她们忽略了这其中最严峻和严酷的东西。后来，学长恋爱了，他爱上了一个一年级的新生，一个花朵般娇嫩的女孩儿，学长毫无创意一见钟情地爱上了这个娇小的姑娘，从看见她的第一眼，到一生。

姑娘有个十分小家碧玉的名字：美玉，唐美玉。

唐美玉是个安静的姑娘，胆小、娇柔，不关心大世界大事情，对学长热衷的革命懵懵懂懂。意气风发叱咤风云的学长在她面前，不知怎么就变得安静了，缠绵了。学长仿佛是借着她的眼睛看见了从前常常被他忽略的事物，比如流云的美丽，比如露珠的晶莹，比如花的千姿百态。从前，在学长眼中，花其实是很笼统的一个概念，艳丽却模糊地好着，而现在，它们竟像一个个活生生的人似的呼之欲出。它们仿佛都是她邻家的姊妹，她阿三阿四熟稔地快乐地叫着它们的名字：水塔花、凤蝶草、蓝猪耳、舞女兰、炮仗花……她甚至还熟知它们的脾性，比如那一簇簇的炮仗花，又叫黄金珊瑚，黄鳝藤，性甘平，可入药。它的花朵，能润肺止咳，它的茎叶，可清热，利咽喉。这是另一个世界，他从前无暇顾及的，琐碎、细微，却另有一番辽阔和幽深。

这个世界中还有一个重要的角色，就是——鬼。学长从不知道就在他的周围还有这样多的鬼魂出没着。在图书馆地下室、在实验室、在学生们寄宿的公寓。听上去这些鬼倒也没什么可怕，不过是去了另一个世界却还留恋这个世界的亡人而已。这样的鬼故事在大学城在校园里就像传统一样代代流传着，生生不息。比如有这样一个故事，说的自然是一对恋人，禁欲时代的恋人吧，都住在公寓里，男生住这边楼上，女生住那边楼下，森严的校规使他们不方便相见。于是，每天夜里，痴情的小女生就要煮一碗甜品给她的恋人做宵夜，一碗红豆粥，或是一碗酒酿圆子。每晚到固定的时辰，男生就从自己的窗口，垂下一只拴绳子的竹篮，小女生就把煮好的红豆粥放在篮中让他吊上去吃。夜夜如此，他们就用这种方式传递着彼此绵长的想念。忽然，有一天，因为一桩急事男生获准去找他的小恋人，他兴奋地来到女生公寓，公寓中的人们非常惊讶，说："她不在了呀，她已经去世一个多月了！"男生更惊讶，说："怎么会？我昨晚还吃她煮的粥呢！"原来，这个做了鬼的小女生仍旧夜夜回来，给她心爱的人做宵夜吃……

这样幼稚的故事，这样幼稚的鬼，常常让学长捧腹大笑。这种时候唐美玉就叹气，说：

"你怎么能不敬畏黑夜？"

她敬畏黑，因为黑不可知。她敬畏一切强大的、不可知的东西。他们手牵手在海边漫步，看黑夜是怎样彻底地结实地吞噬了大海。岸上的灯火，城市的万家灯火，在彻底的深渊般的黑暗边缘显得是那样虚张声势和孱弱。她依偎在学长身边，声音像在风中一样打颤，说：

"你怎么能不敬畏黑夜？"

抓捕是在一次反对某个法案的大规模集会之后，一天深夜，军警包围了校园，学长和小黄他们被带走时他对身边的人说了一句话，学长说："告诉美玉，让她忘掉我。"

恐怖和仓皇中，也许人们忘记把这句至关重要的话转告这个娇小的姑娘了，也许说了也没有用，从此，唐美玉就开始了对学长的等待和寻找。她几乎是逢人就问："告诉我，他在什么地方？"人人都看出突如其来的惊吓和打击使这个小家碧玉这朵温室中的鲜花凋谢了，她变得神智不清。她在校园里、街头、海边和码头四处游荡，她乘船到圣淘沙到布拉岗马地，她走遍了他们曾经去过的每一处地方，寻找他，到处向人打听他的踪迹。每天傍晚，她去"兰记"排队买他最喜欢吃的芋头糕，从前，他曾经一边吃芋头糕一边和她这样开玩笑，说："要是有一天，我们失散了，你可别忘记，我会在我住的窗口，吊一只竹篮，那是我的记号，你看到这篮子，就放一块芋头糕进去，我就知道那是你来了。"

"不一定，也许是鬼，鬼放进去的呢。"

他笑了，搂着她娇嫩的、不堪一击的小肩膀，说："鬼也是你变的鬼，世上最可爱的鬼，怕什么？"

如今，她真的手捧一块芋头糕，东西南北满城寻找一个垂着竹篮的窗口，她仰着几乎快要折断的脖子，跌跌撞撞，梦想撞上一个奇迹。可是，奇迹在哪里？人海中，万万千千个窗子，华贵的简陋的，璀璨的黑暗的，哪一扇也不是他的，哪一扇也不见竹篮的蛛丝马迹。她只好把芋头糕抛进黑暗的大海——上帝的大篮子里，她敬畏地无限信任地说：

"海，你是有办法的，只有你能把这糕带给他，拜托你了——"

终于，有一天，她等来了他的消息，是一封信，他的来信，只有短短的一行字，血字，写在撕下来的一块衬衫布上，他用他的血写道：

"美玉，好姑娘，把我忘掉吧，好好生活！"

她把这血书拿给认识的每一个人看，她说："你看，他说的是什么话？多奇怪！"她怀揣着血书来到码头上，登上了一只船，一只轮渡，船行到中途时，她跳了海——她把自己投进了"篮子"里。有人听到这个疯子说的最后一句话是：

"海，你能把我带给他，拜托你了——"

要到很久以后，学长才能知道这不幸的结局。他要等十一年，等四千多个日日夜夜，才能和这结局相逢。在那个"绿岛"似的岛屿上，四千多个夜晚，漆黑的海浪一浪一浪耐心地淘卷着他的青春，他的生命。他想起她的话，"你怎么能不敬畏黑夜？"白天，海鸥的叫声让他生出"自由"的遐想，他闭上眼睛小心翼翼地想象着蓝天下的她，嫁了人，生下了女儿，又生下了儿子，变得圆润丰满。这想象是痛苦的却又有一点英雄的豪情，牺牲的豪情。十一年之后，学长刑满出狱了。未满四十岁的他，已是两鬓苍苍，而当他终于从朋友那里知道了唐美玉的结局时，一夜之间，他像文昭关前的伍子胥一样彻底地白了头。

而生活在继续。

汉语不再是禁忌。甚至，变成了学校里必修的语言，它不再需要谁去为它牺牲和献身了。它变成了堂皇的困难，让如今的年轻人望而生畏和头疼。还有谁需要记得它蒙难的昨日？

生活在继续。

似乎，没有了沉重的东西。人们以"过来人"的姿态聪明地总结历史说："十七岁以前不相信某某主义是没有活过，二十七岁以后仍迷信某某主义那就是白活。"

而学长不总结。

年复一年，他结了婚，成了家，有了一份虽然卑微却还能养家糊口的工作，过起了朝九晚五的平常日子。在人人焗油染发追捧青春的时尚大潮中，他始终顶着一头雪似的白发，这使他看上去有一种心不在焉的苍老和无可奈何的落魄。过去的同窗朋友们，大多都不来往了，除了极个别的几个，比如，像小黄先生这样也是从"那个地方"归来的人。他烟抽得很凶，无论太太怎样跟他生气也是戒不掉的。他还爱喝酒，"金门高梁"这一类的白酒几乎每晚必饮，不过却从没见他醉到人事不知，更不会借酒撒疯。酒不过是一味药而已，用来催眠。休息日，他去河上垂钓，一边怀想从前这河水的清澈。那几乎是他唯一的癖好，他喜欢这种静止的、凝视的、与生活拉开距离的感觉，却几乎弄不清楚这河中是否真的有鱼，因为他鲜有收获。从他身边经过的路人，无一例外地把他看做是一个夕阳西下的老人，落魄，与世无争。

只是再也不吃芋头糕。

偶尔，有过那么几次，很少的几次，大概是酒喝得比往常过量的缘故，他梦游似的，做了荒唐的醉事：从他卧房的窗口，吊下一只不锈钢器皿，一只烧锅。他把尼龙绳拴在锅的双耳上，垂下去，垂到窗外，在想象中那大概是一只竹篮吧，一只向另一个世界传递消息的竹篮。金属品质的烧锅，吊在半空，无着无落，在偶尔吹过的夜风中咣啷咣啷撞着墙壁，一夜之间伤痕累累，惶恐又无辜。他沉入梦乡，现在他敬畏黑夜了，可是那仍然是没有鬼的黑夜，没有鬼来光顾。

但是芭蕾舞剧团来了。

小黄先生在电话中告诉了他这消息，其实在这之前他就已经知道了，媒体怎么能放过这样一桩娱乐界的大事？来自中国的舞蹈团带来了两场节目，一场是古典芭蕾舞选场，另一场则是——

"红色娘子军，"小黄先生在电话中压抑着隐隐的激动，"我这里有两张最好的票，怎么样？去吧？"

他并不很想去，所有煽情的东西都让他厌倦。但小黄的惋惜和失望让他改了主意。他说："你和别人去吧——"电话那头小黄先生沉默了一会儿回答说："你不去，我也不去了，我想不出来还能和谁一起去……"

就这样，他如约来到小黄先生家和他会面，穿一件没有领子的短袖T恤。这让小黄先生吃一惊，他忘了提醒学长去那样的地方是需要穿正式服装的。他也忘了学长和"那样的地方"有多么隔膜。于是小黄太太慌忙找出丈夫的衬衫和西装让他换上。学长比小黄先生要高，这套衣服显然是不合适的，学长支棱着胳膊笑着对小黄说：

"从前，都是你借我的衣服穿，记得不记得？"

多少年来，他们几乎从来不提往事，那是一个禁忌。显然，这一天，学长很高兴。剧场离小黄先生家不算远，他们并肩走在路上，就像从前，很久以前，这么肩并肩走着去参加一个集会，一个让人血液沸腾的集会。落日沉下去了，大洋像着了火，又像被人捅伤了似的汨汨翻涌着血水。学长穿着借来的不合体的西装，有些茫然地笑着，去和那个红色的舞剧约会。

关于《红色娘子军》，也有一些记忆是我不能忘记的。我曾经有许多次，站在那些陌生的、操持着生杀大权的人群面前，一遍遍重复着这样的句子：

"吴清华看到迎风招展的红旗，激动万分，奔向前去……红旗啊红旗，今天我可找到了你——"

我的声音，紧张、颤抖、做作。在这样的人群面前我压抑不住那种绝望的羞耻。面对他们，面对一个留城的机会一个生存的机会卑微的工作,我知道我必然失败,可却仍然一次比一次无望地挣扎着,一次比一次可怕地伤害着自己。那时,成千上万的人和我拥有同一个名字,我们的名字叫"社会青年"或者"知青"。

我双手举过头顶,想象中那是一只虚拟的斗笠,"万泉河水清又清,我编斗笠送红军……"这个姿势这个造型几乎就是我青春的姿势。

我总是能在这时听到一声尖叫,女孩儿的尖叫,像金属的哨声又像某种我不熟悉的鸟叫,"葛华你爸跳楼了!"我清楚记得那天我们宣传队是在四楼彩排,穿着舞台上的粉绸衫,把自己打扮成海岛上的姑娘,却不知为什么没有斗笠。那喊叫突如其来,我们扑向窗口,居高临下,看到了对面院子里那个人,身体摊成一个"大"字,脸亲昵地紧贴着土地。并不那么可怕,至少,第一眼,不狰狞。血和白色的脑浆,污染的也只是那么一小块地方,一个人豁出性命纵身一跃,他全部的能量他身体中所有的爱和恨也仅仅只能污染这么一小块地方。天依然那么蓝,树依然那么绿,榆叶梅依然开得又热闹又俗气,人依然吵吵闹闹——吵吵闹闹围住了这个不再活着的人。然后我就看见了那个女孩儿,女孩儿分开人群冲进来,呆呆地,迟疑了一小会儿,只一小会儿,突然气壮山河冲着那血泊中的死者"呸——"地吐了一口唾沫。

人群中有人鼓起了掌,还有人喊口号。

我永远记住了这个陌生女孩儿的名字:葛华。"葛华你爸跳楼了!"这一声尖叫,或者说,她向血泊中的亲人啐出的那口唾沫,像子弹射进了我的生活,射进了我尚还柔软的身心。《斗笠舞》就这样被毁掉了,不管我怎样努力,它永不再欢乐流畅。

多年之后,当年的样板团来我的城市巡演,他们选演了《红色娘子军》中的一场,恰恰就是这一场,"万泉河水清又清,我编斗笠送红军……"歌声一起,刹那间我眼眶发热。我们又重逢了,我和陌生的葛华,血火中的葛华,这伤害了我却又让我倍加怜悯的姑娘。只是,舞台上的女红军,女战士,女群众,无一例外地娇柔和漂亮,她们不是三十年代的红色娘子军,不是六七十年代的红色娘子军,不是葛华和我的红色娘子军。无论她们怎样掩藏，怎样化妆，也仍然是一群娇柔而漂亮的美眉，那灰色的军装穿在她们身上有一种另类的时尚感。

我想，那一天，那一晚，学长和小黄先生邂逅相逢的，一定也是这样一群娇柔而时尚的"娘子军"。可是，它毕竟拥有着红色的底色，鲜血的底色，献身和牺牲的底色。国际悲歌从天而降，豪华的大剧场里，强劲的空调冷气也仍然没有扑灭大榕树下洪常青受刑就义的熊熊大火。西装革履衣香鬓影的先生女士们，花了不菲的钱，观赏着学长和小黄先生们不能被触碰的东西——他们激昂珍贵却又无比脆弱的青春。

谢幕时，许多人上台献了鲜花，掌声十分热烈，谢幕、返场，不断地谢幕，鲜花的香气使人微醺。他们走出剧场，热浪突如其来吞噬了他们。小黄先生脱下了西装上衣，揪开了紧紧缠在脖子上的领带，学长却好像没有感到这热。他走得很快，步履匆匆，雪白的头发像鸟羽似的在热风中一扇一扇，小黄先生几乎追不上他。小黄先生在身后叫着他的名字，说："去喝杯啤酒吧。"这时他走到了一盏路灯下，只见他戛然站住了，手扶着灯柱，慢慢滑下去，一蹲身，然后，小黄先生就听到了一声撕心裂肺的、泣血的长嚎。

他蹲在地上，号啕痛哭。

入狱、出狱、十一年监禁的岁月，四千多个被海浪吞噬的黑夜，甚至，听到鲜花般的唐美玉蹈海的死讯，他都没有哭过，人人都以为，他骨硬如铁。

刹那间，小黄先生热泪奔涌。

近在咫尺的地方，新加坡河上，欢乐的、不夜的红灯笼，受了惊吓似的，黯淡了一下。但是很快地，它们定了心，它们夜夜在这河上，什么没有见过呢？歌仔戏突然嘹亮地唱起来了，穿云破浪，那当然是唱给旅游者听的。

二〇〇七年一月三十日于太原
二〇〇七年七月五日改定

（原刊于《收获》2007 年第 5 期）

棋语·冲

储福金

城北的几位"上了段"的棋手都聚来蒋冲家。北巷小王通知这几位棋手的时候,没说别的,只说:大家来,碰一碰。他报了几个人的名字,有潘家湾的吴有汉,有黄石弄的刘云,有凤天路的常红兵,有仁义里的陶思明,有城隍庙的老锡头。他这么一说,该来的人就全来了。

上面整个一段话,几乎都要作说明的。首先说"上了段",其实这几位棋手都没有段位。运动中的这些年,取消了围棋比赛,所有的专业棋手也都业余了,新出来的业余棋手哪来的段位?只是北巷小王对这城北喜欢下围棋的人,根据棋手的水平,胜率高一点上点水平的,便沿用过去的说法,说他们是上了段的。大家也就跟着这么说,说某某棋下得好,是上了段的。

再说蒋冲家,并非真是蒋冲的家。说明白了,蒋冲住的不是蒋冲家的房子,也不是他租的房。这年头占了房,房东就无法赶走房客,如此房客只要交房租,也就视房为自己家了。而蒋冲是替亲戚看房子的。听说这家人家底颇深,属统战对象,人去了海外,留下房子让蒋冲住着。这是一座两层旧式楼房,楼前楼后有院子围着。蒋冲住的是楼下的一间,单这一间房便有三十来平方,要知道城市住房可谓寸地寸金。

又说好棋的组织者北巷小王约来的棋手,自然是要下棋的。碰一碰是他的口头禅,也就是对一局的意思。平时他约这些上了段的棋手下棋,一般是约一两个人,对付他另带的新棋手。有时这一两个人也难约上,往往会应着有事的托词。然而这次他的相约,破天荒地把上了段的棋手都一一报上了名头。偏偏这些棋手耐不了好奇心,便都来齐了。

蒋冲住的房子在城北偏市中心地带,是个闹中取静的地方。院子不大,围着几个小花圃,种了一些草和一棵白玉兰树。在到处是城市的水泥楼房中,能吸到一些绿色气息。院子中间立着旧式砖楼,一般旧式楼下层会有点幽暗,但这座楼的楼层高,房间里还显得亮堂。

城隍庙老锡头是头一次到蒋冲家来,进了小院,就对来开院门的蒋冲说:"这院子和你的人是相对的。"都说老锡头说话阴,他话的意思便是蒋冲粗俗,而院子雅致。

蒋冲说:"不是我的,不是我的房子啊。我只是代人家看房子的。"

房子不是我的,我是替人家看房子的。蒋冲似乎一见到来人就这么说。对他住的房子,他是十分尽心,弄得干干净净。他的活动场所也就在楼下一间里,再要好的朋友,也从来不带到楼上去参观。有人探头看过,楼上房间都上着锁。而楼下的木柱木栏都重上了漆,旧房子的木头到底有点松软了,容易碰着的地方,他还用旧报纸糊了,用旧布裹了。一处处显得很细心。这确实与别的场合显现出来的他不一样。在别人看来,蒋冲的性格便是冲,说话大声,做事粗拉。这个时代的年轻人,都没什么文化,早两年的只读到初中就上山下乡或者进工厂了,年纪稍小一点的,读到高中,似乎在学校里也不怎么正经读书的。蒋冲又长得干瘦,脸上皮包着骨头,鼻梁显高,眼睛显小,形象就算不难看,也属中下的边了。他住在这房子里，让人多少觉得有点不协调。

平时蒋冲从不约人到家中来。也只有北巷小王知道他住的地方。北巷小王是个明白人，知道蒋冲的处房态度。这次一下子约了这么多棋手，也只有蒋冲住的房间容得下。

人都到齐了。北巷小王侧身靠着桌沿，从桌上的一个棋盒里掏了一颗子往棋盘上一放，说："我约了外路的棋手要来碰一碰。你们看看谁来下这盘棋吧。"

北巷小王没说来的人棋力如何，也没介绍是怎么样的人。大家一时没问，也没说话。谁都知道会有外面的棋手来。也不用问，在这样的房间，约来了这些棋力相当的棋手，看这迎战的架势便都知道这个外路的棋手肯定是个厉害角色，棋力非同一般。

虽然嘴上不说，心里都在嘀咕着，应该谁来下这盘棋。平时这些棋手互相不服气，但面临外来强手，又在这许多棋手眼光之下，都不希望自己丢了脸。一个个心里像复盘似的，有着许多的计较，有着许多的盘算：除了自己，谁上阵最恰当呢？

北巷小王眼光转来转去，一个个地看着房间中的人。北巷小王是约棋者，也是评棋者，他这两方面的能力都得到公认。但此时他似乎也拿不准，只是找着自告奋勇者。但迎着他眼光的人都只是笑笑，没有积极的反应。

最后，城隍庙的老锡头揉揉鼻子开口说："我想还是让陶思明上吧。"

说到陶思明，大家去看陶思明。陶思明正坐在后面墙角，看到眼光一下子集聚来，偏了偏脸，像要躲进身边藤编书架的暗影里。

听老锡头一说，一时大家心里有所赞同。要说陶思明的棋力比自己强，这里的棋手都不会服气。但细一想，这里的棋手都输过他，和他下棋，有时觉得他棋多有妙处，往往会在人家想不到的地方出招。要说他的棋力强吧，又总听到有人说胜了他。而说者的棋力一般，根本上不了段的。

陶思明低下一点眼睛，声音轻轻地说："我与不熟的人下不好。"

陶思明这么说了，北巷小王便没有接老锡头的口，大家也觉得由他上场不妥。棋好坏是一说，棋力不稳往往便是心理原因。对付外面来的棋手，多少要有些把握，下棋的人在棋盘上，心理因素很重要。棋力再强，一旦心理弱了会一败涂地。

过了一会，蒋冲说："还是我来斩一刀吧。"

大家都笑了。蒋冲的棋在这些人中间，是不算强的，谁都胜过他。本来不会有人想到他，只是刚才提到了陶思明，反而让人觉得蒋冲来下这盘棋是正常的。蒋冲心理因素特别稳定，与谁下他都毫不畏惧。有人嘲讽他说，就是与陈祖德下棋，他也不会要求让子的。

北巷小王便点了头。在他家里，自然不好太驳他的面子。大家都说，好好下，我们做你的后盾。

院门又敲响了，蒋冲高声应着来了来了，赶着出去。房门开了，能听到开门的蒋冲与来人说话，声调却轻了，还带着笑音。北巷小王起身站在房门外迎着，其他的几个人都在房里坐着没动。

过一会，客人从外面进来，却见是一个姑娘。个头不高，圆脸，略有点胖，笑着，与陌生人见面并不怯生。

她与北巷小王说话，身子半转过来看屋里的各位。

北巷小王说："我们一直等着呢。"

姑娘说："我是很早就到车站了。"

姑娘朝房里的各位点点头，算是招呼。随后扭头朝房间四下看看，嘴里啧了一下，是赞房子。

本来房里的人还以为她是蒋冲的朋友。一听她与北巷小王说话的口气，便知她就是约来下棋的客，难怪北巷小王这么当回事，都从来还没和女人下过棋。女人有兴趣下棋，也只是听说，而能约着出来和男人下棋的，还是头一回。

城隍庙的老锡头咕了一句："女人上阵，必有妖法。"当然这是低声的，就在他的喉咙口，最多只有坐他后面的陶思明含糊听得见。

姑娘看来确实出来了一段时间，口干了。她也不客气，看到桌上有一只空杯，那是蒋冲给客人留的。她一眼便认准了，拉到面前，再朝桌上看看，又伸手将北巷小王的杯子抓过来，把杯中的水倒在了自己的杯中，再提热水瓶掺了一点热水，一口气咕咕噜噜地喝了。接着又倒了一杯水，并给北巷小王的杯中倒满水。

北巷小王说："我已经喝了不少了。"

姑娘顿一顿，便提着热水瓶给大家杯中续水。

第一个走到刘云面前，姑娘伸出热水瓶口时，说："我姓马。"

北巷小王跟着说："马玉兰。"

姑娘说："小马小马。"

小马给大家倒水时，听着北巷小王介绍各人的名头。小马一边听一边看一边点着头，似乎早就听到过一个个的大名。

走到坐房角的陶思明前面，隔着一张茶几站停。北巷小王说到陶思明的姓名时，小马像是有点熟悉似地盯着他看。陶思明手端着杯子迎过来，小马伸长着手过去。陶思明眼光朝下，小马的眼光朝前，水没全倒在杯里，泼了一茶几，多少烫了陶思明的手。

小马坐下来时，大家准备要看下棋了，这才想到主人蒋冲没在，他出去迎人就没进来。正诧异着，蒋冲出现了，站在门口，正伸着手做着一个请君进门的手势。

"到我家了。"

"院子很雅。"应着一个女性的声音，声音细细微微似乎柔而带怯。

过了一会，门外又进来一个姑娘。仿佛带着一片阳光进来，让人眼睛一亮。这个姑娘竟是那么的漂亮。这个年代的人穿着大致相仿。但一身蓝布服装穿在这个姑娘身上，显出别样的色彩。她一张鹅蛋脸，细眉弯弯，抿嘴时腮帮上显着一对浅浅的酒窝。她的每一处都显得精致，整合起来就是好看。在大城市的街上走动着许多的女性，但极难得会看到这么一个使人感叹的漂亮形象。

"你才来啊！"别人都想不到说话时，小马开口说。

很清楚，这两位姑娘都是棋手，由小马约着来下棋，小马先到了，而这位姑娘来迟了。但除了小马，在座等了很长时间的各位都没有埋怨的心绪。女孩下棋，本来就是一件雅事，这样漂亮的女棋手就更显得雅。如此漂亮的姑娘来迟了，似乎是很正常的。

姑娘没有说话，只是细眉好看地动了一动，好像求大家原谅似的。

蒋冲却朝小马说："你约她没约清楚。……你们都等在黄园路站头上，你在朝平江路方向的站头，而她在朝天目路方向的站头。偏偏这一站相对的两个站头不在正对面，天目路站头要拐一个弯在小街上。……修月芳她都等了半个多小时了。"

平时蒋冲给人感觉是粗粗拉拉的，这一次他能细心地想到两处站头，并去把她寻了来。而且在这一路上已与这位姑娘谈了不少话，知道了她的名字叫修月芳，知道了她来的时间。语气中，显得与她很熟悉了。

所有的人坐下来后，小马说她是陪修月芳来的。大家这才知道这一局该由蒋冲与修月芳下对手棋。谁也没想到今天是与女棋手对局，而且是与漂亮的女棋手对局。要知道的话，屋里这些年轻的未婚男子，刚才还会不会那般地退缩呢？

这个年代的年轻男子都很拘谨，面对漂亮姑娘，他们说话也庄重起来，房间里有着一点不知所措的莫名气息。

修月芳对房间的布置只是随便地看了一眼，并没有过多注意。漂亮女人被邀到大场合去的机会多，也许是见得多了。她坐在桌前，正对着棋盘，显着一种雅致的静气。

蒋冲也显得与平常不一样，他一点没有谦让，对桌坐着，摆出一副下棋的架势，礼貌地伸了伸手掌，意思是让对方先行。

蒋冲今天的手势特别多。

"猜先吧。"修月芳说。

她说话的声音婉转柔和。她伸手到盒里去抓子。她的手细长洁白，真可谓纤纤玉手。棋子在盒里响着轻轻细细的声息，也让人有特别的女性感觉。她的身子在桌前坐得特别直，神情上有着一种肃穆感。让周围的人都觉得棋的对局，就应该是这样的，完全合乎着古来对弈的真正标准。

蒋冲想也不想从棋盒里取出一个子来，放在盘上。他猜的是单。他平时猜先不管是单双都用嘴报的，也不知什么时候懂了这一手。

蒋冲猜对了，走黑棋先行。一旦看到蒋冲与修月芳下起棋来，旁边的棋手都觉得让蒋冲上是错了。在大家眼里蒋冲还是那个蒋冲，显得粗俗，说话动作都冲冲的，一张瘦脸上的小眼睛，转得也太快。与对坐着的修月芳，形成很不谐调的反差。

"你帮我倒水招待一下。"蒋冲支使着北巷小王，口气也有着了主人的意味。

一旁观棋的，只有小马一点不在意蒋冲，她不时朝坐在后面伸头向前的陶思明看看。在座如说能与修月芳相配的，陶思明是唯一能算上的。作为男子，他也许长得过于秀气了些，眼下，在小马的眼光下他显得拘谨。而小马那姑娘的眼光也过于大方，用她来配蒋冲，也许合一点。

蒋冲把一颗黑子拍在了盘上，手像握拳似地抓回来。

修月芳用中指与食指捏着一个白子，放在了棋盘上，显着她的手指特别的修长。

蒋冲的棋下得狠，一点没有手软。

奇怪的是，修月芳的棋也一点不像她的温柔模样，一步步毫不退缩。修月芳牙轻轻地咬着唇，缓缓地向上移动着。嘴唇宛如花蕾，手指宛如花开。蒋冲下出的棋子在盘上歪歪扭扭的，修月芳每次都会伸手把子重按一下，在她的手下，棋子仿佛那么干净地排列着。

因为是争棋，两个人下的棋非常好看，有着棋逢对手的味道。

围着的人都看得认真，像是喘不过气来。

棋越咬越紧，蒋冲毫不犹豫冲了一手。蒋冲下棋是逢冲必冲，一点不留余地的。一冲一挡，这是自然应手。修月芳却迟迟没有应棋，手指捏着子，眼盯着盘，微微地蹙着眉头，眉尖向上顶起来。小马朝着修月芳笑。修月芳朝小马看一眼，脸上莫名地就起了红晕，像是从里泛出来，眼光里也含着。小马张大着嘴笑。旁观的人注意力都在棋盘上，只有陶思明朝小马看一下。小马这才笑出声来，对修月芳悄悄说："你是不是？……"

那声音还是让旁边的人都听到了。

北巷小王说："怎么？……"

小马摇摇头，修月芳蹙蹙眉。

小马就说："她要那个了。她一紧张就要那个。"

修月芳红晕布满了腮帮，"谁紧张了？……"

陶思明看看小马，又看看修月芳的神情，立刻明白了什么，伸头在蒋冲耳边说："你这里厕所在哪儿？"

蒋冲说："你要……"他停了口，也多少明白了，便对修月芳说："你……来吧。"

仿佛在劝她做着什么事。

修月芳慢慢地跟着蒋冲站起来，低着头，似乎在看着棋盘。

蒋冲把修月芳带到房间后侧，那里有一扇门。开了门，后面是一个窄窄的过道，隔着过道又是门，门外是后院，后院有个矮平房，做厨房用的。房壁上搭着一个滴水的拖把，墙根长着几株杂草，开着几朵杂色的小花。

过道左边是楼梯，爬上几层楼梯，拐转处，是底层与二层楼的中间地带。迎面又有一扇小木门。蒋冲推开门。里面是一个只有一平方米左右的小间，正中放着一只马桶。

"你用吧。纸在后角。"蒋冲轻声说。

修月芳进去了，转过身来。小间只够转身的，修月芳的脸正好对着蒋冲，红晕消褪了，显得苍白。门很快地关上了。

修月芳觉得自己的动作太急了。然而，她却不习惯这只小小的马桶。她家里是新公房，用的是抽水马桶。而这小马桶边子太窄，小间里又溢着一股气味，一股让她有点要窒息的气息。刚才她感觉急，现在却只是干坐在上面。她咬咬嘴唇，依然只有木马桶的窄圈硌着她的感觉。眼前的门只是一层薄木板，糊着发黄的报纸，仿佛那门便是一挂纸门。

似乎过了很长时间。

于是就听到蒋冲在外面说："这里下雨的时候，水在瓦楞中间淌下来，又从房檐哗哗地沿着水管冲下来，到处溅着水花，像无数的花开了一样。"

他的声音如没有任何阻隔地在她的耳边响着。

马桶里开始有着了哗哗的声息。修月芳觉得那声音奇大，都在耳边冲响着。她似乎觉得一切都裸对着他，一点没有门与墙的遮隔。

楼下房间的棋盘前，几位棋手议着棋。都说是一盘咬得很紧的棋。只有陶思明没说话。小马今天似乎盯上了他，她用手推推他说："你看怎么样？"

陶思明说："我看是修月芳的白棋好。修月芳的棋严密。蒋冲的黑棋冲得太过，有许多的漏洞……"他用手在盘上点了几处，没有再作说明。都是棋手，都明白他的意思。

小马轻笑了一下，她笑时又张大了嘴。

"我和你赌一下怎么样？我认为修月芳要输。"小马咂咂嘴，看看陶思明，说："修月芳的棋我清楚。你别看她的棋紧，她紧的时候是很紧。但蒋冲的棋只要不停地冲，她总有一处就被冲破了。像一泡尿泄了气，只要一松下来，就松到了底。"

见蒋冲和修月芳一前一后从后门进来，大家都不再说话，只顾看着他们。

此时修月芳不再低着头，腮上依然有点微红，如花照影。

一旦坐回到桌前，修月芳又恢复凝神的状态，纤手落子，眉头微蹙。只是她的棋势似乎失了气，对付蒋冲的冲，便只有消极防守，失去了还击的力量。蒋冲却得理不让人，想出法子来冲。大家看到了这多年中蒋冲难得的棋力，他冲得妙，冲得有力，每一步都冲得目。其实修月芳每一处都没有损多少，只是失了气势，也失了先手权利，整个地显出了女性的柔弱。

似乎一垮到底。修月芳投子了，她投子的姿势也是优雅的，轻轻地把手中的子放到了盘中。

小马带笑意的眼光盯着陶思明，满眼是得意。

棋局如梦幻。

都说棋局如梦幻。相对那局棋来看，人生便更如梦幻了。说起来，棋局是实实在在的，人生也是实实在在的，但眯着眼回思过去便有着了梦幻感。这一次棋局，是一个因，似乎是偶然的一个因，几年后得的果，却让人觉得不可思议。新时期来，随着棋赛的恢复，约人下棋的事少了。新棋手一茬茬地往外冒。旧日的棋手都已成家立业，忙社会的事多了，有时在街上匆匆行走，突然就见了一位过去下棋的朋友，站下来，谈上几句话。便会说到修月芳嫁给蒋冲的事，感叹这小子还很会花女人的。说起来，还真是一块馒头搭一块糕。有人说，修月芳是被那座带院子的房子迷住了，根本不知道那不是蒋冲的。有人开玩笑说，蒋冲那盘棋彩头太大了，平时蒋冲很少胜棋，却一胜得艳。也有人说，修月芳平时能接触到的男人，都因为面对她的漂亮，心里怯了。她是第一次遇上蒋冲这样敢于冲的男人。而北巷小王说，陶思明很会看人的，那一次他便发现，蒋冲平时说话粗拉，但对着女人他的声调是那么的温柔，充满磁力。

下棋的人长于分析。但说归说，分析归分析。修月芳嫁给了蒋冲，还为他生了个女孩。可惜的是这个女孩长得根本不像修月芳，大都继承了蒋冲的形象，小眼睛还有骨头脸。母女俩走出来，一点也不相像。都说孕妇心里想得多的形象，生出来的孩子就类同这形象。那么，修月芳当时心里只有着蒋冲。谁都看得出来，修月芳是那么喜欢她的女儿。

这天，市棋协举办了邀请赛并作挂盘讲解。邀来的外城棋手，主力便是陶思明，他得到过全国的比赛名次。

蒋冲与修月芳早早去了比赛场地，等着与陶思明见一面，说几句话。

陶思明显得气派了，穿着西装，打着领带。这在刚开放的年代还少见。他与蒋冲握一下手，与修月芳的眼光相对一瞥。

眼光中流动着许多过去岁月的记忆。

陶思明本不是这座城市的人，他是那个年代来到城市的。因为犯了小集团的罪，他逃离了监督劳动的地方，来到这座城市，住在一个亲戚家里。他避免在公开场合露面，也不与人打交道。但他喜欢棋，无法解脱棋瘾，才与棋友交往。他的棋力很高，几乎城北的棋手都输过他。偏偏他有时会输给一般的下棋人，所以大家认为他棋力不稳。现在能想到，他那是故意输的，与他平时低调同一策略，是不想让别人把他的名字传开去。

他们在休息室里坐下来，陶思明开口问："你们还下棋吗？"

修月芳说："下。"

蒋冲说："我下得少，她下得多。"

陶思明脸对着修月芳，眼光微微下垂着，"那你现在肯定下得很好了。"

修月芳说："我的棋总是少了一点冲劲。"

陶思明抬起眼来说："不。我看过你的棋，你有着一股内劲，这比表现的外冲更有力量，只是你自始至终不要松了这股劲。"

修月芳与陶思明的眼光又相对一瞥，她说："你的第二局棋，和我下。"

本来安排修月芳下第二局棋，是市棋协根据北巷小王的提议，用来对付陶思明的秘密方案，修月芳却不想瞒陶思明。

陶思明说："那我要好好准备一下了。和你的一局棋，希望下得精彩。"

陶思明的第一局比赛，一开始依然还是他原来的柔韧风格，能飞的便飞，能关的便关。走得飘忽不定，也看不出有什么优势，让对手放心地占空。一旦布局已定，对手还在疏疏地拓着虚空，陶思明突然走了一手：冲。于是，接下去陶思明向对手的一块棋的薄弱处，进行了全方位冲刺，把那块棋的眼位冲小了，并进行了包围战。对手这下走得十分小心了，只顾自保，只顾做眼，虽然大龙没有死，但陶思明借冲在外围做成了空，棋便胜定了。

修月芳与蒋冲不由得感叹陶思明棋力竟是如此之强。特别是蒋冲，过去他也与陶思明下过，还曾有过胜绩，现在看来，那也是陶思明故意让着他的。他们也理解陶思明那几年的境遇。

陶思明一度与小马结了婚。这段婚姻看来也是一块馒头搭一块糕。运动一结束，陶思明的罪名得到平反，他们很快就离了婚。那时离婚还是很稀罕的，陶思明是快刀斩乱麻，做得很干脆。

人的性格与人生观念确实不一样。

都说修月芳和蒋冲这对棋手婚姻也不会长。但修月芳与蒋冲的婚姻却延续下来了。修月芳棋上的算路很深，但在对男人的问题上，却感觉简单。她无法接受与另一个男人裸裎相向。她觉得男女就是那么一回事，那种男人给的快乐总也抵不上女人的窘态。她无法解脱开来。修月芳也清楚蒋冲，他并没有什么能耐，但对他已经是习惯，便是无奈也只有如此，因为在她看来，所有的男人都一样，换一局棋还不照旧下？

偏偏是蒋冲外面有着女人，还不止一个。修月芳也多少知道些。这件事，实在让人想不明白。蒋冲却有他的说法：那些女人觉得这么漂亮的修月芳是我的女人，她们也就对我没有了抵抗和拿娇心理，十个女人九个肯。她们好奇地想看看我作为男人，到底有什么魅力吧。

从赛场回到家里，修月芳便进了卫生间。现在他们住在两室一厅的单元房里，室与厅都很小，但生活也就这么过着。

修月芳坐在了抽水马桶上。她呆呆地看着面前镜子里的自己，脑子里却想的是刚才那盘棋，而不时浮在棋局上的，是一些杂念。人生为了什么？下棋费那么多心思为了什么？岁月一天天过去，又有什么意义？人说她算路深，又深在了哪儿？人说她漂亮，引来那么多的眼光，而保持了这个容颜又如何？

蒋冲进来，倚靠在镜子边，他有点涎着脸，看着她露着两片股腿坐着的样子。与她生活在一起时间长了，他已看惯她的一切。漂亮与不漂亮都没有关系了，都会产生审美疲劳。对男人来说，上面的漂亮，敌不过拥身时那种女人的温润；表面的端庄秀丽，有时会成为一种寡然，缺失几多放浪的动态。

"你还在想棋局呢？没什么好想的。"

"出去。"

"你此时是最漂亮的。"

蒋冲说的是实话。看着修月芳此时的样子，蒋冲会有一种奇特的感觉，觉得她有着与别的女人不同的韵致。

"出去。"

修月芳又说了一声，她的声调没变，蒋冲心里难得地一激灵，退身出去，并小心地关上了门。

旧公寓房的卫生间没有窗，门关上，便是四围暗色了。感觉到从隙缝中透进来的光，在镜子上显出身形朦胧，心里却清明一片，多少时间中，棋的天地让她忽视了生活负累，而生活的力量已凝聚了她内在的劲，她应该不会一时轻泄了。

这一瞬间，她内心的棋盘上，陶思明的每一步棋都摆得明明白白的，包括他的想法与他所行的棋理。

她开开门去。

（原刊于《收获》2007年第6期）

幸福咒

曾楚桥

　　说好了晚饭前就要到的，可是一干人吃过晚饭之后，和尚还是没有到。和尚没有来，临时搭建起来的灵堂就显得简单了些。没有祭台，两个后生就从厨房里搬来一张饭桌，油腻腻的饭桌一搬上来，灵堂里似乎就有了些烟火气。死者放大的彩色照片被摆到桌上来，照片上死者一脸幸福的笑容。

　　有人嚷着缺了蜡烛，女人就忙着把蜡烛找来。找来蜡烛，又说要童人纸马，女人一声不响的又上街去买。有人冲着女人的背影喊了一句："嫂子，顺便买几瓶可乐回来。"女人听到了，就沙哑了声音答："好的。"女人走远了，有人就叹气说："死鬼来顺真他奶奶的没福气啊，这样一个好女人也享不住！"

　　一切都准备得差不多了，灵堂也像个灵堂了，就单等和尚到来，可是和尚连个电话也不见。女人就跟工地里的工头说，是不是给和尚打个电话？工头叫女人别急，时间还早。

女人就不好再说什么。

死者来顺是女人的丈夫。一个多月前从脚手架上摔下来，在医院里苦苦熬了一个月才咽气。女人原本是在家里种地，工头说工地的饭堂还缺个打杂的，来顺一个电话打回家，女人简单收拾了一下，安置好三岁大的女儿就奔丈夫来了。没想到甜蜜的日子才过了一个星期，丈夫就出事了。从丈夫出事的那一天起，女人就几乎天天待在丈夫的身边，没睡过一天好觉，她不是不想睡，而是根本就无法睡，她一睡到床上眼泪水就止不住地流。女人流干了眼泪也换不回丈夫的生命。还好赔偿的事不用女人费太多的周折，工头都给建筑工们上了保险，保险公司赔了七万多元。而工头出于人道主义，也拿出了两万元，加起来女人就差不多领到了十万块的赔偿金。女人对此实在是没有什么好说的了。村里的石场前年炸死两个人，每人才赔了不到两万块呢。

原本女人是准备把丈夫的尸体运回家乡安葬，但工头说医院是不会让家属将尸体运走的，只能在当地火化，况且很难找到运尸体的车，又说反正现在农村都要实行火葬，在城里火化之后，把骨灰拿回家再土葬也是一个样。女人就听从了工头的提议，将丈夫火化了。火化了丈夫之后，女人要按家乡的风俗在城里给丈夫做场法事。工头嫌做法事太麻烦，但女人的态度很坚决，一再声明，做法事的钱不用工头负责，全由她自己出。女人一边说一边泪眼汪汪地求工头给她在当地找个能做法事的和尚。工头就只好四处给她联系和尚。风流底的和尚还真难找，好不容易找到一个，却左等右等不见人影。工头也等得有些不耐烦了，给和尚打了个电话。电话打通了，对方的手机一首《我要幸福》已经唱了好几遍，但就是没有人接。工头的脸也有些挂不住了，骂人的话就滚滚而出："我×你个和尚屁股，该不是在家里给自己打斋吧。"女人见工头骂人了，就说："时候还早呢，我们等一会吧。"工头见女人这样说，气也消了一些，但口中还是骂个不停。

灵堂里的灯亮起来时，和尚给工头打了个电话，说他现在正在赶场子，可能要到九点才能到，如果等不及可以另请人。工头问了女人的意见，女人沉吟了一会之后说："只要能做得成法事，九点就九点吧。"

离九点钟还有两个小时，女人拿来一张草席铺在祭台旁边，然后就盘腿坐在草席上等。工头在灵堂里坐了一会，四周看了看，觉得有些无聊，就吆喝上几个泥水工凑成了一桌麻将。他们就在灵堂里搓起了麻将。

快到九点钟时，工头就已经输了一千多块。有个赢了钱的泥水工看了看手上的表，然后对工头说："头，快九点了，还打吗？"工头说："和尚还没来，你小子赢了钱就想走，门都没有！"工头脸上的汗水已经出来了。他朝孤坐在草席上的女人说："翠珍，给我来杯茶。"女人听到了叫声，抬头朝他们看了看，只听得工头又说："我渴死啦，风流底这鬼天气，他奶奶的都快到冬天了还这么热！"女人一声不响地把茶给端了过来，坐在工头对面的泥水工趁女人放下茶水的时机对女人说："嫂子，顺便也给我来一杯吧。"他的提议立刻招致其他人一顿喝骂。有人甚至扬言要和他断绝父子关系，但马上又改口说是断绝工友关系。大家哄地都笑了起来。工头也笑了起来，就很大方地把钱一一分到赢钱人的手里，说："我他奶奶的都快成扶贫干部了！"女人在男人们的笑骂声中给每个都上了一杯茶。有人问女人想不想打麻将，并表示自己可以让给女人来一圈。工头不等女人回话就接过话儿说："拿女人做挡箭牌？还是个男人吗？"女人回了一句说她不会打麻将，说完又默然地坐回到草席上。女人听到麻将桌有人说了一句：死鬼来顺以前也不打麻将哩，这年头不打麻将的男人实在是找不出几个来，来顺是个好丈夫啊。

女人嫁给来顺已经四年了。四年来女人还真的没见来顺打过麻将。来顺其实是会打麻将的，只是不想打而已。有了女儿之后，来顺就跟村里的包工头说要跟他出来做泥水工。包工头说："到城里做工可以，不过要先过麻将这一关。刚好三缺一，来顺你就先交点学费再说。"几圈下来，居然只有来顺一个人赢钱。打完之后，来顺把赢来的钱却全部还给了人家。包工头说："好样的，真是个难得的好青年，小伙子跟着我前途一片光明呀，好，我要你了。"出来之前来顺对女人说："你就在家里好好的等着吧，过不了多久，我就把你们全接到城里享福去。"

女人看了看时间，已经九点钟了。和尚还是没有来。麻将桌上还是一片热闹。工头现在已经赢回了一部分钱，兴致特别高，工头的兴致一来，他就忘记了法事，至于和尚来不来似乎已经与他无关了。女人有些着急，主动又给每个上了茶水。上完茶水，女人在工头的身边站了一会。工头刚好又和了一盘，随手就甩给女人一张百元大钞说："不喝茶了，喝茶没精神，来几瓶红牛吧。余下的钱就赏给你做小费了！"

女人从小就在山里头长大，虽然不知道什么叫小费，但她明白工头的意思。可是女人拿了钱却没有立刻走开，工头回过头来问："你真的不会打麻将么？"女人摇了摇头说："茶水还要不要？"麻将桌上有人接过去说："茶水没喝头，还是红牛好喝，你别想着给他省钱，几瓶红牛喝不穷他。你只管去买就得了。"女人还想说什么，工头说："好了，好了，每人给他来一瓶，余下的钱就是给你的小费了。"刚才说话的人又说："头的小费到处给，嫂子你也就不用跟他客气了。"

女人去大街买红牛时，商店里的老板却说她那张百元大钞是假的，女人一时愣在那里，半天回不过神来。怎么可能呢？女人从身上拿出自己的钱来对照，怎么对怎么觉得都一样。商店里的老板见她一张乡下女人的脸，就很有经验地开始教她怎样识别真假钞，什么水印啦、暗码啦，不过最要紧的还是手感。老板越说越兴奋，说她一辈子和钱打交道知道手感才是最重要的。这时女人想给工头打个电话，不过她还是没有打，女人没有手机，打电话不方便的。最后女人自己掏了腰包把红牛买了回来。女人回来之后，见工头正打得起劲，也没跟他说假钞的事，那张假钞她也不准备还给工头，她把工头给的那张百元大钞和自己身上的钱放在了一起，女人凭自己的直觉认为这就是真的。女人又是一声不响地坐回到草席上，耳边又听到有人说了一句：死鬼来顺要是长得不是那么胖，说不定那安全网就能接得住他。

丈夫确是个胖子。丈夫常对女人说，女人胖一点好。丈夫还在家时总是要女人多吃点，又说十个肥婆九个富，女人只要胖起来，离幸福就不远了。女人总是不信。有了女儿之后，女人觉得身材什么的也不重要了，重要的是丈夫和女儿，所以女人往往也是来者不拒，有得吃总比没得吃强吧。女人摸了摸自己的肚子，觉得来这里一个多月的时间，自己至少已经瘦了十斤。瘦了就瘦了，也没什么大不了的，反正丈夫也不在了，他看不到了。女人抬头望了望丈夫的照片，丈夫仍然是一脸的幸福笑容。

女人眼前一黑，丈夫的笑容突然不见了。

又停电了。麻将桌那边立刻骂声四起。黑暗中有人嘘了一声。女人听到麻将桌那边有人小声说："你看，来顺在笑咱们呢。"几个人就一齐朝祭台那边望过去，只见暗淡的蜡火被微风吹得摇摇晃晃，来顺那一脸的笑容也在大家的眼里生动了起来。有人悄声说："来顺回来了。"工头说："你别吓唬我，我胆子小，好了，我得给来顺兄弟上炷香。"工头上完香，对坐在草席上的女人说："翠珍，你以后还是留在工地吧，工地的厨房需要你。"女人没做声。工头又加了一句："我以后给你加工资。"女人说："我现在心里乱得很，以后的事以后再说吧。"

和尚就在停电之后不久来到了工地，是个年轻人，年轻人骑了辆女式摩托车来，车后面还带了个木箱。年轻人穿一件短袖T恤，一头歌星般的长发，手腕上还刻有刺青，样子不像是个和尚，倒是和香港电影里那些烂仔有几分相似。但工头说风流底能找到会做法事的就只有他了，还说年轻人是子承父业，会念很多咒语。但女人明显地失望。她没想到只有一个人来。按照老家的规矩，做这样的法事吹吹打打的至少要八个人。女人没想到这年轻人居然连个帮手也不带，女人就有种上当的感觉。不过人家来也来了，女人只好按照工头的吩咐把预先准备好的五百元红包给了人家。年轻人拿了红包，就着手重新布置灵堂。灵堂里原来准备好的童人纸马之类的东西，年轻人都说不适用，女人一下子就着急起来说："都这时候了，去哪里买这些东西呢。"年轻人就不慌不忙地把他带来的木箱子卸了下来，然后从箱子里一件一件地把他需要的东西都搬出来，年轻人一边搬一边说："很多人都不懂这个，不怪你，还好这些东西我都准备有，也不贵，总共才二百五十元。"女人没想到有此一着，觉得东西贵了，望了工头一眼，见工头把脸扭向一边不出声，自己也不好说什么，只好从口袋里掏钱。

年轻人一接到女人递过来的钱就感觉有些不对路，加上灵堂里又暗，看不清楚钞票的真假。年轻人灵机一动，把他的摩托车打着，摩托车的灯光一下子把灵堂照得雪亮，也照亮了年轻人手里拿着的钞票。这回年轻人看清楚了，那张百元大钞确是假钞。但是年轻人什么也没说，在这种场合说这种事情，按照风流底的风俗习惯是不吉利的。

灵堂里有了亮光，原来打麻将的那班人又坐到麻将桌上来了。工头刚坐上去没多久，口袋里的电话就响个不停，接了几个电话之后，工头又开始输钱了。但是电话还是一个接一个地打进来，连输了几盘之后，工头连电话也不接了，就让电话在口袋里响个不停。有人就提议工头把电话接了，别让它在这里烦人。工头说："谁爱接谁接去，他奶奶的今天手怎么这么臭！"工头说完还真的把手机从口袋里掏出来放到了麻将桌上。坐在工头下手的泥水工见状当真拿起来接了。泥水工对着电话说："别打了，头正忙着呢。你想他了就自己过来嘛。"过了一会，又有电话打进来，泥水工又接了，还是说刚才相同的话。工头骂了泥水工几句，不再理他，只管出手上的牌。工头的对家提醒工头说："法事开始了，我们是不是过去帮帮忙？"工头看了年轻人一眼掉过头来冲他的对家说："你小子能帮得上什么忙？你又不是和尚，你当我不知你念的是哪本经！"他的对家答："我要是个和尚就省心了。可惜我六根未净呀。头倒是有做和尚的资本。"对家这话说得有些高深莫测，连工头也一下子不明其意。不过工头也不是傻子，马上就回了一句说："你以为戴上帽子就是和尚了吗？你看看人家，这才像个和尚。"工头指的是年轻人。

年轻人现在真的是个和尚了。他换了一套和尚穿的衣服，又戴上了一顶和尚帽，高高的和尚帽把一头长发也遮盖了起来。当和尚把唢呐吹起来时，坐在和尚身后的女人一直高悬着的一颗心总算落了下来。和尚吹了一段唢呐，就坐下来念一段咒语。念咒时和尚的手机在口袋里滴滴响了一阵。和尚拿出手机来看了看，是女朋友来的信息。和尚口中不停，一只手在手机的键盘上快速地打字，和尚很快就给女朋友回了信息。和尚收起手机又吹起了唢呐来。和尚的唢呐吹得十分响亮，在寂静的工地，孤单的唢呐声传得老远老远。女人就坐在和尚的背后，静静地听和尚吹一会念一会，如老僧入定一般，听不到身后有人在叫她。

"翠珍，翠珍。"

是工头在叫她。灵堂里不知什么时候来了两个女人。一个打扮得有些像美国西部的牛仔，露出来的手臂像男人一样粗壮。另一个打扮得不显山不露水，弱不禁风的样子像个林黛玉，但骨子里有一股骚劲让人怦然心动。她们都是工头的二奶和三奶。两个奶字辈的女人都十分殷勤地给工头打来了宵夜。可是工头现在输惨了，没心情吃，便叫女人先吃。女人回过头来看了看，摇了摇头。女人其实肚子饿了，但她见只有两份宵夜，她不好意思自己一个人吃。工头见女人摇头，也不勉强她，毕竟现在是做着法事呢。

两个女人一左一右地坐在工头的身后看他打牌，并不时出口指点他，两个女人的意见并不统一，"牛仔"嚷着要出三饼，"林黛玉"却说出五条好，说着说着两人就吵起嘴来。工头懒得理她们，任由她们吵。这样的争吵工头老早就习惯了。但是这回的争吵有些不同，也许是工头的冷漠让她们觉得非要找个人来出出气不可，于是争吵就渐渐升级，两个女人由最初的争出牌进行到人身攻击，互相攻击了一通之后，两人开始争老公，都说对方无耻，是专门抢人家老公的狐狸精。最后终于导致两人在灵堂里大打出手，打架的结果却令人大跌眼镜，那个看起来弱不禁风的"林黛玉"居然把"牛仔"的一只眼睛打坏了，血流了满嘴满脸，样子十分恐怖。事情到这个地步，工头也坐不住了，劝开两人之后，工头只得开车把"牛仔"送到医院里去治疗。

送走了"牛仔"，灵堂里突然又来电了。和尚见来电了，就把他的摩托车熄了。麻将桌上现在成了三缺一，"林黛玉"脸上虽然也挂了点儿彩，但伤得并不严重，她觉得她有义务代替工头把钱赢回来，就坐到麻将桌上和泥水工们接着打。三个赢了钱的泥水工觉得一个女人容易打发，也没把她放在眼里，他们的心思都一个样：二奶们口袋里的钱来得比他们容易多啦。"林黛玉"坐到麻将桌上才打了几盘，就连和了几盘牌，令三个泥水工刮目相看。"林黛玉"和了几盘牌，也开始洋洋自得起来，但她的高兴并没能维持多久，因为灵堂里又来了两个男人。

和尚最先看到那两个拿刀的男人出现在灵堂门口。和尚一见到两个男人进来就停止了吹唢呐。接着坐在和尚身后的女人也看到男人进来了，但女人还来不及弄明白怎么回事，两把雪亮的水果刀就已经架在了"林黛玉"的脖子上了。麻将桌上另外三个泥水工吓得不敢动弹。"林黛玉"却显得一副临危不乱的模样，而且口气也不软："这是我和那狐狸精的事，你们插进来算什么？有种就一刀抹下来！"话音未落，啪的一声脆响，"林黛玉"脸上就挨了一巴掌。其中一个男人冷笑一声说："你想死？没那么容易！"另一个男人接着说："别跟她那么多废话！"说完就开始解"林黛玉"衣服上的纽扣。"林黛玉"没有动，任男人解，男人也不客气，一件一件地将"林黛玉"身上的衣服解了个精光。两个男人显然是有备而来，十分钟不到，他们就在"林黛玉"的额上和屁股两侧分别文上了一行字：我是贱人。那字是金红色的，在"林黛玉"额上、屁股上十分醒目。整个过程"林黛玉"却始终一声不吭，一副人为刀俎、我为鱼肉的模样。两个男人似乎对他们的杰作颇为满意，哈哈大笑了一通之后其中一个男人对着麻将桌上几个泥水工说："什么叫贱人？大家都看到了吗，这骚鸡就是样板！"然后男人在"林黛玉"的屁股上用力拍了两巴掌才扬长而去。

两个男人走后，灵堂里就静了下来。"林黛玉"在无声无息地穿衣服。这个时候才有个泥水工想起该报警了。但他们都没有手机，和尚把他的手机拿了出来，要帮"林黛玉"报警，但出人意料的是，"林黛玉"突然冷冷地说："不用了。"几个泥水工都低着头不敢看她。"林黛玉"若无其事地穿好衣服之后，对麻将桌上三个泥水工说："咱们接着打吧。"几个泥水工相互看了看，于是埋头打麻将。和尚见没什么看头了，拿出手机看了看时间，见离天亮还早，只得又继续做他的法事。女人坐在草席上，又朝祭台上丈夫的相片看了一眼，见丈夫依然笑得一脸幸福。

下半夜时，工头一个人回来了。工头给每个人打回了宵夜。大家就都不打麻将了，和尚也不吹唢呐了。大家围过来吃宵夜。女人也捧了一盒宵夜坐回到草席上吃。工头已经吃过了，坐在一边剔牙。有人悄声问他："那个不碍事吧？"工头叹了口气说："一只眼报废了。"大家又都不做声，灵堂里静得只有人们吃宵夜的声音。也没有人向工头汇报刚才所发生的事情。吃完了宵夜，"林黛玉"起身要走，工头把她叫住了。"林黛玉"就回过头来，工头这才发现"林黛玉"额上的字，愣了一下，也没问怎么回事，默了一会，便从口袋里掏出支票本，写了一张支票递给"林黛玉"并对她说："你还是回家躲一躲吧。""林黛玉"看了一眼支票上的数字，眼泪就出来了，却笑了笑说："这就是我三年来的小费吗？"工头有些为难地说："我知道这是少了点，我也不想这样。可是医院还等着我拿钱去做手术呢。"

"林黛玉"走了之后，和尚又开始他的法事。女人仍旧坐在和尚的身后，静静地听和尚念咒听男人们说话，偶尔打两个呵欠。几个男人都没了打麻将的兴趣。三个泥水工开始盘点输赢。两个赢了四百多，一个打和。打和的泥水工说："这女人真厉害，一下子就赢了我们五百多。"工头说："你们赢的还不是我的钱！"打和的泥水工就问工头到底输了多少。工头没有作正面回答，只是说："反正我是亏大了。"

"女人多了也是个麻烦事啊，不过这样也好，免得以后天天吵架。"

"不过也真难为这女人了。居然一声也不吭，真有她的。"

"这就是本事，你老哥懂什么。"

"还是来顺兄弟好。不嫖不赌一门心思地就想着干活赚钱。"

"现在他赚到钱了，可是人又不在了。赚了钱有什么用呢？"

"怎么没用？你打工这么多年了，赚了多少钱？你看人家来顺嫂子，至少她现在就成了小小的富婆啦。"

"照你这样说，你干吗不从脚手架上跳下去？依我看，你才是个不折不扣的贱人呢！"

"你可别这样说，说不定哪一天，你老哥就得像今天这样帮我这个贱人打场法事呢。这世界，活得一点意思也没有，他妈的，有时候真想一死了之。死了就一了百了啦。"

"只怕想死也不是容易的事呢。"

女人就听到麻将桌那边有人长长地叹气，她自己也叹了口气。这时夜已经深了。工头已经呵欠连天起来。另三个泥水工说话的兴致也淡了。说来说去，除了钱和女人，也没什么可说了。工头实在熬不住了，他对另三个泥水工说："你们陪一下翠珍吧，我得去睡一会，明天我还要到医院里去呢。"工头也不跟女人打招呼就回去睡觉了。三个泥水工见工头走了，也一个个跟着走了。灵堂里就只剩下女人与和尚两个人了。和尚连续赶了三天场子，早就扛不住了，念着念着就糊涂了。女人虽然不懂，但和尚翻来覆去的只念两句话，就是最难懂的外语，女人也能听得出个一二来。

"你是不是念错了？"女人说。

和尚一惊，像被人打了一针，清醒了一些。回头看了看身后的女人说："我怎么会念错呢，这一句至少要念三十遍呢。"女人听和尚这样说，心里虽然觉得有些怪，但也不好说什么，毕竟人家才是和尚。和尚又念了一会，忽然停下来不念了。女人等了好久，也不见和尚有什么动静，以为和尚念完了，看看时间，离天亮还早着呢。

"想不想你丈夫在那边过得幸福一些？"和尚突然说，并不回头。

"不想？那叫你来做什么？"女人答。

"那得念幸福咒。"和尚说。

女人在家乡从来没听说过有什么幸福咒，但听和尚这样说，似乎是这里的习俗，丈夫既然是客死他乡，理当入乡随俗。

"那就念吧。"女人说。

"这得另收钱。"和尚说。

"钱不是都给了你吗？为什么还要收呢？"女人有些不解。

"幸福咒从来就没列入做法事之内，而且这又是我的专利，别的和尚不懂。现在的专利都吃香，做我这行的，也得改革改革了。不过念不念幸福咒决定权还是在你手里，"和尚突然回过头来，看着女人说，"人死了，他在地下的日子好不好过，其实对活人也没多大的影响。"

女人犹豫了一会说："念幸福咒得收多少？"和尚笑了笑说："有两种，一是念五十遍，二是念一百遍。五十遍便宜一些，一百五十元。一百遍就要贵一些，要二百元，随你选择，当然一百遍和五十遍的效果也差不多。"

"就一百遍吧，我去拿钱。"女人说。女人说完就走出了灵堂。她身上没有那么多钱了，她要回宿舍里取钱。女人回宿舍取钱时换了一身新的衣服，连鞋也换了，甚至往头上抹了些头油什么的，头发被梳得油光可鉴。和尚觉得有些奇怪，但也没往心里去，收了女人的钱之后，就开始念他的幸福咒。

其实和尚根本就没有什么幸福咒可念，和尚只是用风流底话一遍一遍地唱《我要幸福》，和尚早就看出女人是个刚从乡下出来的，就是用风流底话骂她，她也一样云里雾去的。果然不出和尚所料，女人越听就越迷糊，一首《我要幸福》才唱了不到十遍，女人就趴在草席上睡着了。

女人没想到自己还会醒过来，她把三天的安眠药一齐吃了下去，她以为自己会跟丈夫一起去了另一个世界，但是饥饿让女人感觉到自己还好好地活着。灵堂里的祭台不知什么时候已经撤走了，和尚也走了，有人在女人身上盖了一张棉被，女人拿开被子伸了个懒腰。这一觉睡得真香。这时候有工友见女人醒了过来，就给女人捧来一碗热辣辣的素面。女人坐在草席上吃了一碗面之后，神志开始清醒过来。她清醒过来的第一个念头就是马上回家，她一刻钟也不愿意在城里停留。女人在收拾东西时，发现照片上的丈夫突然长出了长长的胡子。

（原刊于《收获》2007年第6期）

墙

罗望子

一进腊月,民工们便个顶个的往家奔。老大也回来了,今年还回得早些。往年,老大总是能赖一天是一天。老大是工程队的质检员,赖一天是一天的高收入。今年回家,老大重任在肩,他要翻一翻厨房,就像城里人那样的厨房,还得砌蚕室。父母都老了,到了说走就走的年岁,自己也过了半百,总不能老在外面漂着吧。砌个大蚕室,多扩些桑树,再干两年,把儿子在城里的房贷还了,就回来养蚕养老。

当然,最最要紧的,还是做条能开进小车的好路,砌个呱呱叫的院墙,这一生也就算没白活了。

到得家里,行头还没来得及放,媳妇就摆了脸色,和他狠狠地吵了一架。说是吵,其实是媳妇一个人在说,说着骂着,一把鼻涕一把泪的。老大抽着烟,听着,也忍着。媳妇每哭诉一声,他的脸便黑一层,好像在给自己刷漆似的。依他的心,这便冲过去,和老二理论一番。你老二是个男人,总不该和女人过不去吧，何况这女人还是你嫂子呢。就算咱弟兄之间有过节，我不在家，你不罩着挡着也罢了，总不该找女人的麻烦吧。

但是老大没动，他知道现在不是理论的时候。和他的重任比起来，这些都是小事情。只要路一做，墙一围，自成院落，老二就是想吵也吵不上了。现在不仅不能和老二说理，还得好言好语，和他商议，免得开工时他又找茬。打定主意，老大踩灭了烟，拉开包，对媳妇说，别光顾诉苦了，瞧我给你带回了啥。老大拿出一件羊毛衫，说是全羊毛的，还是名牌呢。可是媳妇瞅也不瞅，窝了身子还在唠，唠到激动处，还扬言，要是不帮她出这口气，她不跑掉也死掉。

里间传来老人的咳嗽。父母的老房子拆了，平分给了弟兄俩，老二给了一间房他们做饭，老大给了一间房他们睡觉。想必听到了儿媳妇的吵，老两口在床上翻烧饼呢。老大想过去看看，和他们说道一声。瞅瞅媳妇的样，还是没去。不把女人安顿下来，啥事也甭想做得成。女人的事其实也简单，她诉她的，你别堵她，上了床，揉揉捏捏，折腾一番，啥事也没了。

第二天，媳妇比他起得还早。老大喜欢吃面，媳妇下了一大碗肉丝面喊他时，他还没睡醒呢。吃了面，打着嗝，已经八点多，老大的中气也足了。老人们还猫在房里，等着他去叫呢。老大和媳妇对对眼神，会心一笑，敲开老人的门。他给他们带了一条烟，两瓶酒。老大说，这回没带茶食，不过带了茶，茶是好茶，上等的铁观音。父亲想必晓得他夜头就回来了，但是铁观音扫去了他的不快，他不停地打开茶盒，嗅一嗅，盖上，嗅一嗅，又盖上，连说，这么好的东西，给我喝，不是糟蹋了！

老大坐在椅子上，递给父亲一支烟，替他打着了火后才说，还得麻烦父亲呢。啥事，父亲问，你能呢，还有用得着我的。做爹的哪能笑儿子呀，这件事还非你不可，老大说，我就是想请你给老二递个话，把他约过来，我得和他合计合计。父亲说，咋的了，是不是院墙的事。老大点点头。好事儿呵，老父亲说，围了墙，省得你们搞不清，这有啥麻烦的呀。

老大老二紧隔壁，老二坐东，老大西首。坐在家里，谁喊一嗓子，另一家都能听见。不过他们平时没言语，就是过年在父母家吃饭，他们也尽量不坐一张桌子。现在，父母年纪大了，过年就到两家吃，更没机会坐一块了。老大是瓦匠，老二是木匠，都是好手艺，也都是老人们的骄傲。庄上人见了老人就说，没哪个像你呀，把儿子们养得这样出息。老大砌了楼房，老二也砌了楼房。只不过老二刚把楼砌好，老大就把已经住了十几年的旧楼拆了，重砌了一座新楼。老二急眼了，不仅和老大媳妇急，还常常和父母急，说老大和老人们合家住了十几年，可他老二呢，刚结婚，父亲就宣布分家了。分家的时候，老大已经有了些积蓄，而老二身无分文。

不多会儿，老二来了，歪在椅子上，并不朝老大看。老大递了根烟过去，心想，还真的难为了老二呢。这些年来，为了赶上他老大，老二吃了多少苦呵，头发比他老大还白得多呢。可这能怪我老大吗，谁让娘生我生得早呢，谁让我出道出得早呢，谁让我赖在建筑站没出来单干呢，谁让我媳妇比你媳妇勤快呢。这些话，老大没有说出口，也不好说出口。点了烟，弟兄俩便僵在那里吸。

先憋不住的还是父亲，他替老大把话挑明了，老大心里也透了口气。老二硬硬地说，你们是不是商量好了，商量好了，还找我做甚！哪有呵，老大赶紧说，我就是找你商量的。找我商量，老二冷笑，那你咋不说。老大又把自己的意图说了一遍，说他想把屋场圈起来，再砌个厨房。厨房砌在哪？老二问。我是想搬到东南角的，就砌在围墙里面。老二说，你要是砌在东南角，将来我就砌在西南角，你可有意见？我能有啥意见，老大笑着，又丢过一根烟去，砌哪里是你的自由呵，只要你砌你自家的地盘上。我咋砌你都没意见么？没意见，保证没意见，老大胸脯拍得啪啪响。成，老二站起身，那就这么定了。

老二走了。留下老大和父亲木在屋里。老大有些发懵，他没想到事情处理得这么快。父亲问老大还在想什么，还有啥没跟老二说的。老大问父亲，老二刚才是不是答应了。答应了呵，父亲说，人家早走了呵。

墙

这一夜，老大没有睡得着。媳妇推搡他，他也没心情。一大早，老父亲敲门，说是老二找他，他倒定了心。老大就晓得，事情不可能那么顺当。

还是在父亲的房间里，这回老二递了根烟给老大。老大给老二点了。老二说，事情说是说定了，但我心里就是没底。老大说，我也是，我也心里没底。那就对了，老二说，咱们最好还是请个村干部来，做个证吧。难得老二没闹，还想得这么周到。老大说，做啥证呢，要做啥证呢，咱弟兄说定了，有老头子做证，何必请他们，请他们还不得请他们吃饭嘛，饭一吃酒一喝，说不准话又多了。

省顿饭也好，老二说，可口说无凭呀，总归得立个字据吧。立字据，怎么个立字据？就把你砌墙砌厨房的意思写下来，再把你同意我以后砌厨房的意思写下来，你签个字，我签个字，不就成了。还是你写吧，老大说，你写，我签字，你想咋写就咋写。怎么是我写呢，老二的声音高了起来，是你找我商量的，再说你上的初中，我小学还没毕业，你让我写，不是在寒碜我吧。老大赶紧说，你扯远了老二，我写我写，我写就我写。

老大已经有了孙女，孙女刚进幼儿园。老大从孙女的小书包里翻出一支铅笔，又从图画本里撕出两张白纸。写了字，包括父亲都签了名，划上日期，兄弟两人手一份，老大的心这才踏实下来。早早的喝酒上床，老大和媳妇戏玩一通，睡得特别安稳，所以他没能听到隔壁老二家夫妻吵架的声音。老大媳妇倒是听到了，她不晓得老二家吵什么，只觉着肯定是与他们家有关的。她想推醒老大，可是老大睡得像猪，老大睡得太香了，或者他故意不理她呢。想想也是，回来才两天，又劳身子又劳心，够他累的了。

腊月里也有阳光灿烂的时候，老大走到场边，媳妇扛着长锹跟在后头。他们着手丈量土地，挖沟拉线，老二又出来了。老二说，现在还不是挖的时候。不是都说好了吗？老大媳妇叫道。老二说，我不同你讲。老大呸了媳妇一口，那你说吧，老二。老二退了一步说，老大呵，不是我有意为难你，院墙，你是可以砌的，不过厨房可不能砌在这儿。我砌在院墙里面呀，老大说。可是你的厨房一砌，就会有阴影，遮光挡风的，我还咋个晒粮呀。你不是说，将来你也砌么。我不砌，老二说，我不砌了，你也不能砌。

协议也写了，字据都立了，你当你说的话是屁呀。老大媳妇在老大身后跺脚叫道。老大不得不又呸了她一口。他怕老二动怒。可是老二没有怒，反而笑了，那个协议还不如个屁呢，它能说明啥事体呢，我要是信了你的话，那才是白痴呢。老二从裤袋里掏出他的那一份，哗哗啦啦撕成碎片，撒在初生的豆苗上。

越是想顺当，越是顺不了，看样子老二铁定要找茬了。老大道，老二呵，咱们毕竟是兄弟，有事好商量，咱们再想想，你想想，我也想想，瞧瞧有没有个周全之策。甭想了，老大，老二说，反正是不能砌厨房，我这个人就是心软，不过这回再咋软，我也不会上你的当。

那我要是真的砌呢，老大说。那你就砌吧，老二笑道，你就砌砌看吧。老大媳妇说，怎么着，我还怕你会拆我的墙吗，你要敢动，我就喊110，上回就放了你一马了。老二说，那你送我去坐牢呵，坐了牢，还省得我自个儿生火做饭呢。可是你说的。就是我说的，老二依旧不紧不慢的，恐怕110的人来了，不是找我吧。老大给老二说得一抖，媳妇还要跳，老大推着她就往家里跑。

老大有一小块条子地在老二门前，春天，老大媳妇到地上种豆，老二见了，不让种，说只能种菜，别的啥也不能弄。老大媳妇当然不答应了，自家的地，凭啥还听他做主！可是老二发起横来是不认人的，不仅老大媳妇挨了打，还把老大门廊上的幕墙玻璃砸了。媳妇哭啼着，给老大打电话，让他赶紧回来理事，要不然她就死。老大说，咋个理。还能咋个理，把他抓起来。他可是我兄弟呵。可他当你是兄弟吗？那是他的事，甭管他咋样，都是一娘所生，我就是不看在兄弟的情分上，也不能让老人们伤心呵。你个没用的男人，媳妇说，你没用就没用，还拿这些个话搪我！你给我离他远点，老大说，我要是打110抓老二，那不是让外人看着笑话么。

那阵子,老二也担心事情闹大,老大虽然没有回家,老二还是收敛了不少。这一回不同了,这一回老二不是发横,像是有所准备的。老大以为自己稳操胜券,没想到老二短时间内也有了主意。你不懂呵,老大对睡到床那头的媳妇说,我们的厨房没有报批,要是真的砌了就是违章建筑,就算砌好了,老二也可以推倒的。那你就报上去呀,省那几个钱做甚!你又不懂了,报上去能不能批还没数,就是能批下来,也快不了,我这不是想和平解决吗?可人家不尿你,对吧,媳妇在那头一撅屁股。是呵,老大说,老二进步了,没人指点,他应该不会想到的。

到底是哪个提拨了老二的呢?老二媳妇喜欢串门绣花,一定是她得到了提拨,赶紧回家提拨了老二。老二横是横,却耳朵根子软,最听媳妇的话。不过平日里,老大在庄上的人缘还是挺好的。虽说常年不在家,但是家里活儿多了,请人帮工,总是好酒好肉来款待,庄上的人也乐意给他干活儿。建筑站入股,庄上的人争着把钱借给老大。一到年终,老大的头件事,就是还庄上人的高利贷,不说二话。谈到老二,庄上的人都站到他这边,说你这个兄弟,就是不晓事,他和你争个啥呢,有本事到外面捞钱去呀,为一根草一棵树争来争去的,争死了也发不了财呀。

老大心里也是这么想的。有几回,他甚至想通过父亲,把老二请过来,和他谈谈心。不过他晓得,谈了也没用,老二不是个小孩子,弄得不好,还会臭骂自己一顿呢。所以,庄上人的话,虽然听得舒坦,老大却没有表现出来,他淡淡地说,我没有和他争呵,他要啥都随他的。我也能理解他,我不会和他计较的。事实上不管老二怎么挑衅,老大都不计较。媳妇看不下去,儿子也看不下去了,老大就喝骂他们。有时候,老大连自己都不理解,怎么会对他如此宽宏大量的,是不是因为上了点岁数呢。

老大特地在衣袋里装上两盒"兵马俑",到庄上转悠。庄上的人见了老大,都热情相邀,问他在工程上的进展,问他西安有啥好玩的地方。老大一边发烟,一边应答着。大伙儿都靠着墙根晒太阳。家家户户的屋檐下，都挂了自家灌制的香肠，大小不同粗细不一而已。有的人家的香肠已经风出腊香，直往你的鼻孔嘴里钻，往你的五脏六腑钻，过不了多久，你就让那腊香滋饱了。

"咋样，过会儿，就在这尝尝我灌的香肠，弄点酒。"主人客套道。

"是呵，老大，我们跟着你沾光呢。"边上的人起哄道。

"对对对，大伙儿都留下来，我再炒盘卜页，炸碟子花生米。"主人只得说。

"是呵，伙家，你干脆今儿个把年酒请了算了。"边上的人巴不得把场子整大。

"要请也是我请呀，难得你们经常帮衬我，等我把家里收拾好了，到时，你们可得来捧场呀。"老大从从容容的，把话头挑到他家的工程上，主人头一个拍胸脯，说保证一喊就到，还有就是，要不要他们做小工，到底啥时候开工，要的话，他们也好早作打算。快了，快了，老大深表感谢，却又皱皱眉头。

咋的了，还有啥为难的，有人试探着，我们这些人哪，力气活倒还能死撑撑，脑子可不及你灵光的。

没有没有，材料备得差不多了就开工。老大到底没好意思再说啥。有啥好说的呢，家丑还不可外扬呢。那是不是你家老二又给你捣乱呢？老二么，老大说，这次的事，他倒是蛮支持的。没有就好，不过你家老二也是呀，放着好好的木工不去做，在家摇膀子做甚。他怕是有他的打算吧。不对吧，我听说，他原来在农机公司做，天天拿人家的东西，什么玻璃呀木头呵电线呀铜条呵，啥都往家运往家搬，搬到后来，他自己也不敢去做活了。能拿哪个不想拿，老大心想，工地上的人不也这样么，顺手牵羊，人之常情。是呵，有人接口道，他干起活儿来总懒洋洋的，还老要充大，管头都不敢请他了。后来他进城卖菜，也是三天打鱼两日晒网的。

老大由着他们说，他们说够了，就瞅着老大。老大说，唉，都是我这个做兄长的没用呵，一点也帮不上他的忙，有心让他跟我到工地上去，可是拉钢筋的活儿，他又做不来，儿子也大了，要添媳妇了，房子砌了，还得装修，你说他老二能不躁么。

没能套到人家的话，聊着聊着，老大却发现自己在替老二说话，越说越觉得老二真是受罪，自己真是没用，庄上人见他一副动感情的样子，都有些奇怪。老大也觉得自己怪怪的，便打个招呼，匆匆地溜回家，钻到房里。媳妇问他咋说的，他也不答。媳妇恼了，死人，你到底咋想的，你的计划还办不办了？照办不误，丈夫翻了个身说，厨房就不动了。厨房不砌了？不是不砌，是不动，丈夫重申道，原地翻新。你服软了？服软了，我真的服软了。

主意打定，也快过年了，老大又忙活起来。他和媳妇一道掸尘，里里外外收拾了个遍。二十八，儿子也从石家庄回来了。一家五口，大呼小叫，不时传出笑声和佯怒的骂声，砌房的事倒好像给他们忘了。热火朝天，又风平浪静的，连老人们也狐疑起来。问老大，老大说，砌呵，咋不砌，日子还长着呢。老二更是感到奇怪，他一直在家等着老大来和他谈判呢。老大硬是没来，啥事也没。老二倒是听说了厨房不动的消息，可他不信，老大表面上软，可从来不是个认输的人。老大的心计多着呢。

老二挺不住了，他想听老大亲口说出来。他在老大的屋场边晃来晃去的，又不便伸脚到门前。见了老二，老大一样的招呼，老大的儿子也喊他叔，孙女也喊他爷，就是不提厨房的事。老二转了转，没头绪，只得一脚跨进菜地，踩在一堆狗屎上。

转眼就是除夕，那是乡下人最忙碌最快乐的时候，年货没办妥的赶紧上街添，猪头没烧烂的赶紧煨，老大家里却开进一队小工，开始拆厨房了。发号的是老大媳妇，一会儿指使你搬东西，一会儿指使他爬屋顶。老大倒像个没事人，陪着老父亲老母亲站在一边，闲看着，絮叨着，也不晓得絮叨个啥。问题很严重，可老二愤怒不起来。人家是拆厨房，又不是砌厨房，弄得老二有气无处出。傍晚，小工们早早地散了，老大的旧厨房也不见了，成了一片废墟，裸露的钢筋骨架直指天空，好像摇着黑色的手指，在向老二示威。那么，他们晚上在哪儿生火呢。不用担心，老大家里早就添置了煤气灶电磁炉电水壶，像城里人那样烧菜做饭哩。

大年初一，老大一家像所有的人家过年一样，都穿上了新衣裳。老大都几年不穿新衣裳了，今年也穿了件波司登。老大家的鞭炮比哪家都放得早，一家五口先是给老人们拜年，然后随着小女孩，在屋场上跳着跑着，追赶放上天的红气球黄气球蓝气球。

老二病恹恹地懒在床上。儿子来喊，他不理，老婆来喊，他也不理。一家三口，连老人们那里也没去拜一拜。多年来，在老二眼里，胜过老大就是他的目标，可每回都是他老二栽。小时候打架，自然是老二吃亏，等他有了力气，老大却懒得和他打了，老大从经济上压过了他。你不是有钱吗，老二动不动就找事儿，但老大不在乎，骂了人自然是你老二理亏，砸了东西，过些天再补上就是。现在老大又想砌厨房了，还要砌在他的东南角，架到他的眼头上，幸好没动工，他老二就醒悟过来。他想，看来和他蛮斗是不行的了，得智取。可是智取一向是他的弱项。难道老大真的不挪厨房了！看样子，他老二也只能以静制动。

傍晚，儿子的对象来了，不用老婆劝，老二赶紧起了身。对象在太仓打工，两人一谈就谈上了。女孩子对儿子很好，对他老二也不错，每次来还都给老人们带礼物。今天提前来，也是想给老人们拜年的。老二便觉得自己躺着真的不妥，要是给未来的儿媳看穿，可不得了。再者，还没和老大智斗，自己就软蛋，也太没志气了吧。

老二换了身衣服，漱了口，点了烟，敬了香，又对媳妇和儿子嚷着，都到屋场上放鞭炮。往年老二总是早早的就放，今年他是庄上最后一个放鞭炮的。听到老二家的鞭炮声，庄上的人都站在自家的屋场上，远远近近的，朝这边指指点点。老二亮着脸，和庄上的人高声招呼，邀请人家过来喝茶聊天。未来的儿媳来了，老二感到从没有过的快乐。

鞭炮放完，媳妇想扫场，让老二喝住了。一家四口，喜气洋洋进到老人的屋里，儿子还提着对象买的大礼包。可是他们扑了个空，老两口已经让老大一家请去了，正坐在桌边，边看电视边喝茶，准备着吃晚饭呢。老二喊了声"爹、娘"，老人们没应，老二媳妇喊了声"爹、娘"，老人们也没应，孙子喊，老人们应了，孙子的对象喊，他们也应了。老二说，我们给二老拜年来了。拜年，现在拜年？老人想不开口的，还是忍不住了。来晏了，老二说，都是我不好，我一早上就不舒服，现在才好了些。老二这么说，老人也不便揭破他。老大一家子赶紧给老二一家让座，上茶。

老二一家子没动，他们不坐也不喝。老二说，爹，晚饭就到我那头吃吧。老人说，我还是在这边吃吧，他们已经弄好了。老二媳妇见状，就往头里跑，给老二截住了。这婆娘只得打起笑来，爹，中午你在这头吃的，晚上还是到那头去吧，你总不会偏心吧。老人心想，我本是要为你们省省的，你还说我偏心。正在犹豫，老大开口了，老大说，爹，你们还是过去吧，你看，一大家子来请你，连你孙媳妇都来了，你还能不去么。老大的话把女孩的脸说红了，把老人们也说得嗡嗡笑了。算你还会说句人话，老二也朝老大笑了笑，感谢他帮场子。老人们便在儿孙的搀扶下，出得门来。

走到屋场，还没进门，老二就后悔了。老二拜年是真的，请老人们来吃晚饭，只是客套。他料定，再怎么请，老人们都不会来的。老人们晓得他的家底儿。再说他们已经准备开饭了，老大应该留老人们在他那边用饭才是。可再怎么客套，也得客套得像真的，所以他请过了，又让媳妇请，媳妇请了，他还预备让儿子和儿媳请。没想到老人们还真的来了，老大不仅没有挽留老人，还帮着他老二，赶着老人们来，好像他们迟迟不开饭，是专等着老二一家去的。这个老大呵，笑里有刀，他是要瞧我的好看，他这叫杀人不用刀呢。

儿媳是个懂事的女孩，每次来，都不许他们铺张办菜，其实他们就是想铺张，也铺张不开。今晚不行了，儿媳好打发，可老人们来了，总不能不置些菜，做个样子给儿媳看一看呀。家里头，烟酒菜还是有的，那是办年酒用的。砌了这幢楼房，老二对外宣称还有积余，实际上欠了一屁股的债，已经几年不请年酒了。今年无论如何是要请的，一来省吃俭用，债也还得差不多了，二来儿子有了对象，结了新亲，怎能不请？

哎，看来今晚……老二朝媳妇努努嘴，怪她咋还不进厨房去弄菜，心里头却刀割似的痛。老人说，不用弄了媳妇儿，我们又吃不动的。哪能呢，老二笑着说，都烧得很烂的，今儿晚上咱爷儿俩要好好喝几盅。

　　老二的确喝得不少。话说得也不少。老二想，反正是办了菜，不喝也剩了。老二这个人，酒一多，话就多。外面鞭炮阵阵，屋里头，儿子和对象交颈说笑，老二心里暖洋洋的。他不晓得自己和老人们碰了几盅，也不晓得自个儿究竟喝了几盅，他只感到闹哄哄的，热气腾腾的，人就像进了澡堂子，泡得太久，无力动弹，渐渐地，眼睛也睁不开了。

　　他在鞭炮声中睡过去，又在鞭炮声中醒来，嘴里苦得没味，四肢也酥软，想爬爬不起来，好像中了迷药。窗外的笑声叫声，更让他躺不住了。这时候，老二媳妇匆匆跨进来，都啥辰光了，你还有闲情挺尸呵。老二想喝水，向媳妇招招手，老婆便拉了他一把。他爬不起身的时候，总是媳妇拉他。老二坐在床上，并不急着下来，过年了，还不许歇歇么。那你就歇吧，媳妇说道，等你歇够了，人家的院墙厨房也架起来了。媳妇的话像是在老二背上猛地拍了一掌，他直直地跳下地，啥，他们开工了？媳妇并不看他，自顾出去了。

　　可不是么，老大门前一片繁忙景象，要是插些红旗、标语，就跟当年的河工差不多了。老二趿着鞋，衣服也没穿齐整，冲出来的时候，倒没忘了抓一把铁锹。这老大也太目中无人了，说开工就开工了，那还了得，大不了弄个鱼死网破吧。

　　可他跑到近前，就没脾气了。儿子和对象也扎在人堆，亲密相依，闲看老大一家的热闹场面呢。这俩小犊子，他们哪里晓得老大的狠呵。老大早不开，晚不开，偏偏挑中了初二这个好日子，偏偏挑儿子的对象在场的时候动手了。老大晓得，这个时候，打死老二，老二也不会动手的。跟儿媳比，老大的墙，哪怕他老大是在修筑一条长城，又算得了啥。算是算不了啥，可这心里的气却把老二堵得慌，好像有一面墙正正的压在他胸口。老大呵老大，你个狗日的真有种呵你。老二气得直哆嗦，手握的铁锹也跟着哆嗦了。庄上的人说，老二呵，这大冷天的，衣服还是多穿点好。老二笑笑,继续哆嗦。庄上的人又说,老二呵,你是来帮忙的吧,不过也好,干点活儿,光膀子也冒汗的。老二笑笑,笑得眼里冒火。这些狗日的,他们是真的不明白,还是在故意逗他!

老大也看见了老二,看见了老二手里的铁锹。老大光着膀子在挖烂泥,干得正起劲呢。老二,老大大声招呼道,你还是歇歇吧,你的心我领了,中午一块来吃饭吧。老二别过了脸,提着铁锹,在田埂上转了转,就转了回去。儿子的对象见了,悄悄捣捣心上人的腰,嘿,你爹这是怎么了?儿子见爹这样子,也严肃地挎着对象,跟进家门。

这天中午,老二一家早早的就开了饭,可老二吃不下。儿子的对象给他倒了一杯酒。老二不想喝,老二媳妇也不让他喝,可酒是人家姑娘孝敬的,老二勉强喝了一口,还是给呛住了。儿子的对象就走过来,给未来的公爹爹拍背脊,轻轻地拍,像拍噎奶的婴儿似的,拍得老二婆娘都有些醋意了,要在平时,她早就嘀咕上了,今天她没敢,再说人家孩子也是好心。待老二平了喘,女孩儿说,爸爸呀,喝酒一般不会呛住的,我爹也喝,喝多少也不呛,你一定是心里有气吧,气大伤身,爸,你就消消气吧。老二听了,艰难地笑笑说,我哪里有气呀,姑娘呀,我这是高兴的,我一定是乐坏了,对了,你们不是要去给婆奶奶拜年吗?那就早点走吧。

儿子和对象前脚走,老二后脚就出来了,还是抓着那把铁锹。老二把铁锹舞得像杂耍,冲到老大的田边,见线就扯,见桩就铲,似乎还要见人就砍,正好一个瓦匠倚在门口剔牙,见势不妙,大喊起来。那个瓦匠边喊边就窜过来,给老大拉住了。老大说,由他扯吧,扯光了他就安神了。老大叫媳妇拿出几条长凳放在门口,大家坐在凳子上喝茶,抽烟,看老二抽风。老大说,好样的老二,不要停,千万不要停,你想咋弄就咋弄吧。

这下子,老二没辙了。老二是个人来疯,本想大干一场的,可是无人应战,人家还叫他不要停,他还能砸什么呢。老大这是在出他的洋相呢。老大儿子更是养子胜似父,竟然拿着一只火柴盒大的照相机,喀嚓喀嚓地对准他。没人理他，也没人劝他。幸亏婆娘赶来，抢了他手里的铁锹，要他有话好好说，老二气咻咻的，给了婆娘一拳，也给了自己一个台阶下。

老二歇了手，老大这才走到近前，递根烟给他。老二说，我不吃你的烟。老大说，你对我有意见，犯得着跟烟过不去吗？你还能就此戒烟不成！你狠，你狠，我认得你狠。我狠，我哪里狠了，老大惊奇道，我打不过你老二，骂不过你老二，只能由着你老二打砸抢了。那你说，你砌墙，咋不通知一声，老二几乎要哭起来。还要咋通知，老大说，腊月里我就给你打招呼了，你不准我砌厨房，我就不砌呗，一切都依着你的。

依着我，不会吧，老二冷笑一声，你看你拉的线，都超到我家的地块了。那你来量，你量到哪，我就从哪重拉线。在众人的注目下，老大老二重新量起来，这一量不要紧，线得往外拖了，原来老大故意往里缩了五十公分。见老二脸上白一块青一块，老大说，算了，我还是以你拔掉的那根桩为界吧。那你砌多高，到底咋个砌法。老二彻底地输了，嘴上还硬。你说砌多高？不得超过你家屋场的地基。行，听你的，老大说，实墙就砌到地基，反正上头安装不锈钢管，空心的，透风，行了吧。还有一条，现在得说好，老二说，墙砌好了，你可不能在墙根下种菜种树。我还是那句话，你说了算，老大保证道，对了，你不会说了不算吧，我不种，你也不能种呀。

那一天，老二觉得出了鬼，这个老大，真的是变了，这么好说话，可老大答应得越顺溜，老二越是觉得不对劲，明明是自己在提条件，倒像是自个捆自个，捆得没一丝反抗的气力。"我可以动工了吗？"最后老大问，用一种戏谑的口气。现在，老二真的是无话可说了，他只能眼瞅着老大手一挥，瓦匠小工们便奔进田头，挖沟的挖沟，运土的运土，搬砖的搬砖，和泥浆的和泥浆。

老大砌墙，老二也没闲着，他在家给儿子的新房吊顶呢。正月里本是卖菜的旺市，老二家的田地里长满了菠菜、豌豆、香菜、萝卜，他硬是不去卖。儿子和对象早就粘在一块了,上厕所的工夫也不分开。他为他们高兴,又为他们担心。他们弄大了肚子,新房还没装修好,那责任就是他这个做上人的了,到时候,还不晓得老大会咋笑他呢。所以,那边老大家一动工,老二这边也动手了。老大是一帮子人干,老二是一个人单干。庄上的人常常取笑道,这对兄弟呀真好玩,老大在外边,一年到头不晓得要砌多少幢房子,老二呢,在家里,一幢房子,不晓得要拾掇多少年呢。老二听了,也不言语,继续拾掇。的确,老二的房子自打砌出毛坯到现在,少说也有三四年了,不过电路水路都是老二自己设计的,瓷砖是他贴的,地板是他做的,浴室是他安的,天花吊顶更是他的强项了。老二边干边想,你老大今年不是砌墙么,那我今年就给儿子把事情办了,不能再拖了,再拖真的要弄个大肚子进门了。这个决定是老二突然之间做出的,老二欠着身子,抓着刨子,努力驱赶着儿媳的大肚子,忙得更欢了。

抽烟歇气的时候,老二就会下楼,出门,踱到老大的工地上,指指点点,趁此机会,老大家的工匠们正好也想偷偷懒。实墙已经砌好了,正在贴浅草色的文化石。老大请老二量一量,是不是他老二规定的高度。老二就量一量,点点头。其实老二也晓得,自己只是做做样子,改变不了啥。可老二心里还是有种满足感,他说,老大呀,你别以为你袋里有几个臭钱,就可以胡来的,我不让你砌,你砌了也白砌。老大说,是呵,我听你的。老二是想激怒老大的,可老大就是不理这一茬。

老大的院墙、厨房和蚕室都是同时进行的,整整花了一个月零二十天。老二的天花才吊了一半呢。眼瞅着老大家高大的黄铜门柱,亮闪闪的不锈钢管院墙,还有安装了抽油烟机的大厨房,老二有些恨,但更多的还是佩服。他想,我和老大斗有啥意思呢,我本来就比不过他,还斗个什么斗。我真是糊涂呵。话又说回来,要不是老大在前头压得他喘不来气,说不定他到现在房子也砌不出呢。不对,不对,老二死劲摇摇头,这么说难道我还要感谢他老大不成!

儿子早就去石家庄了，往年这个时候，老大也早就到工地上了。已经二月，工程队催了几次，老大还是赖在家里。不想走。刚刚收工，再怎么着，自己也得享受享受呀。每天，老大早早地起床，打扫院落，或者干脆趴着身子，拿小铲刀刮水泥地面上的泥浆。他在院子里跨着步子，计划着再弄两个花坛，栽三五棵桂花树。一想到桂花树，老大的鼻子里就有了桂花香，眼睛里就出现了八月的月亮。晚上，老大迟迟不上床，他喜欢站在窗前，看路上的摩托车、汽车、电动车的灯，在他的院墙上跳来跳去的光芒。其实他的墙头，每隔一米五，也装了一盏灯，只是还没用过。院门上的两盏灯，更是巨大无比，照在麦田里，活像是下了一层霜。老大的院墙，前前后后，一共装了二十多只灯。他几次动了念头，想亮一个晚上玩玩，都让媳妇骂缩了手。媳妇说，你开着试试也就罢了，还想亮一晚上，你是找骂呀。老大就觉得媳妇骂得有道理。可不开，一直不开，装了不也是白装吗。

老大决定，出去前，把庄上的人请一请，全部请一请，感谢他们多年来的帮衬。可以从房子里坐到院子里，华灯齐放，那才有劲呢。更让他感到非请不可的是，他的院墙和厨房一落成，就没人来串门了，一个也不来了，家里反倒冷清了。老大常常想起刚买电视时家里的热闹，电视也让老大赢得了不少的尊敬。老大是个喜欢热闹的人。他得找回那份热闹。

现在，老大巡视自己的领地时，总是主动和庄上的人招呼，邀请他们来坐一坐，就差到路上去强拉强拽了。庄上的人对他也还是恭恭敬敬，客客气气的，可从他门前路过时，总是救火似的匆匆而过。这也太蹊跷了，难道是因为全庄上，就我一个人砌了院墙吗？老大陡然觉得，院墙好像不是为他一家子砌的，而是为庄上的人砌的，这漂亮的院墙，活生生地把他隔绝在他们的世界之外。

庄上的人，满口应承了老大的盛情。说到时候，一定去，全家都去。自然，老大也请了老二，老二也爽快地答应了。这是老大没想到的，他只想到，要是老二不来，又得请老头子做工作了。既然大家都应了，老大特意找了乡下的厨师来忙。媳妇直埋怨，又不办事，还请人忙，你钱多得没处去呀，没处去就给我花吧。老大说，怎么不办事，这么大的工程还不算事吗？你能忙个什么菜，请人家来做客，就得尊重人家。

那天傍晚，老大早早地就穿了西装，打了领带，等在院门。老大还备了两张桌子，以便早来的客人打打牌，玩玩麻将。他等呵等呵，等呵等呵，他看见人们在家门口转来转去的，就是没一个动身的。六点不到，老大就迫不及待打开了所有的门灯，墙灯。老大的房子置身在一片灯的海洋。厨师已经在催了，问什么时候上冷盘，什么时候炒热菜。老大想了想，对媳妇说，咱们分头，再去请一趟吧，你在河南请，我到河北请。老大特地骑了一辆自行车，挨家挨户地请。庄上的人仍然满口应承，嘴里说着，就到就到，却好像商议好了，就是不出脚。你总不能押着人家去吧，你能押一个，也不能押到所有的人吧。

唉，今晚，怕是一个人也不会来了。

媳妇已经打转，在院门外候着他呢。来了吗，老大急急地问。媳妇无声地摇摇头，用衣角擦着眼睛。向来是置酒容易请客难哪，可一个客人也请不来的事，偏偏发生在他们家，真丢人，丢大了人了，他还算个啥老人呀。媳妇牵扯他的领带，问他咋办。进去吧，老大无奈地进了院子。眼前突然一黑，家里，院子里所有的灯都熄了。"关什么灯，哪个关的呀。"老大急吼吼地叫道，跳上台阶。

啪的一下，厨房和大厅的灯又亮了。灯光下现出个人来，"我关的，老大呵，你不是说，啥都依我的吗。"

是老二，老二笑眯眯的。老大心头一热，上前一步，揽住老二的肩。

偌大的客厅，摆了五张桌子，上了酒，摆了冷菜，却只有正中的桌子边上，坐着爹和娘，坐着自己的儿媳妇和孙女。老二媳妇没有来，可老二真的来了，比哪个来都强。老二捣捣老大的肘，"要不，咱就陪爹喝两盅，给你送行？"老大哽咽着，死劲地点点头。他拉着老二坐下来，回头对媳妇说，快，快叫师傅炒菜吧。他一边拆酒封，一边瞅着媳妇向

客厅的西墙走去。这又是老大的得意之作——媳妇揭开墙上的美人挂历,厨房便一览无余了:

他们请来的厨师四仰八叉在椅子上,咕嘟咕嘟灌着啤酒呢。厨师的下手,那个二十刚出头的村姑,正用一把木梳,梳理着一头乌亮的长发。她袅着身子,她侧过脸来,她卷着舌头,她望着客厅,她一脸的惊恐,她一动不动了。

(原刊于《收获》2008年第2期)

八大时间

麦　家

一九六四年一月五日

这是我最伟大的一天，没有这一天，也就没有了我。这一天，是我的生日。

生和死是一个人最大的事，但没有一个人会对自己的生死留下记忆。生是一次啼哭，死是一次闭眼。生的啼哭唤醒的是别人的记忆，死的闭眼关闭的是自己的记忆。生于何时，死于何刻；生的情景，死的情状，这些记忆都储存在他人的记忆中。所以，谈自己的出生，无异于做小说，你说得头头是道，闻者都信以为真，但其实不过是人云亦云而已。

时间是放在空间里的（反之亦然），赋予我成其为人的这个时间：一九六四年一月五日，我的降生之日，是放在距离杭州四十一公里的一个古老的大村庄里的，村庄名字叫蒋家门口，行政上隶属富阳县（一九九四年撤县改市）。富阳是个默默无闻的地名，但其下有两张赫赫有名的面孔：一是富春江，二是郁达夫。富春江因黄公望留下的传世名画《富春山居图》而名震遐迩（现今一半在大陆，一半在台湾），郁达夫是现代文学史上的大家名士。我的家，蒋家门口是富阳的第一大村庄。这是一个殷实而富丽的村庄，它的古老，它的富丽，它的人丁兴旺（现有四千多人），都使它显得不像一个村庄，而像一个古镇。在我出生前一个世纪，这里就有了翻造上海滩上的三层楼房，宽敞的回廊，红色的琉璃瓦，明亮的玻璃，高大的檀木台门（三米高、二米宽），龙飞凤舞的飞檐立柱，宽阔方正的天井，至今都令人叹为观止。八十年前，我爷爷的父亲卖掉了四十亩竹山，带着两个儿子——我爷爷和小爷爷——开始模造这栋来自上海滩上的三层楼，虽然是缩小版的——只有二层半，规模也小得多，但依然给我们家带来了经久的美誉。小时候，我经常看到有外乡人来我们家参观，指着我熟视无睹的种种雕像、石刻评头论足，留连忘返。二十年前，作家李杭育在我一个远房叔叔的引导下也去看过，至今记忆犹新，见了我夸奖不已。

　　能够出生在这样一栋堂皇气派的房子里，应该是我的荣幸，但我的父亲却不这么看。小时候，父亲经常对我说，我们必须离开这座房子，否则我们家难有翻身之日。这么说是有深刻的原因的，原因就在我们家前面的一栋楼。这也是一栋三层楼，但似乎没那么考究，没那么多纯属审美的铺张浪费。那是一栋结构比较简单、实用的三层楼，长长的一排，有点像现在的单位宿舍楼，外墙粉刷成红色，到了我小的时候它还是红的。我们家和他们家中间只有一条不到二米宽的弄堂，也就是说，它的"屁股"对着我们家大门。父亲告诉我，我们祖上和这家人的祖上是死对头，他们之所以将房子造得这么高，这么摆放（屁股对着我们大门），而且还漆成红色，目的就是为了抑制我们家，破坏我们家的风水。怪的是，自从这栋红房子造好后，我们家族兴旺的景象，日渐败落下来。我的小爷爷为了抵制这种神秘的"破坏"，专门到上海跟一个传教士信了耶稣，回来后每天都在厢房里做祷告。我小时候经常带同学去看小爷爷做祷告，叽叽咕咕的，含糊不清的声音里不知道说的是什么。但是我父亲知道，父亲说他是在祈求耶稣保佑他，而且耶稣也确实保佑了他。我父亲有兄弟四个，也就是说我爷爷有四个儿子，小爷爷只有一个，是独子。但有了耶稣的保佑，小爷爷的儿子接连给他生了七个孙子，而我爷爷尽管有四个儿子，孙子却也只有七个。我爷爷死得早（六十六岁去世，我没有见着），没有发现这个秘密：耶稣的力量——正因此，他无法活得更长寿。而我父亲虽然发现了这个"秘密"，但由于时势的原因，虽然满心想投靠耶稣重整家业，却又不敢。因为那是一个大肆破除封建迷信的年代，信耶稣是迷信——崇洋媚外的迷信，罪加一等！父亲曾经通过养狗、在家门口摆放石狮子、杀公鸡等多种迷信方式，来摆脱"红房子"对我们家的诅咒。但事实似乎证明，这些方式过于简单，缺乏真正的力量，重整家业作为一个梦想一直盘桓在他心里。

在我十岁那年，父亲借了钱在我们老屋边上造了一间比较简陋的新屋，那是他为了摆脱"红房子"的诅咒的第一个大动作。收效似乎是明显的，我哥随即结了婚，我姐也在城里找到了意中人。遗憾的是由于当时条件限制，新屋的位置离红房子还是比较近，似乎还在红房子发威的范围之内。于是十年后，一九八二年，我们家又造了新屋，新屋建在村子外，可以说真正是彻底摆脱了红房子的纠缠。因之收效似乎也是很明显的，我们家转眼成了当地出名的"万元户"。那时候，我已经在部队，在千里之外。父亲从来不要求我调回去，而且总是对我说，你走得越远越好，意思是越远红房子越奈何不了我。原以为到此父亲和红房子的斗争结束了，殊不知大动作还在后面。一九九六年，父亲冒着大逆不道的风险，把我们家的老屋很便宜地卖掉了，真正是惊世骇俗啊！在我们家乡，老婆可以休掉，子女可以出让，但祖屋是绝对不能卖的。不过我可以想象，父亲为什么要这么做，说到底，还是红房子在作怪，在煎熬他，在改变他，在给他勇气和力量。

父亲对红房子刻骨而经久的疑惧和抗争，让我从小就打开了一扇通往神秘和幽境的小门。这是一扇现实之外的门，可能也是我通往文学深地的门。

一九七一年正月初十

这一天，我号称九岁，其实才七岁。

在我们家乡，人的年纪是以年头来计的，说你多少岁，说的是虚岁，不是实足年龄。按这种说法，如果你是大年三十出生的，那么天一亮，到了正月初一，就已经是两岁了。我出生在元月，但在阴历年中还是旧年，是农历十一月十九，到年三十尚有四十一天。所以，当我出生四十二天时，我已经叫两岁了。每到正月初一都要加一岁，更何况是正月初十。于是，到了一九七一年正月初十，我不容置疑是九岁了——其实才七岁零五十天。这一天，我背着书包走进了设在祠堂里的教室，事后我痛苦地发现，我背的书包特别沉重——那不是书的重量，而是泪水的重量。

我不知道那时候我们那里为什么是正月里开学，这个问题我没有琢磨过。不过，我知道这是最后一次，以后都是夏季开学了，而我们之前好像都是正月里开学的。我觉得正月里开学更有种喜庆色彩，书包里藏着压岁钱和酥糕，那感觉是很好的。中国的农村给人最统一的印象是穷，贫穷落后，吃不饱，穿不暖，脏不拉叽，大人缺乏尊严，小孩少了天真。但是公平地说，我们那边不是这样的，我从小没有挨过饿，每年都有新衣服穿，冬天一套，夏季一套，过年时还有压岁钱，远的亲戚给二角、五角，近的亲戚，像外公、娘姨、姑姑至少给一元。我还认了个干爹干妈，自己很节俭的，但对别人很好，尤其对我更好，压岁钱经常给我一张五元大钞。一般一个春节过下来，我可以得到十几至二十块的压岁钱。这是我的零用钱。我用这个钱到县城看电影，买好看的塑料凉鞋和的确良，回来做衬衣。这是少年的我最美好的回忆。换句话说，我小时候没有感到过生存上的困难，没有这方面的记忆。有关困难的记忆都来自精神上，来自时尚和世俗。每个时代都有时尚，我少年的时代是一个讲成分和阶级的时代，把人划成两个阶级：革命和反革命；分成两种颜色：

红色和黑类。黑类又细分为五类，即"地富反坏右"，俗称黑五类。这黑五类中，我们一家占了两类：右派和地主。右派是我父亲，地主是外公，两顶大黑帽子，是两座黑压压的大山，压在头顶，全家人都直不起腰。

我上学的记忆是从被污辱开始的，记得那是一个下雪天，老师出去看雪了，我们在教室自习。雪花从窗户里飘进来，落在临窗而坐的我的脖子里，我下意识地缩紧了脖子，起身想去关窗户，刚好被从外面赏完雪进来的老师发现了。老师走到我面前，问我要干吗。我说是雪飘进了我脖子，我想关窗户。老师问我是不是冷，我说是的。狗日的老师说：你头上戴了两顶大黑帽还怕冷啊。

是在课堂上！

这个狗日的！

老师都是如此，更何况少不懂事的同学。所以，我不喜欢上学，因为上学对我就意味着受欺辱。都说学校是育人的，教人以美德，授人以知识，但其实不尽然。我小学到初中，喊过的老师至少十几个，但真正温暖过我的只有两个：一男一女，男的叫蒋关仁，女的叫王玲娟。王老师是知青，胖胖的，演过沙奶奶。蒋老师是个仁义的人——像他的名字一样，上课不用教鞭（只有他一个人），高个子，篮球打得很好。十几个老师，只有两个人，似乎是少了些。但够了，因为他们代表着善良、正直、仁义和爱，是可以以一当十的。每次我受了欺负，赖在家里不去上学（这像一种慢性病，一年里总要犯个一两次），父亲和母亲会用两种截然不同的方式来催赶我去上学，父亲是动武，用毛竹条抽打我，粗暴地赶我去；母亲是搬救兵，把王老师和关仁老师搬出来说教，有时还直接把老师搬回家，现场将我带走。父亲的方式其实往往是把事情弄得更复杂，我经常是人走了，但又不去学校，而是找一个墙角躲起来，等放学了才回家，制造一个上学的假象。假的真不了。王老师（她是班主任）看我一天不去上学，晚上笃定要来我家问原因，一问真相大白了。所以，从结果看，父亲似乎在用另一种方式把爱我的老师请进家门。当然，老师登门了，学校的大门又向我敞开了。小学五年半（就只有五年半），我最深的记忆就是这种再三的逃学、劝学，大门关了，又开了；开了，又关了。就这样反反复复，反复中我一再尝到了被多数同学和老师欺辱的苦头，也一再品到了被个别老师宠爱的甜头。

关仁老师，王老师，一男一女，一高一低，像一对天使，像一个完美的世界，存放在我心的最深处、最暖处。他们使二十年前的我留下了一首诗——

> 我心里有阳光
> 来自两个有性别的太阳
> 一个是男的，一个是女的

很笨拙的，但很真实。

我曾经无数次地想过，如果没有这两个太阳、天使，我的人生会变成什么样子？

那年那月那三天

这里指的是两个时间：一是一九七八年六月十一——十二日，二是一九八一年七月七——九日。前者是初中考高中的日子，后者是高中考大学的日子。两个日子对我都非同寻常，有点一锤定音的意味。人生能有几回搏，说的就是这样的日子。胜者为王，败者为寇！

把歧视当作动力，发奋读书，通过优异的成绩叫人刮目相看，从而改变受歧视的劣势地位，这是受歧视者正常的一种反应，一种情况。另一种情况是自暴自弃，破罐子破摔，无所谓，无所求，任歧视自由发展。我当属于前者，想通过努力把劣势改变的。但是，我们那会儿读书学习成绩是不重要的，考试都是开卷考，好坏很难体现也无人关注。那时候，我们的好坏主要体现在劳动积不积极，好事做得多不多，对老师礼不礼貌等等这些课本之外的东西上。这些东西我都做得不错，小学五年，我当了三年的劳动委员。我待人也特别礼貌，因为自卑，做什么都礼让三分，当忍则忍，包括现在都这样的。少不更事的我并不知道，我的努力并不能改变我的命运。改变我命运的是邓小平。到了一九七七年，国家恢复了高考，学校也开始要成绩了。这时我在读初二。我读的是两年制初中，初二就是毕业班。要在以前，像我这种"黑五类"，上高中肯定是没门的。以前读高中都讲推荐，5%的比例，基本是"干部"子女的特权。但是那一年上高中要考试，择优录取，我的机会就来了。

父亲比我还重视这个机会，并把这种机会归结到是我们造了新屋。其实那时我们的新屋很小，全家人有一半还住在老屋里，但我住的是新屋。新屋离红房子远啊。从那以后父亲在新屋里给我调整了房间，调到离红房子更远的西边的房间里，并专门对我讲了一大通话。这些话是我以后长长的一系列知道的开始，可以不夸张地说，这些话几乎决定了我对世界的看法，至今还在对我发挥作用。父亲围绕着希望我发狠读书的主题，说着说着，变得像一个哲学家，向我道出了一个至真的道理：万般皆下品，惟有读书高。我已经忘记父亲有没有引用原文（完全可能），但由此发挥的闲言碎语，我至今不忘。父亲说，文化就像太阳光，火烧不掉，水淹不掉，政府也没收不了（那时政府经常没收私人东西，连你家多养一只鸡也要没收，叫割资本主义尾巴），一个人有文化、有知识，是最大的福气和运气。云云。

把知识文化比喻成天外来的太阳光，这是我父亲的发明。说真的，以前我对父亲的感情是很复杂，一方面我觉得他很了不起，对生活和事情特别有见地、有追求，像个哲学家，另一方面我又觉得他糊涂，经常装神弄鬼，像个愚昧的人。另外，我父亲脾气很差，有点喜怒无常，动不动要打人。现在我又不这样看了。现在我觉得我父亲就是一个了不起的人，只是时运不佳，虎落平阳，变成了一只羊而已。

话说回来，自父亲跟我谈过这次话后，我开始发奋读书，得到的回报是考上了高中。那一年，我们甲乙两个班共九十八名同学，最后考上高中只有五个人。到了高中，大家都在发奋读书，我虽然也发奋，但成绩在班上一直处于中间，不冒尖。一九八一年，我参加高考，当时的高考录取率大概只有3%，按我平时的成绩肯定是考不上的。结果那年高考，我们班上五十四名同学只考上了三人，其中有我。我是第二名，比录取分数高出不多，属于险胜。尽管如此但依然惊动了老师和同学，而且马上流传开一种很恶毒的说法，说我在考试时"做了手脚"。

这是放屁！

但是，我也在想，为什么我平时成绩一般，高考却考得那么好？完全用运气来说有点说不通，因为高考三天，后面两天我都在发烧。我是在昏昏沉沉中应考的，只有我自己知道，否则我一定会考得更好。

那么，是什么呢？我现在也不知道。

包括我父亲，他本是最爱探究神秘的人，但也没有给我探究出一个科学的所以然，而是给出了一个大众化的答案：这就是我的命。

这个答案其实比问题本身还要更神秘、更复杂化。

一九八一年八月二十九日

阳光都被树叶剪碎了，剪成了一片片不规则的图形，晃晃悠悠浮沉在柏油马路上。这是浙江省城杭州市里的马路。这是1981年8月29日。这一天，我像进入了梦乡，被一辆军牌照卡车从富阳拉到杭州，进而拉到浙江省军区招待所，在招待所作短暂停留后（等人），又呼呼啦啦去了火车站。一路上，我记住了一个惊奇，就是太阳光像一块大白布，被遮天的树叶剪得粉碎，铺在泛黑的沥青路上，黑白分明，晃悠晃悠的，像是梦中的情景。虽然这时候我还穿着便装，但严格地说此时我已经是一位军人，享受着军人应有的待遇。比如进火车站时，我们走的是军人专用通道，上了火车，乘务员给我们提水倒茶，我们也给乘务员拖地擦窗，亲如一家人，情如鱼水情。

我上的是解放军工程技术学院，现在更名为解放军信息工程大学，在郑州。这是当时军队的重点大学，录取分数很高，院方到我们学校招生时，他们初定的调档线比录取线高出四十分。我属于险胜，相差甚远，自然是想都不敢想的。但是，那些高分的佼佼者被院方带去医院做体检后,可以说是溃不成军,检测视力的"山"字表简直像一架机关枪,一下子撂倒了二十人中的十四人,加上其他关卡卡掉的,最后只剩下两人。要知道,这不是一般的学生体检,这是入伍体检,是按军人的要求来要求的。于是,又重新划了调档线,比前次降了一半。但对我来说还是不够,还差得远。

但也不一定。

那天,我去到医院参加体检。天很热,医院里的气味很难闻,我出来到楼下,在一棵小树下乘凉。不一会,出来一个戴眼镜的同志,五十来岁,胖墩墩的,他显然是来乘凉的,站在了我身边。正是中午时分,树又是一棵小树,罩出的阴凉只是很小的一片,要容下两个人有点困难,除非我们挨紧了。我由于自小受人歧视,养成了(也许是被迫的)对人客气谦让的习惯,见此情况主动让出大片阴凉给他。他友好地对我笑笑,和我攀谈起来,我这才知道他就是负责"工院"招生的首长。我向首长表示,我很愿意去他们学校,就是成绩差了。首长问了我的考分,认为我的分数确实低了些,否则他可以考虑要我。但是,后来当首长获悉我数学是满分、物理也有九十四分的高分时,他惊疑地盯了我一会儿,认真地问我是不是真的想上他们学校。

我激动地说:是真的。

五分钟后,我改变了体检路线,转到四楼,接受了有军人在场监督的苛刻的体检。我的身体状况比我想象的要好,要争气,一路检查下去,居然一路绿灯,哪怕连脚板底也是合格的(不是鸭脚板)。当天下午,我离开医院时,首长握着我手说:回家等通知吧。

第五天,我接到了由首长亲自签发的通知书。

回想这一些,我恍惚觉得自己是在写小说。

一九八八年一月十五日

这是一本文学杂志的出刊时间,杂志的名字叫《昆仑》,期号是一九八八年第一期。我的第一篇小说《变调》就发表在这一期上,责任编辑是海波。

　　我真正开始写小说是在一九八六年，之前几年我一直在写日记，写了几大本，论字数应该在几十万之上。总的说，我是个耽于内心的人，不爱热闹，不善言辞，写日记是我放松的一种方式，也是习惯。我喜欢把自己交给自己，交给日记本。在我对门的宿舍里，有一个福建人，姓杨，他也每天要在日记本上涂鸦一阵子。我觉得他是自己人，有意接近他，慢慢地交成了朋友。当了朋友，就可以说点私密的东西，有一天他告诉我一个秘密，说他日记本里记的不是日记，而是小说。

　　他在写小说！

　　这确实是个天大的秘密。虽然校方没有明文规定，学员不能写小说，但我们还是不敢肯定，这会不会"惹是生非"。作为军校学员，我们的举动似乎都是被明文规定了的，没有明文规定的事，我们吃不准对错，一般都以小心为妙，不做为好。所以，小说最好是写在日记本上，暗渡陈仓，以免犯了哪位教员内心私设的规矩。他还告诉我，小说和日记的不同之处就在于，日记记的是真事，真人真事，有据可查，小说写的是假事，比如把教数学的张老师和教专业课的黄老师写成一对秘密的恋人，这可能就是小说。

　　我的小说之门似乎就是这样洞开了。这一年，我写了第一篇小说，当然是写在日记本上的。我写的是一个高度近视的老人走错厕所的故事，杨朋友看了，认为不错，建议我改一改投给南京的《青春》杂志。我改了，投了，像投进了苍茫大海里，杳无回音。尽管如此，却并不气馁，依然"潜心创作"，大有点痴心不改、乐在其中的意味，以致荒疏了学业。我的学习本来功底就不厚，学习都是临时抱佛脚，当急救包用的，用完就丢了，没有在根本上作治疗，创口还在那里，而且越来越大。到了毕业前，我的专业课成绩在班上几乎落到了最后几名，但我不以为耻，因为"我会写小说"。那段时间，写小说成了自我欣赏，甚至鄙视专业的一面镜子，极大地满足了我青春的虚荣心、反叛心。但其实那时写的所谓小说，都是一堆狗屁不通的垃圾。

真正有点感觉是到一九八六年，我看了美国作家塞林格的"青春小说"《麦田守望者》，我的第一感觉是，它像一个反叛青年的日记，第二个感觉——我觉得我应该像以前写日记一样的写小说。绕了一大圈，原来小说可以像日记一样的写！这个发现给了我热情和力量。于是我回到了过去，回到一个人喃喃自语的状态，就这样折腾出了一个近两万字的东西，我给它命名为《私人笔记本》。先投给《福建文学》，退了，但编辑觉得是个好东西，退稿时专门附了信，鼓励了我，还客气地邀请我去他家玩。我也去了，还带去了又一篇小说，但编辑看了觉得还不如《私人笔记本》。就在这时，军区文化部在上海办了个文学创作班，给我们单位一个名额，由宣传科来落实人头，前提是去的人必须要带一篇小说。当时我跟宣传科一名干事有些接触，他知道我在写小说，就安排我去了。我带去的就是《私人笔记本》，当时负责办班的几位作家，像江奇涛、何晓鲁，看了我的东西，非常振奋，把我隆重地推荐给了当时很走红的作家，也是《昆仑》杂志社的编辑海波。海波看了，也觉得不错。到这时，这个东西和我才迎来了一线生机。

小说最后更名为《变调》发在《昆仑》一九八八年第一期——这就是我的处女作。在此之前，海波把我列为他培养的重点作者，安排我参加了两次活动，一次在广东万山群岛，主要是读书，讨论；另一次是在北京昆明湖边，主要是写东西，关了一个月，写了一个中篇，即《人生百慕大》，也是发在《昆仑》上的，一九八八年的第五期，还得了《昆仑》杂志当年的优秀作品奖。就是凭着这个奖，第二年我上了解放军艺术学院。军艺当时很火的，走出了莫言这样的大作家，以至于当时有人在会上戏言道：军艺是作家茁壮成长的沃土，到了这里，你即使是一支筷子，也会长成一棵竹子。激动得我好像看见自己已经立竿见影、苍翠欲滴了。

但是两年后，当我离开军艺时，我觉得我还是一支筷子。换句话说，我在军艺没有打开门，但也没有关上门。我的小说之门自打开之后，似乎就关不上了。既然关不上，就死命地打开它吧，打不开也要打。这是多年来我听到自己说的最多的一句话。我觉得就是这句话告诉了我小说的秘密。

一九九二年七月一日

这是法律意义上的一天，很枯燥的，没有什么说头。如果一定要说，就是说：从这一天起，法律承认有一个女人是我的老婆，或者说我是她的丈夫。这个女人的名字叫黄尹。对有些人来说，法律承认可能是很重要的一天，但对我和黄尹来说，这是很无所谓的一天。对我们来说，重要的一天在三年前，有一天我跟当时在南京的好友鲁羊去南京大学看大字报。看了大字报，鲁羊还是不想回家，想看一个女生。他知道女生住在几号楼几号房间：八舍208室。但是光知道不行，因为女生宿舍男人是进不去的。那时候也没有手机，怎么样才能把他要见的女生叫下楼来呢？只有大起嗓门喊，别无选择。那就喊吧。但鲁羊却要求我喊，他说这里没人认识你，你喊吧，没事的。显然，他是把我当作他了。他当时在写诗，哲理诗，抒情诗，两种诗都是世俗生活的异议者，令他的生活少了不少世俗之气。如果我们俩调个头，我想他可能会帮我喊的，他身上有见义勇为的气质和游戏事情的胆子。可我哪有这种勇气？打死我也不喊。哪怕喊下来的人是我的，也不喊。结果也不需要我们喊，楼里出来了两个女生，他定睛一看，默不作声地上去，拦住了她们。原来他俩心有灵犀呢。不光是跟他心有灵犀，跟我好像也有一点灵气，无意中带了一个人来，这样就形成了两男两女的良好格局，否则我不是成电灯泡了？为了暗合缘分之说，后来黄尹说，那天晚上她们本来已经出了宿舍楼，但她觉得天气有点凉，就又回宿舍取了一件外套，要不然就错过了。

这个夜晚，我们把时间交给了南大附近的一家叫三棵树的咖啡吧。这好像是我第一次"泡吧"，也是我第一次见到黄尹。那时候，我们都不知道这个夜晚是有魔力的，会神秘地衍生出无数个相似的夜晚。这样的夜晚多了，我们就开始谈婚论嫁了，先是在心里说，然后是嘴上说，继而是身体说，最后是法律说。说真的，起初我们俩对法律之说都有点小看，甚至排斥它，我们觉得心里说是最重要的。那时候，我们都希望做一对没有法律意义的夫妻，但事实证明法律说是很重要的。法律说了，我就从南京调到了成都，名正言顺地，朋友和组织都为此提供了应有的帮助，比如房子，比如假期。这就是法律的意义和好处。

作为丈夫，我是另外一个人，不是外面看到的那个人。在外面，我待人比较温和，处事也比较冷静，遇事有情讲道，乐于谦让，很多事情放在心里解决，不爱张扬，不喜热闹，总的说是一个谦虚谨慎的人。所以，我老婆经常说，她喜欢做我的朋友，而不是老婆。我的回答是很粗暴的，我说：你是SB——完全是另外一个人！对这个人，他老婆很长一段时间都拿他没办法，只好忍着，忍不住就流泪。现在好像找到办法了，就是做回音壁，用更大的声音回过来：你是SB！有时在SB之前还加个"大"字：大SB！两个SB对上就麻烦了。这时候，我儿子就朝我们竖起两个小小的大拇指：打平，打平！这是孩子在学校里学来的。我觉得这是他至今在学校里学到的最好的知识，有着无穷的力量——知识就是力量啊。

感谢上帝！

顺便说一个我的反动思想——先申明是反动的，不要较真，当笑话听。我觉得夫妻之间要学会吵架，不会吵架的夫妻是危险的，相敬如宾的夫妻是不真实的，偷偷摸摸的夫妻是可耻的，心里只有孩子的夫妻是可怜的。好了，打住吧，用托翁的话说：幸福的家庭都是相似的，不幸的家庭……其实也是相似的。

一九九七年五月十六日

这是我做父亲的一天。

有人说，作品是作者的孩子，那么是不是也可以反过来说，孩子是父母的作品？应该是的。不过，这部作品写得太累了。太累太累！有些事情现在想起来都觉得累，比如……说两件具体的事吧。儿子出生前，老婆和我都被一种说不出的恐惧笼罩着：小东西出来若有什么短缺咋办？越是临产，这恐惧越是凶险，常弄得老婆噩梦不止。第二天就是预产日，半夜里我被"明天的母亲"尖利的啼哭吓醒。问怎么回事，准母亲只哭不语，眼泪流得人伤心。我说说出来吧，说出来就好了。她说她梦见生了一只猴子。我看看时辰已三点多钟，就说子时过后的梦都是相反的，说明你要生个金童玉女了。她对我这说法显然不满，连找出几个老梦反击我。我只好另辟蹊径，问其腹内是否有搔痒感？她感觉一下说没有。我说既是猴子，毛乎乎的东西，怎会无搔痒感？她这才破涕。第二天，小东西没有准时出来，他母亲更是惶惶不可终日，说他一定是怕我们嫌弃（不好才嫌弃）不肯出来。我说哪个孩子出生不都是哭的，待在子宫里好好的谁愿意出来，儿子出来后我都愿意进去顶儿子这个空。反正整天就这么半真半假地哄。其实我嘴头说得好听，心头也是发毛的。对生儿育女，我和老婆的年龄都偏大了，我真担心当初为图好耍，拖沓了几年要我们付出沉重代价。若真如此，无疑是把我们一辈子都耍脱了。就这样，等待孩子出世，就像等待老天判决，分分秒秒都被过度的期望和恐惧拉长了又拉长。

九号的预产日，十五号仍无动静，两人的耐心到了极限，强烈要求医生采取措施，哪怕挨一刀也在所不辞。于是吃催产饭。小东西倒经不起催，催产饭一吃就发作了，而且来势尤为凶猛，三下五除二，只花了五个小时就出来了。斗胆视去，身上没毛，鼻子眼睛什么的也都是长对了地方了的，心头顿时释然。想再细看，已被医生包裹起来，只露张脸，看不了其他的。回病房后，老婆问我看孩子的屁股了没有，我说看屁股干吗？她不说。但我看出她的心思，我自己因此也有了担心。看不看？两人都有点犹豫，因为孩子包裹得严严实实，我们甚至都不知如何打开。但犹豫再三，我们还是坚决又困难地打开了包裹。先看屁股——没多长尾巴，也没少长肛门。然后掰开一个个手指头看，掰了手指又掰脚趾。都无异样，自然放心高兴。不料小东西适时嘹亮一嚏，顿时把我们的高兴吓得无影，担心是不是让他受凉了。那日子就是这样惊惊吓吓，谨小慎微的。但总的说，小东西还算体恤我们，对我们份份担心都退而避之，偶尔涉足，也只是点到为止，玩个有惊无险而已。我们想这样就好。这样我们就什么都满足了。

一天，阳光灿烂，我抱着儿子凭窗而立，儿子引颈眺望，似有所见，令我大为开心。照众人话说，百日之内婴儿有目无光，而儿子此时远无百日。我久久望着儿子睁圆的双目，喜从中来。忽然，我觉得儿子左眼黑珠子上似有异物，定睛一看——啊，那黑色之中居然还叠有一个黑点！形状和瞳孔一般圆大，位置在瞳孔的正上方，下弧与瞳孔上弧相外切，上弧与黑眼珠的上弧相内切，色泽比眼珠要深沉，比瞳孔又要浅淡。左看右看，确凿无疑，顿时喜消忧起！说真的，我没敢告诉老婆，因为那实在有点恐怖。即便那是一粒痣，我知道，皮肤上的痣是无关紧要的，但又有谁能告诉我，眼珠上的痣也是无关紧要的？何况我不知那是不是一粒痣。从此，一份十足的担心盘踞在我心间。从此，我也开始了漫长而复杂的求证和验证工作，四处求医问人，用各种方法手段测试其左眼目力。但是，得到的回答都是似是而非的。我似乎只有耐心等待，等过百日，甚至更长时间。由于过度希望，我自然而然产生了极度害怕。我不知这等待何日才能完结，只觉得在无限的等待中，我已变得越来越可怜而不知所措。

又一日，儿子半夜里暴吵不已，我抱着他从卧室哄到客厅。客厅黑着灯，儿子的吵劲立马变成了沉默的东张西望，头使劲地甩来甩去，像要把黑暗撞破。突然，儿子的头一下趴在我肩上一动不动，而且身体在使劲往后扑。我顺势退去，直到门前，而儿子的头依然挣扎着从我肩上越过去，往冰凉的铁门上凑。我以为他是额头发痒，就换过手来，想给他挠痒。这时，我一扭头忽然发现，黑暗中，小圆的门镜像一颗宝石一样亮得耀眼。原来，走廊上亮着灯，而我家里是黑的，门镜是唯一的一孔亮点。我终于明白过来，赶紧试着帮儿子的左眼往那孔亮点上凑，结果儿子十分配合地将左眼贴在了门镜上，双脚欢天喜地地踢打起来。我久久地沉醉在儿子的沉醉中，眼泪一滴滴流下来。就这样，我有充足的理由相信，那不过是一粒黑痣，奇妙的黑痣，无关紧要的黑痣。就这样，我对儿子有了第一份感激，感觉像是儿子背着我拿性命去破了个什么了不得的世界纪录，性命没丢，那纪录自然便变成了我的、也是儿子的大荣大幸了。

我要说的是，这仅仅是开始。

我要问的是，这什么时候能结束？

一九九七年八月二十八日

都说铁打的营盘流水的兵，我虽然不是兵，但也是流水的一滴。这一天，我流出了已经容纳我十七年之久的军营，流到了地方，领取了今生第一张居民身份证。

（原刊于《收获》2008 年第 5 期）

住酒店的人

哲 贵

1

朱麦克已经四十一岁了,依然是个很干净很有型的人。

一般的男人,二十五岁以后,就开始走下坡路了。主要的表现有四点:一是小肚腩开始凸出来,腰间像套着一个小型游泳圈;二是发线开始往上走,头发逐渐稀疏干枯;三是脸型肿胖,脸上总是渗着一层油;四是脸上或者手上开始出现黑斑,也有的人是白斑。总之,整个形象开始松动,随时都有垮掉的可能。但是,朱麦克一点也没有垮掉的迹象,这得归功于他一个很好的习惯——他每天早上做六十个仰卧起坐,然后慢跑四十分钟,路程大约是五公里。这个习惯已经坚持十一年了。所以,朱麦克的小肚腩一点也没有要隆起来的意思。不过,朱麦克从来不去健身房,这是他的原则,他没有要把自己练成一个肌肉男的意思,他也不能接受一个肌肉过于发达的男人。肌肉发达当然也是一种美,但那是一种粗壮的美,一种张扬的美。这种美超出朱麦克的欣赏范畴了。朱麦克比较满意自己目前的状态,他经常会脱得精光站在镜子前,侧着身打量自己,镜子里的身材匀称,笔直,身上的皮肤白里透红,细腻,光滑,纹路清晰。没有明显的瑕疵,几乎是一件完美的艺术品。更重要的是,安静的皮肤下面,蕴藏着蠢蠢欲动的肌肉,这些肌肉生动活泼,又安分守己。这正是朱麦克想要的。他觉得这种美才是真正的美,因为它是隐藏着的,是内在的。

当然,朱麦克也很注重自己的形象建设。

朱麦克有一头浓密的头发,又黑又粗。从某种意义上来说,这种头发是个缺憾,因为这种发质很难做发型,打了很厚的摩丝也没有用,被风一吹,就乱得跟枯草一样了。唯一的办法是做离子烫,用强硬的手段把头发们固定起来。但是,朱麦克排斥这种做法,他不允许任何化学的东西,破坏自己身体的平衡。所以,他请了一个形象设计师,专门给自己设计了一个怀旧的发型:额前剪出一排整齐的刘海,两边的头发刚好把耳朵包住,后脑勺的头发刚刚够到衬衣的衣领。朱麦克对这个发型相当满意,他觉得自己尊重了头发们的个性,让它们垂直生长。最主要的是,这个发型很适合朱麦克,它把朱麦克身上艺术的气质表现出来了。当然,这种气质也只是起到一种烘托的作用,他觉得,自己的身上,商人的气质还是主流,他自认是一个精明的商人,或者说是一个投资人,也可以说是一个技术型的领导。但绝对不会是一个艺术家。然而,恰恰是这点艺术的气质提升了朱麦克,使他身上有了一种不同于其他商人的品位,使他身上多了一份飘逸和精致。他有点像生活的艺术家了。

品位和精致,是大家对朱麦克一致的评价。但是,从内心里,朱麦克并不认同这两个词。他觉得这两个词有点做作。如果用朱麦克自己的话来评价,他最想用的两个字是:适合。他觉得每个人都是不一样的,身材不同,肤色不同,爱好不同,所处的阶层不同,反映出来的气质当然也不同。那么,选择什么样的生活方式必然也不同。但是,每一个人肯定有他最适合的生活方式。朱麦克觉得自己只是选择了最适合自己的生活方式。

就说穿衣服这件事吧！朱麦克最喜欢穿的牌子是CK休闲装，他穿得最多的是CK休闲装的西服，CK休闲装的衬衣，CK休闲装的皮鞋，包括袜子，也是CK牌子的。其实，这个牌子并不是最好的，价格也不贵，一件衬衣也就一千多，一条内裤三百左右。但是，朱麦克喜欢CK柔软的质地，他觉得这样的衣服穿在身上，就跟是身体里长出来一样。譬如CK西装的腰收得特别小，正因为这种小腰，穿在身上，腰围就有一种暖暖的气体在流动。还有，他发现CK休闲装的衣领都比较细小，衣领一小，人就显修长了。朱麦克的身高是一米七十九，但他穿上这样的衣服后，觉得自己的身高突然变成一米八十九了。

还譬如车子的事。朱麦克开的是奥迪A6，2.0排量。银灰色。买来时，总共花了四十来万。朱麦克完全可以买好一点的车。他的很多朋友和生意伙伴，开的都是奔驰和保时捷，个别嚣张的，还花四百万去订造了宾利跑车。但是，朱麦克觉得，即使是宾利跑车也没有他的奥迪A6好。这个好，不在于车高档不高档，更不在于价格。朱麦克觉得，还是适合不适合的问题。他为什么喜欢这个车，因为他觉得这个车适合自己，他很喜欢奥迪A6的外形，修长，流畅。特别是车的四个角，线条柔和，轻轻地弯了下去，处理得十分低调，一点也不张扬，只是安静地伏在那里。但是，虽然什么声音也没有，却是谁也不能轻视她，因为她停在那里，却能散发出只有她才有的气息。好像是含着微笑，静静地看着自己的风景。当然，奥迪A6的发动机也很好，内部的设计也很合理、舒适。这也是朱麦克买它的原因之一。他不会单单看中一个外表就把车子开回来的。他不是那样的人。朱麦克不否认外表的重要，但他同样重视里面的质量。他是个商人，该不该做什么事，应该怎么做事，心里有一笔很清楚的账。

他选择住在酒店的生活方式也是经过精心划算的。他不会将就自己，也不会让自己的钱无谓地流失。虽然他并不缺钱。

朱麦克选择的是信河街的万豪酒店。三星。在信河街只能算二流。但朱麦克偏偏看中这个酒店。一个原因是，这个酒店不张扬。万豪酒店是个圆形建筑，酒店也只有二十层，看起来，并不是特别扎眼。另一个原因是酒店的内部结构很让朱麦克喜欢，房间高，有三米五，人在里面觉得空旷，神清气爽。而且，房间的隔音效果好，隔壁房间就是电视机爆炸了，这边也听不见。还有一个是电梯多，电梯多，分流就快，所以，走廊上总是很安静。再一个原因是万豪酒店斜对面就是一个大学，朱麦克可以每天去大学的操场跑步，又安静，又自由。还有一个原因是朱麦克跟万豪酒店的老板不认识。信河街很多大酒店的老板都跟朱麦克有业务上的来往，有的还是合作伙伴，关系相当好，但朱麦克还是毫不犹豫地选择了万豪酒店。对于真正生意场上的人来说，完全不认识的人，反而就好办得多，双方可以坐下来谈判，可以自由地讨价还价，可以提很多额外的要求，完全不用顾虑面子上的事情。

其实，朱麦克住到万豪酒店里来，有必然，也有偶然。必然的成分是，朱麦克喜欢住在酒店里的这种感觉，他觉得一住进来，自己就跟这家酒店融在一起了，适合了。而且，住在酒店里，什么都是清清爽爽的。这很符合朱麦克的性格。偶然的成分是，住进酒店的时候，朱麦克手头其实有两套房子，一套是楼房，一套是别墅。他完全可以住到自己的房子里去安居乐业。但是朱麦克算了一下账，发现住在自己的房子里并不合算。

如果让他住自己的房子，他当然不会住在楼房里。不客气地说，朱麦克觉得自己已经不属于那个环境了。如果自己出现在楼房里，不是自己出问题，就是楼房会出问题。那么，住到别墅去怎么样呢？朱麦克算了一笔账，如果算上别墅的市价和装修的费用，最少也要五百万。也就是说，这五百万的资金就被自己困死了。因为，这个时候，朱麦克跟人合伙开了一家投资公司，有一个房地产的项目刚刚谈下来，正是需要调集资金的时候。根据朱麦克的估计，如果把这套别墅的钱投到那个房地产项目上，一年时间，拿回来的利润，至少能够翻两番。那么，如果住在酒店里呢？朱麦克找酒店的营销部经理谈过，他想住在行政房。所谓的行政房，就是在酒店的十七层到二十层，房间里配置电脑。但是，朱麦克看中的，却是行政房内部的结构，比标准房的空间要大一些，高一些。因为楼层高，也更安静一些。行政房的价格是六百元一个晚上，但是，朱麦克是签一年的住宿合同，他可以把价钱压到两百元一个晚上，一年下来，也就是七万多。朱麦克觉得，住酒店这笔账太合算了。

当然，这只是经济上的账。是硬性的。那么软性的呢？从朱麦克的内心来说，他也是更喜欢住在酒店里。只是，他没有想到，自己一住就住了这么多年，他有时也想，干脆自己投资开家酒店吧！那不是更方便吗？这笔钱也不用给别人赚。这个念头只是一闪而过，他立即就否定了。那是不一样的，住在自己的酒店里，就跟住在自己家差不多了。这跟住在别人的酒店里怎么会一样呢？

2

对于朱麦克来说，生意上的事情都是有规可循的。也就是说，只要把这个规律抓住了，生意也就能做个八九不离十了。当然，规律是活的，是在不断变化的，只有鼻子特别灵敏的人才能够走在规律前面，也只有走在规律前面，把握住规律，才能够把生意做好，才能成为一个出色的商人。在这一点上，朱麦克天赋异秉。

朱麦克做的第一个企业，是家会计师事务所，叫明镜会计师事务所。在这之前，朱麦克在机关大院里上班，叫发展和改革委员会，他所在的科室叫综合科。综合科是干什么的呢？就是管企业的，而且主要是管企业财务方面的。朱麦克大学学的就是会计专业。这方面是他的强项。

上班第三年的时候，朱麦克分到了经济适用房。因为他的父母都在县城里，他在信河街还没有房子。再过一年，他就出来自己干了。办起了明镜会计师事务所。因为这个时候，朱麦克已经发现生意上的规律了，他发现资本市场已经在信河街风起云涌。

信河街所属的城市是中国改革开放最早的城市，是小商品最发达的城市，是民营经济最活跃的城市，以盛产皮鞋闻名于世，同时也生产了无数腰缠万贯的老板。但这些老板的钱都是一双又一双的皮鞋卖出来的，都是一家又一家的店铺开出来的，很多人用了二十年的时间，终于跻身亿万富翁的行列。但是，让他们没有想到的是，在资本市场里，有人只用了短短的两年，身价就跳到了二十个亿。到了这个时刻，信河街的老板们猛然地醒来了，齐齐发出了"我要上市"的口号。可是，光喊口号是没有用的，他们什么也不懂，连"上市"的门怎么走也不知道，更不知道里面有几道坎。这个时候，他们只好来找朱麦克了，整个信河街，只有朱麦克最清楚怎么让企业"上市"，他不但对程序了如指掌，对企业怎么做账更是烂熟于胸，因为要申请"上市"的企业，都有一个硬规定，必须要上报之前三年的账，而且，每年的利润必须在五千万以上。那么，这三年的账要怎么做呢？所有企业里的会计都束手无策。这个事情，只能来找朱麦克，他以前在机关里上班就是负责这一块的，他又是会计专业毕业。这些事情，对于他来说，就是小菜一碟了。

当然了，朱麦克是有备而来的。他胆敢辞掉工作，开起了会计师事务所，就是知道会有这么一天的。他的会计师事务所注册的时候，经营的项目就只有一个：辅助企业上市。朱麦克知道自己会成功的。

是的，在接下来的三年里，朱麦克一共帮助六家信河街的企业光荣"上市"，让他们的资产在原来的基础上翻了两番。最高的，翻了十倍。都翻进了中国福布斯排行榜了。他几乎成了信河街所有老板的财神爷。所有的老板都想跟他亲近，想跟他吃一顿饭，请他打一场高尔夫，哪怕是喝一杯咖啡也行。所以，在这三年里，朱麦克不但赚了他以前没有想过的钱，他同时也成了金钱的象征。他也就有了更多跟其他人接触与合作的机会。这些机会根本不用他去寻找，就会主动找上门来的，他只要作出准确的判断就行了。他后来选择加盟了一家投资公司，因为这家公司主要的项目是房地产。这当然又是一个英明的决定。

话说回来，朱麦克当年离开机关，跟一个女人也有一定的关系，她的名字叫佟娅妮。也可以这么说，朱麦克离开机关是迟早的事，他是有计划的，但佟娅妮促使他加快了离开的步伐。

朱麦克是参加工作半年后认识佟娅妮的，五四青年节的时候，机关单位组织去下面县里的南麂岛玩，有百来号人。佟娅妮是最活跃的一个，总是跑前跑后的，拿着一个照相机，什么都拍。上车或者坐船的时候，都是快开时才跳上来。她有一米六十六的身高，这在南方的女孩里面，算是比较高的了。五月的天气还是比较凉的，再加上是在海岛上。但是，佟娅妮却穿一件灰色的长裙，脚上没有穿袜子，直接套了一双匡威牌的白色运动鞋，她的头发是烫过的，有点波浪卷，但她把头发扎到后面去了。她的皮肤有点黑，但很光洁，很细腻，看上去很柔和。坐在船上的时候，佟娅妮正好坐在朱麦克身边，她看了看朱麦克说：

"你是哪个单位的？"

朱麦克心里晃了一下，说："我是发改委的。"

佟娅妮又看了看他，突然笑了一下，说："一点也不像。"

从南麂岛回来的半个月后，有一天，佟娅妮跑到朱麦克的办公室来。她看见朱麦克后，第一句就说："你果然在这里上班。"

朱麦克笑了笑。

那天，佟娅妮主动请朱麦克出去吃了一顿饭，他们去了江滨路的现代概念餐厅，是信河街最有情调的一个自助餐厅，可以坐在餐厅里看外头滔滔的瓯江。佟娅妮对这个餐厅很熟，走过的服务员都会跟她打招呼。她还跑进厨房里去端了一盘清蒸银鳕鱼出来。佟娅妮说，这个餐厅的女老板是她的朋友，她经常来这里，跟这里所有的员工都熟悉，她每次来，这里的厨房师傅都会清蒸一份银鳕鱼送给她。佟娅妮还说，自己最理想的生活，就是开一家小店，让这家小店又干净又温馨。每年可以赚一笔小钱，然后，她把小店交给别人打理，自己背着包去旅游。想去哪里就去哪里。

吃完饭后，是朱麦克付的账。佟娅妮也没有要抢着付的意思。这倒让朱麦克心里很自在。他心里想，如果佟娅妮抢着跟自己付款，那她就只是把自己当一般的朋友看待了，不抢就说明她有别的心思。

佟娅妮是个记者，跑的是文化、旅游线。所以，她可以到处跑。

从那以后，她每次出去，都会给朱麦克带点礼物回来。去杭州的时候，就给他带一把纸扇。去内蒙的时候，就给他带一双手套。去云南的时候，就给他带回一块蜡染的布。去西安的时候，就给他带一套兵马俑。在信河街的时候，每到周末，她都会拉朱麦克出去玩。有时是去吃农家菜，有时是去漂流，有时去吃海鲜。

朱麦克还参加了一个滑翔俱乐部的活动，做了一次双人滑翔。他之前没有接触过这个活动，一点也不会，紧张得手脚发抖，身上连一点力气也没有。但佟娅妮却是个老手，她教朱麦克怎么搭伞，怎么起伞，怎么助跑，怎么起飞，怎么滑翔，怎么控制操作绳。居然一次就成功了。朱麦克飞起来后，觉得很不可思议，自己怎么就飞起来了呢？他看看底下的田野和树木，又看看身边的佟娅妮，突然对自己的存在怀疑了起来，好像手也不是自己的手了，脚也不是自己的脚了，真正的自己不见了，飘在半空中的只是一个陌生的道具。

还有一次，佟娅妮带朱麦克去露营。佟娅妮开了一辆北京吉普。他们去的地方叫四海山，是一个海拔一千一百米的森林公园，据说前段时间还发现了金钱豹和熊。从信河街过去，开车要六个钟头。车可以直接开到半山腰，那里有一个湖，还有一个两个足球场大的草坪，很适合露营的。佟娅妮只带了一个帐篷，两个睡袋。因为入夜后，山上的气温降得很快，他们很早就躺进帐篷里了。但是，佟娅妮并没有用自己的睡袋，她只躺了一会儿，就钻到朱麦克的睡袋里来了。并且，很快就发出轻微的呼噜声。然而，朱麦克一直没有睡着。他也没有睁开眼睛，只是静静地躺着，听见佟娅妮轻微的呼噜声，伴着帐篷外野草互相撞碰发出的"唰唰"声，还有远处森林里不知什么动物，一长一短的鸣叫声：咕——咕。躺着躺着，朱麦克就恍惚起来，他想不明白，自己怎么就会躺在这里呢？这个生活，并不是他想要的生活。这种方式不适合他。但他却不知不觉地，一次又一次地，被佟娅妮带进一个又一个新的领域，新鲜，刺激，却违背了朱麦克的意愿。他想，这一次，应该是自己最后一次跟佟娅妮出来了，他有自己的生活方向和规划，他应该回到自己的轨迹上去。他也不知道什么时候，不知不觉中就走远了。

四海山回来之后，有一段比较长的时间，佟娅妮没有再来找朱麦克。当然，朱麦克也没有去找她。朱麦克想，本来就不是一条路上的人，还是各自走回各自的位置上比较好。

大概是半年后，在毫无征兆的情况下，朱麦克却得到了佟娅妮已经嫁人的消息。那天，朱麦克正在单位里翻看报纸，突然发现报纸第二版的左下角有一个很大的讣告，是本地一个很大的老板去世了，去世的老板有一个儿子，儿子后面的儿媳写着佟娅妮的名字。朱麦克看见这三个字后，脑子里突然就炸了一下，炸出一团又一团白色的泡沫来。这个老板，朱麦克是知道的，他是信河街的第一批老板，是个代表性人物。但是，佟娅妮什么时候嫁给他的儿子了呢？朱麦克也想过，这个名字或许只是重名，但是，他的直觉告诉他，不会错，这个人就是自己认识的佟娅妮。只是，朱麦克不想去核实。

那之后，佟娅妮就在朱麦克的生活里消失了。两个月后，朱麦克离开了机关，办了明镜会计师事务所。

一年之后，朱麦克突然接到一个电话，声音很遥远，但他一听就听出来了，那是佟娅妮的声音。佟娅妮说："喂，朱麦克，我是佟娅妮。"

"我知道。"朱麦克说。

"我离婚了。"佟娅妮说。

"哦！"朱麦克说。

佟娅妮告诉朱麦克，她现在人在丽江。她已经基本实现自己的人生理想了。离婚后，她分到一大笔的财产，毫不犹豫地就辞了记者的工作，跑到云南的丽江来了。她以前来过丽江，一来就再也忘不了这个地方了。她已经在丽江的束河古镇开了一个叫"四海为家"的旅馆。还开了一个叫"南麂岛"的酒吧，就在旅馆的隔壁。同时，她还拿出四十万，在香格里拉一个叫小甸的小山村里办了一座希望小学，名字就叫"小甸希望小学"。她准备每年腾出两个月，去给希望小学里的孩子上课。佟娅妮还告诉朱麦克，他到丽江来玩，可以住在"四海为家"里，她可以陪朱麦克在云南到处走。她现在最富有的就是时间。

挂断电话后，朱麦克一动不动地坐在办公室里，脑子里什么也没有。过了很久，他才慢慢回过神来。他在心里问自己，你会去丽江找佟娅妮吗？他心里马上就说，不会。

但是，这之后，每隔半年左右，佟娅妮总会给朱麦克打一个电话。每一个电话，朱麦克都接了。每一次，佟娅妮都会叫朱麦克去丽江玩。朱麦克都说，好的好的，有机会一定去。

朱麦克知道，自己说了一句违心的话。

3

这两年来，住在酒店里的人越来越多。跟朱麦克有业务来往的就有好几个，但他们都是住在华侨大酒店、国际大酒店里。都是很有气派的酒店。而且，朱麦克知道，他们住在酒店里的原因也各不相同。有一个长期住在国际大酒店的人，是做外贸的，他虽然是信河街人，但主要业务都已经转移到上海了，一年在信河街的时间只有三分之一左右。所以，他一回来就住在国际大酒店里。还有一个人，倒是长期住在酒店里的，但是，那家酒店是他自己开的，而且，他的家人也都移民加拿大了。他只能住在自己的酒店里。

住在酒店里当然有很多好处。譬如酒店可以提供免费的早餐；譬如会客很方便；譬如来去随便；譬如可以很意外地碰见一些人。等等。

对于朱麦克来说，一个明显的好处就是保密。他跟酒店签过协议，不能把他住的房间告诉任何人。他也从来不带任何人进自己的房间。实在有要紧的事，他就约人到一楼的咖啡吧谈。一楼的意大利现磨咖啡很地道，咖啡豆和咖啡机都是从意大利带回来的。因为这个酒店的老板已经办了意大利永久居住证，是个完全的意大利的生活品位信徒，他虽然绝大部分时间生活在信河街，但所有的生活用品都是从意大利带回来的，小到牙膏、牙刷，大到酒店的装修风格，环境布置。朱麦克也跟酒店交代好了，每天房间的打扫时间是上午十点钟。这个时间，他已经去上班了。但是，只要他一回到房间，酒店就要保证没有人能够打搅得到他。如果住在自己的别墅里，别人就可以在家门口堵了。想逃也逃不掉。

朱麦克这么做，一个重要的原因是不想掉进企业家所谓的圈子里。其实，所有的圈子都是一样的，是圆的，是轮流转的，只要掉进去了，就身不由己了。他们所有的应酬都要参加。这个应酬包括饭局，牌局，球局，花局，等等。所谓的饭局就是吃饭，牌局就是赌博，球局就是打高尔夫，花局主要是去固定的高档会所，是企业家自己办的，一般人进不去，里面的小姐都是模特儿，一个星期换一批，从上海、北京等地空运过来。朱麦克对这些应酬没有兴趣，他只想按照自己的节奏生活，按照自己的方式做生意，不想把自己的生活跟他们缠在一起，如果那样的话，自己很快就会跟他们一样的。朱麦克一点也不想成为他们中的一员，他害怕成为他们中的一员，也就是说，从内心里，朱麦克并不认同他们，一般的人，或许只看到他们光彩的一面，积极的一面，但朱麦克看到太多他们暗淡的一面，颓废的一面。在朱麦克看来，现在这个社会，因为他们拥有大量的财富，他们有能力做成许多大事，相对来说，他们也可以拥有独立的人格，用自己的人格力量和经济力量去影响和改造别人。但是，朱麦克并没有在他们身上看到这种人格，更没有看到这种力量。他看到的只是一个新的利益集团而已。

当然，朱麦克也知道，自己的想法有点天真了。不要说别人，就是自己，也做不到。只是明哲保身罢了。还是什么也没有做。从这一点说，朱麦克觉得自己是个彻底的悲观主义者。所以，除了必要的工作交往，朱麦克尽可能地回避跟他们的接触。他只想回到酒店的房间，一回到房间，他就觉得身体放松了下来，人也快乐起来。他知道，自己似乎越来越依赖酒店了。因为，现在对于他来说，钱已经不是问题了，投资只是一个大的概念了，不在乎买别墅那点钱，他早就可以买一幢最高档的别墅住进去。但是，他连一点念头也没有动过。

不过，住在酒店里的朱麦克，终于还是出了一次"意外"。他可以防止酒店外面的人来打搅，如果是酒店里面的人呢？这点就出乎朱麦克的意料了。

事情是这样的：前段时间，朱麦克在酒店吃早餐的时候，一个女孩子跑过来，坐在他对面。朱麦克看了看她，她正对着朱麦克笑，说："你叫朱麦克。"

"你怎么知道？"朱麦克说。

"我叫柯巴绿。"她并没有回答朱麦克的话，自我介绍完后，还是看着朱麦克笑。

"你是酒店里的员工吗？"朱麦克看她穿着酒店的制服。但是，按照规定，酒店的员工是不能在餐桌前坐下来的。

"我已经注意你好几天了。他们说你已经在这家酒店里住了六年了？"柯巴绿还是没有回答朱麦克的问题。

"是的。六年多了。"朱麦克说。

"你真是一个怪人。"柯巴绿说。

这还是第一次有人当面说自己是个怪人。朱麦克不禁看了看她，对面这个女孩长着一张很干净的脸，皮肤很白很细，眉毛、眼睛、鼻子、嘴巴，都是细细的，是一个"嫩笋"，但是，她却剪着一头齐耳的短发，她似乎想用这个发型使自己变得成熟起来。朱麦克看得出来，她也就是二十出头的年龄。一想到这里，朱麦克忍不住对她微微地笑了一下。

"你笑起来其实是很好看的。"柯巴绿马上说。

"谢谢。"朱麦克说。

这时，他的早餐已经吃完了，站了起来。柯巴绿也跟着站了起来。朱麦克发现她的个子挺高的，差不多有一米七光景。朱麦克往门外走，她也跟着往门外走。朱麦克走进电梯,她也进了电梯。朱麦克出了电梯,她也跟着出了电梯。朱麦克站住了,看着她说:"你还有事吗?"

"你不请我到你的房间坐坐吗?"

"哦!那不行。"

"不坐也行,但你要答应我一件事。"

"什么事?"

"晚上请我到一楼的酒吧喝酒。"

"我不喝酒的。"朱麦克不想拒绝得太直接。

"那好吧!就算你欠我一次咯!"柯巴绿大概也看出朱麦克的意思来了,她就退回一步说。

是个很聪明的女孩。朱麦克心里想。

接下来的每一天早餐,朱麦克都会碰到柯巴绿。因为朱麦克的生活都是一步一步来的:早上五点二十分起床,打扫身体二十五分钟,然后做六十个仰卧起坐。做完之后,喝一大杯水。六点钟去斜对面的大学操场跑步。七点钟回到房间,冲澡。七点半到二楼的餐厅吃早餐。八点去单位上班。朱麦克觉得,每天四十分钟的跑步对他来说很重要,不但锻炼了身体,更重要的是,还释放了他身上的荷尔蒙。

朱麦克能够明显地感觉到,柯巴绿对自己的好奇。她好几次对朱麦克说,你什么时候有空,带我出去玩吧!或者去你房间也行。有一次,她甚至说,朱麦克,你很帅,我被你迷住了。还有一次,她很直接地说,朱麦克,我喜欢你。但是,朱麦克很清楚,她也仅仅是"好奇"而已,她的这个年龄,正是对"怪人"充满幻想的年龄。

不过,有一点,朱麦克是觉得安慰的,柯巴绿既然是酒店里的员工,肯定是知道他住在哪个房间的,她不管嘴里说得多么直接,却从没有贸然地来过他的房间,只是有一次,大概夜里十二点了,有人敲了几下他的门,还叫了他的名字。朱麦克的习惯是,睡下之后,就把自己的手机关掉了,把房间里的电话线也拔掉。他扒在猫眼朝外看了看,门外一个人也没有。但他却闻到了一股酒气,朱麦克不喝酒,对酒的气味特别敏感。打开门一看，柯巴绿已经坐在他的门前睡着了。朱麦克叫了几声，她没有醒过来，推了推，也没有用，只好把她抱进来，放在床上，给她盖上被子。他接上电话线，叫总台再给自己开一个房间。

第二天，柯巴绿在餐厅看见朱麦克时，脸红了。这是朱麦克第一次看见她脸红。她对朱麦克说："我以后再也不会了。"

朱麦克知道她说这话的意思，对她笑了笑。

到了这个时候，柯巴绿才告诉朱麦克，自己是这家酒店老板的女儿，她从加拿大回来，她爸爸让她接手这个酒店。可是，她对酒店的管理一点信心也没有，也不知道从哪里入手。

朱麦克告诉她，这个酒店是很好的。自己在这里一住六年就是一个证明。而且，管理酒店跟做其他生意一样，都是有规律可以抓的，生意的规律就是：社会上缺什么东西，你就要提供什么东西，酒店也一样，要摸清社会发展的脉络，要知道这个时候人们想要的是什么，你就给他们提供什么。如果抓不住，就会被社会淘汰，如果抓住了，就能够把生意做得很好了。

这些话是对柯巴绿说的。同时，朱麦克也是对自己说的。因为这段时间，他正在做一件事：他跟信河街的九个老板联合起来，申请成立了一家"小额贷款股份有限公司"。

老实说，朱麦克并不想跟那么多人合作。他是一个工作至上的人，如果参与了，他就想把事情做到最好，那么，他就必须跟另外八个人紧密地结合在一起，他就随时有掉进他们的圈子里的危险。但是，朱麦克又知道，"小额贷款股份有限公司"就是"社会发展的脉络"，说白了，"小额贷款股份有限公司"是私营化的银行。以前，国家不允许私人办银行，现在，终于开出了一个小口，那是因为看到社会上有这种需求，公立的股份银行已经不能满足社会的需求，所以，"小额贷款股份有限公司"以后肯定有很大的作为。但是，国家又规定，必须九个人以上合股，才能申报，所以，朱麦克要想参加到这个项目里，就必须跟另外八个人合作。

这又有点违背朱麦克的意愿了。

4

朱麦克决定去一趟丽江。

他自己也觉得这个决定过于突然。"小额贷款股份有限公司"的事肯定是个很大的原因，因为九个人中，懂专业的，只有朱麦克一个，所以，所有的申请程序，都是朱麦克在跑。这些都没有问题。问题出在，九个人合在一起后，就变成了一个整体，九个人的家事也好像变成大家共同的事了。这当然是好事，这才能一条心嘛！但是，如果跟着他们八个人转，朱麦克的生活轨迹就完全被打乱了。如果不去呢？那别人肯定会觉得他没有诚心，破坏了生态平衡。朱麦克还是不能习惯这种方式。所以，公司走上轨道后，他就想离开一段时间，让这个热度冷却一下。他出去的这段时间，也是让其他股东适应的时间，时间一长，他们就习惯了。还有一个原因是柯巴绿，现在不再在朱麦克身上探寻爱情的命题了，她转了一个巨大的弯，现在叫朱麦克"师傅"，酒店碰到什么事，都会找朱麦克商量。朱麦克吃早餐的时间，完全被她占领了。有一次，柯巴绿说："师傅，你当我们酒店的独立董事吧！这样你住在酒店里就不用付钱了。"

"如果不付钱，我马上就搬出你们的酒店。"朱麦克说。

不是朱麦克不肯帮柯巴绿，而是，朱麦克知道，帮助只是一时，只能是关键的时候指点一二，长久的生意，还是要柯巴绿自己去做，只有这样，她才能把生意做好。所以，朱麦克也想离开她一段时间。再有一个原因是，佟娅妮又来电话了，她告诉朱麦克，自己刚从香格里拉的"小甸希望小学"回来，她在那里整整待了两个月，每个周一到周五给孩子们上课，周六和周日就背起背包，到周边各处走走，有时就睡在当地山民家里。有一次，她迷路了，就在野外搭起了帐篷。半夜，来了两只狼，很友好地在她的帐篷外蹲了一夜，天快亮了才走。好像是特意过来给她做伴的。她说自己现在每天都开心得要死。最后，佟娅妮说："朱麦克，你来玩啊，我不会吃了你的。"

"好的，我这次一定去。"朱麦克突然说。

朱麦克坐的是先到大理的飞机。到了大理后，他原本想在大理待三天的，大理有很多地方是很知名的，譬如大理古城。譬如蝴蝶泉。譬如洱海。朱麦克想，如果三天不够就待四天。四天不够就待五天。反正他这次出来就是想多待一段时间才回去的，一个月也可以，再多几天也无所谓。他有的是时间。但是，朱麦克只在大理住了两个晚上，他在大理古城里走了一圈，连蝴蝶泉也没有去。因为他发现，自己根本就没有游玩的心情。而且，他还发现，自己的心一直不能够安定下来，头有点痛，喘气吃力。他想，可能是有点高原反应。信河街的海拔约等于零，自己突然跑到高原上来，当然会有点反应。不过，朱麦克知道，高原反应是其次的，因为，他的心安定不下来，是从离开酒店那一刻就开始的。只是，他还不知道，这种急躁的情绪从何而来，又要跑到哪里去。

第三天一早，朱麦克就坐飞机离开大理了。但他没有去丽江，而是坐上了去香格里拉的航班。他决定先到"小甸希望小学"去看看。

到了香格里拉县城建塘镇，朱麦克先找一家酒店住下来。下午，他去了一趟教育局，从教育局里查到了"小甸希望小学"的具体地址，它坐落在香格里拉最北端的东旺乡白玉村，离县城约两百公里。如果是高速公路，一个多钟头就可以到，但在这里，可能要开四个钟头。教育局的人还拿了一张白纸，在纸上给朱麦克画了一张去"小甸希望小学"的草图。

从教育局出来后，朱麦克又去报摊上买了一张香格里拉的地图，他根据草图，找出了明天要走的路线。他本想到租赁公司租一辆车自己开的，后来想想，还是从酒店里直接叫了一辆。

第二天上午八点半，朱麦克和司机出发。中午十二点半，他终于看到了"小甸希望小学"了，外面有一圈围墙，中央两扇铁门，铁门的右边竖挂着一个牌子：小甸希望小学。铁门进去，有一个大操场，操场的左上方竖着一根旗杆，上面挂着一面国旗。国旗下面，是一排两层楼，一共有五间。今天是星期日，学校里一个学生也没有。但是朱麦克看见里面有两个大人在走动，应该是前来支教的老师。香格里拉教育局的人告诉过他，这个希望小学的老师，基本都是外面来支教的。朱麦克不想被他们看见，所以，让司机把车子停在远处，他下车后，在学校的围墙外走了一圈后，就回到车里去了。

学校方圆几里并没有可以住宿的旅馆。朱麦克原本有在这里住一晚的打算的，但看了这里的环境后，他决定当天赶回去。所以，算起来，他只在"小甸希望小学"围墙外待了半个钟头，下午一点钟，他往回走，五点钟就回到了酒店。

过了一夜。朱麦克包了一辆车，去了泸沽湖。到了泸沽湖后，他了解到这里最好的酒店叫"里格春天宾馆"，房间的阳台可以看见泸沽湖，一个晚上三百元。朱麦克就选了"里格春天宾馆"。到了以后一问，才知道这个宾馆是一个信河街的人来投资的。老板早几天出去旅游了。朱麦克进了房间后，感觉很不错，是他出来这几天里感觉最好的一个房间，房间里干净明亮是一个原因，最主要的是这里的房间特别高，一般酒店的房间只有三米，这里却有四米。

朱麦克在泸沽湖住了三天，他哪里也没有去，每天早上五点二十分起床，打扫完身体后，做六十个仰卧起坐，然后，沿着湖岸跑四十分钟。回来之后，冲个澡，吃了早餐，就坐在房间里，守着泸沽湖看。

三天之后，朱麦克去了玉龙雪山。玉龙雪山离丽江已经很近了。但是，玉龙雪山下来后，朱麦克却去了期纳。期纳在丽江的南边，他之前从来没有听说过这个地方，是临时决定去的。在期纳住了一夜后，他又绕到丽江的东面，去了一个叫战河的地方。他又在这个完全陌生的地方住了一夜。

这时，朱麦克再也想不出来自己往哪里走了，他也不想走了。他在心里对自己说，是时候了，去丽江，找佟娅妮去。

到丽江的束河古镇时，天已经暗下来了。佟娅妮告诉过他，她的

"四海为家"开在四方街上,只要一到古镇,一问四方街,没有人不知道的。朱麦克没有给佟娅妮打电话,他在四方街口下了车,一路慢慢走了过来。

四方街是一条老街,两层,沿街布满旅馆和酒吧,叫人眼花缭乱。走了一会儿,他突然发现前面有一个很大的招牌,叫做"南麂岛酒吧"。朱麦克突然记起来,佟娅妮说过,她的旅馆隔壁就是"南麂岛酒吧"。这么想的时候,朱麦克的身上一热,心猛烈地跳了起来,抬头看了看,酒吧的对面刚好有一家叫"乡愁小栈"的旅馆,他想也没有想,一头就拱了进去。

朱麦克要了一个临街的单间。住进去一看,窗外正是对面的"四海为家"和"南麂岛酒吧"。朱麦克去了一趟楼下,问老板这里有没有叫餐服务。老板说有,给了他一张对折的名片,上面有电话号码和菜名。朱麦克回到房间,就在这张名片上叫了一份丽江著名的美食——火腿黄豆面。叫对方送到他的房间来。

不一会儿,火腿黄豆面送来了,朱麦克发现自己一点胃口也没有,付了钱后,又让送菜的伙计带回去了。

朱麦克一直坐在窗口望着对面两个店面,一直到凌晨三点,也没有看见佟娅妮的踪影。三点过后,朱麦克也不知道自己是什么时候睡着了。

第二天早上,朱麦克还是五点二十分就醒了,他只是去上了一趟卫生间,马上又回来守着窗口。

上午十点钟,对面的"四海为家"终于开门了。开门的是一个小伙子。十一点,朱麦克心里一跳,他看见佟娅妮从里面走出来了,她懒懒散散的,头发有点乱,还拍拍自己的头,好像对那个小伙子说了句什么。只转了一下,佟娅妮又进去了。过了一个半钟头后再次在店门口出现,佟娅妮已经焕然一新了,朱麦克又看到以前的那个佟娅妮了,她身里又充满了活力,不停地跟经过的人打招呼,好像很多人跟她都很熟,她跟"乡愁小栈"的老板也打了一个招呼,打完之后,还对朱麦克住的房间看了一眼,朱麦克身不由己地往后仰了仰,心头又是一阵乱跳。

下午一点,"南麂岛酒吧"也开门了。佟娅妮拿一把靠椅坐在门口,她手里拿着一个照相机,偶尔举起来拍几下。有人走进她的酒吧,佟娅妮就会站起来跟他们打招呼。没有客人的时候,佟娅妮就很安静地坐在椅子里,看着街道,脸上挂着微笑。

朱麦克就这样看了佟娅妮一个下午。天黑之后,他又看着佟娅妮在酒吧里走进走出,一直到凌晨三点半,他看见佟娅妮进了"四海为家",再也没有出来。

第二天一早,朱麦克就坐上飞机回信河街了。回到万豪酒店的时候,刚好在大厅碰到柯巴绿,她对朱麦克笑了笑,说:"师傅,回来啦!"

朱麦克也对她笑了笑。

进了房间后,朱麦克放下行李,长舒了一口气。他发现不安的心这时突然安静了下来。他拉开窗帘,长时间地看着窗外。

(原刊于《收获》2009年第6期)

这些年我一直在路上

徐则臣

1

车到南京，咳嗽终于开始猛烈发作，捂都捂不住，嗓子里总像卡着两根鸡毛。他间隔两三分钟钻到被子里用力咳一次，想把鸡毛弄出来，可是刚清爽几秒钟鸡毛又长出来，只好再钻进被子里。现在十二点刚过十分钟，车慢下来，南京站的灯光越来越明亮地渗入车厢里。其余五张硬卧上的乘客都在睡觉，他在左边的中铺上坐起来，谨慎地伸手去够茶几上的保温杯。喝点热水润一润会管点用，这是慢性支气管炎患者的日常经验。中铺低矮的空间让他不得不折叠起上半身，嗓子眼里的鸡毛随之至少被折断了一根，现在成了三根，或者更多，痒得他不由自主猛咳起来，一口水喷了满床。下床和侧上床同时翻了个身，各自用方言嘀咕了一句，听不懂他也知道两人在表达同一个意思。他很惭愧。也许此刻所有人都没睡着，他几乎不间断地咳嗽和清嗓子，还有擤鼻涕，该死的感冒。他捏着嗓子慢慢滑进被子里，忍住，他跟自己说，忍住，一定要他妈的忍住，直到平躺下来然后咳嗽神奇地消失。他忍出了一身的汗。

但是躺下来后他绝望地发现鸡毛在长大，像蒲公英一样蓬松地开放，像热带雨林里的榕树见缝扎根，从气管往下，整个胸腔乱糟糟地灼辣。胸闷，通常的症状之一，他想象那些根须正在布满胸腔。他想从肋骨中间把自己扒开，有一扇门很重要，让大把大把的氧气清爽地吹进来。是啊，上半身很重，像炉膛里烧了半黑半红的一块大铁砣。他后悔出门时没带常备药，后悔昨天晚上洗的那个忽冷忽热的淋浴。为什么价格便宜的旅馆里的热水器从来都不能他妈的正常工作呢。他简直要哭出来。

车子抖动一下，缓缓开动，窗外南京站午夜的小喧闹沉寂下来。一忍再忍他还是咳出来，堪称大爆发，动静之大让他的头和脚同时翘起来，身体在床板上颠动了一下。这声咳嗽几乎要把喉咙撕破。斜下床的男人用标准的普通话骂了一句。他哑着嗓子说对不起，趁机又连咳了两声。上铺的脚后跟磕一下床板，一个五十开外的女教师，她知道烦躁也可以文明一点。

他捂着胸口侧身向外，南京站的灯光越来越淡。他看见对面中铺的床头闪着两个黑亮的点，然后那两个亮点升起来，是中铺的眼。那个十二个小时里没出过声的女人，右胳膊肘支撑着欠起身，用手机照亮床头的包，拿出两个小瓶子，晃动一下，哗啦哗啦微小的响。她压低声音说：

"药。"

治感冒和咳嗽。因为长久没有说话，她的声音空洞虚飘，像一声叹息。

吞下三粒胶囊，还药瓶时他难为情地说："这趟路有点长。"

跟路途长短没关系，再长远的路他都走过。躺下时他对幽暗的上铺床板歉意地笑了笑，除了感谢之外，他一直没学会怎样才能和一个陌生的年轻女人多说上几句话。这个女人三十左右，披肩烫发，染成淡黄褐色，眉形很好，白天一直坐在窗边支着下巴向外看，面部侧影像某个他叫不上名字的电影明星。整个白天她都保持那个姿势，右腿叠在左腿上。他认为那是发呆。他对她的印象就这么多。那个女人不爱说话，他也不爱说话，沉默的人在喧嚣的车厢里总是形同虚设。

十分钟后药效出来了。从嗓子眼往下，一寸一寸开始轻松，如同浓雾从身体里缓缓散去，身体一点点变轻。火车的颠簸让他以为自己漂浮在水上。他闭着眼看见火车穿过茫茫黑夜，如果黑暗不是水，如果忽略床板的托举，他觉得用"悬浮"这个词更合适。悬浮在黑夜里，疾速向前，感觉很好。他把脑袋歪向车厢隔板，睡着之前他想，这些年我一直在路上。

2

这些年我一直在路上，之前多少年几乎一动不动。静止不是个好习惯，会让别人生厌。静止能有什么乐趣呢？当初前妻说，在一个后现代的大城市，安静地生活就是犯法。前妻的逻辑他理解起来一直有困难，难道在北京和上海这种地方，每天都得跳着脚过日子？他每天从床上下来的那一刻起，几乎都是双脚同时着地，然后吃早饭，坐地铁10号线上班，单位恰好也在十四站之后的地铁口旁边。他为此感谢很多人，设计地铁的，修地铁的，给单位选址的若干任前的领导，以及设计施工建造单位大楼的所有人。他连马路都不要过，过一次马路你知道多麻烦吗？你不知道，那么多行人和车辆，红灯停绿灯行，这个世界上的红灯永远比绿灯多。中午在单位食堂吃，只要下楼走五十米，服务员把饭菜都放进你的托盘里。继续上班，他双脚垂地坐在办公桌前，偶尔一只脚着地那是为了更舒服一点跷起二郎腿，但是医学研究证明，跷二郎腿对身体其实有害，他就把那只脚放下来。除了去洗手间、会议室和同事们的办公室，在单位他几乎都找不到走路的机会。然后下班，坐10号线回家，路上看报纸、杂志或者字帖。他好书法，小时候在私塾出身的祖父的指点下练了点童子功，这些年一直没放弃，拿起毛笔他觉得自己丰富安宁，仿佛需要对生活感恩，但是，老婆说，咱们的生活乏味成这个样子，你就不能动一动吗？那时候还不是前妻，等出了民政局的门，刚成了前妻时她说：

"爱动不动吧。"

前妻爱动，有点时间就折腾，逛街、美食、美容、旅游、看演出，反正只要不在家里就高兴。开始还动员他一起去，他也去，但明显动起来很不在状态，她也就意兴阑珊了。你就在家待着养老吧，她一个人出门，喀喀喀到这儿，嚓嚓嚓又到那儿，忙着在网络上搜集能让她出门的理由，或者找一帮驴友，背包、登山鞋、拐杖、野外帐篷，满地球乱跑。他不反对她像吃了兴奋剂一样到处跑，只要你觉得开心，我尊重你多动症似的自由，愿意上月球我能帮的一定也帮你。但是她对他不爱出门看不习惯，一会儿说，你有病吧，明天我带你去医院看看？一会儿说，我怎么一开门就觉得家里坐着个爹啊，说我爹还夸你年轻了，应该是我爷爷。

出门还是待在家，就此问题他们争论过无数次，离婚前的一个夏天晚上吵得最烈。正吃晚饭，电视开着，一个烂得不成样子的电视剧里，一对年轻夫妇在收拾家伙，准备去西藏旅游。他们兴致很好，连三岁的儿子都对着镜头做出冲锋陷阵状，奶声奶气地喊：看牦牛去，耶！老婆嘟起嘴用下巴指电视，说："看看人家，孩子都那么大了。"

她的意思是，人家孩子都三岁了，还见缝插针往西藏跑。这不是最好的榜样，最好的榜样是八十岁的老两口还相约环游世界。而他们结婚只有三年。

窗外就是大马路，二十四小时里每一分钟都闹闹哄哄，为了阻挡喧嚣，装修时他在阳台装了双层隔音玻璃窗。他懒得出门，见到人声鼎沸他就烦，更懒得出远门来更大的折腾。他也不愿意吵架，所以就笑笑，推开饭碗去书房练字。老婆定了规矩，饭后半小时不能坐，便于消化，不长肉。他正好用来站着练字。刚把纸摊开，老婆跟进来。

"忘了告诉你，"她说，"名报了，两个人。"

"不是说好我不去的么？请不出假。"

她的单位组织去海拉尔，每人可以带一个家属。大部分都带，同事们就怂恿她，老公都搞不定，要不我们借你一个？她有点火。

"请过了。你们副总说没问题。"

他扭过头看她，真行，我的领导你都能搞定。"可我不想跑。"

"这一回，是个死尸我也要把你抬上车。"

他坐下来。

"站起来！饭后半小时别坐着。"

"能不能别让我按你的规划过日子？"

"一次也不行？"

"真不想去。想到出门我头晕犯恶心。"

老婆的火苗就在这时蹿了上来，猛一拉毡子，带着砚台飞起来，墨汁泼了他一头脸，圆领白T恤前胸染了一摊黑。这T恤是她去年参加三亚旅游团送的，后背上印着蓝色手写体：想来想去，明年夏天还得来三亚。

他抖着滴滴啦啦往下掉墨水的T恤，血往头上升。"跟你怎么就说不清楚呢！我不想折腾！"

"那是你有病！你怕出门撞见鬼么你？"

"哪跟哪呀这是？你才有病！除了睡觉吃饭，一天你在家待几分钟？过两天安静日子会死啊？"

"安静？可笑！就是个缩头乌龟，还蹲家里冒充作家！"

你跟她永远说不清楚。他当时想，我平心戒躁，这也错了？他想跟她讲道理，但是这道理结婚以来每年要讲三百六十六次，他们还要为此吵第三百六十七次。他突然觉得无话可说，转身去卫生间对着水龙头冲了头脸，湿漉漉地出了门。他想不通一年有如此多的架要吵，为同一件莫名其妙的事。他听见老婆在身后喊：

"整天缩家里，谁知道脑子里出了什么猫腻！"

越简单的事情越难办，所以这个问题他们翻来覆去地吵。从她的单位旅游通知下来开始，半个多月几乎每天都要为此辩论，越扯越多，已经上升到精神疾病和世界观、人生观的高度。他不想争论并非惧怕老婆对他头脑和什么观的指责，而是惧怕吵架本身。每次吵架都让他陡生对婚姻和生活的虚无和幻灭感，刚刚积累出来的过日子的热情一阵大风全刮走了。究竟是什么东西让一对发誓要在一起生活一辈子的人没事就翻脸，只是动和静的问题？或者热爱喧哗还是安静的问题？这些问题足以摧毁连一生都不惜拿出来献给对方的婚姻和家庭？他难以理解。吵架时他觉得两个人连陌生人都不如。他希望和而不同，而不是吵架、吵架、吵架和吵架。

如他所料，即使在晚上七点钟马路上也堵车，很多车在红灯底下摁喇叭。骑电动车和自行车的人，公然在斑马线上闯红灯，步行者因此得到鼓励，向已经被迫慢下来的车做停止手势，停。司机愤怒地拍着喇叭骂娘。喝醉酒的两个男人一路骂骂咧咧。母亲在扇小儿子的耳光。拾荒的老太太跟在喝康师傅绿茶的小伙子身后，等他喝完最后一口以便捡到空瓶子。理发店的音响开到最大，循环唱《月亮之上》。遛弯的小狗长得像只老鼠，盯着一个穿红色高跟凉鞋的女孩一直叫。

还有很多。噪声在城市夜幕垂帘时终于聚到了一起，多余的精力必须在当天耗尽。如此之乱。这正是他不能忍受的地方。他待在家里，关上双层隔音玻璃窗，世界才能静下来。出小区门向右拐，再向右拐，一大群人从一个门里拥出来。他竟然习惯性地要往地铁里去，似乎出了家门只有这一条路可走。他茫然地站在路边，头顶的路灯蚊虫缭绕，他在路边坐下来，马路牙子现在依然滚烫。抽了一根烟，想到另外一个小区旁边的小公园，那里会清静点。他一路抖着被染黑的湿T恤，像个行为艺术家，墨汁溅出了一只大写意的翅膀。

公园里人也不少，好在花木多，曲径回廊，明暗闪烁，如果坐下来你还是能感觉到这地方可以一直坐下去。喷泉开了，他过去想看看水。周围的花园墙上坐着家长，好几个孩子在不断变换形状的喷泉里钻来钻去。水柱淋透他们全身，孩子们很高兴，在这个城市，如果不进游泳馆，你能看到水的地方只有自己家里细长的水龙头。他小时候在农村，屋后就是一条长河，夏天总要发一场大水，他喜欢用脚摸着被漫过的石桥走到对岸，然后再走回来。而这是没见过大水的一代。他们见到一个喷泉就如此开心，不管父母的责骂，一不留神就钻到水柱底下，一个个喷嘴踩过去，在水中相互追赶。水花清凉，浇在身上会比淋浴舒服一千倍，他们开心地嗷嗷叫。

　　他在穿拖鞋的家长们旁边坐下，一个大肚子的男人说："你那衣服，洗洗？"他笑笑。

　　又一个男人说："要是我，就洗。"

　　一个短头发的女人说："不洗穿着多难受。"

　　另一个女人附和。

　　城市迫使他们学会了矜持。一个成年人不能随便在众目睽睽之下淋湿自己，这是身份和教养，顺其自然将被认为是矫情；虽然他们可以当着陌生人偶尔抠一下酸腐的脚丫子，喜欢在沙滩短裤里面不穿内裤，但是此刻他们希望有个人能代替他们冲进水柱中间。如果没有更多人取笑，他们将会因为他的献身而感同身受，我们知道，水的确是个好东西，尤其在这个闷热的夏夜里；如果超过半数的人因他的行为感到难为情，那么我们有充分的理由认为他就是一个傻子。一个超过三十岁的傻子，他与小孩为伍，而且胸前正往下流黑水。

　　水柱穿过T恤变成黑色，他踩着最黑的乌云在喷泉里走。遥远的地方传来雷声，天气预报说，今天夜间到明天，城市西北部有阵雨。他真就钻进了喷泉里，跟他们怂恿无关，而是因为怀念家后面的那条河。他把T恤张开，姿势像撩起衣襟讨饭的乡下人。白T恤开始变白，曹素功牌墨汁也经不住坚硬的水流冲洗。水打到皮肤上感觉好极了，他把脑袋放到一根水柱上。有人对他指指点点，他听不见是褒还是贬，此时水声巨大，仿佛长河里在涨水。

3

早上醒来第一件事是咳嗽，药效过了。那个女人坐在窗口往外看，杨树和柳树一棵棵往后闪，她的姿势没变。听见他咳嗽，她站起来到床头打开包，递给他昨天夜里的那两个小药瓶。就算只为了这陌生的药，他也坚持请她去餐车吃早饭。

他们面对面坐在餐桌前，她说："别客气，出门在外。说会儿话吧。"

"我以为你不爱说话。"

"我是不爱说话，"她在牛奶杯子里转动汤匙，"可我有一肚子话想说。"

"那你说，我听着。"他转过脸咳嗽一声。

"你先说。"

"一受凉就带起支气管炎，"他说，"说咳嗽你不介意吧？"

她的汤匙敲三下杯子。什么都行。

他就说，一天晚上我从公园里回来，躺在楼下的凉椅上睡着了。我在公园的喷泉里把T恤洗干净了，和从三亚带回来时一样白。我把自己淋了个透，像小时候我爸给我理完头发，我穿着衣服一个猛子扎进夏天的长河里，露出脑袋时我就觉得水把我浸透了。

她的汤匙又敲三下杯子，请继续。

因为刚和老婆吵过架，他下意识地盯着过往行人的脸，那些晚归的人步行、骑车乃至小跑，他在他们脸上无一例外看到归心似箭的表情。他们往家赶，而他不想回，风穿过湿衣服，他有点累。小区楼下有一溜凉椅，明亮处坐着乘凉的老头老太太，靠近树丛的阴暗处坐着年轻的男女。情侣的坐姿总是不端正，一个躺在另一个的怀里，相互咬着耳朵说话。他在靠近小区门的椅子上躺下，连绵不绝的车辆从十米之外的马路上跑过。

"他们一定家庭和睦、生活幸福。"他像她一样敲了三下汤匙,"当时我想,美好的生活来之不易,如果她下楼来找我,哪怕她一声不吭地站在凉椅前,我一定和她回去,跟过去一样就当结婚三年一次脸都没红过。过去吵架我出门透气,一个小时后她会打我手机,只响三声。三生万物,代表无穷多。但那晚我湿漉漉地出门,忘了带手机。"

"她找你了?"她问。

他摇摇头,在凉椅上睡着了。

向来入睡艰难,在凉椅上睡得却很快,而且突然没了眠浅的毛病。雷声滚过来他没听见,所有人都走光了他也不知道。他睡啊睡,梦见大河漫过身体,他如鱼得水。一个鲜红的球状闪电落下来,半条河剧烈晃动一下,吓得他呛了两口水,他在水里开始咳嗽。因为咳嗽他醒过来,还躺在凉椅上。雨下得那么大我竟然一点感觉都没有,这很奇怪。你不相信?那闪电是真的,第二天我去坐地铁,看见地铁站旁边那棵连抱的老槐树被劈成两半,一小半倒在地上。老槐树的肚子里已经空了,站着的主体部分像一个人被扒开了胸腔。没错,我咳嗽了。那场大雨把我浇出了感冒,支气管炎跟着发作,在地铁里我咳嗽了一路。

"你回家时她在干吗?"

"开着电视睡着了,"他咳嗽两声,"我冲了个热水澡,在书房沙发上睡了一夜。要早点吃药就好了,我断断续续咳了三个月。婚离完了还没好利索。"

"海拉尔呢?"

"没去。先生,我们可以在餐车多待一会儿吗?"

服务员挥挥手,没问题。

"我去抽根烟。该你了。"

他从餐车顶头抽完烟回来,她在敲空杯子。"真不知道从哪里开始好,"她看着窗外,火车正穿过一个小镇,"就说为什么我坐在这车上吧。"

一个月一次，这是第七次。她去看她老公，他被关在一座陌生城市的看守所里。看守所在城郊，高墙上架着铁丝网，当兵的怀抱钢枪在半空里巡逻。他们不让她进，量刑之前嫌疑人不得与任何人见面。她不太懂监狱里的规矩，执意要进，她说我就看看我老公，你看我给他带了最爱吃的捆蹄，用的是最好的肉，还有烟，除了"白沙"他什么烟都不抽。门卫说不行。她就央求，泪流满面，门卫还说不行。到后来门卫说，大姐，求你了，你这么哭我难受，我真帮不了你，你再哭我也要哭了。那小伙子二十出头，离家没几年，晒得跟铁蛋一样黑。她没理由让人家跟着她哭，就把捆蹄和白沙烟放在大门口，一个人离开了。门卫让她带走，她没回头，一直走到很远的一块荒地上，一屁股坐下来放声大哭。在野草地里哭谁都听不见。

哭完了，人空掉一半，她在城郊的一家小旅馆住下来。只住两天，她没办法跟单位请更长时间的假。每天一大早来到看守所门口，不让进，她就像个特务似的在看守所周围转悠。她听见里面很多人在喊号子，她努力在众多声音里分辨丈夫的声音。他的声音饱满，上好的男中音，不过现在可能已经因为不自由变得沙哑。她觉得她听出了众多声音里的那个声音发生的变化，即使沙哑，它在所有声音里也最为明亮，像天上唯一的一道闪电。

前三次他们都不让她进，晒得一般黑的小伙子们口径一致，她的哭喊和央求没有意义。他们说，你得再等等，判过就可以了。她宁可不判，她也不想等，她对他们说，我老公是冤枉的。他们板着脸不说话，冤不冤枉谁说了都不算。她只能等。你不必每个月都来，有结果自然会通知你，打你的电话。但她还是来了，第四次。不再哭诉，而是围着看守所转了一圈后，步行进入了这座陌生城市的内部。她像一个观光客，决定把这里的每一个地方都走遍。

第五次。第六次。第七次。这当然不是旅游的好地方。

"对这个城市，"她说，"我跟对自己家一样熟悉。我有白沙烟，你抽吗？不往下咽就不会咳嗽。"

他们来到餐车顶头，倚着车厢斜对面一起抽白沙烟。火车咣咣，节奏平稳，可以地老天荒地响下去。

"见不到人，你去那里意义何在？"

"到那里，我才会觉得他还好好的，心里才踏实，"她吸烟时手指和嘴唇的动作不是很舒展，是个新手，"夫妻有心灵感应，你不信？他在里头一定也能感觉到，我在等他出来。你真不信？"

他狠吸了两口烟，火走得疾，烫到了食指和中指。他用鼻子笑了一声。"怎么感？"

"如果你爱她，你就感觉得到。对不起，我是说，我。"

"没事，我努力感应自己吧。我和自己相依为命，"他笑笑，掐掉烟，"希望他早点出来。"

"我老公是被冤枉的，我说了！他什么都不知道，他只是个司机！"

我必须跟你说清楚，我老公是清白的。他只是个司机，每天勤勤恳恳地坐在驾驶座上，反光镜拨到一边，局长在后面做任何事他都看不见。他开车时喜欢在脑子里唱歌，他的实现不了的理想是到乐团唱男中音，所以局长对着手机说什么他一句都听不见。我们生活很好，两个人的工资足够我们养活好一个五岁的女孩，可以送她进一个不错的幼儿园，请教声乐的大学老师每个星期辅导一次，我们甚至打算给她买一架好一点的钢琴。我们没有途径腐败，也不会去腐败，局长的案子和他一点关系都没有！你不信？哦，对不起，我有点激动，五个月了我从来没和别人说过这么多话。不管是陌生人还是我爸妈。他们永远都不会相信一个清白的人也会进监狱。他们从开始就不赞同我和他在一起。

"你们的感情很好，"他说，"可以再给我一根白沙么？"

"很好，"她把烟盒递过来，顺便也给自己点上一根新的，"二十三岁嫁给他，工作第一年。爸妈不同意，把我反锁在家。半夜里我跳了窗户跑到他宿舍，只带了三件换洗衣服。我说我来了，这辈子你都不能赶我走。他说好，就算山洪暴发冲到屋里，我也抱着你一起死。"她开始掉眼泪，没哭的时候她难过，眼泪出来时她很幸福。"我知道他，比知道自己还知道。他是冤枉的。"

"没准下个月他就出来了,"他安慰说,"一清二白,和过去一样,星期天你们可以带孩子去学唱歌。"

她把眼泪流完,用湿纸巾擦过后补了一点妆,为了不让第三个人看见她的悲伤。"我要下车了,"她说,"谢谢你听我哭诉。"他连着咳嗽了一串子。她从包里拿出小药瓶。"你还要赶路,这个带上。"

"谢谢。能否给我个电话?下次我来看你。"

"不必了,我们只是碰巧在一节车厢。"

"别误会,我只是想,我们可以在电话里说说话。希望你老公一切都好。"

她在餐巾纸上写下名字和手机号。

4

那座山城有个好听的名字,城市环山而建,长江从城市脚下流过。火车重新开动,他坐在窗前她一直坐的位置,用她的眼光看见城市缓慢后退。他喜欢这个陌生的城市,山很高,楼很低,层叠而上,所有坐在房间里的人都能在晴天照到阳光。他想象那个女人拎着箱子走到家门口,打开,进去,女儿也许在家,也许不在家,即便只有一个人,这也是个美满的幸福家庭,因为另外两个人分别都被装在心里。

这是前年十月的事。他咳嗽好了以后依然常在路上,但已经养成了随身带药的习惯,为了在陌生人需要时能够及时地施以援手。他俨然成了资深驴友,当然是一个人,拉帮结伙的事他不干。有时候一个人躺在车上他会觉得荒唐,离婚之前让他出门毋宁死,现在只要有超过两天闲着,他就会给自己选择一个陌生的去处。为了能经常出差,他甚至跟领导要求换了一个工作。过去认为只有深居简出才能躲开喧嚣;现在发现,离原来的生活越远内心就越安宁,城市、人流、噪音、情感纠葛、玻璃反光和大气污染等等所有莫名其妙的东西,都像盔甲一样随着火车远去一片片剥落,走得越远身心越轻。朋友说,你该到火星上过,在那儿你会如愿以偿成为尘埃。他说,最好是空气。

开始他只想知道前妻为什么像不死鸟一样热衷于满天下跑,离了婚就一个人去了海拉尔。他强迫自己把这里的每一个地方都走遍。漫长的海拉尔一周。回家的那晚,火车穿行在夜间的大草原上,这节车厢里只有他一个人,他把窗户打开,大风长驱直入,两秒钟之内把他吹了个透。关上窗户坐下来把凉气一点点呼出来,他有身心透明之感,如同换了个人。他的压抑、积虑和负担突然间没了,层层叠叠淤积在他身体里的生活荡然无存。在路上如此美妙。他怀疑错怪了前妻,在火车上给她打电话:

"如果你还想去海拉尔,我陪你。"

"跟你这种无趣的人?"前妻听不到火车声,"拉倒吧。我还不如去蹦迪呢。"

他明白了,她要的是热闹,是对繁华和绚烂的轰轰烈烈的进入,而他想从里面抽身而出。在认识之前,他们就已经是一对敌人了。谁也不能未卜先知,那时候他们对所有差异、怪癖和困难都抱以乐观,以为那是生活不凡的表征。好了,差异如果不能在相互理解中互补,那它只能是尖刀和匕首,一不小心就自己出鞘。

这座山城有个好听的名字,城市环山而建,长江从城市脚下流过。两年里再次经过这座城市,他想下车看看送他咳嗽药的人。去年他也经过一次,广播里说,一个半小时后到达那里。在这一个半小时里他给她打了五个电话,快到站时她才接电话:出门送孩子了,刚回来。她说她很忙,见面就免了吧。

"喝个茶的时间总有吧?"那时候他在电话里说。

"真没有,家里一团糟。"

"出事了?你老公呢?"

"没事,他很好。我是说,家里乱糟糟的。"

她把"一团糟"置换成"乱糟糟"。她的态度没有前两次好。两年里通过两次话，时间都不长，身体一不舒服他就想起这个送咳嗽药的女人。他不擅长东拉西扯，对方对东拉西扯似乎也没兴趣，只能寒暄几句，他坚持说感谢的话。通话中他了解到，她老公在第八个月就从看守所里出来了，案子跟他无关。他把衣服撩起来给老婆和亲戚朋友看，老子清清白白，还是弄了一身的伤，这他妈什么世道啊！但凭这一身伤他升了，从司机变成了副主任。那时候她的情绪不错，在电话里学老公如何炫耀伤痕。

"半小时也不行？我顺道。"

"下午忙。我老公一会儿就回来。再见。"

"我没别的意思——"

她已经把电话挂了。车也到了站，他犹豫一下，还是没下车。

这一次他决定先下了车再说。车站不大，古旧的建筑和石头地面，实实在在的方块石头，踩着摸着让他觉得天下太平。长江在斜下方像一面曲折流淌的镜子，青山绿水千万人家。拨她的手机，被叫号码已停机。他愣了，在这个想象过很多次的山城里，突然发现自己与这个世界失去了联系，你是个陌生人。这些年旅行都散漫随意，来到这个城市不是，所以有点不知所措。他在车站广场的石头台阶上坐下来，抽了两根烟才定下神，然后拖着行李箱去找旅馆和饭店。

午觉半小时，在梦里想起她曾说过工作比较清闲，因为买书的人不多。他就去了新华书店。这个城市有三家像样的书店，问到第二家，果然是在那里做会计，不过已经是一年前的事了。

"你说她呀？"财务室里的一个五十岁左右的阿姨清冷地说，"早走了，航运处。谁愿意待这鬼单位。"

那阿姨对书店的前景很悲观，没几个人看书了。幸亏教材教辅还有学生买，要不就得下水喝长江了。她对她的调动充满艳羡，所以冷嘲热讽怎么都克制不住。航运处多好啊，谁让人家嫁了个好男人呢。

对，她嫁了个好男人。老公从司机变成领导，副主任也是个顶用的官,把她弄走啦。

5

  航运处在隔两条街的一座小楼上。作为会计,当时她不在班上。财务重地,闲人免进。他只能在走廊里等,抽烟要去公用洗手间。坐在马桶盖上他努力想象两年后她会是什么模样,夹着烟的手指因此有点抖。也许应该早一点就来看她。山上的时间走得慢,即使这也是在城市里,他甚至感到了煎熬,每一口下得都很猛,烟吸得比过去快。从洗手间出来,他看见一个年轻时髦的女人从走廊拐角处走过来,拎着一个小坤包和一个时装袋,满楼道都是高跟皮鞋击打水磨石地面的声音。她的时髦近于妖娆,头发盘在脑后,因为浓妆和清瘦,脸显得极不真实。他不能肯定她是否瞥过自己一眼就进了财务室,很快她又出来,站在门口看他,拎纸袋的右手向上抬了抬:

  "是——你?"

  他盯着她的脸看,终于从两只眼里找到两年前的那个女人。"是我,"他没来由地感到了悲伤,"路过,想来看看你。"

  最后半小时的班可以不上。她带他去了十字路口处的水雾茶坊,在靠窗的位置,要了一壶明前的雀舌。

  "为什么老盯着我看?"她问。

  香水。粉底。口红。雕了花的指甲,那图案他后来咨询了女同事,叫踏雪寻梅。"有点不一样了。"他尽量让自己放松。

  "怎么不一样?"

  "看装束,你过得更好了。"

  "看人呢?"

  "说不好。"

  "有什么说不好?"她笑笑,打开包要找东西。他及时地递上白沙烟。"我抽这个。"她拿出的是五毫克的中南海女士烟。

"你老公换牌子了？"

"他换牌子关我什么事？我只抽我喜欢的。"

"你们——算了，不多嘴了。"

"没什么，"她的表情很有点孤绝，眼神不经意间闪的光和两年前一样，"我们关系不好。"

怎么会呢？但他说："偶尔会闹别扭，别放心上。"

她看着窗外抽烟，动作娴熟优雅。"还咳嗽？"

"偶尔。走到哪我都带药。"

有半分钟两人都不说话。他觉得男人应该主动打破僵局，刚想问孩子的情况，她的手机响了。她对着手机说："有局？好，我也有。"一共六个字。

"你老公？"

"这一周他第七天不在家吃晚饭。"

"做领导应酬多。男人不容易。"

"屁个不容易，"她说，"鬼混的借口！对不起。"她为自己的粗口道歉，她的嘴鼓起来，眼睛往虚空的深处看。这是女人要哭的前兆。眼泪终于没有掉下来。然后她突然就笑了，问："觉得我变老了没有？"

她的笑轻佻而又悲凉。他不再有疑问，安慰她："比两年前更年轻。"

"去年二十今年十八，也没用。男人变得永远比你快。"

她情绪开始激动，他知道她倾诉的欲望启动了。果然，生活出了问题。这是她没有料到的，丈夫从看守所里出来，整个人都变了。职务变了，成了个小领导，这是好事。变得爱说话，也不是大毛病，顶多是多念几次他在看守所的苦难经，多撩几次衣服让别人看看伤痕。最大的问题是，他总在想：他妈的，凭什么？他没往口袋里捞一分，没睡过任何一个别的女人，局长赴宴他都只能在旁边的小房间里随便吃几口。如此清白还是蹲了八个月，三天两头接受拷问，那些人高兴了抬手打，不高兴了用脚踢，他妈的凭什么？老子生下来不是为了看人脸色给人打的。

凭什么啊？他想不通。他跟劝他的亲友说，要是你整天平白无故鼻青眼肿的，你也想不通。幸好我出来了，要是被冤到底，这辈子没准就耗在里面了。局长死刑，副局长死缓，随便捡出一条过硬的证据，他就不会有好日子过。所以他出了看守所大门就想，从今以后的每一天都是赚来的，咱得好好过。可着劲儿折腾，你们不是都说享受生活么，老子也来，能风光不风光我凭什么啊？人生苦短，鬼门关我都转了一圈。

作为八个月的补偿，他升了，副主任看上去不大，但管的部门要紧，正主任一年病休要达十个月，他算个实权人物，干什么都便利。先把老婆从书店弄到航运处，她挺高兴，高兴劲儿没过脸就拉下来了。副主任吃喝是小节，关键是裤带松了，外头开始有人，比她年轻漂亮。被发现后，他供认不讳，玩玩而已，他不会当真，希望老婆也别当真，就当自己老公下半身临时借别人用一下。他改。这也是诡异的逻辑，她不能理解。副主任就解释，一是工作需要，二是八个月的补偿，一想到曾经命悬一线，他就忍不住每天都当世界末日来过。一说起八个月，他就声嘶力竭苦大仇深，摔杯子时眼里都能淌出泪来。你不知道我是怎么熬过来的，一日长于百年。你永远都不会知道。

改了两三次也没改好。再发现，他居然理直气壮，不就玩玩嘛，又不是跟她们结婚生孩子，着什么急。

"后来呢？"

"他竟然说，我是嫉妒那些女人年轻。你说，我很老么？"

她不老，不过洗尽脂粉后脸会显得空，因为已经六神无主。他能理解副主任人生观的巨变。这种事很通俗，甚至很恶俗，但巨大的幻灭感的确会让人穷凶极恶；他不喜欢的是，副主任的自恋过了头，她可是每个月都在看守所外面转圈子的。"难道他当时就没感应到？"

她的笑已经接近哭了。"那又怎么样？此一时彼一时。"

"他还，在乎你么？"

"也许吧。他说他在乎，他只是想用这些填满八个月的恐惧。"

她的善解人意让他吃惊。三年前在餐车里她就说过，二十三岁嫁给那个男人，就算山洪暴发，他们也会抱在一起死。她坚持着二十三岁的信念，现在城市坚固，风调雨顺山洪永不可能发作，副主任有了现在的世界末日般的别样的信念。他只好帮她点上一根烟，说："我也不知道你该怎么办。"

从水雾茶坊往外看，马路宽阔，行人和车辆稀疏，植物丰肥茂盛，这里一定是个过安宁日子的好地方。然后他们在茶坊隔壁的饭馆一起吃了晚饭，主菜是当地特色的长江鱼，味道之好，只有他回忆中的故乡长河里的鱼才能媲美。喝了当地的白酒，牌子一般，口感很好，他只想尝尝，喝着喝着就多了。她也喝，像两年前抽烟一样生硬，她把喝酒当成了复仇。因为喝酒出了汗，妆有点散，但酒上了脸，把散掉的妆又补上了，比之前更好看。如果再丰满一点，她就跟餐车上的女人一模一样了。只是她自己并不清楚，她以为自己已经老了，需要各种时髦的衣物、昂贵的化妆品和加倍的风情借以回到过去，回到爱情完满的幸福生活里去。长江鱼和酒让他难受，心里比寻而不遇还要空荡，空空荡荡。他只好继续喝酒吃鱼。

她送他回旅馆，晚上十点马路上已经空寂多时。他要自己回去，她坚持要送，难得有人还惦记自己，反正孩子在姥姥家，回去也是一个人。她挽着他，两个人摇摇晃晃贴着路左边走。她说我给你唱个歌吧。词曲他都陌生，唱完了她说，那时候他们晚上散步常唱这歌，男女二重唱。他就说，多好听的歌，可惜只能你一个人唱。然后迷迷糊糊听见她的哭声。

她以为他喝多了，让他躺下歇着，他坚持要坐着。"见一面不容易，"他说，"我要多看看你。"

"你喝高了。我有那么好看么？"

"没高。你比好看还好看。"

她在对面床上坐下来，表情如同致哀。她从纸袋里拿出一个精致的纸盒子，说："猜猜这是什么？"

"不知道。"

"仙黛尔内衣。要不要穿给你看看？"

他看着她站起来，打开包装，先把内衣按部位和比例摆在床上，形如一个女人。摆完后，开始解盘在脑后的长头发，披肩，褐黄，转身时呈现侧面的轮廓，颧骨高出来，弧度有了变化。他觉得面前站着的是另外一个陌生女人。

"男人都喜欢看女人穿性感内衣吗？"她问，开始脱外套。

他制止了她脱外套的手。"你喝高了。"

"没高。"

"高了。"

她甩开他的手，说："你来难道不是为了这个？"

他不说话，站起来把仙黛尔内衣装进纸盒再放进纸袋。他想，我他妈不是圣人，可是我现在很难过。仙黛尔让他备感哀伤，所有的事情都不是他想象的样子，此刻他们的生活如此复杂。他又重复一遍。"真高了。"

她一屁股坐在床上，仿佛真喝高了。"你来就是为了说我喝高了？"

"我来是顺道看看你，"他说，"明天一早就走。习惯了，这些年我一直在路上。"

（原刊于《收获》2010年第4期）

光辉岁月

笛 安

    钟声响起归家的讯号,在他生命里,仿佛带点唏嘘。

        ——《光辉岁月》Beyond(词曲:黄家驹)

  谷棋最喜欢龙城的秋天,准确地说,是龙城的九月份。窗帘是灰蓝色的,清晨七点半的阳光把那颜色调得明快了些。谷棋很想用力地把窗帘拉开,让天空猝不及防地进屋来,不过还是算了,突然降临的光线会惊扰到志强,这男人会在半睡半醒间嫌恶地拉过被子挡在面前,嘟哝一句"×"。她静悄悄地爬起来,没有一点声响,像空气那样流畅地走到了客厅。幸亏,昨夜入睡之前忘记关上房间的门,——所以不必在那"吱呀"一声响动之后不安地回头往床上看一眼了。她知道,跟阳光比起来,声音是没那么容易惊醒他的,但她总是不放心。一天里,其实也只有这么一小会儿,他睡着，她完全清醒，这种清醒给她一点隐约的骄傲。

冰箱里面的光芒也是骄傲的，身为光，能做到像它们那样，自律地把自己框成一个规整的并且带棱角的形状，实属不易。谷棋不知道，她每次打开冰箱的时候，眼睛里都是带着笑。她把牛奶的盒子拿出来，那种恰到好处的清冷让她愉快。不是所有牛奶都叫特仑苏。她喜欢这句话，她觉得够俏皮。微波炉的门开阖的声音像个厚重的箱子，玻璃杯瞬间成了游乐场里的木马，跟着光芒，化腐朽为神奇地旋转。"叮"一声风铃一般的敲击，游戏结束了。快乐吧？她也不知自己在问谁，不过突然间想了一下，是不是也应该有个小孩子了？想想而已，终归有点怕。志强起来了，在浴室里吐痰。她把手盖在嘴上，强逼着自己缓缓打完一个突然找上门来的哈欠。谷棋允许自己把头发乱糟糟地挽在脑后，允许自己任由拖鞋在地板上划出漫不经心拖沓的声响，但是她不允许自己肆无忌惮地撕扯自己的脸，面目狰狞地打哈欠。怎么都不允许。就在此时，冲进耳朵里来的，还有一阵惊天动地的水声砸在池子里，她不明白，只是刷个牙而已，但他总能搞得像是呕吐。

"老婆，我去店里了。"他说。

"好。路上当心。"谷棋微笑着点头。应该是微笑过了的，那是她条件反射的习惯。

"帮我看看，我手机在不在洗衣机上面，"他弯下腰系鞋带，"不用了，我找到了。"

"对了，"她装作是刚刚想起来的样子，"明天晚上姑姑过生日，请全家人吃饭，店里要是没什么事，就一起来吧，我下班了就直接过去饭店了。"

他的眉头微微皱了一下，她看得出，然后她认为自己还是成功地做出了没看出的样子。他打开门的时候说了句："去，应该不会有什么事的。"

她轻轻舒了一口气，倒是没有到如释重负那么夸张，只不过，确实地，算是了结了一件事。她知道志强不喜欢自己的姑姑，她更不喜欢，唯一的不同是，志强是在娶了她之后才需要忍受姑姑，可她从有记忆起就在忍受了。所以志强是幸运的，忍受一个陌生人比忍受一个亲人容易很多倍。

她是因着姑姑的关系，才进了现在的银行。志强开店的时候，启动的本钱是和姑姑借的。那时候她的父母不大愿意她和志强在一起，无非是因为志强的薪水低。姑姑在一个和了牌，心情非常好的雨夜，风风火火地来到她们家，对她的父母拍着胸脯说："不就是钱吗？何苦这样为难孩子们。我看志强不错，踏实，人老实，又有吃饭的手艺，不是那种不知轻重糟蹋好日子的主儿——我就愿意出钱给他开店，就当是为了咱们琪琪，你们还有什么不满意的么？"她在一边默不作声地看着面面相觑的父母，怕是有生以来第一回，从心里觉得姑姑是真正的亲人。刚刚升起来的柔软是被父亲扑灭的。父亲眼睛里全是躲躲闪闪，近乎献媚的羞涩，却依旧像她童年时那般严厉地命令她："你还不知道谢谢姑姑么？"

于是，姑姑又一次地成了"真理"的代言人，一如既往。婚礼上，姑姑坐在她父母二人中间，理所当然地仰起脸。"志强，你要是对琪琪不好，我找你算账。"说完，自己率先笑了。志强只好跟着笑，笑不下去了，郑重地说："我敬姑姑。我和琪琪永远都谢谢姑姑。"然后一饮而尽。她在一边看着，一边深切地发现，她眷恋志强。命运把这个男人推到她身边，陪她一起忍受种种没法说清楚讲明白的尴尬和屈辱，那一瞬间她恍惚觉得，自己已经理解了人生的大半意义，只因为她心里涨满了从苍凉里生出来的爱。那种爱的生命力是强大的。

不过外人眼里，她只是面带着淡淡的微笑，和志强一起，喝干了手中的杯子。喉咙一阵辛辣的灼烧搅得她像婴儿那般，短促地闭上眼睛，在睫毛和睫毛碰触的瞬间，那蠢蠢欲动的黑暗里，她听见周围的人此起彼伏地叫她"琪琪"。此起彼伏，像是某种鸟类，她知道他们叫的是那个王字旁的"琪"，也就是说，是那个他们熟悉的"谷琪"，而不是"谷棋"。他们似乎从来就没有承认过"谷棋"的存在。

"谷琪"是父母取的名字。"谷棋"是她十几岁的时候自己改的。那时正好赶上需要办身份证的年龄,她和父母顽强地抗争了一周,他们终于把她有效证件上的名字换成了"谷棋"。母亲总是抱怨:"那么怪,谁会拿那个字作人的名字?"想起来当时的执着,她自己也觉得好笑。十五岁半的小女孩,坚定地认为"琪"这个字一望而知就是属于那些穿梭于她日常生活里,热闹聒噪的女孩子们,可是"围棋"的"棋"是高尚的,黑白两色,静默不语,听说还代表着一种她不能理解的智慧。更重要的是,那智慧很典雅。所以她相信,"谷琪"变成了"谷棋"之后,人生必将跟着改变。

三个星期前,她遇见陈浩南。起初她没在意他究竟长什么样子。她只是接过来他的身份证,然后习惯性地注视着面前的表格,在"中国银行境内居民因私购汇单"这个千篇一律的开场白下面,看见了三个工整的字"陈浩南"。她想她应该是盯着这个名字迟疑了一下,搞不好还不由自主地笑了,接着她听见了他的声音:"我原本叫陈浩。后来上中学的时候,看了《古惑仔》,就自己改成了陈浩南。"

不过是个无聊并且话痨的客户而已。但是,她还是抬起头,看了一下他的眼睛。

那天下班的时候,她独自站在公车站。傍晚,龙城不像一些更大的城市那么喧嚣和焦躁。黄昏宁静地站在她身后,陪她一起等待着那辆遥远的公车。她突然想到了她终于成为"谷棋"的那天,她填好了"谷棋"的中考报名表,放学回家的路上,也遇见了这样的黄昏。十几年过去了,黄昏一点都没苍老。十五岁的崭新的谷棋走过了她从小长大的街道。冷饮店的老板娘懒洋洋地靠在自家冰柜上,一只拖鞋在台阶下面翻转了过来,她用肥硕的右脚搔着左腿的小腿肚;卖水果的小贩把三轮车支在一摊脏水上面,那摊脏水还在若无其事地继续蔓延着;远处,煎饼店的香味来势汹汹,不客气地笼罩在脏水的气息上面,这样的黄昏是苍蝇们的狂欢节。一切都没有改变。可是,谷棋依旧笃定地相信着,一切,终究会和以往不同的。

她低下头去,发短信给志强,问他晚上想吃什么。在心里,暗暗地对那个十五岁的自己，忧伤地笑笑。她后来才发现，遇见陈浩南那天开始，她变得喜欢回忆过去了。

"我到底要填中文还是填英文？"这个问题谷棋每天都要回答无数次。

"都要填的。您的姓名这里，这边写中文，这边写英文——其实就是拼音了。"谷棋今天心情不错，因此语调格外温和。

"可是收款人那边的地址是新西兰，本来就全是英文，又没有中文。"

"啊，收款人那边的地址您只写英文的就行了，只是您这边的姓名和地址必须要中英文都写上。"

"真是不公平，"客户一边填，一边表达着愤怒，"凭什么他们老外就只要写他们自己的话就可以，我们中国人就还得去学他们的话。"

谷棋微微一笑，客户得到了鼓励。"小姐，你说我说得有没有道理？"她仍是微微一笑，不点头，也不摇头。她有经验，要是她这个时候开口和他勉为其难地聊下去，说不定接下来——果然，这个民族自尊心刚刚受挫的客户突然问道："小姐您怎么称呼？"然后看一眼她胸前的名牌，"哦，谷小姐。"这时候两个结伴去吃午饭的同事回来了，正好替换她。谷棋站起身离开的时候，没看到身后那两个刚刚大学毕业的女孩子交换了一个略带着笑意的眼神。那眼神的质地，属于所有的"谷琪"们。她们不明白，为什么一个不如她们年轻，没有她们时髦，并且一看就是个主妇的谷棋，却总是经常遇到这样热心搭讪的男客户。谷棋自己觉得，可能是因为她总是微笑，不大会给人甩冷脸的缘故。至于那些旁人嘴里难听的"缘故"，不听也罢，猜都猜得到。她不在乎。她来这里工作快要五年了，因为学历低，一直没机会升职，每年她会做两个新来的大学生的"师傅"，带着他们在银库里点钞票直到手指发黑，然后看着他们在第二年变成和自己同级的同事，或者是更高一级的客户经理。

不过她永远出现在营业大厅里，很多来换外汇的客户都记得她，他们中有一些人，即使搬了家，也还是宁愿走些远路来她这里，填单，把美金、欧元、澳币……寄给在远方读书的孩子们。她是个让很多人觉得安心的存在,她自己也知道这个。五年下来,倒是也有些客户再也不出现,因为他们的孩子毕业了。每张购汇单上都有故事,可是所有购汇单上的故事都大同小异。私人购汇里面,半数以上都与一个漂洋过海的野孩子,以及他们在家乡的痴心父母有关;企业购汇就更是无聊,来来去去就是那点连"情节"都谈不上的程序。

所以她无限怀念她曾经的工作,那个时候,从早到晚,自己都以一种非常完美的姿态,参与着各式各样的故事。她从未像那几年一样,觉得人生是件值得为之兴奋的事情。

她在那间经常出没附近几家银行职员的快餐店里,看见了陈浩南。起初,她只是略微惊讶地往他的方向看了一眼,因为她没料到自己还能如此准确地认出一个一周之前的客户,并且毫无障碍地想起他的名字来。他也看到了她,眼睛一亮。"你是……银行的小姐。"接着他非常自然地拿起面前橘黄色的餐盘,光明磊落地离开自己的位子,坐到了她的对面。她愣了一下,顿时觉得自己也应该光明磊落一些,绽开一个普普通通的笑容,没必要在乎店里是不是坐着一些正在往他们这边看的同事。

他实在是个长相普通的男人,后来,很后来,谷棋突然发现,自己其实不大记得起他的样子。

"谷小姐,你名字取得真好。你父母一定挺有文化的。"她当然知道,他这么说,其实是等着她允许他直呼她的名字。

"叫我谷棋就行了。"她从手边油腻腻的餐巾纸盒里抽出来一张,犹豫了一下,放在了对面,他的餐盘里面。像是逃避他那句直视着她眼睛的"谢谢",又轻巧地给自己抽了另一张。"你不是龙城人吧?听你口音不大像。"

他来自一个邻近的北方省份,他家乡的小城的名字是谷棋从未听说过的。

"不过我是在龙城上的大学,"看着她难以置信的表情,他说,"真的,龙城重型机械学院很有名啊。当年我差点就考不上了。还是当学生的时候好，你说对不对？那时候赶上暑假，兜里揣着两百块钱也敢去峨眉山，现在倒是全中国都跑遍了，那么多城市，只去过酒店，机场，火车站，然后就是工厂的车间，机器出故障的时候才不管你是不是在放假。"

"我没念过大学，"她趁他端起杯子喝茶的时候，淡淡地说，"我中专毕业了以后，就一直在工作了，快十二年呢。"

"看不出——"他有些惊愕，"你看上去，就像大学刚毕业没多久。"

"可是不管怎么说，"她没理会，"你也走了好多地方。我哪里都没去过。"

"工作性质不一样啊，银行毕竟安稳些，多适合你们女人。"

"我之前并没有在银行，"她放下了筷子，似乎想说出这句话，需要下一点决心，"我过去是寻呼小姐，做了很多年。"这是第一次，她和一个初次聊天的陌生人提起这个。

他坐在她对面，看着她在午后明晃晃的阳光下面，对他微笑。北方九月的阳光就是这样愣头愣脑的。不知为何，这个女人的笑容明明是轻描淡写，可是似乎能感觉到，她笑的时候，胸口那里用了很重的力量。她当然不像是一个大学刚毕业没多久的女孩子，他撒谎。肯定是她坐的位置导致的，不然就是她和窗口形成的角度——她不美丽，不娇嫩，仔细看左脸颊上还有一小片依稀的色斑，但她脸庞周围，尤其是鼻尖那里似乎有种微妙的晶莹，好像她正呼吸着的不是空气，是光。

那是1998年，龙城人大都不太知道电脑。或者说，谷棋生活里的人，都不大知道。她第一次踩到机房暗红色的地毯，模糊地想起的居然是表姐的婚礼。一排又一排的电脑屏幕上，闪烁着绿色的字迹，站在门口那个位置死死地盯住看，若是眼睛花了，恍惚觉得一排排的屏幕连成了一片，绿色的字样此起彼伏的，觉得自己来到了暗夜的湖泊。那些女孩子嬉笑着，熟稔地从每个人的机位前面站起来，穿梭着，再坐下，不小心眼光瞟到门口的她身上，顿时就不苟言笑了起来。她们都穿着深蓝色的套装，现在想来是拙劣的面料，但是当时，还没满十八岁的谷棋恨不能倒退三步，把自己藏起来。

坦白地讲，后来，她也总是在实习生到来的第一天，故意让她们看到自己不苟言笑的表情。是炫耀吧，有一点，但是更重要的，她想要她们看见时间的痕迹，想要她们羞涩的眼睛见识一点与仪式有关的东西。就是要让菜鸟懂得，在机房里，即使是说笑，也是有仪式的。

她们的声音被训练成一种千篇一律的婉转，可是她喜欢。"您好，183号为您服务，请您讲话。"她也清楚那可能有点做作，但是她觉得这样说话的自己很美。有一回，她碰到了父亲想要呼他的一个老同学，她忍着笑，听完了父亲的留言，直到"谢谢，再见"，父亲都没听出来那是她。晚餐桌上她告诉了父亲，父亲惊呼道："他们干吗要让人捏着嗓子，像只鸟那样讲话！阴阳怪气的。"她只是笑。她觉得她终于做到了一件事情：就是让自己看上去不再像自己。寻呼台的183号小姐，比"谷棋"或"谷琪"或"琪琪"都更美好。

往往，值完夜班的清晨，她拖着一身的倦意，和黎明的灰白色一起走在回家的路上，然后在路的尽头撞上一点朝霞的红。所以她有个顽固的印象：黎明就是漫无目的，并且漫不经心的。日出才没有书里说的那么壮丽，而是样懵懂的东西。她下意识地用力伸开十指，它们飞速地打了一夜的字。关节处微微的酸胀又让她隐约听见了那些雨点一般，令她自豪的键盘声。身后越来越远的，是她的寻呼台；眼前延伸着的，是马上就要热闹起来的早市，小贩们摊开新鲜的蔬菜，她下意识地躲开轻盈的和她擦肩而过的自行车，因为它们的轮子带起来地面上的污水会溅到她的制服西裤上。偶尔遇上早起去晨练的邻居，她打招呼的时候使用的是日常情况下倦怠的喉咙："阿姨又要去锻炼啊？是呀我刚下班。"可是脑子里下意识地跟着这几个汉字，回旋着183号小姐甜美的声音。那样的瞬间里，她总是有点糊涂，眼前的，身后的——自己到底属于哪一个战场。

志强推醒她的时候，朦胧之间她忘了自己几岁。因为她又梦见了寻呼台，她梦见了自己终于成为领班的那天——虽然只是小领班，还不是大领班，可是距离她怯生生地站在红地毯上的那天，已经过去了整整三年。这个升职，是用一次次成绩骄人的考核，还有三年来的全勤换来的。那时她刚刚和志强交往了两个月。志强眼睛里晕陶陶地，像是微醺，他说："琪琪，送你一个礼物。"那是一个当年新款的摩托罗拉手机。"很贵的吧？"她惊喜地看着他。"你就用它给我发短信，随时随地，只要你想我了。"她柔情蜜意地抱紧他，接吻的时候她突然想起了一件事：如果大家都用手机发短信了，那么还会有人用呼机吗？紧接着她就埋怨自己，为何要在这样好的时候想起这个。

为何要在这样好的时候想起这个？她拥紧了乱糟糟的被子，对自己无声地笑笑，我真的是个迟钝的人。

"你再不起来就来不及了，"志强的声音从外面传进来，"你今天不是要去上课？"

"累死了，好不容易才盼到周末，不想去。"她懒洋洋的。

"随便你了，不是你自己说快要考试了么？"她听见了志强按下打火机的声音。

她在修读成人教育的课程。总得弄一个高些的文凭来，不然总是升不了职，终归是不好的。她挣扎着爬起来，听见某处骨头不满的抗议声。

课间休息的时候，她从学校出来买午餐，然后，在校门口，又看到了陈浩南。

"这么巧！"她自然知道那不可能是巧合。

"你上次吃午饭的时候说过，周末要上课。"他不穿西装的样子稍微好看些。

"那我并没有告诉你我在这里上课啊，你怎么……"她自己打住了。

"一起去吃饭？"他静静地询问她。

她突然明白了她为什么从一开始，就能记住他。因为他的声音。他说话的声音很好听，关键是，音色很特别。往昔的日子里，她总是下意识地在成千上万的声音里辨别一个悦耳的嗓子，就像一个孜孜不倦的淘金者。原来这习惯已经转化成了本能，在不知不觉间延续着。

她几乎没吃什么，因为慌乱。有什么东西不同了。可是又有什么呢？一个对她感兴趣的客户而已。和所有那些搭讪问她叫什么，或者悄悄把一张名片推给她的客户有什么区别。就算是她答应了他的邀请——不过是一起吃个饭，她又不打算知道他究竟在什么地方工作，不打算知道他终究要到哪里去，甚至不打算和他交换电话号码。有那么一瞬间她犹豫着要不要给志强打个电话，说点无关紧要的事情，打给他看——可是，会不会太没出息了，倒显得自己太当回事，太上不得台面。而且，这种时候想起志强做什么，大惊小怪的，好像真的要做什么坏事。她长久地凝望着手机屏幕上"志强"两个字的时候，突然意识到了他正坐在对面欣赏着她的犹豫。这可不是什么好兆头。

她意兴索然地叹了口气，"时间差不多了，我还得回去上课。你慢慢吃，我去买单了。"

他说："怎么能让女士买单？要是你着急，就先走，剩下的交给我就好了。"

她松了一口气，无论如何，他算是个识趣的人。这个时候她听见了一阵音乐声，听旋律就是很老的那种，似曾相识的感觉紧紧地抓住了她，她应该知道那是什么歌，她一定知道，她必须知道，她闻得出那里面属于少年时代的气味，带着一种尘土般"沙沙"作响的杂音。在她终于想起那是什么曲子的时候，唱歌人的声音也来了，不早不晚，正好合上她脑海里那倏忽闪亮的一点灵光。

"今天只有残留的躯壳，迎接光辉岁月，风雨中抱紧自由。一生经过彷徨的挣扎，自信可改变未来，问谁又能做到。"

他在所有的衣兜里摸着，终于掏出了手机。那是他的铃声。他接起电话的时候她甚至有点遗憾，她想再听听黄家驹的声音，那个年代的香港歌里，总有一种说不清的悠扬。那悠扬必须由旋律，古老的配器混音，以及一个真正懂得什么叫"缠绵"的人，三者完美地契合在一起，才能形成。他三言两语就把电话挂了，然后，他发现她还在那里静静地坐着。

"你也喜欢Beyond？"她微笑着问。

他用力地点头。"《光辉岁月》，再没有比这个更够味的歌了。"

"那不是，"她严肃认真地摇头，"我其实就更喜欢陈百强。《今宵多珍重》那首歌，多少人唱过了，我还是最爱听陈百强那个版本。以前我在寻呼台的时候，遇上一个人，想要发两句这首歌的歌词给他女朋友，也许是情人。他说，'小姐你听好了，我说得慢点，你一个字都别打错。'然后他特别紧张地慢慢说：'放下愁绪，今宵请你多珍重。'——就这么一句话还念得磕磕绊绊的，我实在受不了了，就跟他说：先生你接下来是不是想说'哪日重见，只恐相见亦匆匆'。他惊讶死了你知道么？"她没料到，自己直到今天仍然记得"今宵请你多珍重"之后，是"只恐相见亦匆匆"。

"你那个时候，也爱听粤语歌？"他盯着她，那神情简直不像是在闲聊。

"对啊，也不知道为什么，虽然听不懂，也觉得好听。我喜欢的是那些八十年代的歌星，Beyond，陈百强，张国荣……"

"梅艳芳，谭咏麟。"他微笑着接着罗列。

"还有达明一派！"她简直要欢呼出来了。

"八十年代的粤语歌……一直到九十年代初吧，真的美，"他也兴奋了起来，"后来的那些怎么比啊，什么四大天王，都是垃圾。"

"不能那么说啊，张学友还是可以的，"她又一次认真地提出了反对意见，"说是八十年代，那是在香港，可是等我们听到的时候，不还是晚了好多年。我记得我去一盒一盒地攒他们的磁带的时候，也上初中了。"

"我都没钱买磁带，"他眉飞色舞，"我是跟着电台里面的节目，一首一首地用家里的空白磁带录下来，有一次我不小心把我哥哥的英语磁带洗掉了，还挨了我爸一顿揍。"

"那时候我爸也成天骂我，他说干吗不好好听人话，要成天听这些个鸟语，"她愉悦地长叹一声，"你说，为什么呢？我们那时候为什么那么喜欢听粤语歌？或者说，为什么对粤语那么好奇呢？我就是觉得，那种语言唱起歌来，似乎是……叮叮咚咚的，特别脆。"

"是因为我们自卑，"他对过来收走他们餐盘的服务生真诚地笑笑，"外国和外国人对我们来说太远了，香港就不同，香港人也都是中国人，可是是一群活得比我们好太多的中国人。所以我们羡慕。"

"可能吧，"谷棋托着腮非常认真地想了想，"不过也不全是因为这个，能让我们从心里爱的东西，怎么可能全是因为羡慕？"然后她也跟着他笑了。"唉，十几岁那时候，我们真是土啊。"

"我第一次听 Beyond 的歌，就是《光辉岁月》，我刚刚上高中，1993 年底，我简直不知道该怎么喜欢黄家驹才好了。那时候没有娱乐新闻这回事，尤其是在我们那种小地方。我直到 1994 年的夏天，偶然听广播的时候，才知道黄家驹死了，他在我开始喜欢他的歌之前就已经死了。那天我没事找事地跟我哥哥打了一架，然后跑到外面去，跑去我们学校的操场——放暑假了，一个人都没有，我就在那里，一边听着蝉叫，一边大哭，"他笑了，"你信么？"

"信。"她不知不觉间，看进了他的眼睛里。

"你好像是真的来不及了，人家早就开始上课了。"

"是，我来不及了。我知道的。"

那时候她就像一个钢琴手那样，害怕手指受伤。因为只要指尖上有一个小小的创口，一天下来，都是酷刑。她的打字速度，在整个台里也是出类拔萃的。很多时候她看着自己的手，渐渐地意识有些涣散，觉得那双手不再属于自己，她就像一个观众，注视着屏幕上花样滑冰运动员的后外点冰三周跳那样凝视着它们。有的时候她觉得自己的双手马上就要毫无痛苦地飞离自己的身体，在空气中旋转成两朵白色的花。

"现在请您留言。"这句唱歌一般的话像是发令枪，她的手指们蜻蜓点水地伏在键盘上，等着出击。比如："下班回家买点酱豆腐。"还比如："我要加班，今天你去我妈那里接贝贝。"这个时候她会想，贝贝应该是他们的孩子，可是，万一是条狗呢，也不是没有可能的。——这便是她的乐趣所在。所以她最讨厌的就是这种留言："请速回电。"干净得令人反感。她的手指刚刚飞起来，就必须停下，似乎有种惯性让它们不安地匍匐在键盘上，蠢蠢欲动。何必呢，要是就为了说这句话，买汉显呼机做什么？这是数字机就可以做到的事情啊。

她到现在都记得，有一次，一个声音很好听的女人只留了四个字："咫尺天涯。"她难以置信地问：就这些？那女人很有礼貌地说：是的，就这些，谢谢你了小姐。她们台里的几个女孩和她们的大领班一起吃饭的时候讨论过，她们嬉笑着达成了一致的意见。"她一定是在偷情吧。"大领班从鼻子里哼了一声。"我最恨这些搞人家老公的贱女人，不要脸。"一转眼，那些一人抱着一个饭盒嘻嘻哈哈的女孩子们都各奔东西，有的有了老公，有的，在搞别人的老公。

她的手指们只能在她聊 QQ 的时候才能寻回一点昔日的记忆。她一个人静静地坐在屋里，背后的洗衣机单调地响着。正在跟她聊的是一个初中同学，遇上了感情的挫折，她在这边不遗余力地安慰她，大段大段地，打着那些鼓舞人心，或者温暖人心的句子。她承认，她可以不必说那么多，她只是突然之间，想要手指放肆地寻回一点昔日的记忆。这些年，它们太寂寞了。兴起之时，敲击键盘的声音就不再是一个一个的点，而是连成了一条美好曼妙的弧线。曾经，遇上很长的留言的时候，就是这样的。一对情侣吵了架，其中一人向另一人求和的留言往往长得令人发指——超过了规定字数他们会连着发好几条。可那是手指的狂欢节。她还记得其中有个一听声音就还在上高中的女孩子，怯生生地说："最后一句话是：520 的意思是我爱你。"谷棋笑了，突然之间想逗逗她，于是她说："明白了，520 就是您爱他，对么？""不对，"那女孩子急了，"是我爱你，小姐你一定要照我说的原话打上我爱你，不能打成这个号码的机主爱你，你明白吗？因为这个呼机是我的，可是我是在代替我的好朋友给她男朋友留言，她的呼机被她爸妈没收了！所以她男朋友知道这段时间她都借我的呼机和他说话。可是你如果把留言打成是这个号码的机主爱他，那就要出大事了，那个男生会以为是我在挖墙脚，小姐你知道这很严重吗……"她解释得乱七八糟，但是谷棋听明白了。

身后的洗衣机开始狂躁了起来，因为洗涤完毕，开始甩干了。脱水桶里急速的飓风声和她打字的声音相互呼应着，她依稀觉得那些汉字因着她的速度，和洗衣机里的那些衣服一起，被飞快地搅和得七零八落。她们受训的时候都是用五笔输入法——所以汉字在她心中经常会是一个支离破碎的状态，也不奇怪。洗衣机终于静了下来，她在对话框里留了一句：等一下，去晾衣服，就回来。然后站起身，走过去掀开了洗衣机的盖子。看着里面一堆衣服已经缠在了一起，孩子气地在心里问它们：甩干的时候，疼不疼？

回来的时候，QQ上闪烁着一个新的头像。"虹姐——"她开心地自言自语了起来。手指因着兴奋，移动得益发快了。"虹姐好久没见了，你好吗？"她能够想象虹姐在电脑的那一头，不紧不慢的样子，虹姐说："琪琪丫头，下礼拜出来吃饭吧。"

虹姐就是她们的大领班。当年，虹姐第一个跟她说："琪琪，你这么聪明的一个人，早点去学些什么，给自己往后做打算吧。"她有点疑惑地看着虹姐，身后，依旧是众人忙碌的身影，和一直弥漫到天花板的键盘声。月末考核在即，所有的女孩子都忙着要多接几通电话，好凑够每个月六千通电话的定量，不然会被扣钱的。

"我看我们是做不长了。"虹姐背起背包，看似随意地说。

"怎么可能？裁了谁也轮不到你和我头上。"她愉快地听着自己的鞋子敲击在楼梯上的声音。

"笨蛋，"虹姐嘲弄地啐她，"你自己看看，现在有多少人在拿手机发短信？日子长了，谁还用得着我们？"

"可是手机比呼机贵那么多，怎么可能人人都去用手机呢？"她不服气。

"有什么不可能？用的人多了，手机自然就会便宜。"

"那也不可能没人再去用呼机。"她固执地坚持。

"算了，跟你说不通。"虹姐比她大五岁，不过对于那个年纪的女孩子来说，五岁的差别已经很大了。虹姐轻轻地舒了口气，"不过呢，这样也好。从龙城开始有人用BP机的那天起，我就入了行。都这么多年，也差不多了。"

她们已经来到了寻呼台大楼外面的人行道上。二〇〇一年的岁末，冬日的天空像每年一样，是种灰蓝色。一些给年轻人开的店铺已经挂上了圣诞花环或者是红袜子，谷棋知道，如果是父亲看见这景致，一定会对这荒谬的洋玩意儿表示鄙视。

"琪琪，我下个月辞职，还没跟任何人说，先告诉你。"虹姐转过了脸。

她看见他站在银行马路对面的书店门口。她犹豫了一下，悄悄回头看了看，下班的同事们三三两两地往外走，她犹豫不决的时候，却不期然地，看见交通信号灯变成了一个无辜的、原地踏步的小绿人。

他拎着书店的袋子，里面装着两三本书。看着她带着一脸不动声色的羞赧，朝他走过来。她走得很慢，就好像一道又一道白色的斑马线是有阻力的。他对她笑笑，他说："今天没什么事，就来逛书店了。刚才还在想，会不会又能碰到你。"

她几乎有点感激他。他已经有了她的电话号码，但是他依然用这种方式来见她。她也感激他撒了这个拙劣的谎。她清楚他并没有打算让她相信，他只不过是想消除一点她的负罪感。她说："可是我今天跟人约了一起吃晚饭。就是虹姐。我跟你提过一次。"

"哦，我知道，不就是你们当年那个领班？"

"你这是什么记性啊……"她难以置信地赞叹着，"不然，你和我一起去算了。"紧接着她自己都吓了一跳。她觉得一定是脑子进了水才说出这种话来。

但是他安然地回答："好啊。"

她说不清为什么，她真的很想让他见见虹姐。她觉得，可能是因为，她迫切地想让他参与一下她此生最美好的时光，仅此而已。

她知道虹姐是个会掩饰的人，不动声色并不代表不惊讶。"这位是——"虹姐嗔怪地拍打了一下她的肩膀，"也不介绍一下。"

"陈浩南。"他大方地对虹姐伸出了右手。

"是个朋友，"她说，"刚才下班路上偶然碰上的，就一起来了。虹姐——你越来越漂亮了。头发是新做的颜色么，真好看。"和虹姐见面的时候，她觉得她说话的语速在不自觉地加快，语调也随之变得轻盈了起来——其实就是变得更像当初的自己。

"是上个月染的。可是我倒是觉得，这个颜色只有在灯光下面才显得出，阳光底下不行的……"

"我看着好，人家不都说就是染完之后一两个月的色泽最自然……"她热心地伸出手指，轻轻抚弄了一下虹姐肩上散落的一绺碎发。她知道陈浩南在一边静静地听着女人的话题，她不知道该拿他怎么办。

"志强好吗？"虹姐看了陈浩南一眼，意味深长地问。

"当然好啦。"她笑了。接着她开始说了好几件志强生活里的趣事，虹姐配合着笑得非常开心。虽然她的确是想极力地对虹姐证明点什么，但是她的快乐也是真的由衷。他在一边看着她们，有的时候，也跟着她们静静地微笑，她自然是从来没有对他提起过志强，但是，此刻，他知道那是谁。

虽然气氛时有尴尬，但那实在是个愉快的晚上。他们每个人都恰到好处地喝了点酒，她和虹姐一起回忆了很多温暖的往事。微醺的时候，酒真的是样好东西，能让每个人都变得异常宽容。后来虹姐也十分友善地询问起陈浩南的工作来，陈浩南说不上健谈，但也不算不善言辞。于是他也开始轻松地讲起他走南闯北，遇上过的一些匪夷所思的客户——大都是些没有基本常识的暴发户们。

"你算是工程师，对不？"虹姐笑着问。看着他点头，虹姐又长叹了一口气："还是这种工作好啊，不管怎样，哪里的人都需要机器的。尤其是你们做的那种开矿钻井用的机器就更神气了。哪像我们当初，一眨眼的工夫，就没人再用寻呼机。我们最好的年纪都交待在寻呼台里，结果呢——寻呼台关门那天，我还记得，大家吃散伙饭，台长祝酒的时候说，'不管怎么说，我们失业不是因为我们做得不好，是科学进步了'，呵呵，去他娘的科学。"虹姐的眼神有些迷离。

"吃散伙饭那天，你才没来！"谷棋在旁边抗议道，"你都辞职好几年了好不好呀？真正坚持到最后的是我！"

"我怎么没来？"虹姐瞪大了眼睛，"我是辞职了，可是因为我是台里第一个寻呼小姐，所以散伙那天，台长专门打电话叫我过去的——那天我喝多了回家狂吐，我老公，不对，我前夫还跟我吵得乱七八糟的……"

"虹姐！"谷棋尖叫道，"你离婚了？"

"大惊小怪什么呀，"虹姐又啐她，"没见过世面。跟你说个好玩的事情，我去领离婚证的那天，正好碰到虾米去领结婚证，你说晦气不晦气——我说虾米。我们都多少年没见面了啊……"

"宋霞？"她开心地说。

"你还记得她吗？"

"当然啦——"她冲着陈浩南转过脸，"虾米是我们那里最倒霉的一个女孩。总是被投诉。人家留言说：'我现在在书市'。她打成了'我现在在舒适'，直接传到那人老婆的呼机上——舒适当年是我们这里一个特别有名的洗桑拿的地方，除了洗桑拿，当然还能做别的，结果人家第二天来投诉她，脸上还带着指甲抓出来的血道子……"

"还有一回，"虹姐也兴奋地回忆着，"有个有精神病的老太太，一夜里呼了自己儿子二十次，留言内容都是儿媳妇给她下毒，要不就是儿媳妇要杀她……按照规定这种留言是不可以传的，结果她每条都传了。可是第二天，是谁来投诉虾米？就是那个老太太本人，她气势汹汹地说寻呼台的小姐陷害她，她完全没有打过那种传呼给她儿子，结果她儿子连夜从外地回家来和她儿媳妇吵架了，这都是寻呼台小姐的阴谋，搞不好这个寻呼小姐和她儿子有染，想借机破坏他的家庭……"

谷棋笑得弯下了腰,额头差点碰到桌面上。"这个我记得,'有染',这是那个老太太的原话,她是被害妄想狂你知道吗?"

"可是我忘不了,散伙饭那天,"虹姐缓慢地笑笑,"居然是虾米哭得最伤心。"虹姐的眼睛缓缓地移到了陈浩南身上,他正在注视着前仰后合的谷棋,甚至忘了对虹姐的注视报以一个礼节性的回望。

他们走出饭店,陈浩南走远了几步,去街口拦车。虹姐深深看着谷棋的脸,这个欢笑之后突然寂静下来的夜晚,让虹姐说话的声音有了点预言的味道。虹姐说:"琪琪,别毁了自己的好日子,我提醒你。"

"你说什么呀。"她有些不安。

"你知道我在说什么,"虹姐轻笑道,"志强是个好人。"

"喝多了吧。"她死死地盯了虹姐一眼。

"你自己当心,琪琪,你是那种会做傻事的人。"

"你也一样,要好好的,"她停顿了一下,"为什么离婚啊?"

"我不能生孩子。"虹姐温柔地笑笑,转身拉开了身后的车门。司机按下了荧荧的"空车"灯,它倒下去的一瞬间,像是渔火。

"我想走一走。"她对他说。酒意上来了一些,脸庞一阵燥热。她知道她此时和他说话的语气变得随便了些。

他说:"好。"

晚风很妙,她贪婪地,深深地呼吸,然后自顾自地说:"那时候虹姐就像我姐姐。她辞职的时候我大哭了一场。她比我有远见,那么早就看清楚了我们的寻呼台要完蛋了……"她认真地凝视了他两秒钟,"虹姐走了的第二年,我就升成了大领班,按理,不该那么快的。可是那时候,越来越多的人在用手机发短信了。我们那个大厅里面——从一百多个寻呼小姐,变成六十个,四十个,三十个——到寻呼台关门的时候,只有我们八个人了。就算是八个人,工作时间也接不了多少电话……突然就有了好多的时间,可以在上班的时候聊天。"

她突然任性地坐在了花坛边上。两只手用力地撑在身体的两边,那是一种孩子的姿态，一边支撑着自己，一边看月亮。

"陈浩南，"她叫他的名字的时候声音清脆得很，"你说，他们还记不记得我？"

"谁？"他问。

"一定是不记得了吧，"她嘲讽地对自己笑着，"那些当初没有手机，只能用寻呼机的人们。我当然……我的意思是说……会不会凑巧有个人，会记得我？当然我不是说所有的人。比方有一次，我碰上过一个妈妈，她女儿离家出走了，她一边哭，一边留言说要她赶紧回家。她隔几分钟就呼一遍，内容都是一样的，我就跟她说，阿姨这样吧，我每隔十五分钟帮您呼一次您的女儿，您就不用再这样打电话了。她跟我说了那么多声谢谢——你说，她有没有可能还记得那个寻呼小姐？"

万家灯火都在静默之中，她自己摇摇头，"一定是不记得了吧。那个说'520就是我爱你'的高中女孩子，也不记得我了吧。那你说，那个人，会不会记得，有个寻呼小姐，替他说出来了《今宵多珍重》的歌词呢？就连他，也不记得有那么一件事情了吗？肯定不记得了。可是我还记得他们，我还记得他们呀……"

她低下头，她在哭。

他掏出了自己的手机，默不作声地摆弄了一会，音乐声传出来的时候，她扬起了带着泪的脸。

"愁看残红乱舞，忆花底初度逢。难禁垂头泪涌，此际幸月朦胧。愁悴如何自控，悲哀都一样同。情意如能互通，相分不必相送……"陈百强在幽然地一唱三叹，反正他已经不在这个世界上。

"放下愁绪，今宵请你多珍重；哪日重见，只恐相见亦匆匆——"他终于把他的手按在了她的肩膀上，他说："我把这个传给你，做你的手机铃声，好么？"

她用力地点点头。

是从什么时候起，人们不再需要寻呼小姐了呢？只要你会拼音会笔画，你就会发短信。把你想说的话直接发给那个人。脏话，粗话，混账话，都不再有障碍。粗鄙，恶毒，下流，什么都OK。就像是狂欢节那般百无禁忌。没有了那个甜美的女孩子的声音在一旁等候着，就像少了一双温柔宁静的旁观的眼睛——什么遮挡都可以不再有了。什么姿态都可以都不再让人觉得难看，难堪，难为情了。多么好啊，相比之下，寻呼小姐是那么做作，她们的甜蜜和礼貌都是些令人作呕的东西。可是为什么呢？怎么可以呢？

她忘不了自己端坐在那个由玻璃隔出来的，四四方方的小格子里面。她过滤着各式各样的声音，它们沾满了生活里的尘埃和秽物。"您好，183号为您服务，请您讲话——"在那个世界里，没有她从小长大的楼群里垃圾堆的气味，没有学校门口小摊上飞舞的苍蝇，没有邻居家伴随着"哗啦啦"的麻将声扔出门外的烧鸡的骨架，没有母亲挥舞着鸡毛掸子带着些许口臭的咒骂。那是她梦寐以求的人生。她只是想要这人生能够干净一点。她不知道这是不是自己那从小太过强烈的羞耻心导致的。她只知道，当她是183号寻呼小姐的时候，她在一点一点，接近着那个更干净的世界的幻觉。也许那样的世界无聊了些，没有味道。可是当那些留言，那些污浊陈旧得就像是用旧了的人民币一样的语言，经她一丝不苟地温柔地修改，变成一条条清洁多了的信息时，她错觉自己的背后生出了一对翅膀。

问题是，没有人像她一样那么在乎这种清洁。

她们的寻呼台是在二〇〇五年彻底关闭的。那年，她二十五岁。离开的时候，她转回头去，对183号台子，深深地看了一眼。然后她低下头去，给志强发了一条短信：我们结婚吧。

她把牛奶杯放在志强面前的时候，他们暖暖地对看了一眼。

她辛酸地看着志强，他吃东西的时候像个孩子。昨晚，他们一起去了姑姑的生日宴。志强表现得非常得体。喝了一些酒，说了一些笑话，热心地照顾着所有人，当然，最重要的，恰到好处地逢迎着姑姑。姑姑还是用那种散播真理的口吻对她的父母居高临下地说："你们看，我早就说了志强好。得着这么个女婿，还不是你们的福气。"

可是这男人并不知道，她到底是什么时候，最心疼他。

"琪琪，跟你商量件事情。"志强放下了还剩了一个煎蛋的盘子。

"你说。"他应该是没有听出来她今天格外地柔顺。

"方晨有个朋友，想转让他手里的一个厂子。我去看了，挺好的，后面的停车场很大，厂房的面积也还可以，器械总的来说旧了点，可是用起来还是没有问题。最重要的是，那边还有几个不错的工人都不打算跳槽，就算换了老板也愿意继续在那待着……"

"你是说——"

"因为他急着出手，价钱很合适。我们现在的店铺也有点小了，这个机会很好，我不想错过，把现在的铺子卖掉，盘下这个厂，我就不再是小车行的老板，而是修理厂的老板了，那是不一样的。"

"可是……可是我们还得还房子的贷款，没问题吗？"她怔怔地看着志强。

"我算过了，把铺子卖掉的话，可能还需要三十万……"

"到哪里去弄那么多钱？"

"所以我才想跟你商量，你要不要去问问姑姑？"他垂下了眼睛。

"不要，"她硬硬地说，"当初开这个店，就是姑姑帮忙的，怎么好意思再去呢？"

"当初开店的钱不是已经还给她了吗？"

"反正我不去，"她把抹布甩进了池子里，"我宁愿把这个房子卖了，也不再去求她。"

"这是关键的时候你犯什么别扭！"志强的声音也提高了，"你们女人说话的时候能不能动点脑子？把这房子卖了我们住哪里？"

"我说了我就是不去。我们现在的日子有什么不好啊？我又从来没有嫌你穷。"她直直地盯着他的脸。

"我自己嫌？行不行？还不都是为了你吗？"

"为了我？你是为了你自己贪心吧？"

"我×！"志强"腾"地站了起来，"你再说一次我是为了自己贪心！"

她僵持地看着他的脸。重重地呼吸。就在这个时候，她想起了陈浩南。所有的怨气顿时消散了，胸口处酸楚得可怕，像是清晨的海滩，等着迎接汹涌而至的歉意。

"对不起。志强，"她索然地走到门口，换上了高跟鞋，"我得去上班了。我们回头再说吧。今天姑姑不在龙城，等她回来，我周末的时候去她那里一趟。"她不想看志强此刻的表情，像是逃跑那样关上了门。

下班的时候，他依然在那里等她，看着她慢慢走近，对她熟稔地一笑。就好像他已经这样等了她很多年。"一块吃晚饭？"他征询她的意见。她说："行。""你想吃什么？"她说："随便。"

他看出来她心神不宁。但是他什么都没问。她跟着他走过了街口，她不问他要带她去哪里，她甚至不问他为什么不乘车，仿佛她全部的任务，就是走在他身边而已。他们停在了银行后面一条小街的"如家"门口。

她惶惑地看着他。他平静地回看她。他们对望了几秒钟。他笑了。他说："在这儿等我，我进去拿行李，然后我们再去吃饭。"

"行李？"她重复着。

"我们在龙城的项目做完了。我坐今天晚上九点的火车走。"

她这才惊觉她根本不知道他从哪里来。是的，他说过，他来自另一个北方省份的小城。但是那里绝对不是他如今工作和生活的地方。她其实对他一无所知。还需要问他乘火车去哪里吗？似乎是不用了吧。

"在这里等着我，知不知道？"他讲话的语气里有种非常明显的不放心，他一定是看出了她的恍惚。

"陈浩南。"他听见她在身后轻轻地叫他。声音轻得让他以为是个幻觉。可他还是以防万一地转过了身。她迟疑地挪动着步子，缓缓地上了两级台阶。然后，像是要跳楼那样紧紧地先把眼睛闭上，再扑过来抱紧了他。

我居然忘记了,你不过是似曾相识而已,终究还是陌生人。谷棋在眼前那片狭窄的黑暗里,用力地呼吸,就好像她置身于深沉的睡眠中。他的胳膊紧紧地箍着她的脊背。她不小心一眨眼睛,夕阳就像一滴眼泪那样,温热地从她睫毛的边缘划过去。

十几年了,黄昏一点都没有苍老。或者说,黄昏一直都那么苍老,它自打一出生起就是个老人。所以它能原谅所有的事情。

从此以后,就再也不算是个好人了吧?

没错,不算了。

想做好人吗?

想,当然想,非常想。

那你现在在干什么呢?

在做坏事。

害怕那个变成了坏人的自己吗?

怕,当然怕,怕得不得了。

所以你要松开他,转身离开,忘了你认识过这个人,就当什么也没发生过。

不。不要。死都不要。

她坐在深夜的公交车站,铁质的椅子很冷。末班车来了,面无表情地在她面前停留了一会,见她纹丝不动,所以末班车不以为然地走了。

她打开自己的包,可她找不到手机。是在早上跟志强吵架的时候,把手机忘在了餐桌上吧。此刻,陈浩南应该正在疾驰的火车上,也许随着车轮和铁轨寂寥的撞击声睡着了,也许没有。本想发条短信给他的,可惜发不成了。她颓然地靠在椅背上,闭上了眼睛。有种倦意丝丝入扣地缠绕过来。她对自己轻轻微笑了一下。她知道她现在最需要什么。一个公用电话亭,然后,一个寻呼机。

"您好,183号为您服务,请您讲话——"183号小姐,你的嗓音真做作啊，可是我真嫉妒你听上去那么愉快和年轻。你好，我要呼——陈浩南的呼机号是多少？或者说，在他也曾经用过呼机的岁月里，他的呼机号码是多少？管他的，这都是细节。183号小姐，请你给我呼陈浩南，我知道你办得到。"现在请您留言——"183号小姐，你是好样的。留言，我的留言很短，只有五个字：今宵多珍重。就这样，没有了。我知道你明白的。"谢谢，请您挂机。"那么现在呢，你是不是要去和你的同事们，那些和你一样年轻的姑娘们聊刚才的那个女人？当然，是在午餐时间你们才有时间聊。你们嘻嘻哈哈地揣测她的故事的时候，你知道吗，她就是你人生的真相。

一辆闪着空车灯的出租车缓缓地靠近她，她惊觉着醒过来，默默地挣扎起身，上了车，报出家里的地址。

183号小姐，我要回家了，你呢，你已变成孤魂野鬼了吧。

志强把烟蒂按灭了，问她："你去哪里了？"

"去吃饭，跟虹姐。"她其实一点都不会撒谎。

"谁是陈浩南？"志强开门见山。把她的手机丢在茶几上。

那上面有一条短信，时间是刚才，他不知道她把手机忘在了家里。短信也是五个字："我忘不了你。"

"这里面还有不少短信是他发的，就在这几个星期，"志强站了起来，看进她的眼睛里去，"你有没有什么要解释的？"

她点了点头，然后摇了摇头。恐惧扼住了她的喉咙，但是她知道，此时此刻，她已失去了表达恐惧的资格。

"说话！"志强命令她，"做出那种无辜的表情，给谁看？"

她还没明白发生了什么的时候，只听见左边耳朵"轰"的一响。一种嗡鸣声不断地在脑袋的最深处盘旋。那声音尖锐地推着她，推得她倒退了好几步。她沿着墙像堆衣服那样滑到了地板上。这个时候她才意识到，她冰冷的指尖正在抚摸着自己滚烫的左脸。志强的影子在她眼前剧烈地摇晃了一会儿，就像是湖面被石头打乱了。终于能够看清的时候，她发现志强来到了她面前，手臂僵硬地伸着。

她用手背在嘴上抹了一把，很红的颜色，她平时才不可能用这么艳的口红。

"琪琪。琪琪？"志强刚刚的举动其实也吓到了他自己。慌乱中他收回了自己刚刚用来打她的胳膊，换了无辜的左手，缓慢地抚摸她的脸。眩晕中她艰难地抓住了他的五个手指，把它们贴在那个流血的地方。

我就像瞧不起这个仗势欺人的世界一样，瞧不起你。这个世界把我搞得狼狈不堪，可是我心里总有一个柔软的地方，心疼着它的短处。所以我还是爱这个让我失望透顶的世界的，正如，我爱你。

（这篇小说是个生日礼物，写给我的朋友宾妮）
二〇一〇年九月九日定稿于北京

（原刊于《收获》2010年第6期）

阿弟，你慢慢跑

路　内

　　阿弟叫吴双峰，生于一九八五年，出生的那天，我爸爸在厂里加班，我爷爷奶奶在家里打麻将，因为我妈做B超做出来是个女孩，吴家的人觉得没什么意思，我已经是个女孩了，再添一个女孩，等于是把计划生育的指标全部浪费掉。等到阿弟降生时，是个男孩耶！而且有新生儿肺炎。我外公一个电话打给我爸爸，我爸爸扔下手里的电工刀就往国际妇婴跑，在徐家汇跳下公共汽车时还崴了脚，那时阿弟已经被送到特护病房去了，谁也见不着他。

　　阿弟是怎么从女孩变成男孩的呢？这个问题非常费解。这件事好像预示了，阿弟的人生充满了变数，充满了艰难。因为我爷爷曾经提议把阿弟堕掉，我爸爸持中立态度，但我母系一族的人死活不肯，如此才保住了他的一条小命。

　　阿弟自小多病，那一场新生儿肺炎似乎用光了他所有的抵抗力，究竟他在特护病房里挨了多少吊针，打了多少抗生素，我们一概不知。他来到人世的第一段历史就此隐没在白色的帷幕后面。稍微长大一点以后，可以看出他是一个吊眼梢、翘嘴唇的男孩，皮肤黝黑，并且是个胼胝，左脚有六根脚指头。小时候我和阿弟坐在华师大教职工宿舍前的台阶上，我们数着脚趾，我脚上有十根脚趾，阿弟数来数去是十一根，他的翘嘴唇包不住口水，全都流在了脚趾上。阿弟那时才四岁，他天真地认为人们生来就应该是十一根脚趾，我告诉他，十根，是十根！阿弟不信，我们两个搀着手去问外婆，外婆忧郁地告诉阿弟："人都是十根脚趾，双峰，你是个畸形儿。"

他的名字是外公给他起的，外公是华师大的教授。在他的故乡，有一条河叫双月河，我又恰好是二月份生的，因此我的名字就叫吴双月。在他的家乡还有一座山叫双峰山，外公想，双峰也挺好的，既然双月是个女孩的名字，那么双峰就可以顺水推舟地送给男孩了。这一深思熟虑而又漫不经心的想法彻底毁了阿弟，双峰，你可以喊他骆驼，也可以在他的名字后面加上"坚挺"两个字，再加上他姓吴，在绰号的修辞方面可谓五花八门。反正我从小到大就没听见他的朋友喊过他的学名。

小时候，阿弟在家备受宠爱，吴家三代单传，只得这一个男丁，理当如此。我家里条件又比较好，爸爸从电工升任车间主任，妈妈在一所机关工作，吃香喝辣不成问题。可是，在家得宠，出门却没他什么事，每次爸妈单位里有外出旅游的机会，带上的都是我，美其名曰"双峰年纪还小"，其实是嫌他丢人。以至于我们长大后回顾往昔，我跑遍了祖国的名山大川，阿弟却永远待在家里陪伴外公外婆，度过了一个又一个枯燥无聊的寒暑假。后来阿弟说，别提了，即使是外婆出去买菜，在可能的情况下带上的也都是双月，而不是双峰。

六趾跑不快，阿弟五岁那年动了个手术，将胼胝切除，本以为他能跑快点，不料医生告诉我爸妈：阿弟不但是个胼胝，还是平脚底，他即使动了手术也还是跑不快。从小到大，我无数次地看到男孩们欺负阿弟，阿弟抡着他那两条曾经胼胝永远平足的腿狂奔着，眼泪和口水向身后飞溅。作为年长他五岁的姐姐，每一次我都会冲上去喝止住那些男孩，直到我初一的那年，和一群同学下课回家，看到阿弟被四个女孩揪住，她们尖笑着扯他的头发，拉他的书包，拽他的耳朵。九岁的阿弟坐在地上放声大哭，扭动身体并惨叫道："你们干什么？你们放开我呀。"我从书包里拿出钢皮尺，对着那四个小罗刹的脑袋轮番打过去，她们全都跑了。这下轮到我被同学们嘲笑了：

"吴双月，这就是你弟弟吴双峰吗？"

"来，让姐姐看看双峰。"

"吴双月，双峰弟弟长得好丑啊。"

我对阿弟说："阿弟，你怎么能被女孩子欺负呢？"阿弟抹着眼泪说："她们人多。"我叹了口气，告别了同学们，牵着阿弟的手回家。路上，阿弟忽然仰起头问我："姐姐，你的同学也知道我吗？"我说："是的。"阿弟说："他们也知道我叫吴双峰吗？"我心里一哆嗦，是的，我曾经在几个知交好友面前讲过阿弟的笑话，尽管她们从没见过阿弟，但他已然是丑名远扬了。

阿弟见我不说话，也就不问下去了，走着走着，他忽然说："我长大了要报复她们。"过了一会儿又仰起头，补充道，"报复那些女生。"

我看了看他，依旧是吊眼梢、翘嘴唇，眼角挂着一滴未干的泪水。我心想，你这个样子，将来能有女生喜欢你都不错了，还能轮得到你报复她们吗？

阿弟的童年时代是在一片悲惨中度过的，直到小学五年级，他的翘嘴唇还是会令口水滴在作业本上。我小时候听到最多的就是家里人对他的呵斥："双峰，把嘴巴并拢！"后来连家里的保姆都敢这么训他，我很看不惯，赖这个保姆偷东西把她给辞退了。由于自卑和怯懦，阿弟的学习成绩当然也好不到哪里去，偏偏有几次考得还不错，被老师诬赖为作弊，告到家里挨一顿暴打。阿弟哭得天昏地暗，无论如何解释也没用，其解释又继续被误读为撒谎，于是成绩差、作弊、撒谎这三宗罪一起加诸于身上，最后他对我说："姐姐，我认命了，随便吧。"那时候他才十二岁。

阿弟的另一次惨痛经历，是在学校里被强行割掉了包皮。那是在他小学二年级的时候，几个医生跑到他们班上做体检，全班男生都过关了，只有阿弟被认为是包皮过长，单独拉到学校医务室喀嚓了一下，涂了点药粉，关照他不要喝水也不要尿尿，然后拖回教室继续上课。阿弟起先还忍着，后来疼得坐不住了，在课堂里大叫起来，被老师一通呵斥。最后阿弟捂着下体在地上跳，这才打电话给我妈，把他接回家了事。吃晚饭的时候阿弟犹在大哭，我爸爸也很生气，说这个学校太过分了，这种事情怎么自说自话就动手了，居然不事先通知一下家长。当时我还小，一边吃饭一边问外婆，什么是包皮啊。外婆忧郁地说："女孩子不要问这个。双月，你弟弟大概是被骗掉了。"

我不得不说，外婆多虑了。尽管我也曾认为阿弟的生理上存在问题，但读了大学以后我就明白了，割包皮对男生来说是件好事。但是能不能不要割得那么悲惨呢？

阿弟初中毕业，根据他自己的理想，是去考个烹饪职校之类的，以后可以做厨子。这对我们家这种书香门第是个巨大的精神打击，我的外公藏书万卷，能吟古诗，写得一手欧体楷书，焉能容忍唯一的外孙去饭馆里上班？气得好几天吃不下饭，饭桌上把我爸爸训得也没有了食欲，我爸爸再回过头去训阿弟，一桌饭吃得像打架一样。最后，外婆忧郁地问阿弟："双峰，你的翘嘴唇，万一口水流出来，会不会把菜弄脏呢？"阿弟悲愤地说："外婆，我已经不流口水了，难道你连这个都没发现吗？"这不能怪外婆，阿弟的嘴唇始终是翘着的，以至于他十五岁时、二十岁时，乃至二十四岁之后，家里人还是会在他出神时用严厉的、温柔的、漫不经心的口吻提醒他："双峰，把嘴并拢。"

阿弟到底还是念了高中，一门心思考大学。很多人都说上海的高考升学率高于外省市，就我的经验来说，其实在中考的时候就有三分之二的孩子被分流到职高和技校。这些人当然不会被统计在高考升学率之中。以阿弟的烂成绩，本来也只能去当厨子，迫于压力读了徐汇区最烂的一所高中，想考大学比登天还难，不料，教改开始了。这对阿弟是个福音，饶是如此，头一年高考他考出了二百十七分的优异成绩，全家傻眼，出了钱也没人给他念大学。第二年复读总算考取了上海的一所烂学院，最没前途的营销专业，聊以自慰。

我大学是在上海念的，华师大九八级。家里让我走读，但我还是坚持住校，这让我从一个住家的乖乖女迅速蜕变为朋克青年，跑遍了全上海的地下摇滚场子，抽烟喝酒，满嘴跑脏话，看不惯的都骂傻逼，看得惯的都喊牛逼。九八年前后正是互联网兴起的年代，我整日坐在网吧里，写小说，泡论坛，满世界的网友，其间还和一个北京的文艺青年开房，算是告别了青涩少女时代。回到家里看到阿弟呆头呆脑的样子，不免觉得彼此渐行渐远，我的内心非常强大，而阿弟已经在傻逼的大海中扬帆远航而去了。

阿弟在高中时代发育成了一个胖子，又是近视眼，戴着一副铜绿斑斑的金丝边眼镜，样子很猥。别人家的男孩，总有一点课余爱好，哪怕看看动画片、打打电子游戏呢。阿弟却是标准的生无可恋，他既不爱看书也不爱运动，甚至连电视都不碰，作为一个八〇后，他不知道新概念作文是什么东西，搞不清阿迪达斯和耐克的区别，从来没有独自去过人民广场。我不知道他的人生有何乐趣，直到有一天晚上，我在新村附近看见一群男孩女孩，围着一个倒地不起的人，大喊道："奶茶！奶茶！"我知道奶茶是阿弟的绰号，但我不信阿弟会躺在地上，走过去一看，就是他，已经醉得不省人事了。我揪住他，想把他抬起来，但是他太重了，最后是四个男孩帮着把他抬回了家，他们都是阿弟的高中同学。一路上我都在骂他们，小小年纪喝什么酒。那几个男孩说："阿姐，我们真没喝多少，是吴双峰一个人喝了十八瓶啤酒！"我吓了一跳。有个一起的女孩，眼睛大大的长得很漂亮，她拉拉我的袖子说："阿姐，你回家千万不要骂双峰了，他心里也很苦恼的。"

他究竟有什么苦恼呢？第二天他醒了，由于我外公具备的教育家风范，家里居然没有人训他了，可见闯了大祸反而好办。他们找他谈心，谈了半天，阿弟发誓再也不喝酒了。没过几天又烂醉如泥地被抬了回来。如此折腾了七八回，我才发现，酒，就是阿弟的业余爱好。我无法相信一个男孩在十八岁时就沦为酒鬼，那应该是小说里才有的事情，但它确实就发生在了我的亲弟弟身上。

  我大学毕业后在一家时尚杂志社上班，朋克青年是做不成了，改头换面，给自己添置名牌的衣服和包包，学习时尚精神，了解当季流行。这期间阿弟考上了大学，由于我大学期间过于嚣张，立了个很坏的榜样，家里无论如何也不肯给阿弟住校，他还是像中学生那样，早上吃完了泡饭去上学，下午放学就骑着自行车回家。有一天他问我，有什么办法可以解除家里对他的监禁，我想了想说："报一个课余班之类的，晚上就好晚点回家啦。"过了几天他告诉我，他参加了学校的足球队。这又是出乎意料的事，实在想象不出他在绿茵场上飞奔的样子。后来才知道，他把自己价值两千多的三星ANYCALL送给了足球队长，然后他用自己的零花钱买了一台两百块的二手摩托罗拉。他又向足球队长吹嘘说："我姐姐采访过某某大明星的，下次可以帮你搞个签名。"足球队长很喜欢那个明星，也很喜欢三星手机，就把阿弟收留了下来。

  后来我去看过他们踢球，完全是烂学校的烂操场，一群高矮胖瘦的男孩在胡乱踢球。阿弟穿着我送给他的曼联七号球衫、耐克足球鞋，他的捷安特十级变速前避震自行车就停在场边，车上挂着我送给他的李维斯牛仔裤和Jan Sport双肩包。他分外地醒目。在这烂操场的边上永远会有一些女孩子充当拉拉队，我听到她们说："那个七号还挺拉风的。"

  我在心里默默地说："阿弟，你终于可以报复那些女孩了，祝你报复得愉快。"

  那是阿弟的黄金时代，他瘦了，练出了一身肌肉，戴上我送给他的白框眼镜之后，吊眼梢也不那么明显了，甚至他的翘嘴唇，他告诉我："别人都说我的嘴唇和巴罗什有点像。"我问他巴罗什是谁，他说："捷克队的正选前锋，在利物浦踢球。"

  那时候我已经和男朋友同居，平时不住在家里。我妈妈告诉我，阿弟练身体练疯了,现在可以做一百多个俯卧撑,每天早上跑步,虽然平足跑得不是很快,但耐力惊人,可以连跑一个小时不带歇的。最重要的是,他似乎有女朋友了。比这个还重要的是,他依然隔三差五地喝醉了回到家,现在已经没人管得了他了。

有一天晚上我在爸妈家里吃饭,听到楼下花坛边传来一个女人的哭声,接着是男人的喝骂。男人说:"不许叫!叫就杀了你!"女人说:"求求你放过我吧。"我走到阳台上去看,外面黑漆漆的,什么都看不清,听到很清脆的噼啪声,好像是在打耳光,女人尖叫并大哭。我怕有什么犯罪事件,看样子报警也来不及了,就对着楼下说:"你他妈的很嚣张啊,警察来了。"不料这个男人并不怕警察,对我大喊:"信不信我上来杀了你!"这时我妈过来拖我,说:"你轧什么闹猛,新搬来的外地人打自己老婆呢。喝醉了,每个礼拜都打的。"楼梯口传来一阵脚步声,这只瘪三居然真的冲了上来,踢我们家的门。这时我觉得有点害怕了。

阿弟从屋子里走了出来,他刚做了五十个俯卧撑,还有五十个被打断了。他光着上身,拉开了门,照着外地人的脸上一拳打过去,瘪三惨叫一声从我家门口直摔到楼梯口。打完了,阿弟很酷地扭了扭脖子,对我说:"一只醉鬼。"这是我生平第一次看到阿弟打别人。

阿弟迫不及待将他的女朋友公之于众。那是一个来自四川的女孩,叫卢勤勤,比他高一届,在学校里也称得上是准校花。自然,我为阿弟能找到个美女而高兴,不料阿弟告诉我:"她名声不太好的,有很多男人追她。"过了一会儿又说:"而且家里很穷。"我说:"穷一点也不要紧,反正就是谈恋爱嘛。"我又问他,怎么泡上这个女孩的。阿弟说:"她经常来看我们踢球啊,大家都知道她,有一天球队的人说,吴双峰你去试试看能不能泡上她。我就在校门口等她,她出来了,我买了一根雪糕走过去,很鸟地对她说:'嘿,女人,吃冷饮吗?'她就说:'你这个人怎么这么粗野。'我说:'男人么就是要粗犷一点。'她就跟我一起出去玩啦。"

我说:"以前高中时有个女孩,眼睛大大的,对你也很好的。"阿弟说:"那个已经被我抛弃了。"我心里一凉,想起他小时候的话,原来报复早就开始了。

二〇〇四年上海房价大涨之前,我爸妈买了一套新房子,把旧房子出租出去。乔迁以后,阿弟带卢勤勤来到了家里。这是一个瘦而苍白的女孩,长得还算漂亮,很懂礼貌,有点沉默。不知道为什么,我看到这个女孩总觉得有点不舒服,觉得她身上有一种凄愁的味道,与她的年纪很不相配。四川的女孩子往往都很早熟,勤劳,能干,不好糊弄,阿弟显然不是她的对手,两三句话就看出他是受卢勤勤支配的。我妈当然也看出来了,未来的上海婆婆岂能容得下这个,转身就对我说,这个女孩不适合双峰。

这一年我爸爸升任一家中型国营企业的一把手,正是春风得意。吃饭的时候,喝了几杯酒,我爸爸问卢勤勤:"小卢,觉得我们家装修得怎么样?还算有点品位吧?"明显喝多了带着点炫耀的意思。卢勤勤说:"叔叔,装修得很好。嗯,将来我也要把我爸妈接到上海来,住这样的房子。"我爸爸又说:"双峰还是有很多缺点的,尤其贪杯,你要多监督他。"这时我妈已经在瞪我爸爸。卢勤勤说:"双峰很好的,有时候很天真,像个小孩子。"我妈朝天翻了个白眼,我也觉得有点不爽,显然,这么多年里,我和妈妈把阿弟当成是个宝,是个永远需要呵护的小苗,现在忽然来了一个女人,抱着和我们相似的感情对待他,难免会让我们家的女人吃醋。

此后,卢勤勤一直来我家,我有时在有时不在,并不知道具体发生了什么事。有一天阿弟跑到我家,非常苦恼地说:"爸妈不同意我和卢勤勤谈恋爱!"我问为什么,阿弟说:"他们说,卢勤勤家太穷了,而且是外地人,她就是看中了我们家有钱。"我嗤笑道:"我们家有屁个钱,有了两套房子又怎么样?真是没见过有钱人啊。"阿弟说:"爸妈也是这么说的!"

我很严肃地问他:"如果卢勤勤真的是为了钱才和你谈恋爱的呢?"阿弟说:"不可能的,我有什么钱啊,外面有钱的多着呢。"我说:"人们在相爱的时候，能真正忽略金钱的，其实很少很少。也许她有很爱的人，但是那个人很穷，也许有很大的大款在追求她，但是她一点也不爱那个人，也许你只是她衡量利弊、在爱与金钱中得到的一个折衷答案呢？"阿弟说："她要是个上海女人，你就不会这么怀疑她了！"

谈恋爱当然是要花钱的，阿弟从小大手大脚，读大学以后又有我在撑他，脑子里根本没有经济账。一个月花了一千多，我爸妈开始控制他的零花钱，为的是让他知道，到底谁才拥有支配他的权利。有一天他和卢勤勤把钱花得精光，卢勤勤叹息说："我们太穷了。"阿弟心中一片凄凉，独自回家时经过人民广场，看见一辆采血车。阿弟想，今天豁出去卖血。他钻进汽车，对医生说："抽两百。"医生帮他抽完了，阿弟说："给钱。"医生像看疯子一样看着他，指了指车上贴着的标语，"献血光荣"。

阿弟拿着一罐牛奶回到了学校，他对卢勤勤说："这是我卖血挣来的牛奶，我本来以为会有钱的，结果是献血车。"卢勤勤告诉他，现在已经没有卖血的地方了。她对他说，双峰我要爱你一辈子。

惨的是，半个月以后学校组织献血，阿弟也不知道解释一下，结果又被抽掉了两百。抽得眼睛都直了，得亏身体好，不然得出人命。

卢勤勤大学毕业以后在一家公司做助理，月薪一千五，在上海，遍地都是这样的女孩。阿弟比她低一届，也开始找工作。我最担心的事情，终于无可避免地发生了——阿弟必须拿着简历去找工作，社会对阿弟这样的人可能连欺负的兴趣都没有，直接就把他踢出局了。我的男朋友是一家外资公司的市场部经理，被我请来教阿弟面试技巧，两个人讲了有一个小时。结束了，男朋友偷偷地对我说："你弟弟连营销4P是什么都不知道，连PPT都不会用，到哪儿去找工作啊？这种狗屁学校教的都是些什么破烂玩意儿啊？"我叹了口气说："狗屁学校一个学期的学费一万多。"

最初问题还不大，只是找个实习单位，我把阿弟安排在一个闺蜜的公司里，没有工资，管一顿盒饭。阿弟每天坐在办公桌前，有一台电脑可以让他解闷，但阿弟这个人对电脑完全不感兴趣，坐到后来，屁股上像长了刺一样难受。偏偏我那个闺蜜非常不靠谱，因为很早就认识阿弟，把他当自己的亲弟弟一样使唤，正事不干，经常差他去楼下便利店买零食。那家公司管理很松散，有一群女的，还都疯疯癫癫的，每个人都差他，买口香糖买汽水买香烟。最后，连卫生巾都差他去买，买错了还让他去换。阿弟干了四个月，什么都没学会，对于卫生巾的情况倒是门儿清，苏菲娇爽日用夜用护翼超薄，哪个女的用哪一款，哪个牌子在做促销，谁的假期比较长谁的假期比较短。有一天他在饭桌上把这事情说了出来，我爸爸大怒，痛骂我一顿，勒令他离开这家公司。

　　阿弟自己倒是无所谓，不觉得买卫生巾有什么丢人的，只是那公司一帮女的，让阿弟觉得无聊，也就不去上班了。闺蜜打电话给我，说："双峰太娇气了，这样子以后怎么可能在职场立足？"我说："你省省吧，再做下去，他都可以去批发卫生巾了。"闺蜜说："其实大家也都是看在我的面子上才去差他的，当然他也比较可爱，闷头闷脑的。一般的实习生哪有这种待遇？"

　　此后，阿弟就在各种各样的公司之间徘徊，其过程无非是面试、实习、混几个月、回家。起初几家公司，仍然是我介绍给他的，一来二去我也烦了他，懒得再去管他的事，由他自己去瞎撞吧。他终于也体会到了，买卫生巾其实是个肥差，但他已经没有这份运气了。家里对他本来就不抱什么希望，经过了这一年则迅速地绝望了。

　　有一天我问他："你到底想做什么工作呢？"阿弟想了想说："最好是不要坐办公室的，不要对着电脑，最好每天在街上走来走去。我最烦对着电脑。"我听得目瞪口呆，只能说："双峰，像你说的这份工作，要么去做快递员。"

　　很长时间以来，我一直认为阿弟是个平庸无能的孩子，其理想也好，行为举止也好，都应该是随大流的。我哪能想得到，他身上居然也有一种怪咖的气质呢？

　　阿弟说："我想去考警校，将来是公务员。"我说："考警察很难的吧？要通关系走后门吗？"阿弟说："上海的情况好一点，我们以前的足球队长就考取了警校，完全靠自己的本事。"我说："那你就试试看吧。"说实话，我完全没把这件事当真，因为阿弟的人生非常可怕，任何理想和目标，只要他说出来，就必然会落空，简直像是挨了诅咒一样。

　　与阿弟相比，卢勤勤是个非常上进的女孩。她毕业后曾提出，想住到我们家的老房子里，被我爸妈拒绝了。这主要牵涉到房租金的问题，也意味着我爸妈对她根本不予承认。这个四川女孩和同学合租在一个煤卫合用的小房子里，日子过得相当艰苦，不过她很快就在公司里站稳了脚跟，工资也涨了。女孩颇有些远见，在读大学的时候曾经去一个培训班学过瑜伽，恰逢那几年瑜伽在上海盛行，她便去了一家健身房做起了兼职教练，这样一个月的收入加起来竟有七八千，很快就租了一个两室户的老公寓。那阵子她到我家来吃饭，身上穿的已经是H&M和IT的衣服了，我送了她一套雅诗兰黛的化妆品，她明显识货，谢了我好几次。

　　我妈仍是那个不冷不热的态度，私下里对我说："那么贵的化妆品，给小卢干吗？惯坏了她，天天跟着双峰使钱吧。"我笑着说："你也太小看人家了，小姑娘比阿弟能干多了，用不了几年她就能在上海立足的。"我妈叹道："等她立足了，就看不上双峰喽。"我说："你倒也有自知之明，知道自己儿子不成器。我看这个小姑娘挺好的，你对她有什么成见呢？"我妈说："毕竟是穷人家的女孩，到上海来，没有根基的，再能挣钱也不过是表面风光，来一个有钞票的男人，立刻打倒她。我是觉得她心很大，你弟弟根本撑不住她的。"我说："你这个话倒也有几分道理，再看一阵子吧。"

　　卢勤勤租了房子，阿弟的好日子来了，白天不去上班，喝醉了躺在女孩家里大睡，我们都以为他在某个公司实习。直到他大学毕业，我爸爸问他转正了没有，他才说："我早就没工作了，白天我就待在卢勤勤家里。"我爸一时胸闷，便把责任都怪到了卢勤勤头上，说这个女孩勾引得阿弟不思进取。我说："爸爸，你还是怪自己儿子不争气吧。出去做苦力，你说是人家女孩逼的，在家睡大觉，你又说是人家女孩勾引的。那女孩再坏也坏不到这个地步吧?"那一阵子我换了个男朋友,是外地来沪人员,我妈正一肚子气,便插嘴说:"你们都去找那些外地人吧!"我说:"外地有什么不好的,上海人死了还要埋到外地去呢。"

阿弟大叫:"你们不要再逼我了好不好!"

我大怒,指着他鼻子骂:"一天到晚就是喝酒,不知道自己已经变成饭桶了吗?家里条件不算差,比你穷的孩子都在外面做牛做马,你就躺在爸妈身上啃老吧。白练了你这一身肌肉,没出息的东西!"

阿弟继续大叫:"我一辈子就是活在你们的阴影里!"

我还没来得及讥讽他,我爸爸跳了起来,在一片尖叫中抡起椅子照着阿弟扔了过去。阿弟左支右绌,挡着我爸爸的拳头。爸爸年轻时候在西藏当过兵,虽然五十多岁了,打起阿弟来毫不手软——但这的确是他第一次动手打阿弟。五十岁的爸爸还要靠拳头来教育儿子,看到这幕情景,我眼泪都流了下来。

第二天阿弟肿着脸去一家公司面试,没两句话就被请出去了。

卢勤勤的父母来到了上海。那天卢勤勤要上班,为了面子,阿弟让我开着车,带着他去火车站接人。吃饭的时候聊了聊家常,知道他们都是四川的下岗职工,家境很差,为了供女儿在上海读大学,不仅花光了所有的积蓄,还欠了好几万的债。老夫妻在城里开了一家小吃摊,一个月前被城管踏平,只能来上海投靠卢勤勤。

卢师傅是个木讷的中年人,几乎不说话,只和阿弟对干白酒。卢师母比较健谈,说一会儿话,就笑眯眯地看一眼阿弟,显然是很喜欢他。卢师母说:"小吴,爱吃川菜吗?"阿弟点点头,卢师母说:"那阿姨以后就给你做菜,你常来吃。你放心,阿姨不会白住在家里的,我马上就去超市里找份工作。"我赶紧说:"卢师母您别这么说,这毕竟是卢勤勤的家,和吴双峰没什么关系的,他有什么资格来管你们?"卢师母说:"我很喜欢小吴,很忠厚的,来上海之前我还有点担心呢。"我和阿弟一起讪笑起来。

卢家夫妻来上海时,恰逢我爸爸出国考察,双方也就没能凑在一起吃饭。阿弟一直谋划着这顿饭，我妈保持着足够的警惕。阿弟没办法，把外公外婆骗出来和对方见了一次面，外公已经八十岁了，年纪大的人不会把事情往坏处想，自然是万般皆好。阿弟趁势提出：他要和卢勤勤结婚。外公听了也有点犯难，说："你才二十三岁就要结婚？"阿弟说："以前十八岁就可以结婚了嘛。"外公眼珠一转，说："以前都是父母之命媒妁之言，要不你还是回家和你爸妈商量吧。"阿弟的如意算盘又落空了。外婆忧郁地说："双峰，你连工作都没有就要娶老婆，在乡下都行不通的啊。"

那一阵子阿弟开始把家里的东西往卢家搬，起初是用不上的钢丝床，然后是柜子里多余的被子枕头，接着是一应油盐酱醋，甚至连自行车都送给了卢勤勤的爸爸，谎称被偷走。有一天我妈做饭找不到菜刀了，问了才知道是阿弟给顺走了。我妈大骂："要是那把菜刀还在，我隔手就劈了你！"

我看着事态的发展，估计阿弟的婚期不远了，木已成舟了嘛。阿弟是一个擅长把生米煮成夹生饭的人。

没过几天，阿弟灰头土脸出现在我眼前，说："卢勤勤有别的男人了。"我有点吃惊，同时也觉得没什么好吃惊的，为了安慰阿弟，我就做出很吃惊的样子，问他到底怎么回事。

阿弟说，卢勤勤做得非常隐蔽，他根本没发现。这一点我也承认，以阿弟的情商，要觉察出第三者的难度确实很高。事情是卢师母说出来的，卢师母看来是真心地喜欢阿弟，偷偷告诉他，最近有个男的经常送卢勤勤回家，她晚上在瑜伽馆做兼职，可能是在那儿认识的。阿弟一时气苦，跑到瑜伽馆门口去打埋伏，果然看见一个男的陪着卢勤勤出来。

崩溃的阿弟没能鼓起勇气冲上去，他骑着自行车回到家，说完这件事，把我爸爸珍藏了十多年的特供茅台拆封，自斟自饮喝了个精光，还没醉，又把家里的料酒喝了半瓶，倒在沙发上睡过去了。

那时夜深了，我妈早就睡了，根本不知道有这回事。我对着阿弟烂醉的身体看了半天，心想，等这个家伙醒过来，怕是要把家都给拆了。我决定去找卢勤勤。来到她家门口,开门的是卢师母,她看见我这么晚来,自然也就明白了意思,非常歉意地让我进门。卢勤勤正在打电话,我在屋子里看到了我们家的钢丝床、被褥、挂历、闹钟、拖鞋、菜刀……卢勤勤挂了电话,让卢师母回去睡觉,给我泡了杯茶,我们谈阿弟的事情。

卢勤勤说:"姐姐,那个男的只是我的一般朋友。"我说:"你不要误会,我并没有兴师问罪的意思。"卢勤勤向我解释,那个男的是她公司的同事,销售部门的主管,平时在这家健身房练跆拳道,看到卢勤勤在教瑜伽,自然觉得奇怪,过来和她搭讪。她不想让公司的人知道自己在做兼职,无可奈何,陪着这个人喝了两次咖啡,接着他便提出送她回家,她也没反对。如此一来二去,两人也熟了。男的自然也有点追求她的意思,只是还没有挑明。末了她说:"我觉得自己是做得有点过分了。"

我说:"也不能这么说,这种事情谁都会遇到。我只是希望,如果有一天你放弃了我弟弟,请你不要伤害他太厉害。"卢勤勤说:"我好喜欢双峰的,就是觉得他太幼稚了,什么事情都靠不上。"我看了看她家里那些物件,叹息说:"他已经很努力地让你依靠了。"卢勤勤摇头说:"我不是要这些。我压力真的很大,家里欠了很多钱都得我来还,我希望他能有前途,而不是靠自己家里。女人希望自己男人有前途、上进,总没有错吧?"

她一直在摇头,说:"他难以依靠,一直一直就像个孩子。也许他真的只适合找一个上海的女孩子,家境也不错的,一辈子没什么艰难。"她又说:"可是奇怪,我喜欢的就是他身上的孩子气。这怎么办呢,好矛盾啊。"

我问卢勤勤:"那么,你到底决定怎么办呢?"

卢勤勤说:"双峰说要去考警校,我想,无论如何都等他考试以后再作决定吧。"

阿弟和卢勤勤的关系,被这件事维系住了。卢勤勤说她不想因为感情的事情影响阿弟考试,实际上也是想看看阿弟到底能不能够依靠,毕竟警员是公务员待遇，能够做警察，对阿弟这样的人来说已然是前程似锦了。不过，以阿弟这样的情商，我也很难相信他可以去抓坏人。他不要误伤了好人就谢天谢地了。

阿弟说："我一定要考取警校！"

在他考高中、考大学、考四级的时候都有过类似的誓言，结局都不是很妙。我爸妈倒是高兴起来，觉得这次儿子终于要争气了。我爸爸说："你要是考取了警校，我就把我珍藏十年的特供茅台拿出来喝！"打开柜子一看，"哎？茅台呢？"

那一年警校招生，有两百个名额，是历年来最高的，但只招应届生，也就是说阿弟这一次要是考不取，以后就没有机会了。警校考试分为文化考、体能考和面试三项，阿弟的任务就是努力复习功课，努力练身体，另外又给自己配了副隐形眼镜，把脑袋剃成了板寸。阿弟的肌肉又暴胀起来，有几次和我一起出去，把我的闺蜜们都看得有点眼馋。

可是他落榜了。

据说，落榜的原因是阿弟专注于无氧锻炼，浑身肌肉的人固然可以做俯卧撑拉引体向上，但警校的体能考试偏偏是五千米长跑，比的是耐力。阿弟早就知道这一点，奇怪的是他在准备阶段竟荒疏了跑步，莫名其妙地执着于肌肉训练。这确实是他作为怪咖的又一个证明。

世界从五光十色归于黑白。我早就预料到这个结果，但心中仍不免抱有希望。现在我知道，这个黑白的世界，用不了多久也将坍塌了。卢勤勤和阿弟之间是不会长久的。

是阿弟伤害了卢勤勤。有一天他们在一起，为了一件小事争吵起来，阿弟大吼道："你去找那个销售主管吧！"女孩当街甩了阿弟一个耳光，跳上了一辆出租车消失了。

阿弟有一帮大学时代足球队的狐朋狗友，基本上都是些头脑简单四肢发达的东西。这些人给阿弟出馊主意：你发条短信给卢勤勤，说自己有新女朋友了，如果她求你回头，就说明她爱你，如果她不回头，就说明她和销售主管好上了。阿弟这个笨蛋，完全不了解女孩的心思，照着他们说的把短信发过去。半晌,女孩回了一条:那我们分手吧。

分手那天,卢勤勤要求阿弟把新女朋友带给她看看。阿弟没辙,只能把我叫上了一起去。分手的舞台是一处小小的街心公园,高架桥上飞驶着各种车辆,公园里的树叶上沾着灰尘,什么人都没有。卢勤勤的身边站着一个穿运动服的高个子男人,长相甚为平庸,但是看他的表情,俨然自认为是强尼·戴普。我偷偷问阿弟,是不是那个销售主管。阿弟挠头说:"我也忘记那个人长什么样了。"

卢勤勤说:"吴双峰,你怎么没把新女朋友带过来。"阿弟说:"我没有新女朋友,我骗你的。"我心里一凉,知道阿弟又在冒傻气,这种时候怎么可以承认自己说谎呢。果然,卢勤勤做出了失望的表情,说:"那我们今天来干什么呢?"阿弟说:"把话说说清楚,是你先找了别的男人。"卢勤勤说:"吴双峰,你现在让我觉得有点讨厌了。"

阿弟也开始反击,说:"这就是你的新男朋友?也不过如此嘛。"这个男人把头扭过去,看着高架上的汽车笑了笑。卢勤勤说:"我们还是不要相互伤害了,吴双峰,到此为止吧,就当你从来没有认识我。好吗?"阿弟说:"好。"

居然就这么平淡地,阿弟让卢勤勤走了。那两个人走到花园的出口,阿弟忽然说:"喂,那个男的,要不要打一架?"男的回过头来,看看卢勤勤,又看看我,慢条斯理地说:"有女士在这里,打架很没有教养的。"我摆摆手说:"我无所谓的,你要是可以打架,就过来打呗。"男的说:"那我也不想打,蛮疼的。对了,你不是要考警察吗?如果因为打架被拘留了,你还怎么考?"阿弟说:"我没考上。"

男的说:"算了,小朋友,靠打架是解决不了问题的,以后你就会知道。"我嘲笑道:"他又不是来解决问题的,打过了才知道有没有问题需要解决。"这个男人看了我一眼,到底还是没有被我激起来,揽着卢勤勤走了。

回家的路上,阿弟说:"姐姐,我以为你会劝架呢。"我恶狠狠地说:"我盼着你被跆拳道踢死。"

这一天晚上阿弟忽然大哭起来。全家惊醒，爬起来劝他。劝到最后，家里二老全都撑不住了，打电话叫我回家。我来了，阿弟说要找我单独谈心。我以为他要反省人生，不料他说："姐姐，我心里难过死了。分手前的一个礼拜，我去了卢勤勤家里，那天我们做了六次。"我吓了一跳，说："真的有六次？"阿弟说："她抱住我说，要和我做到把这辈子的都做完。"我叹息道："你究竟知不知道卢勤勤心里在想什么呢？"阿弟说："不知道。"过了一会儿，我还是忍不住问："妈的，你真的一天做了六次？没吃药？"阿弟说："我干吗要吃药啊，我身体好得很。"我骂道："真的会做死的！"心想到底是从小割过包皮的，天赋异禀啊，以后不愁找不到女人。

阿弟说，卢勤勤把她的第一次给了他，至今想来，都觉得她肯定会嫁给他，不料中途生变，内心非常难过。我劝他："其实也没什么，你的第一次也是给了她，彼此并不亏欠什么。"阿弟说："我的第一次，给的不是她，是高中时的那个大眼睛女生。"我差点又被他气昏过去，问他："那是什么时候？"阿弟说："高一的暑假。"我在心里算了一下，那一年我读大二，也是在暑假里有了第一次，我比阿弟大五岁，竟然在同一年里有了第一次。我越想越气，骂道："你怎么小小年纪就干这个？你活该！哭死你这个笨蛋吧。"

和卢勤勤分手后，阿弟被几个足球队的撺掇了，打算开个小店。那几个男孩也没找到正经工作，天天在一起鬼混。其中有一个人，认识一个开奶茶店的，所谓的加盟连锁店，店主要去外地发展，想把奶茶店盘出去，这伙人就去接盘了。

阿弟和家里商量了一下。我爸爸觉得，再这么混下去，这孩子就废了，出了血本让阿弟做大股东，投资了八万块钱，盘下了一个宽度不足一米的小门面。原先的店主走了，阿弟他们去进货才发现，这店主还欠着总店好几万的货款，这钱必须由阿弟来还，否则就取消他的加盟权。我爸妈再次吐血，生意还没做呢，就赔进去了几万块钱。

奶茶是阿弟的绰号，如今奶茶卖奶茶，大家都觉得很般配。开张以后我去了一次，阿弟的小店有声有色，正对面是个公共汽车站，客流量不成问题，阿弟亲手给我做的奶茶也比街上的好喝。看着他在柜台后面娴熟地操作着，收款，找钱，我终于有了一丝安慰，阿弟啊阿弟，但愿这是一个好的开始吧。我开着车回家，很自然地观察了一下，发现在一公里的街面上至少有十家奶茶店，我的心轰的一声又掉进了海底。

毫无疑问，店亏本了，每个月不多不少亏五千。尽管阿弟认真地工作，尽管他在大雨滂沱的日子送奶茶摔烂了自行车，尽管他不惜成本用最好的原料，尽管他每天早上九点到晚上十点都守在店里，但是，在一个竞争的世界里（或者仅仅是街面上），这一切都不足以让他获得成功。成功的因素并不取决于你是否努力。那阵子股票大涨，我妈往股市砸钱还来不及，每个月倒要倒贴给阿弟五千，已然没有了脾气。

有一天阿弟独自坐在店里，黄昏的阳光照着街道，他看到卢勤勤出现在眼前。卢勤勤说："一杯奶茶，不要加珍珠。"她也认出了他。卢勤勤说："吴双峰，你现在在奶茶店打工吗？"阿弟说："我自己是老板。"他看到卢勤勤穿着一件紫色的防辐射服。

卢勤勤说："我怀孕啦。"

阿弟说："你和销售主管结婚了吗？"

卢勤勤说："没有啦，我已经辞职了，和一个台湾人在一起。我就住在这附近，居然不知道你也在这里。"

阿弟说："你怀孕了，不要喝奶茶，对身体不好的。"

那天阿弟骑着自行车把卢勤勤送回了家，确实不远，以后卢勤勤可以常来看他。临分手时，卢勤勤说："双峰，我在你人生最错误的时候认识了你，真是运气坏透了。"阿弟沉默，卢勤勤伤感地说："你记住了，我是你遇到的最好的女孩，你是我遇到的最糟糕的男人。"就这样，阿弟惘然地看着她缓缓走进了楼里。他骑着自行车回到奶茶店，想了想，拔掉了所有的电源，拉下了卷帘门，宣告奶茶店破产。

阿弟再也没有见到过卢勤勤。

此后，家里托了关系，让阿弟在一个 Loft 做后勤保障，这份工作相对比较安逸，也不用对着电脑，只需要对着主管的臭脸就可以了。有几个女孩子在追求阿弟，都是上海本地的。我对阿弟说，适当的也可以找一个了，毕竟他也二十四岁了。阿弟说："等我考上了警校再说吧。"我奇怪，怎么还有警校可考，阿弟说世博会马上就要举办，这次不仅招应届生，还招去年的毕业生。名额比较多，机会仅此一次。吃饭时，外婆忧郁地说："双峰，这次要把嘴巴并拢啊，上次你就是因为嘴巴没并拢所以被淘汰的。"

为了这次考试，阿弟做了充分的准备，戒了酒，每天复习功课，跑步健身，并且在眼科医院动了个手术，彻底解决了近视眼的问题。家里对他已然不抱希望，本着死马当活马医的心态由着他去。倒是我能感觉到，阿弟的霉运好像走到尽头了。

他顺利地通过了体检、文化考和面试，最后一关是跑步，依旧是五千米。以阿弟当时的水平，五千米轻松达标，不成问题。

那天我陪着阿弟去了考场，他有点紧张，我说："告诉你一件事，我刚和男朋友分手。"阿弟说："啊，你都快三十了，这样子下去就变成剩女了。"我说："所以你看，这世界还是不公平，像我这么优秀的女人居然嫁不出去，你这个家伙混得这么惨，还是有女孩子追求你。"阿弟说："上海男人么就是吃香。"

在做准备的时候，阿弟从包里拿出了一双成色很旧的跑鞋。我说："我送给你这么多好鞋都不穿。"阿弟说："这是卢勤勤以前送给我的，分手以后我一直都没穿，以后也不会再穿了。"我说："好吧，你好好跑，这次要是输了就没下回了，你只能去考城管。"阿弟说："我才不要做城管。我跑个第一名给你看。"我说："你只要达标就够了，小心别摔了自己。"

在他走上起跑线的时候，他又回过头来对我说："我真的跑第一给你看。"

天上下起了细雨。二十个男的在跑道上移动。阿弟在人群中，有时看得见，有时看不见。领跑的是一个细瘦个子的男孩，看身材明显是跑步的料子,比阿弟那臃肿的肌肉男匀称而轻捷。有一对中年夫妇站在我身边,是那男孩的家长,他们操着南汇地区的上海乡下口音,非常兴奋地说:"建国这次要拿第一名了!"

南汇男孩跑得像一头羚羊,在细雨中,他逐渐甩开了后面的人,他的姿势非常好看,跑过我们身边的时候,还不忘记朝他的父母挥挥手。而阿弟神情严肃,脸上沾满了雨水,他甚至都没有看我一眼。

半程以后,我发现阿弟跟在南汇男孩身后五米,而其余的人已经被甩出去小半圈了。我忍不住喊道:"你要好好跑!加油!"阿弟的身影掠过了我的眼前。雨下得有点大了。我看着他在雨中奔跑,好像是把人生中所有的遗憾都扔到了远处。我对着他的背影喊道:"阿弟,你给我跑个第一出来!"

亲爱的弟弟,世界是很简单的,只要你跑得够快够远,对吗?

冲刺阶段,阿弟紧跟在南汇男孩的身后。我们等待着这最后的时刻。在距离终点还有十米处,南汇男孩狂叫:"姆妈!伲考取了!伲考第一!"与此同时,阿弟超过了他。

我已经看不清阿弟脸上的表情。

(原刊于《收获》2010年第6期)